Die Welt liegt in Trümmern, Frau Berg sammelt sie auf. Ende gut – so viel verspricht Frau Berg in ihrem Roman. Ein radikales Jahrhundertwerk – zumindest eines, das sich auf dieses Jahrhundert, das junge Ding, versteht: Katastrophen, Bombenterror, islamistische Fundamentalisten, und mittendrin: immer wieder die Menschen, kleine und große, dieser ganze erbärmliche Haufen eben. Darunter die Heldin dieses Buches.
Eine Frau so um die vierzig – »das sagt man heute so auf Partys, zu denen einen keiner einlädt, noch nicht mal zu verdammten Steh-Partys oder Event-Manager-Geburtstagen lädt einen eine Sau ein« –, egal, also, eine Frau, die Heldin dieses Romans, sieht, daß buchstäblich alles den Bach runtergeht: Flutkatastrophen vorm Fenster und im Fernsehen, mal wieder bricht eine neue Seuche aus, irgendwas mit Hautausschlag und Sterben, ihren Job, irgendeinen in irgendeiner westdeutschen Mittelgroßstadt, ist sie los, nun denn. Die Menschheit ist immer Scheiße gewesen. Und nun geht eben die Welt unter. Etwas Besseres kann nicht passieren.

»Sibylle Berg öffnet uns die Augen und ist einfach unverzichtbar.«
Literaturen

»Sibylle Berg ist Dynamit.« *Falter*

Sibylle Berg, geboren in Weimar, lebt in Zürich. Sie hat bislang fünf Bücher veröffentlicht: »Ein paar Leute suchen das Glück und lachen sich tot«, 1997, »Sex II«, 1998, »Amerika«, 1999, »Gold«, 2000, KiWi 676, 2002, und »Das Unerfreuliche zuerst – Herrengeschichten, KiWi 637, 2001. Ihre Theaterstücke »Ein paar Leute suchen das Glück und lachen sich tot«, »Helges Leben«, »Hund, Mann, Frau«, »Herr Mautz« und »Schau da geht die Sonne unter« sind u.a. in Bochum, Hamburg, Stuttgart, Wien und Zürich aufgeführt worden. In neun Sprachen übersetzt, werden sie an zahlreichen europäischen Bühnen gespielt.
www.sibylleberg.ch

Sibylle Berg

Ende gut

Roman

Kiepenheuer & Witsch

1. Auflage 2004

Umschlaggestaltung: Joerg Zboralski, Duisburg
Umschlagfoto: © Joerg Zboralski
Gesetzt aus der Palatino
Satz: Greiner & Reichel, Köln
Druck und Bindearbeiten: GGP Media GmbH, Pößneck
ISBN 3-462-03358-1

Danke, meine niedlichen Freunde –
und Mutter Sissi,
von der ich alles lerne.

Inhalt

1 Wir lernen den Helden des Buches kennen. Die eine Heldin ist. Auch falsch. Helden sind irgendwie anders.

Ich bin so um die 40. Das sagt man heute auf Partys, zu denen einen keiner einlädt, noch nicht mal zu verdammten Steh-Partys oder EVENT-MANAGER-GEBURTSTAGEN lädt einen EINE SAU EIN, und wenn doch, wäre da sicher ein dicker Mann mit Schweiß, der fragte: Na, wie alt sind wir denn? Und statt ihm mit einem Bauchschuß zu antworten, daß seine Scheißgedärme auf den Boden klatschen und gegen den Cindy-Sherman-Original-Abzug mit Numerierung, sagt man, den Kopf zu Boden geneigt: Ich bin so um die 40. Ich bin 176 Zentimeter groß, ich wiege 56 Kilogramm, ich habe irgendwelche Haare, meine Augen sind blau, aber nicht sehr, und meine Haut wird immer weicher oder das Fleisch darunter, das kann ich nie auseinanderhalten. Ich wohne in einer deutschen Stadt, die wirkt, als wäre sie komplett besoffen. Ich mache fast alles für Geld, und nichts davon interessiert mich. Ich habe mich für kaum etwas bewußt entschieden, ich habe es passieren lassen, das Leben. Wenn man ißt, schläft, keine Drogen nimmt, sich sauberhält und nicht weiter auffällt, dann passiert es einem so, das Leben, man muß da keine Verrenkungen machen. Ich lebe alleine, weil das auch so passiert ist. Ich arbeite irgend etwas, danach gehe ich nach Hause, mache mir tiefgekühlte Sachen warm, esse die im Bett, schaue fern, schlafe, und am nächsten Morgen geht alles von vorne los. Ich mache die meisten Dinge, weil alle sie so machen. Alle wohnen und arbeiten, falls sie nicht arbeitslos sind, alle essen was und haben Schlafprobleme, besonders in meinem Alter, weil sie Angst haben, nicht wieder aufzuwachen. Aber das würde der dicke Mann überhaupt nicht wissen wollen. Er wäre auch bereits nach einer Minute verschwunden. Denn so ist das heute: Keiner hört mehr wem zu. Da kann man noch so interessante Sachen erzählen.

2 Es ist Sonntag. Die Heldin denkt über die Weltlage nach, dazu läuft der Fernseher, und es regnet.

Es ginge durchaus noch unerfreulicher: An einem Sonntag zum Beispiel. Im Herbst zum Beispiel, im Sommer oder egal wie das Zeug heißt, denn Jahreszeiten sind uninteressant geworden, nicht zu unterscheiden, seit die Welt begonnen hat, sich in einer Geschwindigkeit aufzulösen, mit der keiner gerechnet hat.

O-Ton Welt Damit habe ich irgendwie nicht gerechnet!

Die wenigen, die sich für etwas außerhalb ihrer selbst interessieren, wissen, daß sich die Anzeichen für den Untergang häufen. Aber sie denken auch: Jede Zeit ist den Menschen vermutlich als die furchtbarste erschienen.

O-Ton Melchior und Michelangelo Findest du unsere Zeit nicht auch verkommen, Michel? Ja, Melchi, ich glaube, die Welt hat ihren Höhepunkt überschritten. Die Inquisition und die Pest, Frauen brennen auf Scheiterhaufen, ich glaub, das geht nicht mehr lange.

Wollen wir uns mal nicht so wichtig nehmen. Denken die Pessimisten, die eigentlich Realisten sind, weil sie erkannt haben, daß es keine andere Spezies gibt, die so habgierig, boshaft, verkommen und neurotisch ist wie der Mensch. Und trinken einen Kaffee, einen Schnaps. Was sollen sie sonst auch trinken? Oder tun?
Es ist:
Zu spät für Lösungen.
Es gibt:

Keinen Anfang und kein Ende.
Keine Konturen.
Die Menschheit ist schon immer Scheiße gewesen. Und nun ist auch noch die Welt, auf der sie herumläuft, zu einem Haufen Dings geworden, aufgestapelte, wurmstichige Bretter, alles, was Leute mit Schwung, Gier und Dummheit aufgehäuft hatten in ein paartausend Jahren. Zieht man ein Teil heraus, stürzt der Rest in sich zusammen.
Einige Bretter sind entnommen worden.
Keiner hat mehr eine Ahnung. Alle wissen gleich viel. Jede Sekunde kann jeder eine neue Meinung haben und sie, ist er dumpf genug, auch äußern. Aber alles ist falsch. Die Zeit der Meinungen ist vorbei. War früher, als die Welt überschaubar schien, sich Gut und Böse besser bestimmen ließen. Es hat zu viele Menschen heute, zu viele Schattierungen, zuviel Geräusch, gibt weder links noch rechts, nur ein wenig Moral existiert noch. Aber was das ist, bestimmt jeder für sich.
Zu nah sind sich die Länder durch den unentwegt überall Tag und Nacht rauschenden Fluß manipulierter Informationen. Zu billig die Reisen, daß jeder überallhin kann und sich eine Meinung bilden, im Urlauberreservat.
Alle wissen Bescheid.
Zu unklar die Lage.
Der letzte große Krieg hat begonnen. Die geschickt eingeleitete Schlacht der Giganten. Ein paar Godzillas verteilen die Weltherrschaft neu. Ob sie bedacht haben, daß es im Anschluß vielleicht keine Welt mehr geben wird?
Aber auch wir hier unten haben was zu tun. Unterentwickelte Nebenkriege für die kleinen Leute. Seit ein paar Jahren ist die scheinbare Ordnung der Welt, die durch Diktatur und Mord, Gesetze und Folter hergestellte Ordnung der Welt, durcheinandergeraten. Die Twin Towers, Aufräumarbeiten in Afghanistan und dem Irak, viele kleine

Plakate mit Friedenstauben, tote Russen in der Oper, tausend Attentate, die kaum mehr einen interessieren.
Europa ist noch ruhig, ruht sich noch aus in seiner vermeintlichen Überlegenheit. Doch es ist ungemütlich geworden. Auf allen Kontinenten bricht die Wirtschaft zusammen, Handyanschlüsse werden gesperrt, Jungjournalisten machen Karriere als Obdachlose, Broker erhängen sich. Überall werden westliche Touristen entführt. Hunderttausend Menschen im Land, davon 30 Prozent Teenager, bringen sich Jahr für Jahr um, ohne andere mit in den Tod zu nehmen – was für eine Verschwendung. Keiner glaubt, keiner will mehr etwas. Außer persönliches Glück. Doch woher soll das kommen, wohin gehen – zu Leuten, die nicht bei sich sind? Da will doch keiner hin.
In allen Ländern, die nicht von Weißen bewohnt sind, wird weiterhin massiv gestorben an Hunger und Seuchen. Die Bürgerkriege sind so zahlreich, daß man mit ihrer Registrierung nicht nachkommt, sich nicht im Ansatz die Namen all der neuen Zwergstaaten merken kann, von denen jeden Tag ein paar entstehen. Es wohnt ohnehin keiner mehr da, alle gestorben im Unabhängigkeitskrieg. Also nichts Neues.
In Europa ist es spannender. Malaria, Beri-Beri und die Krätze, die in unseren Breitengraden, in unseren überlegenen Leibern nix verloren hatten, sich aber wegen der Klimaveränderung prima entwickeln konnten, erobern den Norden, was aber nicht weiter schlimm ist, weil der sowieso gerade weggespült wird.
Es ist das dritte Jahr der Flut. Das Fernsehen zeigt, wie in den Jahren zuvor, per Live-Cam 24 Stunden lang Überschwemmung. All die nutzlos Schlaflosen können in den frühen Morgenstunden beobachten, wie Kühe in den großen Abfluß der Erde strudeln und übergewichtige Menschen, die ihren Lebenshöhepunkt nie gehabt haben, kleine Sandsackwälle gegen meterhohe Wassermassen errich-

ten. Schwitzend versuchen sie, seltsame Couchgarnituren aus hellem Kunstholz mit Bezügen, auf denen lilafarbene Dreiecke torkeln, gegen die Plörre aus Kot und aufgeweichten Gräbern zu schützen. Sie weinen in die Kameras, während das Wasser einen Totenschädel gegen ihre dicken Knie spült.

O-Ton Ossi Herbert Mein Hab und Gut – alles dahin. Vierzig Jahre Arbeit, stückweit umsonst. Erst hat uns die DDR betrogen um unseren gerechten Lohn, und dann kamen die Wessis und die Treuhand und der Teuro. Von vorne bis hinten beschissen. Ich bin Frührentner, da, sehn Sie, na, Sie sehen nichts, da ist das Bein weg. Noch mal alles aufbauen, das kann ich vergessen. Und von wegen Entschädigung, da lach ich, wie das aussieht, wissen wir: fünfzig Mark Begrüßungsgeld und ein Bündel Bananen. An dem Haus hatte ich ja soweit alles selber gemacht. Zuletzt den Grillplatz im Garten. Mit Platten auf dem Boden und einer Laube, und die Bänke hatte ich angemalt, da hinten, sehen Sie, da wo der Fluß so breit ist, überdacht hatte ich das und mit Glitzerschlangen geschmückt, und noch letztes Wochenende haben wir da gesessen. Freunde und ihre Frauen. Wir haben Ferkel gegessen und Korn getrunken, wir haben gelacht und Karten gespielt, und selbst mit meiner Frau habe ich mich wieder verstanden. Auch sexuell. Dann war ich so voll, daß ich kotzen mußte, das schöne Ferkel kam wieder raus, ich dachte, wie der Spieß durch seinen Mund ging, und daß es eigentlich aussah wie ein gegrillter Mensch. Da hinten stand mein Auto. Ein Mercedes. Gebraucht zwar, aber immerhin ein Einspritzer und mit Handschaltung, wegen des Beines. Ich weiß nicht, wie es weitergehen soll. Ohne Auto sind mir die Hände gebunden. Die Einbauküche ist noch nicht abbezahlt. Meine Frau ist ertrunken, als sie versucht hat, die Couch zu retten. Die war erst drei Monate alt.

So unerheblich, ob sie ihre Pappmaché-Häuser wieder errichten oder sich in Höhlen verkriechen, zu erwarten steht von den Menschen nichts Überraschendes. Nachdem das Wasser abgezogen, die gold-blau-gelb gestreiften Tapeten wieder angebracht, werden sie Kredite aufnehmen, um sich rasch neue, große Autos zu kaufen. Sie werden in die Supermärkte kriechen, über eingetrocknete Schlammschollen, und billig Fleisch kaufen, Früchte und Zeug, das anderenorts für Pfennige produziert worden ist.

O-Ton Manni Ich hab's auch nicht so dicke. Ich muß schon auf den geldwerten Vorteil achten, und grad beim Essen kann ich mir keine großen Sprünge erlauben.

Sich aufregen, wenn sie erfahren, daß die Brocken, die in ihren Leibern verwesen, von mit Pestizid vollgestopften toten Tieren stammen. Sie werden schreien: Mein Hab und Gut, wenn sich ihre Körper auf Couchgarnituren auflösen. Und der letzte oder vielleicht erste Gedanke ihres Lebens wird sein: Die da oben haben uns verarscht.

Das ist er also, der Beginn des neuen Jahrtausends.
Was gerade hinter uns liegt, ist mäßig interessant.
Die 80er Jahre mit dieser fast rührenden Anbetung des Geldes waren harmlos gewesen im Vergleich zu den 90ern, dem Jahrzehnt der komplett verblödeten Jugend, die Millionen mit nichtexistierenden Dingen verdiente, jeder sein eigener Börsenguru, die Welt im globalen Wahn, da wurde aufgekauft, expandiert, ausgebeutet und gelebt, als seien alle unsterblich. Weil die Bevölkerung der westlichen Welt hoffnungslos überaltert war, wurde Jugend als luxuriöse Qualität verehrt. Zwanzigjährige schrieben Bücher, Fünfzehnjährige machten Millionen mit Musik, Vierzehnjährige waren Top-Models. In Zeitungen, Magazinen und im Fernsehen erklärten minderjährige Schwachköpfe im deli-

riösen Orgasmus ihrer eigenen Größe die Welt. Alle anderen waren Verlierer, alt oder ohne Lehrstelle, waren Ausländer oder Proleten, tanzten verzweifelt, mit Drogen zugedröhnt, auf Technoparaden und ließen sich als Spaßgeneration beschimpfen. Das Jahrzehnt hatte den Körper zum heiligen Dings erklärt, gerade weil keiner mehr Körper brauchte, Männer keine Muskeln mehr benötigten, denn der neue Mittelstand, das neue Mittelmaß, die geistige Elite, hockte vor Computern, während ihre Frauen jung und straff sein mußten, und so waren die 90er auch das Jahrzehnt der Schönheitschirurgie, der Hülle, der Leere.
Was nun wohl kommen mochte?
Aufräumen zum Neubeginn?

O-Ton Kakerlaken Yes Sir.

3 Es ist immer noch Sonntag. Die dauern extra lange. Die Heldin besichtigt ihre Wohnung, verleiht einen Pokal, und der Fernseher läuft.

Ach was könnte ich mich wieder aufregen, wie ich da so liege und an meinem verkommenen Körper entlang in den Fernseher sehe. Soso – begleitet vom Wackeln des Kopfes, wenn er noch wackeln könnte und nicht abgetrennt zwischen meinen Beinen läge –, die Luftfahrt mal wieder. Mehrere Flugzeuge sind abgestürzt, außerdem haben Terroristen sich und andere in diversen arabischen und asiatischen Ländern aus verschiedenen Gründen in die Luft gesprengt, was aber nur als Lauftext unter den Überschwemmungsbildern gesendet wird. Zu viele Attentate, zu weit weg, von denen kaum noch einer was wissen will. Ach Gottchen, denken die Leute, wenn sie so einen zerfetzten Terroristen sehen, den Mund zu einem letzten Allah Hu Akbar aufgerissen, an einem Kopf, der sich irgendwo, aber jedenfalls nicht mehr auf dem Körper befindet, in den Trümmern eines Busses, eines Einkaufszentrums oder eines Restaurants, inmitten zerfetzter Leiber verhaßter Ungläubiger. Nicht schon wieder diese kaputten Fundis, denken die Leute und konzentrieren sich auf das Bild eines Sofas im Fluß (Dreiecke im Dessin), das auf den Schaumkronen tanzt.
Bei mir scheint jedoch alles ruhig. Der Boden trocken, die Wände nicht von großen Rissen zerteilt. Der Sonntag gewinnt in meinem Wettkampf der Depressionen nach Pfingsten und Weihnachten den Trostlosigkeitspokal in Bronze: Ein kleiner Hund, der überfahren an einer Straße liegt. Mit Sockel und Kupferplatte.

O-Ton Hund Ich bin so müde von Elend, Traurigkeit und Haß, von dem, was Menschen sich antun. Es wäre doch so einfach, anders zu leben – aber sie wollen nicht hören. Darum gehe ich heim.

CHOR: Oh Erlöser, da geht er hiiiieeeen, und zwar heim.

Vor einiger Zeit habe ich begonnen, mich für die Welt zu interessieren. Ich lese Zeitungen und Bücher über den Islam, den Osten, den Westen, den Vaterländischen Krieg, das Dritte Reich, Schwackelschutzwert – das ganze Zeug, und all diese Informationen führen zum Begreifen von nichts. Ich weiß unterdes, wo der Irak liegt – gesehen habe ich ihn nicht, aber auf einer Karte nachgeschaut, die werden ja nicht lügen da – und welche Länder Südamerikas mit Dollar zahlen, ich weiß, wer Pol Pot war, und daß Stalingrad umbenannt worden ist, leuchtet mir auch ein. Ich habe begriffen, daß mein Gehirn nicht das eines Genies ist. Mit jeder neuen Information wächst meine Erstarrung, denn ich verstehe immer weniger. Ich bewege mich durch die Wohnung in der komplett spannungsfreien Haltung eines angetretenen Käfers

– all die Fliegen, die ich als junger Mensch verletzt habe, um sie danach gesund zu zähmen, die toten Haustiere, die ich in eine goldene Büchse legte, sie vergrub und jede Woche nach dem Stand der Verwesung schaute, Indizien des späteren Serienmörders, der ich hätte werden können, wäre ich nicht zu träge zu allem –

die eines automatisch bei Dunkelheit, Depression und nach zu langem Liegen einnimmt.

Heute würde man sagen, daß meine Wohnung dreihundert Euro kostet, jedoch weigere ich mich, das Wort EURO auszusprechen. Ich schäme mich des albernen Wortes, sehe die gealterten Sozialdemokraten mit ihren gelben Krawatten und ihren roten Brillengestellen, die es sich ausgedacht haben, ein Wort wie Kinder in Trachten, die um einen Maibaum tanzen, auf dem alle Flaggen Europas

wehen, sehe sie abends vergeblich zu onanieren trachten, die Herren, ob des Gedankens, eine neue Währung erfunden zu haben, aber leider kommt da nichts, die Prostata, Sie wissen schon.
Meine Wohnung ist auf jeden Fall billig. Nachdem ich den Mietvertrag unterschrieben und angeekelt die dunkle Bude betrachtet hatte, dachte ich, daß ich wenigstens viel Geld für informative, lehrsame Reisen übrig haben würde. Außerdem wäre ich in dem spannenden Leben, das mir bevorstünde, vermutlich sowieso nicht oft zu Hause, denn da wäre die Welt, und die würde ich erforschen mit meinen interessanten Bekannten.
Ich bin dann auch mal auf Mallorca gewesen. Alleine.
Die Wohnung ist ein fensterloser Gang, ein kleines Zimmer mit Gartenbank und Tisch, ein Klo, eine Küche mit einem Spiegel über der Spüle zum Waschen und Betrachten des Gesichts, ein kleines Zimmer, darin ein Bett und ein Fernseher, ein wenig Verwüstung zu schauen. Dort höre ich seit Stunden Christian Death, Siouxsie & The Banshees, DAF und Jeffrey Lee Pierce. Dazwischen Stille, angenehm unterbrochen vom unangemessen lauten Aufschlagen des Regens, gleich springenden Brokern.
Irgendwann, gestern oder vor hundert Jahren, bin ich in diese Stadt gekommen, die mir weder Heimat noch besonders attraktiv war.
Es hat sich nicht viel verändert seitdem. Zwar stehle ich keine Portemonnaies mehr aus den Umkleidekabinen von Chiropraktikern und sammle keine Zigarettenkippen von der Straße, doch halte ich mich noch immer in derselben Wohnung (300 EURRRRRO) auf – 40 Quadratmeter mit Blick auf einen Hinterhof zur einen und einer Kreuzung zur anderen Seite. Draußen: gelb. Ich habe ein paar Poster (Giger, Escher, Bauhaus) von den Wänden genommen, die Rauhfasertapete gegen 80er-Jahre-Wischtechnik und die Holzkiste gegen ein Ikearegal getauscht. Die alten Ballett-

trikots, zerrissenen T-Shirts und spitzen Stiefel sind an unbekannte Orte (innere Landschaften? Gefühlswelten?) verschwunden, wurden ersetzt durch Kleidungsstücke, die jede Graphikerin oder alternde Designerin im Schrank hat: schwarzer Schwachsinn in Textil. Vor der Tür die normale europäische Unscheinbarkeit einer Stadt, die nichts Besonderes kann: in den 50ern nervös hingeworfener Beton, auf daß er sich zu einer anständigen Form finden möge, die anschließend um sich greifen kann, bis in die neuen Stadtrandgebiete.

Und überall immer mehr Menschen, Moscheen und Erbärmlichkeit. Auch Kultur. Ein Zentrum im Untergeschoß eines Blocks aus den 50ern, mit Jugendtreff, Dia-Abenden, Vorträgen bosnischer Bauarbeiter, die in ihrer Heimat Uni-Professoren gewesen sind, Basaren zugunsten von Amnesty International und einer Bibliothek, in der es Lesungen unbekannter Autoren gibt, die ein Stipendium erhalten haben und nun hauptsächlich ausufernde Lebensläufe verfassen neben ihrem Hauptwerk, der Schilderung schwieriger Familiensituationen hinter unbeheizten Kachelöfen in Ostpreußen.

Erfolgreiche Bücher sind wie Fernsehsendungen. Leicht müssen sie sein, mit amerikanischem oder spanischem Schwung, Epen wie Hollywoodfilme, oder ghostgewritete Werke sexsüchtiger Popsänger. Bücher, die dem Leser einen Gedanken schenken, interessieren nur eine bibliophile Minderheit, und die ist tot. Keiner will wissen, daß ein französischer Autor lange vor dem tatsächlichen Ereignis ein Buch geschrieben hat, in dem er ein Attentat auf Bali, bei dem zweihundert betrunkene Touristen ermordet wurden, fast exakt vorausgesehen hat. Der französische Autor stand später vor Gericht wegen Religionsbeleidigung. Fundamentalistische FÜHRER dagegen können weiter von der Bestrafung der Ungläubigen reden, ohne daß ihnen jemand die Lampe ausbläst. Die Unsicherheit, in

der wir alle leben, hat sich durch die Wiederbelebung der guten alten Kamikaze-Idee erheblich erhöht und ist durch die Medien weiter verstärkt worden. Prost.
Meine Wohnung ist voller Informationshaufen. Wann immer ich irgend etwas finde, von dem ich vermute, daß es ein Teil dessen sein könnte, das mich die Welt verstehen läßt, schneide ich es aus und lege es auf einen Haufen. Ich habe Bomben-, Ost-West-Konflikt-, Biowaffen- und Geschichtshaufen. Auf einem der letzteren liegt zuoberst eine Liste, die ich gerade ausgeschnitten habe.

Infohaufen

19. Juli 1994 in Panama: Eine Bombe zerreißt eine Embraer-Maschine nach dem Start in der Hafenstadt Colon. Unter den 21 Opfern des Absturzes sind mindestens zwölf jüdische Geschäftsleute. Hinter dem Anschlag werden moslemische Fundamentalisten im Libanon vermutet.
18. Juli 1994 in Argentinien: Die Explosion einer Bombe bringt das Haus des Jüdischen Zentrums in Buenos Aires zum Einsturz. Bei dem bislang blutigsten antijüdischen Terrorakt gibt es mindestens 86 Tote und mehr als 300 Verletzte, Juden wie Nichtjuden. Als Urheber der Tat wird die proiranische Hisbollah vermutet.
17. März 1992 in Argentinien: Vor der israelischen Botschaft in Buenos Aires explodiert eine Autobombe und verwüstet das Gebäude. Unter den 29 Toten sind vier Israelis. 242 Menschen werden verletzt. Zu dem Anschlag bekennt sich ein Dschihad-Kommando der schiitischen Hisbollah, die damit den Tod eines Anführers rächen wollte.
4. Februar 1990 in Ägypten: In Ismailia greifen ägyptische Terroristen einen Reisebus mit Schußwaffen und Handgranaten an. Neun der elf Toten sind Israelis.
6. September 1986 in der Türkei: Mehrere bewaffnete Männer richten in einer Synagoge in Istanbul ein Massaker an,

24 der zum Sabbatgebet versammelten türkischen Juden sterben. Der Anschlag sei die Rache für israelische Aktionen im Südlibanon, erklärt eine »Islamische Widerstandsfront«.
27. Dezember 1985 in Österreich und Italien: Nahezu zeitgleich stürmen Palästinenserkommandos der Abu-Nidal-Gruppe die Abfertigungsschalter der Fluggesellschaft El Al in Wien und Rom. Bilanz nach den Angriffen mit Gewehren und Granaten sowie Feuergefechten mit Sicherheitsbeamten: 16 Tote in Rom, vier in Wien.
5. September 1972 in Deutschland: Mitglieder des palästinensischen »Schwarzen September« nehmen die israelische Olympiamannschaft in München als Geiseln. Nach einem mißlungenen Befreiungsversuch der Polizei in Fürstenfeldbruck sind insgesamt 17 Menschen tot, unter ihnen elf israelische Sportler.

Das sagt mir noch gar nichts. Das macht doch alles keinen Sinn, sie können doch nicht Sprengsätze in Kindergärten schmeißen, mit Flugzeugen in Hochhäuser fliegen, sie können doch nicht Atombomben abwerfen, Frauen steinigen, lebende Menschen ausweiden, vergasen, essen, ihnen die Augen ausstechen, sie durchsägen, Gift ins Meer schütten, Kriege arrangieren, um an Rohstoffe zu kommen.
Denken manche Menschen.
Doch, denke ich, das können sie. Und stecke mir ein Dings in den Mund.

4 Ein Pudding wird gegessen, eine alte Dame gerettet, ein Millennium-Tower gebaut, und es regnet.

Im Deckel des Soja-Puddings, der heute meine Hauptmahlzeit gewesen ist, steht: Von Menschen hergestellt, die ein gutes Bewußtsein pflegen. Ökoalarm! Selbstgerechte, ungeschminkte, übergewichtige Damen, die Kunst machen, vermutlich Scherenschnitte, und Weltmusik hören, die voll bewußt in ungeheizten Häusern verkehren und Sojamus reiben between ihren nackten Schenkeln.
Muß den Soja-Pudding erbrechen.
Draußen schwanken, gepeitscht vom Regensturm, Ampeln oder Erhängte an Drähten. Kein Passant. Es gibt kaum noch Licht, die Sonne ist vielleicht schon aus.
Die Luft: Feuchtigkeit und Schimmelgeruch.
Daß es, wenn es nicht nieselt, regnet und die Sonne nicht mehr zu sehen ist, daran haben sich alle gewöhnt. Sicher, es gibt mehr Selbstmorde und Depressive, die meist zügig Selbstmord begehen, doch wer soll es ihnen übelnehmen – man trennt sich leicht von Sachen, um die man nicht gebeten hat. Wer glücklich ist in dieser Welt, muß geisteskrank sein. Ich weiß nicht, was erstrebenswerter ist: die Erbärmlichkeit des Lebens, den Untergang der Welt, die Attentate und Kriege, den Haß und Neid auszublenden und sich trotzdem an vereinzelten Blumen zu erfreuen, sich immer zu sagen: was nützt es, wenn ich leide, ich sterbe eh bald und kann es nicht ändern. Oder die ganze Katastrophe tatsächlich wahrzunehmen. Was immer auch bedeutet: Glück liegt nicht drin.
Täglich überprüfe ich, ob mir Schwimmhäute wachsen. Das nicht. Dafür ist das Alter eingetreten, es scheint identisch mit dem Alter der Welt, die ihrem Ende entgegenzutaumeln scheint, bevor sie einen Neuanfang wagt als

Wüste am Meer, mit Kakerlaken und Ratten, die viel Zeit haben, ehe sie sich Hütchen aufsetzen und unsere Fehler wiederholen.
Langsam schleppe ich mich in die Küche, vielleicht ist da etwas passiert in der letzten Stunde. Seltsam, daß nein. Ich schaue aus dem Fenster nach umgefallenen Rentnern. Gestern lag dort eine. Eine gestürzte Dame.

O-TON ALTE DAME Es ist eben so passiert. Meine Güte, solche Dinge passieren halt, und am Ende sagt man Leben dazu. Kein Grund, sich aufzuregen. Alles wird alt: Bäume, Tiere, Insekten, Häuser, Autos, alle Dinge auf der Welt werden alt, die Welt wird auch alt, und dann sterben die Dinge, wechseln die Beschaffenheit, Fleisch und Knochen werden Staub und Moder und zerfallen in Atome, die sich neu zusammenfinden, zu etwas anderem. Vielleicht werde ich bald ein Computer. Die Idee gefällt mir nicht wirklich, denn noch sind meine Atome in Form, wenn auch in schlechter. Vor kurzem war ich noch in prächtiger Verfassung. Ich war vierzig oder älter, fühlte mich wie immer, die Form war fest, und ich verstand nicht, warum Leute SIE zu mir sagten. Vor kurzem erst hatte ich mit meinen Freundinnen in einer WG neben einem Altersheim gewohnt. Wenn ich mit der Straßenbahn nach Hause gefahren bin, saßen darin oft alte Frauen. Sie waren immer alleine. Ich schaute die Gesichter der alten Frauen, und es war gut zu erkennen, wie sie als junge Mädchen ausgesehen hatten. Ich konnte mir in solchen Momenten vorstellen, wie es ist, alt zu sein. In so einem fremden Körper, der von niemandem berührt und beachtet würde. Den man zu Bett legt und wieder entnimmt, gänzlich ohne Bestimmung. Und manchmal wurde mir ganz übel vor Angst, das könnte auch mir passieren, irgendwann weit weg. Dann stieg ich aus der Bahn, ging in meine WG, lachte mit den Freundinnen und wußte, dazu würde es nie kommen.

Bis ich so alt wäre, hätte man ein Mittel gegen den Verfall erfunden. Überraschend ist: Das Mittel hat keiner entdeckt. Und so stehe ich nun jeden Tag am Fenster in einem Altersheim. Zu mehr hat es eben doch nicht gereicht, obwohl ich immer gedacht habe, nie würde ich in so ein Heim gehen. Ich hatte auch gedacht, ich wäre bestimmt nicht allein im Alter, es würde schon noch eine große Liebe kommen, eine Familie, oder zumindest zöge ich mit vielen Freunden in ein schönes Haus am Meer. Die Freunde sind tot. Und die große Liebe ist nie gekommen. Alle Männer meines Alters hatten plötzlich junge Graphikerinnen als Freundinnen und erzählten, daß die Mädchen echt weit seien für ihr Alter und sie sich nicht hätten aussuchen können, wo die Liebe hinfiele. Dann bin ich mal gestürzt, das Hüftgelenk ist schlecht zusammengewachsen, und ich bekam eine Lungenentzündung. Über Nacht mußten mir Menschen beim Einkaufen helfen und beim Ankleiden, meine Hände zitterten, und jeder Schritt schmerzte. Innen, innen war ich noch jung, aber trotzdem stand ich jeden Tag am Fenster. In diesem Heim. Ich habe dort ein kleines Zimmer mit Kochnische, und zum Einkaufen fahre ich mit der Straßenbahn. Manchmal stelle ich mir vor, ich wäre jung und würde mich Alte da sitzen sehen. Na ja, und heute habe ich mich in meinem Zimmer umgesehen, die Kochnische, die Saftpresse, die Mikrowelle, wie die Dinge so abgestaubt darauf warten, Erbmasse zu werden, und ich begann zu lachen. Ich lachte, bis mir Tränen über die Wangen liefen. Ich muß doch verrückt sein, dachte ich. Ich werde doch nicht als gottverdammter Computer enden, auf dem pickelige Jungs Tiersexseiten anschauen. Ich packte eine leichte Reisetasche, ging aus dem Haus, hob mein Geld vom Konto und wollte gerade los, irgendwohin. Und da bin ich hingefallen.

Da saß sie blutend auf der Straße, die Menschen gingen an ihr vorbei, schauten in den Himmel, der war nicht für sie, und ich fragte die Dame, ob sie jemanden hätte. Sie schwieg lange und flüsterte schließlich leise, als schämte sie sich für das Scheitern ihres Lebens: KEINEN. Sie wurde dann abtransportiert.
Aber das geht mich nichts an. Mein Leben findet in einer unentschlossenen Übergangszeit der Evolution statt. Vermutlich ist dies das Schicksal eines jeden, der sich zwischen zwei Jahrhunderten aufhält. Wir haben sogar ein neues Jahrtausend. Diese Aufregung zum Jahrtausendwechsel. Was für ein Theater. Von Computerzusammenbrüchen und dem Ende des öffentlichen Lebens, großen Katastrophen und Ufos haben sie gefaselt. Vereinzelt waren sie in kleinen, suizidalen Gemeinschaften nach Stonehenge gereist, um sich Schlag zwölf die Lampe auszublasen.
AUS ANGST.
Doch es wurde Schlag zwölf, und wie kleine, verirrte Raketen verpuffte der gewaltige Millennium-Bug, von dem ich nie wußte, was das eigentlich war. Die wirklichen Katastrophen kommen, wie es sich gehört: wenn alle sich in Sicherheit wiegen.
JETZT.
In Tokio soll ein Millennium-Tower gebaut werden. Lese ich in einer der Zeitungen, die jeden Morgen um mich in meinem Bett verteilt sind, in denen ich blättere und versuche, etwas zu verstehen, von dem ich nicht weiß, wozu. Norman Foster hat den Tower entworfen, und er geht so: Er soll 800 Meter aus dem Meer in die Höhe ragen, Wohnungen sollen drin sein und Restaurants, Theater, Kinos und Geschäfte, so daß die Menschen gar nicht mehr aus dem Tower rausmüssen, und, unter uns, wo sollten sie auch hinwollen, da draußen wäre Tokio, wo die Autos im Stau steckenbleiben und die Menschen in Menschen stekken – besser im Turm bleiben, der 300 Milliarden Dollar

kosten wird, aber leider fehlt gerade das Geld. Schade. Doch irgendwann wird das Geld wieder dasein, und dann ist Zukunft. Wir werden das nicht mehr erleben, und das ist traurig, denn die Zukunft wird schön.

Bereits vor der Geburt werden die Menschen zurechtgebaut in einem Gen-Baukasten. Ich habe nichts dagegen, denn wenn man sieht, was aus freilaufenden Genen entsteht, kann man diese Entwicklung nur begrüßen. Wunderschön werden die Menschen sein. Von jedem Volk nur das Beste. Vom Asiaten die Haut, vom Finnen den Humor, von den Iren die Haare, ein wenig Schweizer Freundlichkeit und italienische Geselligkeit. Alle werden 200 Jahre alt und sterben nicht an Alterserscheinungen, sondern aus Langeweile. Jeder hat erlesene Talente. Die Eltern können das bestimmen. Milliarden Stars auf der Welt singen wie Andrew Eldritch, malen wie William Turner, tanzen wie Fred Astaire. Die schönen talentierten Menschen hüpfen in wundervoll designten Millennium-Towern herum, klingeln an den Türen und singen und tanzen sich was vor. Ansonsten machen sie nichts, weil alles automatisch ist. Am Morgen blicken sie auf die Bucht von Tokio, die künstliche Sonne geht auf, und ein weiterer sorgloser Tag ihres herrrrlichen Lebens beginnt. Mit einem Freudenschrei hopsen sie aus dem Bett, das sie mit einem gutaussehenden Partner teilen, denn teilen tun sie gerne, der Egoismus ist aus den Genen verschwunden. Sie bummeln ein wenig im künstlichen Park, in dem die künstliche Erde duftet, und singen sich etwas vor, dann gehen sie ins Theater, essen Fisch zum Mittag und reden miteinander, was das Zeug hält. Jeder redet mit jedem, jeder hat Mitleid mit jedem, falls einer mal umknickt beim Herumhüpfen, andere Gründe für Mitleid gibt es nicht mehr. Keiner nimmt sich wichtig. Keiner grübelt mehr oder leidet, nur weil er ein Mensch ist und zu blöd zu erkennen, daß das nichts Besonderes ist. Alle sind etwas Besonderes oder nichts, und ihr Job auf Erden ist, ins Kino gehen, singen, tanzen, das Meer und die Sonne ansehen und miteinander ein Schwätzchen halten. Das ist wohl nicht zuviel verlangt, denken die schönen Menschen. Sie freuen sich daran, einen Menschen zum Anfassen zu haben, und genörgelt wird nicht. Sehr oft lesen sich die Menschen im Tower aus Büchern vor, denn Bücher lieben sie sehr. Sie küssen Schriftsteller und werfen sie in die Luft, wenn sie ihnen begegnen. Dann gehen sie zu Bett, die Sonne geht über der Bucht von Tokio unter, und die Leutchen küssen sich, bevor sie einschlafen. So wird das mit der Zukunft.

Schade, daß wir zu früh sind. Daß wir nichts sind, in einer Nichtzeit, in der die Welt sich vorbereitet, vielleicht auf eine gerechte Verteilung des Reichtums, auf etwas, wie es in den Broschüren der Zeugen Jehovas erzählt wird. Oder vielleicht auf ihr Ende. Doch auch dieser Gedanke wiederholt sich vermutlich bei allen Jahrhundertgrenzgängern. Oooohhhh, Automobile, der Weltuntergang ist nah, riefen die Maschinenstürmer.
Wir armen Jahrtausendgänger stehen in einem zugigen Flur und warten auf den Umzugswagen.
Hitler, Stalin, Pol Pot, Harpo und Che Guevara waren die Helden meiner Geschichte, mit der man einen jungen Menschen heute nicht einmal mehr erschrecken kann. Die Herren hängen an meiner Wand und haben Hüte auf. Die gelbgerauchten Wände, der Zustand meiner Lungen
– es gibt Tage, an denen ich die Erbärmlichkeit meiner Umgebung zu klar erfasse, wie ein Geisteskranker, der für Sekunden wach ist und begreift, daß sich sein Verstand sofort wieder trüben wird –
über allem der Schmutz, in den Ecken kleben einige Generationen erbärmlichen Daseins, die sich nicht durch Reinigungsgeräte, sondern nur ein zackiges Abfackeln der Wohnung beseitigen ließen. Diese langweilige, komplett

uninteressante Wahrnehmungsverschiebung. Die Zeit, die immer schneller vergeht, das große Gähnen, jeder spricht davon, der über 40 ist, weil der Speicher im Kopf immer voller wird und die Wiederholungen immer zahlreicher, weil man immer mehr gleichzeitig geschehen läßt: Musik hören, SMS schreiben, Mails checken, Fernsehen schauen, Zeitungen überfliegen, ohne daß wirklich etwas geschieht, denn alles ist virtuell.
Ich sehe träge durch den Schleier der Creme, die in meinen Augen geronnen ist. Meine Hand wirkt unangemessen durchscheinend. Ich meine, verschwommen eine Hasenfamilie beim gemachen Hoppeln auf einer Lichtung zu schauen.
Je länger der Sonntag anhält – es sind unterdes 739 Stunden –, um so weniger kann ich mir vorstellen, daß irgendwo jemand weiß, was er mit sich anfangen soll. Ein paar Hasenfamilien und der eine oder andere Reiche vielleicht. Ich glaube unbedingt, daß Reichtum glücklich macht. Daß Reiche ein gutes Bewußtsein pflegen, sozusagen.
Was soll falsch daran sein, den Chauffeur vor die Villa mit Meersicht in L.A. rufen zu lassen, nachdem man sich hervorragend hatte massieren lassen, zu versinken in weiche Lederpolster, in den privaten Jet zu gleiten, Guten Morgen, Harry, Sie altes Schrapnell, ein paar Telephonate, ein Filmdings mit irgendwem und so weiter, Landung in Hongkong, ab ins Penthouse, von dort aus ein paar Sachen besichtigt, in die man Millionen gesteckt hat, Häuser, Universitäten in Bangladesch, Zeug in Asien – was soll daran nicht in Ordnung sein?
Der Tee ist kalt geworden, das Licht definitiv verschwunden, und noch Stunden, ehe ich zu Bett kann, hoffend, Schlaf zu finden. Liegen ist nicht mehr drin, der Rücken schmerzt. Die Zeitungen und Magazine, die ich während der Woche wie ein Eichhörnchen gesammelt habe, zeigen mir allein, daß es nichts zu wissen gibt. In den USA wurde

demonstriert und inhaftiert, der Irak ist egal, Elfriede Jelinek hat den Nobelpreis gewonnen, der Absturz der französischen Boeing ist nicht auf menschliches Versagen, sondern auf ein Attentat zurückzuführen – ich muß unbedingt meinen Sekretär benachrichtigen, daß er meinen Concorde-Flug storniert –, Sars und Aids sind eindeutig als Attentate identifiziert, und es hat bereits eine neue Seuche, irgendwas mit Hautausschlag und Sterben. Da gibt es aber erst 30 Todesfälle weltweit, und darum ist die Sache noch kein Titelgeschichtenmaterial.
Ich verdränge auch diese Informationen, was soll ich sonst tun?
Im Haus gegenüber Neonlicht in der Küche, Menschen- oder Tierschatten, es könnten sich durchaus auch Bären in der Wohnung aufhalten, sie springen um den Tisch, was zum Teufel tun die da? Ich verabscheue Familienleben zutiefst. Ich denke an Familien und sehe Paare vor mir, die in Betten liegen, der Fernseher läuft, und dann kochen sie zusammen Ratatouille. Oder sie haben sich vermehrt, und das will ich mir wirklich nicht vorstellen, deutsche Eltern mit Kind, den Lebenssinn gefunden – und natürlich wollen sie auch da die Besten sein. Sonntage sind unbedingt etwas für Familien oder Menschen, die arbeiten und darum müde sind, die lange schlafen und sich dann die Fußnägel schneiden. Sonntage sind für kleine alte Damen, die in der Küche stehen und Kuchen backen, ein Enkel wäre auch da, der würde auf dem Küchenboden mit der Katze der alten kleinen Dame spielen. Das Kätzchen wäre – – – – tot.
Um es noch mal richtig krachen zu lassen, ziehe ich mir einen Mantel (schwarz) über den Pyjama (schwarz) und verlasse meine Wohnung (gelb). Der Hausflur riecht nach Hund. Vor dem Haus riecht es nach Hund. Der Regen spült kleine Hunde um meine Knöchel. Degenerierte Gräser zwängen sich durch bröckelnden Asphalt, die Bäume am Straßenrand würden in freier Wildbahn von gesünderen

Baumkollegen erschlagen, mit dem Kopf vor den Baum geknallt, so im Ansatz krebszerfressen sind sie. Die Mülltonnen fließen über, wohnten hier Prominente, würden in ihnen Mülljäger hocken, die nach Abtreibungsbelegsquittungszeug von Madonna suchten, und ich könnte sie grüßen und ein wenig mit ihnen reden.
Ich rede ungern mit Menschen, über die Jahre bin ich immer ruhiger geworden. Spreche ich, höre ich meine Stimme, gepreßt und falsch, und je deutlicher ich sie höre, um so gepreßter ist sie und mir immer unwohler. Mir ist nicht klar, wozu reden dient. Es entstehen nur Mißverständnisse aus Worten, die Sätze bilden, gefiltert durch das Hirn, das sich seine eigene Realität baut, und die hat mit anderen Menschen nichts weiter zu tun. Wollen nur wirken, die Worte, die Sau.
Hinter den Fenstern leuchtet es blau aus vollgerauchten Wohnstuben, klamm ist es, die Heizungen noch nicht angestellt – daß das keinem auffällt, alle ihr Leben als unabänderlich hinnehmen.
Muß ja.
Da sitzen in Büros Menschen, die morgens eine Stempeluhr drücken, die sich erkälten in klimaanlagenbeatmeten Büros und die entscheiden, daß in diversen Mietshäusern die Heizungen noch nicht angeschaltet werden. Man spart 30 Pfennig pro Quartal, das bringt eine Kostenersparnis von drei Prozent, macht in hundert Jahren 38 967 DM. Oder Dings. Hey, das muß man mal hochrechnen. Abends werden auch sie heimgehen in ihre kleinen Mietwohnungen und frösteln. Aber Job ist Job, und so überwacht sich das Volk. Macht sich das Leben zur leisen Hölle.
Auf der Straße spritzt ab und an ein Auto über den Asphalt. Im PKW eine übergewichtige Fleischhülle mit Fleischmütze und Fleischschürze, bewegt von einem durch Unterforderung geschrumpften Hirn. Das sagt, fahr links, dann rechts, da steigst du aus, dann gehst du in eine gelbge-

rauchte Wohnung, nimmst dir ein Bier und setzt dich auf eine großbedreieckte Couch, schaust in den Fernseher, und wenn dir schwindelig genug ist vom Glotzen und Trinken, gehst du zu Bett, das riecht nach dir, nach Talg, und da schläfst du dann. Viel Spaß noch.

Die, die nicht schlafen, saufen und glotzen, begegnen der Leere mit Kegeln, Kino, Schlagen oder Kindervergewaltigen. Das ist ein Sport geworden, für Männer im schlechtesten Alter, also jeden. Seit im Fernsehen ausführlich über entführte, geschändete und getötete Kinder berichtet wird und eine Nation den Atmen anhält, kommen viele auf den Geschmack. So könnte ich mir einen Kick geben, mein Leben aus der Dumpfheit reißen, laß mich die kleine Moni vögeln.

O-Ton Horst, der eigentlich Rüdiger heisst Ein Wald im Dunst und die kleine Moni so bleich, riecht so gut, und diese Macht, ist es nicht wunderbar, so eine richtig mächtige Macht ist das, von einer schönen Schönheit, also die Hose runter, wie sie schreit, das kleine Luder, sich bäumt, wie sie bettelt. Endlich bettelt mal eine vor Malte (34), arbeitsloser Anlagenmechaniker. Die Kindheit war geht so, alleinerziehende Mutter, war alles nicht schlimm, aber eben auch nichts Besonderes, war ein Leben wie eine angebissene Currywurst, die im Regen vor einer Mülltonne liegt, und dann rein in die Moni, schau mal, sie mag es, oh nein, jetzt ist sie ohnmächtig geworden, die Eltern werden Augen machen, Scheißkinderzimmer mit Sonne, die durch gelbe Vorhänge fällt, und es duftet nach Kuchen, abends kommen Mama und Papa und geben Küsse, da hast du's, du kleine Sau, ich zeig dir, wo der Hammer hängt, hoho, der steht nämlich, wie 'ne Eins, die Nation wird den Atem anhalten wegen mir, und wow ist die zart, nicht so benutzt, die ist noch gar nicht richtig auf der Welt, und nun schreit sie, aber das geht nicht, das geht gar nicht.

Ich habe seit langem keinen mehr getroffen, der auch nur mal für einen Tag zufrieden war. Das könnte daran liegen, daß Deutschland ein wenig Mühe mit der Zufriedenheit hat. Viele haben versucht, diesen etwas schwierigen Charakter zu erklären.

Infohaufen

Viele suchten schon nach einer Volksseele. Die gibt es sicher, die erzeugt eine Stimmung, egal ob das Volk in Bayern, im Osten, auf Usedom wohnt, oder ob es Nachkomme von Einwanderern ist, die die Volksseele noch genauer zu kopieren versuchen, als sie ihre deutschen Mitbewohner je in sich tragen können, ja tragen. Es gibt da etwas, das nie zufrieden ist, das korrekt ist und doch so faul, das an Gesetze glaubt und bei roter Ampel anhält, auch in der Nacht. Es gibt da etwas, das ist anders als das Klassendenken und Rumgeprolle der Engländer, der Haß auf die Regierung der Italiener, die Arroganz und distinguierte Larmoyanz der Franzosen. Liegt es an der Preußischen Erziehung, der Pflicht zum Gehorsam, daran, daß deutsche Kinder nie gelobt werden, weil es immer noch ein MEHR gibt, an den zwei versiebten Kriegen, den nicht vorhandenen Kolonien? Warum hatten sie keinen Mut zur Revolution, die kleinen Kartoffelfresser, warum konnte sich der Mörder Rosa Luxemburgs noch in den 60er Jahren seiner Tat rühmen? Was genau hat dieses Land so werden lassen? Daß so viele meinen, ihnen stünde etwas Besonderes zu, doch sie müßten es sich nicht verdienen, sondern es von OBEN bekommen. Warum funktioniert es hier, die Gefühle den Gesetzen unterzuordnen? Ist es das Wetter, die Größe des Landes, die nicht ganz zu einer Weltmacht reicht, das offensichtliche Mittelmaß, das alles hassen muß, was größer oder kleiner ist als der Durchschnitt? Ein unentschlossenes Land, auch wenn es nun Milchkaffee gibt, in dem der

Kriegsverherrlicher Ernst Jünger verehrt wird und in dem in den letzten Jahren rund 1000 Menschen von Nazis erschlagen worden sind. Manche meinen, wenn sie Deutschland auf eine Therapiecouch legten und seine Kindheit besähen, wäre am Ende der Dreißigjährige Krieg die Ursache für den großen Komplex. Zwei Drittel der Bewohner gestorben, ermordet, verbrannt, gedemütigt. So eine große Angst und Scham, so ein Gefühl, nichts wert zu sein, und der Verlust der Unschuld, der sich nie wiedergutmachen läßt – das setzt sich in den Genen fest und verformt Generationen. Läßt sie begeistert in den Ersten Weltkrieg rennen, um endlich wieder wer zu sein, war dann aber auch nichts. Ein schwieriges Land, trotz all seiner Scham, trotz des großen Willens, alles richtig zu machen und die besseren Menschen zu sein. Die Besten wollen sie sein, auch wenn es um Güte geht, um politische Korrektheit. Wie sie auf den Straßen tanzten, als Deutschland fast Fußballweltmeister wurde, wir wollen wieder stolz auf unser Land sein dürfen, sagten junge Menschen, schwenkten Fahnen und sahen dabei so groß aus und blond.

Vielleicht sind meine Beobachtungen nicht korrekt. Möglicherweise sind alle Menschen nicht besonders liebenswert. Egal wo sie wohnen. Doch ich sehe nur die, die mich umgeben, deren dumme Reden ich verstehe. Ich habe kein Bedürfnis danach, Fremde kennenzulernen. Die Leute, die ich bereits kenne, langweilen mich ausreichend. Nicht weil ich sie für weniger wertvoll erachte, ich halte die meisten Menschen für genauso unerheblich und leer wie mich – die Öde entspringt eher der Unverbindlichkeit der Beziehungen, die mich mit den anderen nicht verbinden. Es ist mir nicht gelungen, einen Freund zu finden.
In dem Alter, da man noch leichtfertig Freundschaften hätte schließen können, waren alle ausschließlich mit sich

beschäftigt. Die, denen ich mich entfernt zugehörig fühlen wollte, waren kleine, schwarz angemalte Monde, die langsam um sich selber kreisten. In dunklen Bars schließt man keine Freundschaften, bei Konzerten nicht, auf dem Sozialamt nicht, und es hätte damals auch keiner gewußt, warum sich einem Menschen widmen, wo doch alle gleich waren, wo man doch von all den Gleichen umgeben war, wann immer man wollte. In einer Wolke scheinbarer Geborgenheit schweigsamer Menschen stehen konnte, die die richtigen Sachen (schwarz) trugen und das Richtige (nichts) sagten.
Später ist es zu spät gewesen. Die Geduld, die es benötigt, um einen Menschen, der nicht ich ist, auszuhalten, fehlt mir. Freundschaft zu schließen bedarf einer geraumen Zeit der Langeweile, in der sich die Menschen verstellen, Blödsinn reden und sich verspannen. Daß ihnen wohl wird und sie sich miteinander fühlen, als seien sie alleine, benötigt Jahre.
Allein fühle ich mich auch allein.
Die Menschen (6), die ich kenne, sind ausnahmslos auf niedrigstem Niveau gescheitert. Magersüchtig, drogensüchtig, süchtig nach irgend etwas, und Sucht ist optisch wie inhaltlich nur bei sehr jungen Menschen zu ertragen. Kommen sie in ein gewisses Alter, die Süchtigen, sind ihre Hirne zerfressen von Substanzen, ihre Nerven zerstört und ihre Körper offensichtlich am Vergammeln. Zu uninteressant der Narzißmus der Untergehenden.
Einige andere, an die ich mich vom Neben-ihnen-Stehen in Einrichtungen erinnere, haben wie ich weitergelebt, als wäre Zeit ohne Bedeutung. Wie sie bin ich eine von denen, die nicht erwachsen werden wollen, die sich mit 40 noch zu jung für ein Kind fühlen, die nie aus ihren schwarzen Kleidern herausgefunden haben, stehengeblieben in den 80er Jahren, als alle, die man kannte, dünn waren und über den Tod sprachen, in Bands vom Tod sangen oder jeman-

den kannten, der in einer Band vom Tod sang, Rilke lasen und schließlich starben, meist an Drogen oder Selbstmord. Wir dachten, es würde immer so weitergehen, daß wir die Tage vertrödeln könnten, ungestraft, aufstünden in der Dunkelheit, uns träfen zu Bandproben oder um über den Tod zu reden, daß wir untergewichtig sein könnten, in uns dieser Rhythmus aus schweren Liedern und zuwenig Schlaf. Doch wir sind versteinerte Reptilien geworden oder haben Kostüme angezogen und wurden Medienberater oder Eltern. Verloren haben wir auf jeden Fall. Wir haben uns immer nur mit uns beschäftigt. Die Welt interessierte uns allein, wenn sie sich auf uns beziehen ließ, wir haben gesucht und natürlich nichts gefunden. Haben geglaubt, es wäre egal, was man mit sich anfängt, weil wir mit 30 sowieso sterben würden oder ein Wunder geschähe, das uns reich oder zu Rockstars machen würde. Die erste Generation, die für ihr Überleben nicht zwingend arbeiten mußte – das bekommt keinem.

Die vergangenen Jahre fließen zusammen zu Stunden, die ich auf dem Bett gelegen, auf Sofas gelegen, in Kneipen gelegen habe, wo ich Musik gehört und Bücher gelesen habe und ein paarmal unglücklich verliebt gewesen war. Träge Stunden. Gelangweilt und nutzlos. Sie spielten nicht einmal Karten.

Ein Energiestoß: ein Spaziergang, Sonntag, nachts, um zwei, ein Bad für Depressive. Die aalen sich nicht in warmem Schaum, in kaltem tun sie es, in abgestandenem Spülwasser, gilt es doch die Stimmung zu halten.

Die perfekte Kulisse eines Christian-Death-Videos: nasser Asphalt, verhungertes Gebüsch und torkelnder Menschenrest. Um diese Zeit ist nur unterwegs, wer gesucht und nichts gefunden hat, gewartet in Clubs und Bars auf ein Wunder, und einsamer gewesen als daheim, weil noch klarer, daß da niemand ist, nur Rauch in den Augen und schwere Beine, wenn doch wenigstens einer mit mir ficken möge. Möchte keiner. Geschlechtsverkehr hat man mit sich, vor Filmen und Heften, vor dem Computer. Ist man zufällig ein Paar, so wird nicht gefickt, weil man gelesen hat in den letzten zehn Jahren, wie das zu sein hat: laut und lang, alle Zonen erforschend, und unter drei Orgasmen läuft nichts. Der Verkehr ist ein Statussymbol wie der Bodybuilding-Leib, er muß funktionieren und wird benotet.

Leider sind alle impotent geworden.

Sonst ist in dieser Nacht alles ruhig: keine Wärme, kein Mensch, keine Drogen. Der Höhepunkt eines gut genutzten Sonntags: Ich gehe zum Bahnhof und kaufe mir ein paar Magazine, ein Fertiggericht, Zigaretten und einen anorektischen Strauß verwaschener Nelken, den ich in meiner Wohnung in eine Flasche ohne Wasser stellen werde. Extra.

5 Wir besichtigen die Stadt, einen Geschenkeladenbesitzer und eine Sekretärin. Die aber auch nichts zur Geschichte beitragen.

In meinem Viertel lebt, wer sich definitiv aufgegeben oder nie an sich geglaubt hat: DAS GESUNDE VOLKSEMPFINDEN – Familienväter, die nach Verlust ihres Lageristenjobs sich und im Anschluß ihre sechs Kinder erdrosseln, betrunkene Frauen, die Gasexplosionen herbeiführen, weil sie über dem Herd zusammenbrechen, mit einer Kippe im Mund, weil sie nicht mehr gebraucht werden, die älteste Tochter mit dreizehn schwanger und außer Haus, der Mann im Schlafzimmer, quer über dem Bett, die Schuhe an, der Bauch hebt und senkt sich im Takt seines Schnarchens, oh wie sie dieses Schnarchen haßt, das Unterhemd, das seinen Bauchnabel freigibt, in dem sich dunkle Fusseln sammeln, und seine Hände, mit denen er seinen Arsch anfaßt und dann sie, auch wenn sie schreit, auch wenn sie versucht, sich zu wehren.

O-TON NACHBARIN Ja, ich hab mich schon gewundert, daß ich die Frau Meier nie mehr gesehen habe, aber ich dachte, sie wäre einfach mal verreist, auf Kur oder, na Sie wissen schon. Ja, komisch gerochen hat es letzte Woche … Dabei hat sie doch immer so lustige Gedichte geschrieben, die sie dann betrunken aus dem Fenster gerufen hat. Eines weiß ich noch:

Dein Herz ist weg, kein Atem mehr
die Brust die hebt sich zentnerschwer
Vor deinem Fenster hockt ein Geier
du greifst nervös nach dem Herrn Meier
Herr Meier, nun den gibt's nicht mehr
drum geht ja auch dein Atem schwer

Und wieder mal erkennst du klar
daß alles nur ein Irrtum war.
Der einzige, der dir noch bleibt
das ist dein Freund, Herr Einsamkeit

Ein Viertel, da Drogenleichen herumliegen und tote Großmütter. Ein Viertel, in das kleine Flugzeuge stürzen und Laster von der Route abkommen, in Kinderzimmer rasen, die Eltern erzählen davon in Talkshows.

O-Ton Eltern Wir hatten so ein Glück, der Laster kam direkt neben dem Babybettchen zu stehen, aber da ist der kleine Sven (5) bereits tot gewesen.

Hier wohnt das Volk. Die Verlierer. Hier wohnen Menschen, die alt sind und nicht attraktiv, arbeitslose Maschinisten, Kassiererinnen, Alleinerziehende, Teilzeitprostituierte. Hier wohnen die fünfzig Prozent Übergewichtigen des Landes, die zwölf Millionen Arbeitslosen, die Sozialhilfeempfänger, alle, die zu dumm sind, zu träge, zu unglücklich oder zu behindert, um zu tun, was die anderen tun, nicht geeignet, ihre Normen zu erfüllen – saubere Fenster, Gardinen, viele Putzmittel, der Mann geht arbeiten bis zur Rente, zwei Kinder, die mit 22 heiraten –, nix da, hier wird gestunken, hier werden Wohnungen zwangsgeräumt und gewartet, daß jemand wieder alles in Ordnung bringt, schön macht. Liebhaben könnte man sie, würden sie nicht in ihrem Haß auf sich und die große Verarschung, die ihr Leben heißt, nach einem Führer schreien, würden sie nicht gerne Dinge brennen sehen und erschlagen, was anders ist, was ihnen schuldig scheint an ihrer Misere, was es besser hat oder zumindest zu haben scheint.
Schaue ich in die Schaufenster der schäbigen Läden, sehe ich greise Verkäufer hinter angestoßenen Theken. Die sind,

glaube ich, in meinem Alter, die Theken, die Verkäufer, alles alt, alles uninteressant.

O-Ton Jörn In meinem Laden verkaufe ich Geschenkartikel. Hier sind die singenden Telegramme, die gehen sehr gut, Plüschtiere mit Ich-liebe-dich-Anhängern um den Hals, die Spaßfeuerzeuge, die aussehen wie Handys, da die Vasen, die Porzellanfiguren, das Plastikschaf mit Skrotum für den GV. Den Laden habe ich vor 15 Jahren gemietet, hinten ist noch ein Zimmer, da wohne ich, ein Bett, eine Kochplatte, alles was man so quasi braucht. Damals hat hier meine Band geprobt, wir haben Hasch verkauft und Schwarzpressungen. Immer kam jemand zu Besuch, und wenn ich müde war, gegen Morgen, habe ich mich einfach ins Bett gelegt, und da lagen auch immer Mädchen dabei. Ich habe auf nichts hingearbeitet, so quasi, die Zeit, die war ewig irgendwie, und da war eher so eine Gewißheit, daß sich die Dinge fügen würden, später. Die Band hat sich nach fünf Jahren aufgelöst. Der Bassist war gestorben wegen Dings, die anderen weggezogen oder haben geheiratet. Nur ich war immer noch da. Eine Zeitlang ging es mit Drogen verkaufen und Sozialhilfe. Ich hatte dann auch mal eine Freundin, die Babs. Die ist vor zwei Jahren an Krebs gestorben. Davor haben wir beide hier gewohnt, sie hat selbstgenähte Sachen und Schmuck verkauft. Von den Drogen ist sie aber nie weggekommen. Meine Zähne sind auch hinüber. Ich komme mit dem Geschäft und der Sozialhilfe über die Runden. Nach Ladenschluß gehe ich nach hinten und trinke, bis ich müde bin. Das einzig Blöde ist, daß es keine Heizung gibt. Freunde kommen auch nicht mehr. Da sind ja keine.

Weder außenbestuhlte Cafés noch bauhausadaptierte Restaurants, keine Sushi-Fließbänder oder Nobelsuppenküchen, nix da – in meinem Viertel wird gelebt. Ohne Umschweife. Zügig und übergewichtig laufen sie, den Blick zu Boden, sehen will hier keiner nichts, oder gar bummeln durch die Straßen, mit feinem Tuch am Leib und kleinen Hunden, die zum Tierpsychologen gehen.

O-Ton Hund   Och nö, nicht schon wieder Therapiestunde, und dann bindet der mich auf die Couch, und ich muß von Mutter erzählen, und er tut, als ob es ihn interessiert, und dann macht er mir einen Einlauf, nur so, weil er mich haßt, weil er alle Hunde haßt, der Faschist.

Die Männer gehen in dunkle Kneipen, um am Tresen zu weinen, die Frauen gehen in neonbeleuchtete Läden, um weinend Waren aus Pappkartons zu reißen. Die Läden verkaufen geschnittenes Brot aus Sägemehl, Fleischkonserven mit Innereien, gezuckerte Getränke und Margarine. Die Einkaufswagen sind gefüllt mit: Mayonnaise, Ölsardinen, Weißbrot in Scheiben, Corned beef, Dosenbier, Rührkuchen, Margarine, Instantkaffee, Sülzfleisch, Cola, Negerküssen, Fadennudelsuppe mit Rindbällchen aus Knorpel, Schweineschmalz, Tubendosenmilch gezukkert. Als ob die Waren bereits wieder erbrochen wären, so liegen sie in den Körben. Kleine Frauen schleppen Beute heim wie Ameisen. Wozu, das wissen sie nicht zu sagen. Sie werden alles essen, in sich schaufeln und sich sehr leer fühlen, essen sie gerade mal nicht, ein Gefühl des Hungers wird sie immer begleiten.

O-Ton kleine Frau   Aufwachen? Bitte nicht. Noch nicht. Augen auf, Körper hinterher. Auf den Bettrand. Der Körper. Die Augen. Der Blick aus dem Fenster. Das ist zu klein, da ist der Himmel nicht zu sehen. Nur ein Haus gegenüber, es ist dasselbe wie gestern. Die Wohnung ordentlich, der Körper auch. Alles wie immer. Ich schließe die Augen noch einmal. Seit kurzem ist es, daß ich mich schon beim Aufwachen so langweile, daß ich unbedingt gleich die Augen wieder schließen muß. Hinter den geschlossenen Augen läuft der Film des Tages ab. Frühstück. Waschen. Bewegen. Kaffee, ein Ei. Ein kleines Kostüm, den kamelhaarfarbenen Mantel. Den Schlüssel nicht vergessen, die Schuhe nicht, den Kopf. Raus aus der Wohnung. Die Straße runter, rechts rum, die Häuser haben sich nicht verändert über Nacht, kein noch so kleines Erdbeben, keine Feuerwand, sie stehen grau, zementieren die Schritte auf den Boden, kein Weg nach rechts oder links, da sind Häuser vor, ich folge dem Weg, von Häusern bewacht wie auf einem Gefängnishof, und an der Kreuzung links. Da ist ein Café, es hat Tische draußen und Stühle. Rote Stühle. Einmal nicht weitergehen müssen, ins Café gehen, den Tag dort sitzen, Leute anschauen, die an meiner Stelle in mein Leben gehen. Aber nichts da, weiter, in ein Haus, in den Lift, ins Büro. Da ist die Kollegin, die immer Probleme mit den Fingernägeln hat, die brechen ab, ansonsten keine Probleme. Das Neonlicht an, den Computer an, den Tag an, die Uhr, nach Stunden draufgeschaut, es sind zehn Minuten vergangen. Dinge in den Computer tippen, was für Dinge ist egal, Posten, dahinter Zahlen, die sagen, daß der Chef reich wird. Schön für ihn. Nach Ewigkeiten, die Augen tränen, vor dem Fenster kein Himmel, Mittagspause. Ein kleines Lokal am Fluß, die Augen auf den Fluß, die Gedanken hinterher. Ein Schiff müßte kommen, da läge ich drin, ein Mann würde rudern, den Fluß entlang, in den See, ins Meer, die Möwen, der Himmel, und nichts wäre mehr als Wasser und Himmel. Dann tönt innerlich eine Sirene, die Pause ist um, die Augen feucht, das Herz so schwer, bleibt auf dem Boot, ich gehe ohne zurück ins Büro, auch im Sommer kalt von Neonlicht. Wenn es dunkelt, kaufe ich tiefgefrorene Suppe, trage sie in die ordentliche Wohnung, koche sie, eß sie, bade, geh zu Bett um acht, um fernzusehen.

Das wird der Tag. Ich sitze auf dem Bettrand und möchte weiterschlafen, wäre da nicht die Angst, würde ich den Körper wieder in die Laken geben, doch die Angst hält mich grade, macht mich aufstehen, in die Küche gehen. Weiterschlafen, wohin? Das kleine Kostüm an, das Ei, den Schlüssel, die Angst nicht vergessen, kommt in die Tasche. Die Angst zu sterben, im Bett, vor lauter Langeweile, und keine Hoffnung mehr auf ein Wunder, ein Boot auf dem Fluß. Ich gehe die Straße runter, rechts herum, die Häuser wie immer, komme zu dem Café, die Sonne ist aufgegangen, die roten Stühle winken, sie lächeln, warum wohl? Ich halte ein, schaue zu Boden, da sind meine Füße ohne Schuhe, die habe ich vergessen, zusammen mit der Angst und der Tasche zu Hause. So gehe ich ins Café, auf einen roten Stuhl, der ist wie ein Thron, und drehe das Gesicht der Sonne zu. Das wird warm, so warm wie noch nie ein Gesicht gewesen, und ein Lächeln kommt über die Wärme, und ich denke, wenn ich weiß, wie es wird, wie jede Minute meines Lebens aussieht, dann muß ich doch nicht dabei sein.

Die Menschen in meinem Viertel bringen sich oft um und reißen dabei große Löcher in die Böden der Wohnungen über ihnen. Sie haben Krebs, Thrombosen, Schlaganfälle und Leberzirrhosen, sie verbringen ihr halbes Leben im Krankenhaus, es ist ihnen egal, wenn Organe entfernt oder Glieder entnommen werden, denn einen Körper, den sie fühlen, haben sie nie besessen. Sie schieben ihren Tropf in die zugige Auffahrt des Spitals, rauchen eine und sind vermutlich froh, für eine Zeit der Hölle daheim entkommen zu sein. Zufrieden, endlich eine Aufgabe gefunden zu haben. Als professionelle Kranke kennen sie sich aus mit lateinischen Begriffen und Kassenzuständigkeiten, mit Kurverordnungen und Nebenwirkungen. ENDLICH MAL WAS, WO SIE SICH AUSKENNEN. Die Krankenhäuser,

überfüllt mit unansehnlichen Menschen, dicken, dummen, häßlichen und geschundenen, ihr Leben stimmig, sie können Kinder sein und werden versorgt, müssen nicht denken, sind nicht verantwortlich, das sind die da oben – und wehe, das Mittagessen kommt nicht pünktlich.
Dunkel wird es und in den Wohnungen blaues Licht. Lauern auf das Ufo, in dessen Kometenschweif man in eine bessere Welt schweben wird. Sollte das wider Erwarten nichts werden, dann Selbstmord, aber langsam, damit man was davon hat, die Qual spüren fünfzig Jahre lang. Auf Sitzgruppen quellen Einsame, mit leeren Flaschen auf dem Tisch, mit verschimmeltem Brot auf dem Tisch, leeren Pizzaschachteln, und vielleicht liegt da ein Toter am Boden, MAYBE ist er auch nur besoffen. Saufen bis zur Ohnmacht, was sollen sie sonst machen, die armen Schweine, das Sterben dauert doch so lange, da werden ihnen Organe entnommen und Raucherbeine abgesägt, aber gestorben wird nicht.
Glücklich, die Arbeit haben, hier in meinem Viertel, aufstehen können morgens um sechs, zu müde zum Denken, Kaffee aus Maschinen trinken, die sich selber programmieren. Die haben sie mal bei einer Tombola des Kegelvereins gewonnen. Manche besitzen noch Geschlechtsorgane hier im Quartier. Dann wollen sie spüren damit. Mehr spüren, daß etwas passiert, etwas nur, oh bitte, bitte, aber ein Akt ist immer nur ein Akt, und dann fesseln sie sich, das haben sie im Fernsehen gesehen, und schlagen sich ratlos mit Pferdepeitschen.

O-TON HANNE So Rudi, ich hau da also mal drauf. Kommt es dir?

Sie befestigen Klammern an ihrer Haut, und wenn das nichts hilft, gehen sie in einen Swingerclub.

O-Ton Hanne Los, wir machen das mal, das tut uns gut, da kommt wieder Schwung rein, hat er gesagt, die Hände gerieben, das Geräusch, das reibende Hände machen, die man nicht mag. Ich habe nichts gesagt, was hätte ich auch sagen sollen, wo ich doch schon so lange geschwiegen hatte, weil ich keine Worte für ihn fand, nichts, was ich ihm sagen wollte, außer schreien, schreien würde ich, wenn ich den Mund aus Versehen öffnen würde, eine Stunde schreien für jedes Jahr meines Lebens, das mich mehr hat versteinern lassen. Wie er kaut und spuckt, wie Schlaf in seinen Augen klebt und Speichel in den Mundwinkeln. Aber was hätte ich tun sollen? Und stehe dann an der Bar, die ist aus Sperma, tut aber wie Kiefer geflammt. Die Böden, die Decke, alles prima Kiefer, selbstgemacht vom Besitzer, er baut so gern, der Horst, kann nie stillsitzen. Es tropft, schleicht die Beine hoch, sehr kalt. So kalt das Herz. Wenn es nur kotzen könnte. Ich schaue die Tiere auf alten Matratzen, ein paar Schweine sind gekommen, Kühe auch, ein Reptil und mehrere große Vögel, stecken ineinander und machen Laute. Einige platzen. Das tut uns gut, so was gemeinsam unternehmen, murmelt er mir feucht in den Nacken, während seine Hand die Brust einer Frau knetet, die nicht ich ist. Ich sehe es, und das Schlimmste ist, daß es nichts mit mir macht, daß ich nichts fühle, außer ein klein wenig Erleichterung, daß es nicht mein Körper ist unter seiner behaarten Hand, die nicht mal behaart ist. Schwarze Strümpfe an dicken weißen Beinen, die Ballen so deformiert, das kann man inzwischen operieren, wegschneiden. Einer hinter der Bar, ein Eber, glotzt, Schleim aus dem Mund. Das ist sie, die Freiheit. Frei sein, frei sein, frei sein, nicht sitzen an unserem gelben Tisch, den Verfall schauen, das Scheitern schauen, jeden Morgen und Abend, und draußen ist der Hof, da ist auch nichts los, die Lastwagen zählen am Wochenende, Steine drauf, damit etwas passiert. Und ich an der Bar, er in dem Schwein mit schwarzem Strumpf, grunzt und winkt mit seiner Tatze, so traurig hat noch nie eines geschaut wie die darunter. Und ich in Unterwäsche an der Bar aus Sperma, und eine Lampe oben aus gehämmert, schaue zur Decke, so lange her, daß einer sagte, wie du schaust, in die Luft, die möcht' ich sein, bis die Decke bricht und der Himmel, meine Güte, warum geht fliegen nicht? Weil der Himmel aus Dummheit geworden, aus grau, und Leben ist schlechter Geruch. Bewegen geht nicht mehr. Wozu auch. In der Pause fressen sie Würste, das Fett auf den Gesichtern, und ich an der Bar, der Eber legt Hand an, ist doch egal, da ist nichts zum Fühlen. Zu sagen gar nichts. Das ist das Ende, Berührungen, Fleisch und Haß auf die anderen, der gelbe Tisch, die gelben Zähne, warum hat uns keiner gewarnt, sagen einem doch sonst jeden Scheiß, und ich an der Bar, zu gefroren zum Kotzen, zum Weinen tauge ich nicht. Laß es frühmorgens sein, die Sonne nicht zu sehen, gehe ich in Unterwäsche die Straße entlang, noch nicht mal Pfützen, noch nicht mal Regen.

Sie sitzen morgens in ihren Küchen und können nicht leben, nur frieren, weil sich die Nachtspeicherheizung um vier Uhr abschaltet, nur auf die Straße taumeln, zur Arbeit, wo es immer zu hell ist und zu kalt, wo sie die Kollegen nicht mögen und nicht, was sie tun, und dann wieder auf die Straße, im Dunkeln, am Abend, in den Supermarkt, und heim, nur nicht ausgleiten auf der feuchten Straße, vor den Fernseher, Ölsardinen essen, Bier trinken, bis alles verschwimmt, und ins Bett fallen, ins kalte Schlafzimmer, und weg. Das Problem sind die Wochenenden, da wird gesoffen, gerne auch im Verein, oder auf einer Bank im Park die Vögel angesehen, und selbst die gehen weg, wenn sie können, irgendwohin, wo sie meinten, es sei schöner. Ist es aber nirgends mehr. Da hockten sie in Afrika, die dummen Viecher, schauen auf entlaubte Bäume und

Müllhaufen, dann kommen die Geier. Die Jahre vergehen auch ohne Vögel sehr schnell, und auf einmal sitzen sie, die Maschinisten, Lageristen und kaufmännischen Hilfsarbeiter, morgens am Küchentisch, und nichts zum Hingehen ist mehr. Weil sie die Arbeit verloren oder Rente bekommen haben, und lange überlebt das keiner, das Sitzen am Tisch in der Küche.
In dieser Nacht, von der niemand weiß, in welcher Jahreszeit sie sich aufhält, beobachte ich die Lichter an der Zimmerdecke, alle halbe Stunde eines von draußen, bis ein dunkler Morgen anbricht.

6 Die Stadt wird munter. Harkan erzählt von Schweinen. Seine Mutter von Steinen und Brüsten. Und Rea von Würmern.

Montag und die Welt atmet auf. Muß nicht mehr die Last der Paralysierten tragen, die in ihren Wohnungen hocken. Durch ihre Bewegungen verteilt sich der Druck nun auf der Oberfläche.
Geradezu ein Tänzeln scheint es auf den Straßen. Scheinwerfer an, kleine Plüschtiere vom Himmel, rote Bänder in der Luft, Musik dazu, The Famous Blue Raincoat, Applaus! Autokolonnen, sich gegenseitig tretende Passanten, die Gesichter zur Faust gefaltet, was denn – schon wieder nicht recht? Sie müssen arbeiten, so ein Mist, haben doch auf Reichtum an der Börse gehofft, ihre Bausparverträge gekündigt, alles in T-Aktien oder den Neuen Markt investiert, sich clever und irgendwie reich gefühlt – klar mach ich auch an der Börse, so schwierig ist das gar nicht, wenn man sich informiert, ich telefoniere täglich mit meinem Broker –, und nun ist alles weg, ein Grund mehr, Amerika zu hassen, haben die nicht mit dem Aktiendreck angefangen? Jetzt ist alles schlimmer als vorher, weil es keine Hoffnung mehr gibt und sie jeden Tag die Arbeit verlieren können, vor allem wenn sie alt sind, über 40 und damit eigentlich schon tot.
Durch das Zwielicht des gelbgrauen, verregneten Morgens gleiten lautlose neonerleuchtete Busse, die Scheiben von fettem Atem schlechter Esser beschlagen, die Menschen wie kleine müde Kinder, die von alleinerziehenden Müttern aus der Nacht gerissen wurden, verstaut, versorgt, verlassen. Ich halte mich dicht an den Hausmauern, mein Mantelärmel (schwarz) wischt Putz (ocker) ab, würde ich die Wände nicht spüren, käme ich ins Trudeln und würde stürzen, in den Gully gleiten wie ein feuchter Luchs (grau).

Und wie es riecht, nach altem, ungewaschenem Keller. Und wie da die Tiere tot liegen, weil sie gesoffen haben und den Abflug verpaßt, und dann schlittert man so durch die durch, das ist so, so gut. Und dann das Laub, die Sau, und wie es runterfällt, noch gar nicht tot, stirbt erst beim Aufschlagen aufs Pflaster, aauhhh, oh ja, gut ist das, wie es schreit dabei, und dann die gebrochenen Beinchen und Ärmchen, wahhh, wie das weh tut, und die Blumen, die verrecken richtig, die verwesen quasi am Stück, dann kommen Tiere und essen davon, und die sterben auch, weil es gibt BODENFRRRRROST, und der ist kalt.

Meine Güte, hoffentlich haben alle eine Wohnung. Und selbst wenn, auch in Wohnungen hat es mithin keine Heizung, da hocken die Messies inmitten alter Pizzaschachteln. Und da, schau, der Regenwurm, der Igel und der Schneck ziehen los zum letzten Ausflug auf nebliger A 40. Feuer wäre gut jetzt, ja, bitte Feuer, das Knistern, und wie das riecht, schnell ein wenig Benzin drauf, und schau, wie das brennt, so klar und hell, und wie es riecht, so gut. Und der Regen, der Dauerregen, wie er die Erde penetriert, gewaltsam, die will das gar nicht, die ist schon gestopft und muß brechen, wenn da noch mehr kommt. Und so weiter.

An mein Quartier klammert sich das Viertel der traumatischen Schuß- und Stichverletzungen. Die Welt, in der junge Einwanderersöhne hassen. Vom Aufstehen an. Sehr: Amerika, den Westen, den sie beneiden, dem sie sich unterlegen fühlen, das Land, in dem sie leben müssen, weil es bei ihnen daheim keine Nike-Turnschuhe und Boss-Anzüge gibt, oder weil ihre Eltern, Allah sei ihnen gnädig, sie im ungläubigen Land geboren haben. Sie hassen, um etwas zu fühlen, das die gleiche Geschwindigkeit hat wie der Druck, mit dem ihnen das Blut die Hormone durch die Adern jagt. Es ist immer gut, eine Aufgabe zu haben, um die innere Leere zu füllen.

In diesem Viertel liegt das überschüssige Testosteron der jungen Zuwanderer wie satter Schmand auf dem Boden, sie gleiten darauf aus, die jungen Männer, und schon wieder einer tot, mit einem Messer in der Flanke.
Es gibt vieles, das man an der westlichen Welt hassen kann. Es gibt vieles, das man an der östlichen, dritten, islamischen, kapitalistischen, kommunistischen Welt hassen kann. Es gibt Männer, die man hassen kann, und Frauen, die man hassen kann. Eigentlich kann man alles hassen, da muß man sich keine Mühe geben. Kann aufstehen und hassen und weinen, denn die Welt ist ein ungerechter Ort, ein feindseliger Platz, und gut meint es keiner mit keinem.

O-TON HARKAN – IN HEIMATSPRACHE, SIMULTAN ÜBERSETZT Ich bin 20 und arbeite in diesem kacke Schlachthof. Erst war ich bei den Rindern, das war schon Dreck, es war kalt, ich war 16 und habe die Arbeit kaum geschafft, so mit den Rinderhälften. Ey Mann, die sind schwer, die Viecher. Dann wurde ich zu den Schweinen versetzt. Ich meine: SCHWEINE. Ich hab gesagt: Hey, das könnt ihr nicht machen, ich bin Muslim und so. Aber das war ihnen egal. Vorher war ich nicht groß gläubig, aber da hat es angefangen. Ich ging jeden Morgen um vier auf Schicht und habe es gehaßt. Es war klar, daß es nie etwas anderes geben würde, als um vier auf Schicht gehen und danach k.o. ins Bett zu fallen, vielleicht mal ne Schlägerei am Wochenende.
Ich bin mit zehn in dieses Scheißland gekommen, am Anfang fand ich es noch spannend, als Kind. Aber später merkte ich, daß ich nie dazugehören würde, zu denen, die alles geschenkt kriegen. Ich sprach die Sprache nicht gut, ging in der achten Klasse ab und na ja. Nun arbeite ich also mit diesen Scheißschweinehälften, das Pökelsalz hat mir die Haut verätzt. In einer Mittagspause habe ich in einer

Illustrierten gelesen, die in unserem Aufenthaltsraum lag, daß sich die reichen Tussen jetzt BO-TOX spritzen lassen. Da stand, daß es eines der stärksten Gifte sei, die existieren. Das interessierte mich, obgleich ich nicht zu sagen gewußt hätte warum.

Infohaufen

Botulismus ist eine sehr schwere bis lebensbedrohliche Lebensmittelvergiftung, die durch den Verzehr von schlecht konservierten Lebensmitteln ausgelöst wird, die Botulinumtoxin enthalten. Botulinumtoxin ist ein Neurotoxin, das von dem Bakterium Clostridium botulini gebildet wird und schädigend auf das Nervensystem wirkt. Durch das Gift wird die Übertragung von Nervensignalen zwischen Muskelzellen blockiert. In der Folge ist der betroffene Muskel vollkommen gelähmt. Botulinumtoxin gehört zu den stärksten bekannten Giften: Bereits 0,1 Mikrogramm, das sind 0,0001 mg, sind für den Menschen tödlich.

Botulinumtoxin wird meist mit der Nahrung aufgenommen, besonders gefährlich sind eiweißreiche Konserven, zum Beispiel Fleisch, Fisch oder Hülsenfrüchte, die mit Clostridium botulini verunreinigt sind. Unter Luftabschluß können sich die Bakterien gut vermehren und Toxine bilden. Bei industriell hergestellten Konserven ist diese Gefahr verhältnismäßig klein, selbstgemachte Konserven bergen ein höheres Risiko. In ca. neunzig Prozent aller Botulismusfälle waren selbstgemachte Konserven die Ursache. Verdächtig sind alle Konserven, die durch Gasentwicklung aufgetrieben sind, beziehungsweise Gläser, deren Deckel nicht auf der Gummidichtung haften. Eine erhöhte Gefahr geht auch von geräuchertem Fleisch und Fisch aus. In den westlichen Industrienationen sind Vergiftungen mit Botulinumtoxin mittlerweile sehr selten geworden.

Entscheidend für die Verbreitung des Toxins ist die Fähigkeit von Clostridium botulini, Sporen zu bilden. Durch das Erhitzen der Lebensmittel auf ca. 100° C werden zwar die Clostridien abgetötet, die Sporen aber sind hitzestabil und können ein Erhitzen auf 100° C für mehrere Stunden überstehen. Das Toxin kann auch eingeatmet und über die Lunge aufgenommen werden. Dies ist aber sehr selten der Fall. Eine weitere, eher seltene Form der Aufnahme des Botulinumtoxin erfolgt über Wunden, die mit Clostridium botulini infiziert sind. Die Inkubationszeit beträgt nach Aufnahme des Giftes in der Regel zwischen 12 und 36 Stunden. Je kürzer sie ist, um so schwerer ist die Vergiftung, und dementsprechend höher ist die Sterblichkeitsrate. Bei kleinen Giftmengen kann die Inkubationszeit bis zu zehn Tage betragen.

Meist sind von der Vergiftung zuerst die Augenmuskeln betroffen. Die Patienten sehen verschwommen, sind lichtscheu, klagen über Doppelbilder und können die Augen nur schwer geöffnet halten. Im weiteren Krankheitsverlauf treten Zeichen der Bulbärparalyse auf, also Lähmungen der Lippen-, Zungen-, Gaumen- und Kehlkopfmuskulatur. Dies führt zu Sprech- und vor allem schweren Schluckstörungen mit der Gefahr der Aspiration, also des Verschluckens von Speisen, Getränken oder Speichel in die Atemwege. Die Schluckstörungen werden durch eine ausgeprägte Mundtrockenheit verstärkt.

Greift die Lähmung auf die Muskulatur der inneren Organe über, treten Übelkeit, Erbrechen, Durchfall, später Verstopfung und krampfartige Bauchschmerzen auf. Die Lähmungen breiten sich vom Kopf absteigend auf alle Muskeln aus. Besonders gefährlich ist eine Lähmung der Atemmuskulatur, die unbehandelt zum Erstickungstod führt. Während des gesamten Krankheitsverlaufes sind die Patienten bei vollem Bewußtsein.

Das gefiel mir irgendwie speziell gut. Wie einfach das Gift herzustellen war, das volle Bewußtsein und das stärkste bekannte Gift – das prägte sich mir ein. Am nächsten Tag ging ich besser gelaunt in die öffentliche Fleischhalle.

Bis vor kurzem wußte niemand in Europa, was eigentlich Islam heißt oder Wahabismus, aber auf einmal sind alle Orientkenner geworden, die alles irgendwie verstehen können, die armen gedemütigten Araber, und was sie in den fundamentalistischen Wahn treibt.

TV-Infohaufen 20h – 22.35h

Jahrzehntelang hat sich der Westen im Nahen, Fernen und sonstigen Osten bedient, wie an einem Buffet bei einer schlechten Vernissage. Hat die Länder, die sich heute durch interessante Terroraktionen hervortun, kolonialisiert und unterdrückt, Monarchen gestützt und Bürgerkriege am Leben gehalten, denn wo Krieg ist, da sind Leichen und Elend und kein Nachdenken, man hielt die Länder künstlich in Armut und Abhängigkeit. Der Tourismus gedieh gerade in den Ländern Afrikas und Asiens, in denen Militärdiktaturen das Volk aus attraktiven Gebieten vertrieben hatte, um Bungalowsiedlungen zu bauen. In Europa kümmerten sich Franco und die Obristen in Spanien und Griechenland um die Touristenhorden, auf den Philippinen, in Tunesien, Indonesien und Kenia waren es vom Westen unterstützte Diktatoren, Marcos, Bourguiba, Suharato, die für ein touristenfreundliches Klima sorgten. Das bedeutete natürlich auch, daß die armen Einwohner verschwinden mußten, sie durften höchstens bunte Gewänder tragen und Folklore sein. Ansonsten wurde den Einheimischen der Zugang zu den Touristenghettos mit Waffengewalt verwehrt. Reichtum lebte neben Slums. Die religiösen Stätten Balis mußten Urlauberdörfern Platz machen, heute ist das Land ein

kulturelles und ökologisches Schlachtfeld. Der Einfall lärmender, halbnackter Touristen in Gebiete, die den Einheimischen heilig waren, war wie eine Besetzung durch eine Armee. Die Selbstverständlichkeit, mit der westliche Menschen einen anderen Umgang mit Nacktheit und Sexualität ignorierten, spiegelte ihre Siegermentalität, das Sammeln kultureller Artefakte als Andenken kam dem Plündern gleich. Die Eroberermentalität, die neue Form des Kolonialismus, der Massentourismus, walzt alles an Tradition und Selbstbewußtsein der Gastländer platt.
Nackte, fickende, zugedröhnte Arschlöcher in Goa, fette Reisende, die Massaitänze bestaunten – daß in einer Kettenreaktion Länder zum Islam fanden, die sich vorher einen Scheiß um Religion gekümmert hatten, ist doch verständlich. Eine Religion hilft Leuten, ihr Gesicht zu wahren und im Namen Gottes Rache zu üben. DAS KANN MAN DOCH VERSTEHEN. Alles klar. So reden alle, die meinen: Schuld sind die anderen. Wir haben keine Aktien und kein Geld auf der Bank. Wir fahren nicht in Urlaub und kaufen nur einheimisches Obst. Ihre guten, analytischen Gehirne und die innerlich zum Gebet gefalteten Tatzen nicken zu ihrem Weltverständnis und verurteilen das System, das sie ernährt, und zwar nicht schlecht. Die europäischen Intellektuellen, Parasiten, Inkontinenzler, Päderasten schmieren, geifern, labern, und viele tun es ihnen nach, denn es hat ihre Familie noch nicht erwischt – jede Attitüde wird uninteressant, wenn deine Lieben ohne Kopf in einer Disko rumliegen. Wir stehen kurz vor der Phase des bedingungslosen Hasses, da jeder ein Opfer zu betrauern hat, und sei es der Ausfall des Tunesien-Urlaubs. Sicherheit wird es im Westen nie wieder geben. Frieden wird es in Afrika, in den arabischen Ländern, in Indonesien nie wieder geben. Die Verelendung der Welt kam wie das Alter – so langsam, daß man es lange Zeit nicht wahrnahm und dann mit einem Schock erwachte. An einem Dienstag vor dem Spiegel.

Im Zuwanderer-Öko-Sozialhilfeempfänger-Viertel ist es morgens schon sehr umtriebig. Frauen mit Kopftüchern watscheln in Gemüseläden, sie verstehen nach 40 Jahren kein Wort der Sprache des Landes, das sie ernährt, ihnen Moscheen baut und Rente zahlt. Einige nicken vielleicht beifällig, wenn ihre Gatten ihnen Storys aus der alten Heimat vorlesen.

O-TON AISHE – IN HEIMATSPRACHE, SIMULTAN ÜBERSETZT Ich bin da nicht völlig ohne Mitleid. Zwei Frauen gesteinigt, ja sicher, als Menschen tun sie mir leid. Aber sie haben Gesetze gebrochen, heilige Gesetze. Jeder muß sich daran halten, weil die Welt sonst verrückt wird, weil es sonst keine Ordnung gibt. Wenn ein paar ausbrechen, folgen die anderen. Sie lügen und betrügen, sie töten und achten die Familie nicht mehr. Wir alle müssen uns an die Gesetze halten, sonst sind wir nicht wert zu leben. Sonst bekommen wir das Böse in uns, das wird wie eine ansteckende Krankheit. Wir sind zu unbedeutend, um ohne Regeln zu leben, zu dumm. Wenn ich raus muß, dann bin ich verschleiert und mir ist wohl so. Der Streß – wie seh ich aus? Kann ich so rausgehen? – entfällt. Ich ziehe mir mein schwarzes Gewand mitunter nur über das Nachthemd und fertig bin ich. Mich schaut keiner an, das entspannt sehr. Ich beobachte, wie sich Männer hier Frauen nähern – ohne jeden Respekt. Und die Frauen denken, sie wären wertvoll, wenn viele Männer sie begehren. Männer begehren für einen Moment alles, was sie reizt. Die Frauen werden benutzt, beschmutzt und verlassen. Sie sind einsam und verbittert – das soll der Fortschritt sein? Die Frauen, die ich kenne, sind verheiratet, sie haben eine Funktion und eine Familie, sind geschützt und sicher. Sie sind gut gelaunt und werden gerne alt. Die Frauen hier wehren sich gegen das Alter, weil sie allein sind. Sie wollen Jungfräulichkeit vortäuschen, aber das glaubt doch keiner. Eine

50jährige mit kurzem Rock! Im Fernsehen haben sie eine Serie über Schönheitsoperationen gezeigt, junge Frauen ließen sich Brüste machen, die abstanden wie Minarette. Sie haben das gezeigt – die Operation und die Brüste – vor Millionen Menschen. Mir ist schlecht geworden, die armen Frauen. Meinen Mann interessieren meine Brüste nicht mehr. Wir kannten uns nicht vor der Hochzeit. Dann hatte er Freude an meinem Körper, ich habe ihm Kinder geschenkt, für ihn gekocht und ihn gepflegt, wenn er krank war – ihm sind meine Brüste egal und mein Alter, er respektiert mich. Das sind menschliche Werte. Was uns hier umgibt, ist der Untergang. Ich aber liebe die Menschen. Warum also sollte ich etwas gegen eine Steinigung haben, ein Gesetzesbruch ist der Beginn des Untergangs, und der muß verhindert werden.

Moscheen, Gemüsehändler, das wunderbar pittoreske Bild eines Basars. Pittoresk, das Lieblingswort übergewichtiger Frauen, die in grobgestrickten Pullovern, Leggings und Mephisto- oder Arche-Schuhen durch das orientalische Viertel tigern, interessiert an der Kultur, aber eigentlich Geschlechtsverkehr mit einem Hassan oder fremdländische Erregung suchend, mal etwas anderes riechen als Tofu, etwas anderes sehen als die Frauen in der Wechseljahrgruppe, die Augen zu und träumen, sie hätten es woandershin geschafft, wären wer anderes, ein besserer Mensch zum Beispiel.

O-TON REA Könnte ich, wie ich wollte, würde ich mich so beschreiben: eine Frau ohne Alter. Nie wirklich jung, nie furchtbar alt – so dazwischen quasi von Geburt an. Mein Gesicht würde immer ein wenig glänzen, meine Figur wäre weiblich, und ich würde mich nicht schminken. Meine beizeiten ergrauten Haare färbte ich nicht und ließe sie offen in den Elementen flattern, denn Elemente spüren, das wär' irgendwie meins. Ich würde unglaublich gerne mit Material arbeiten. Ich liebte es, das Material zu spüren und mit ihm eins zu werden, tät' ich allen erzählen, die in meinem Quartier lebten. Leute wie ich. Echte Demokraten, in die Jahre gekommen, immer mild lächelnd und sagend: Man muß doch positiv denken. Ich lebte in einer knuffigen Altbaubutze, so 16. Jahrhundert sag ich mal, und da wär' ich dann so eins mit dem Material. Ich würde malen oder töpfern oder mit Holz oder scheiß der Hund drauf, und in einer Altstadtgalerie hätte ich immer mal wieder eine Ausstellung, dann kämen die Leute aus meinem Quartier und würden von der Ware kaufen und sagen: Das ist so, so lebendig. Ja, und zugleich urban, würde ich antworten und meine Hände über meinem naturbelassenen Bauch falten. Meine Gebärmutter und ich, wir wären schon zwei rechte Racker. Nachts würde ich ab und an um die Häuser ziehen und Rentner totschlagen. Unglaublich eins wäre ich auf jeden Fall mit der Natur. Von ihr hätte ich meine Inspirationen, das Murmeln eines Baches, das Lied der Föhre und der Duft eines frisch ausgeweideten Rehs, dessen Gedärme ich noch brühwarm in mich gestopft hätte, das wäre mir der Busen der Natur, an dem ich säugte. Manchmal, bei Vollmond, würde ich mit Engeln reden, und Tee würde ich trinken, literweise Tee, und Müsli und solche Krätze würde ich verputzen. Ja, ich wäre Künstlerin durch und durch, am Nachmittag würde ich arbeiten, in meinem Atelier, ich würde mit dem Material arbeiten, und ich würde es nackt tun, damit sich meine weibliche Inspiration mit dem Material vereinigen würde. Viele kleine Läden würden meine Kunst verkaufen, davon könnte ich mehr schlecht als recht leben, aber Geld bräuchte ich nicht so viel, weil wir ja irgendwie alles in uns haben. Das Paradies tragen wir in uns und alle Möglichkeiten, und man muß nur lernen, die inneren Quellen anzuzapfen. In meiner Freizeit ginge ich zu Lesungen, am liebsten Geschichten aus der alten Heimat und Gedichte, und zu Klavierkonzerten, und irre gerne ginge ich auf Stadtteilfeste, wo man multikulturellen Austausch haben kann, und ich würde immer sehr laut lachen und lebensfroh meinen Kopf in den Nacken werfen. Ab und an würde ich ein paar Scheunen in Brand stecken, manchmal wären Tiere in den Scheunen. Ich würde mit der Sonne aufstehen und meine sieben Tibeter machen, dann auf den Wochenmarkt, ein Schwätzchen halten, ein paar Randen für lecker Saft kaufen, vielleicht noch auf einen Sprung in die Frauenbadeanstalt und dann heim, mich mit Freundinnen treffen, arbeiten, in der Natur sein, und unglaublich gerne würde ich kleine Tiere, Hunde und so etwas in meiner Wohnung schächten. Ich würde mich mit ihrem Blut beschmieren und dazu Techno hören. Dann würde ich in den Keller gehen, wo der Ladenbesitzer gefesselt an einem Eisenrohr vor sich hin krepieren würde. Ich würde schauen, ob schon Maden in seinen offenen Wunden herumtollen, und wenn ja, würde ich davon essen. Ab und zu würde ich Flugzeugabstürze herbeiführen oder Gasexplosionen, ich würde Bürgerkriege anzetteln und mit Flammenwerfern durch die verschissenen Gassen toben. Schafen, lebendigen, würde ich Rollen an die Tatzen nageln und sie durch die Auen schieben. Ich würde morgens, mittags und abends Eigenurin trinken, und irgendwann würde ich mich bei meinen autoerotischen Spielen selber strangulieren.

Blöde Plunzen. Und es regnet immer noch.

7 Wie viele unerwünschte Gedanken hat man pro Minute? Die Heldin denkt über Liebe, Sex und Berufe in der Vergangenheit nach. Im Anschluß wird sie ein wenig traurig.

Hinter dem Basarviertel beginnt der Standardhöhepunkt europäischer Scheißstädte – die 70er-Jahre-Fußgängerzone. Kleine Läden, die fliederfarbene Twinsets mit Pailletten verkaufen, Strickgeschäfte, die Wolle und Strickmaschinen und kleine Porzellanfiguren verkaufen und ZEUG, wo einem nichts mehr einfällt, außer der Frage: Wie sehen die Fabriken aus, die das herstellen? Cafés, die nun auch hier Milchkaffee verkaufen. Restpostenläden, Videotheken, Geschenkboutiquen und Wurststände, die inzwischen Kebabbuden heißen. Croqueläden mit Salatbar und Steinplatten am Boden. Kleine einbetonierte Bäume, Bondagetrees. Ein Lichtspielhaus, in dem Spidermann läuft und Harry Potter oder irgendein anderer Scheißdreck, mit dem die Menschen ihre Zeit rumbringen sollen. DIESE LEERE. Und danach in ein Erlebnis-Pub und Dart spielen, Rouletteautomaten spielen, in eine Event-Badelandschaft, ins Disney-World, auf den Rummel, zu Fetischpartys, Tupperwarepartys, Gleitcreme-Dehnungs-Faust-Partys, weg, nur weg mit dem Leben, vielleicht wird das nächste besser.

O-TON HERTA Die da oben werden mir ja wohl ein besseres Leben geben, wenn das hier alle ist. Ich zahl schließlich Steuern.

Das Highlight der Fußgängerzone, die unterdes bestimmt anders heißt – Fun Gliding Area oder Laufzone –, ist DER Brunnen. Auf gelbschlierigem Kachelboden Eispapier und ein Kondom, aus einer Beton-Metall-Geschwürkapsel

Wasser, das man nicht berühren sollte. Hinter dem Brunnen und dem Stadtkerndreck das Viertel der Bürger. Ärzte, Analytiker und Bordellbesitzer leben in kleinen Villen, die weiß sind und blau, und grün abgesetzte Fenster haben, und hinter den Fenstern Licht, warm, und hm, ein guter Geruch nach gutem Kaffee, gutem Leben und guter Familie, die noch sagt: I love you, Daddy, und Daddy sagt: Oh, I love you auch, kleiner Ralf, und Mittelklassewagen, aber mit starker Tendenz in das obere Preissegment – der bekommt nachts ein Wolledeckchen übergelegt, so lieb ist man hier mit seiner Familie und seinen Geräten. Kleine Hunde liegen hinter alten Gittergartentüren, aus Garagen riecht es nach Öl und Heimat, es nieselt, zart verhangene gelbe Laternen, Kreise aus Licht, ein verzweifelter künstlicher Vogel singt. Weiter, leise, wir wollen sie nicht wecken …
Die Stadt besteht ferner aus: dem alten Industrieviertel, keine Industrie mehr wegen Pleite, aber viele CLUBS, und Lounges und Chillrooms und Designer Outlet Stores und Läden für Taschen. Unbedingt TASCHEN.
Ja, kleine Stadt, so gerne ich dich schonen möchte, muß ich dir doch sagen: Du bist wirklich wahnsinnig häßlich. Manche Menschen wurden hier geboren, andere hat es angeschwemmt, und die sind geblieben, weil sie irgendwann wußten, wo sich der Bäcker aufhält, es die besten Nudeln gibt, wo das Arbeitsamt ist und wie ihre Sachbearbeiterin heißt. Vielleicht haben sie auch eine Wohnung mit einem Partner bezogen, der Partner hatte einen Beruf, es folgte ein Kind und schließlich – was soll man auch woanders? Ein paar glamourös aufgeheizte Orte hat es auf der Welt, Paris, New York oder Rom, und einige Mutige ziehen in solche Städte wegen des Traumes, den sie natürlich nicht finden, sondern ein Viertel, das sich nur unwesentlich von dem unterscheidet, das sie verlassen haben, in ihrer alten Heimat. Ein Umzug vermittelt einem das

stattliche Gefühl von Bewegung. Etwas mit Neuanfang und Mut geistert im Kopf des Umziehenden. Aber ungefähr nach einem Jahr merkt er, daß alles weitergeht wie zuvor.

In den ersten Monaten, da ich neu in der Stadt war, stand und saß ich abends in Bars herum, um Leute zu finden, Männer, die große Liebe, will sagen: einen Sinn. Ist man jung, denkt man, es gäbe einen, und das Unglück der Jugend erwächst aus diesem Irrtum. Alle wüßten, so glaubt man, worum es geht. Wie sie liefen, so schnell, so zielgerichtet, die anderen mußten doch etwas gefunden haben, das ihnen eine Rechtfertigung für ihre Geschwindigkeit gab. Dachte man. Und kam sich selber wie taub vor, wie tot und auf der Stelle tretend. Manchmal ging ich mit einem Herrn weg, aus einer Bar, die eigentlich eine Kneipe war, und der Herr war eigentlich noch ein Junge. Die sahen immer gleich aus, dünn und blaß, mit dunkel gefärbtem, langem Haar und engen, zerrissenen Hosen, unter alldem war ein blasser kleiner Körper, und mit dem dann schweigend zu ihm oder zu mir, was egal war, denn ungemütlich hatten wir es immer, und dann zogen wir uns aus und verkehrten, was ich bereits während es geschah vergessen hatte. Gelogen, an meinen ersten Akt erinnere ich mich noch gut: Er kam zu mir, spielte natürlich in einer Band und sah aus, wie sie alle aussahen. Er packte seine Tasche aus, zog einen engen, bunten Aerobicanzug und Stöckelschuhe an und bat mich, ihn zu tragen. Ich trug ihn, weil ich nicht wußte, warum nicht. Schleppte den unterernährten Kerl in seinem Jane-Fonda-Outfit in meiner Bude herum, während er dankbare Laute von sich gab. Für mich war es auch schön, danke. Das war mein erster Geschlechtsverkehr. Dachte ich.

Weil wir gerade vom Verkehr reden – ich glaube, daß sich keine Frau wirklich dafür interessiert. Die Sache wurde kompliziert, als die Geschlechtlichkeit wie ALLES erklärt

und verstanden werden mußte. Auf einmal jagten Frauen nach einem Orgasmus. Verspannten sich, fühlten sich zu kurz gekommen, ausgebeutet. Aber das kann doch nicht sein, daß es um diese kleine halbsekündige Spasmenreaktion geht. Früher war den meisten Frauen der Akt etwas Albernes, sie spielten wie ein Kind mit Puppen, mit der Reizbarkeit der Männer. Zogen sich alberne Strapse an, zeigten die Möse, nach ein paar Sekunden war die Sache vorbei, und alle hatten ihre Ruhe. Selbst schuld, die Damen, die nun stundenlang ungeschickte Liebkosungen ertragen oder sich nach G-Punkten untersuchen. Ihr habt euch keinen Gefallen getan.
Manche junge Männer traf ich mehrmals, um mich mit ihnen noch einsamer als allein zu fühlen. Männer, mit denen ich weder zu reden noch zu lachen wußte, und doch suchte ich die kurzen Berührungen, weil ich durch mein Leben torkelte und fror wie in kaltem Wasser. Mit mir verband mich nichts. Junge Menschen haben eine Legitimation, einsam zu sein, denn sie wissen noch nichts von ihrer Austauschbarkeit, von ihrer Ähnlichkeit mit Millionen, wissen nicht, daß Einsamkeit von übertriebenen Egos genährt wird. Um mich waren die 80er Jahre, vielleicht das beziehungsloseste Jahrzehnt, das wir im letzten Jahrhundert erleben durften. Paare waren out, Familien waren out, die Medien predigten den Single-Luxus, kreierten den Yuppie, oder, wenn schon ein Paar, dann wenigstens ein DINK – reiche Börsenfritzen ohne Nachkommen –, und wie so oft manifestierten sich die dummen Ideen der Journalisten: Die 80er schienen bevölkert von armanitragenden Flachköpfen, die in leeren Penthäusern wohnten, die ebenfalls zum guten Ton gehörten. Immerhin war es das letzte Jahrzehnt, das einen klar definierbaren Feind hervorbrachte.
Merkwürdige Jobs hatte ich damals und ständig Angst. Keine Ahnung, warum die irgendwann ausblieb. Viel-

leicht, weil mir das Leben nicht mehr so aufregend schien, und ein wenig egal, wann es endete. Oder weil ich Buddhist geworden war und wußte, daß mit Angst oder ohne zu jeder Sekunde das Schrecklichste mit einem passieren konnte. Damals lief ich mit einem Mann, der aussah wie ein Trenchcoat, durch kalte Wohnviertel, er klingelte bei Fremden, bekamen wir Einlaß, saßen wir auf Ledersesseln vor Schrankwänden, er redete um sein Leben und packte irgendwann, nach langem Gerede, eine Lexika-Reihe aus, die Menschen, die nie im Leben ein Buch angefaßt hatten, auf Raten zu einem völlig überteuerten Preis kaufen konnten. Was manche taten, um sich ein wenig Akzeptanz und Respekt zu erwerben, sie verschuldeten sich dank ihrer Minderwertigkeitsgefühle. Aber wodurch verschuldet man sich auch sonst?
Drei Tage saß ich neben dem Mann und schämte mich, ging mit ihm zurück in die Zentrale der Klinkenputzerfirma und staunte über den hohen Verdienst der Herren, über den Wettbewerb, bei dem der Drückermonatssieger eine teure Reise gewann, der Jahressieger einen Kleinwagen. Staunte über die Menschen, ich verstand nicht, worum es ihnen ging im Leben. Wovon träumte einer, der eine gelbe Bundfaltenhose und einen Bart trug? Der etwas verkaufte, das keiner brauchte, und auf einen Anbau für sein Haus sparte?
Nach drei Tagen paralysierte ich alleine mit Lexikas vor Klingelknöpfen. Am Ende des Tages ließ ich meine Tasche in einem Treppenhaus stehen.
Ich arbeitete zwei Tage in der Küche eines Grufti-Cafés, ich warf mit Tränen in den Augen ungeschälte Zwiebeln in einen Topf, um Suppe zu kochen. Ich ließ mich in einem rosafarbenen Bodydings mit weißen Stöckelschuhen vor einer hellblauen Wand für ein Softsexmagazin fotografieren und empfing in einem Bordell, das in einer billigen Wohnung untergebracht war, Kunden. Alte Hilfsarbeiter,

die sich hinter einem Vorhang von innerlich abwesenden Prostituierten eine Handentspannung geben ließen. Nicht mehr als drei Kunden kamen in 16 Stunden, und in den Pausen, die sehr lang waren, redete ich mit den traurigen Nutten, die einst dachten, ihnen stünde etwas Besonderes zu in ihrem Leben, weil sie irgendwann jung und blondgefärbt gewesen waren. Ich redete mit dem Bordellbesitzer, der eigentlich von einer Imbißkette träumte, und ahnte zum ersten Mal, daß ein Leben sehr schnell erbärmlich zu Ende geht, wenn man nicht aufpaßt. Ich muß das wieder vergessen haben.
Ich habe nicht aufgepaßt. Ich habe auf ein Wunder gehofft. Ich habe kein Ziel, und die Zeit wird langsam knapp. Soviel ist klar: Noch eine Chance wird es nicht geben.

8 Die Heldin erreicht ihre Arbeitsstelle. Eine Putzfrau kommt imaginär zu Schaden und auch andere Frauen nicht gut weg.

Jeden Morgen seit einigen Wochen betrete ich, zu früh um zu erkennen wozu, ein weißes Gebäude, aus Platten geworden, wie nennt man die nur, diese aus Fasern gepreßten Materialien? Innen vergitterte Fenster, Linoleum und etwas, das aussieht wie wenn geistig Behinderte Firma spielen: mit Topfpflanzen, diese Dinger mit den kleinen Blättern, die immer abfallen, und das Gestrüpp sieht immer scheißetraurig aus, mit einem Chippendale-Kalender auf dem Klo, an den Computern Glückwunschkarten, auf denen Mäuse Blumen tragen, und Anzeigen mit nackten Männern aus Zeitungen, in den Schreibtischen Nagelsets, in der Küche Diätdrinkpulver. Alles ist erbärmlich wie ein frisch geschorenes Schaf, das frierend auf einer Wiese sitzt, und es regnet, und das Schaf wimmert, und Mama trinkt Schnaps.

O-TON SCHAF Skol!

Den Kaffeeautomaten an, das Neonlicht an, mich an würde ich sagen, wenn ich auf platte Scherze stünde. Überdies unwahr, denn ich bin um jene Zeit noch nicht vorhanden. Befinde mich weder daheim in meiner dunklen, in jener Jahreszeit, welche es auch sein mag, immer ein wenig feuchten Wohnung, noch in diesem Asbestalb. Das Licht, selbst wenn es unterdes Halogen heißt, ist nur verkleidetes Neonlicht, fällt von oben hart auf die Gesichter und läßt die Leute wie Hunde aussehen. Die Räume riechen nach altem Staubsauger, die Putzfrauen haben kurz vor mich, ja vor mich würden sie sagen, die alten Luder, das Gebäude verlassen, vermutlich um sich von diversen

Hochhäusern in die Tiefe zu stürzen. Da dann zu Beton erstarren, als Mahnmahl der geschundenen Gastarbeiterin. Kann im Anschluß eine politisch aktive Frauenfilmerin eine Doku drüber machen: Ich putzen mich wech.
PPR heißt die Firma, bei der ich seit einigen Tagen sitze. Ich bin immer nur kurz irgendwo, bis ich wieder entlassen werde. Mehr ist da nie.
PPR bedeutet: Petras Public Relations. Petra gibt es nicht. Sie ist bei Gott. Die Firma wird ihr bald nachfolgen, denn im neuen Jahrtausend braucht keine Sau mehr Werbung, PR und Marketing. Der Zenit ist überschritten. 2000 Werbebotschaften täglich, jeder Haushalt besitzt ungefähr 500 Investitionsgüter, auf jeder Keksschachtel gibt es Fernseher zu gewinnen oder Comics, Zahnbürsten sind multifunktional, 4000 verschiedene Waschmitteltabs, und irgendwann ist das Zeug explodiert, und der Mensch wollte kein Kunde mehr sein. Er verweigert sich. Die Leute entrümpeln ihre Wohnungen und Kleiderschränke, sie halten die ganze Scheiße nicht mehr aus, ohne zu kotzen. Auf einmal ist Konsum nicht mehr chic und Marken nicht mehr der Ausdruck von Persönlichkeit. Niemand will mehr Nackte an Häuserwänden sehen oder Heroinmodels oder Wallpaper lesen. Die Menschen, die keine KUNDEN mehr sein wollen, haben ein schlechtes Gewissen bekommen wegen der Imperialisten und Amerika, sie haben sich auf eine gemeinsame Lebenslüge geeinigt. Vor kurzem war es noch Wellness, Wassertrinken, Prada, Lifestyle und Cholesterin. Inzwischen sind Anti-Globalisierung und Frieden der Konsens, mit dem sie sich füllen können, um etwas anderes zu spüren als die namenlose Öde in ihnen. KONSENS MACHT MIR ANGST.
An meinem Schreibtisch beginne ich, Texte mit Schreibfehlern zu füllen. Jemand hat sich die Mühe gemacht, die gemeinsame Sitzung eines Gebrauchtwagenhändlers und der PPR-Agentur aufzunehmen. Nach drei angeregten

Sitzungsstunden, in denen sich Worte zu Sätzen fanden, die ich nur aus schlechten Büchern über die 80er Jahre kenne (»Wir müssen den Approach unseres Unternehmens harder featuren«), wurde die große Herbstaktion verabschiedet. 300 Luftballons, eine Tombola zugunsten verkrüppelter Kinder mit anschließendem Artikel im Werbewochenblatt (»Local media presence«), Sackhüpfen der Top-Verkäufer, ein Freundschaftstontaubenschießen mit echten Tauben. Dazwischen aus dem Fenster sehen, durch schmutzige Lamellen, in etwas, was wie eine haushohe Raucherlunge scheint.

Mittags (»Kommt wer mit zu Pizza-Hut?«) laufe ich an einer stark befahrenen Straße –

Regenwasser gegen Fußgängerbeine, frißt sich bis auf den Knochen, egal, es hat es hier Ärzte, wir sind ja nicht in Bangladesch – Allah sei Dank –

entlang, kaufe Brot aus Sägespänen, Schmelzkäse aus Chemieabfällen, und sitze damit auf einer Bank, die aus irgendeinem Grund an einer sechsspurigen Straße aufgestellt wurde. Rotten kleiner, emsiger Frauen trippeln an mir vorbei, Angst macht sie so schnell, macht sie sich umschauen, nach allen Seiten, wie in Erwartung eines Schlages. Sie huschen durch die Fußgängerpassage, so deutsch das, wie das ICE-Design, so lautlos und nach Suppe riechend, gemustert und Hölzer, huschen in Wolläden, huschen zum Bäcker – einen schlechten Kaffee im Stehen, dazu ein Plunderstück, trocken, alles so trocken und bitter –, würgen das runter, zählen die Kalorien, ist aber egal. Die meisten haben Kinder geboren, das erkennt man an ihren vernachlässigten Körpern. Sind nur mehr für die Wissenschaft gut, die Körper. Die letzte Aufgabe erfüllt sie mit Stolz, die Frauen, der Wissenschaft dienen, wie vorher ihrem Mann, den Kindern. Da wird ein Teil nach dem anderen entfernt aus diesen Körpern, in Kübel geworfen, zu Öfen getragen. Sehr gerne entnehmen Ärzte die Gebärmutter und Brüste, entfernen Eileiter, so, Weib, das kommt jetzt in den Kübel, das, wonach ich gierte als junger Mann, was du mir verweigert hast, das hab ich ausgekratzt, und nun bist du eine leere Hülle. Das entblößte, ausgeweidete Zeugs als Forschungsobjekt in Hörsälen. Manche überleben. Krebs bekommen alle und Depressionen, da läuft das dann auf der Straße, das arme Körper, verhüllt mit etwas, das aussieht wie Brot aus Sägespänen, und in weiten Hosen hängen vorfallende Gebärmütter und schwere Brüste, so noch vorhanden, und die Kinder sind in der Pubertät und hassen ihre Mütter, die Arschlöcher der Geschichte. Frauen, liebe Frauen, das schöne Geschlecht, die sanften Seelen, die besseren Hälften, die Erdmütter, Urmütter, die Marien, Alleinerziehenden, die Frauen von Schlägern und Säufern und Fremdgehern, die Mütter fetter Kinder, die Nackten im Playboy, die PR-Tussen, die altklugen Frauenzeitschriftschranzen, die naßforschen TV-Miezen, die mausgrauen Sekretärinnen, die unsichtbaren Alten, die Sozialhilfeempfängerinnen, die lackierten Boutiquenverkäuferinnen, die Verfasserinnen dummer Single-Ratgeber, die aufgeblähten, spängchentragenden Lifestylemagazinredakteusen, die fettigen Ökoschranzen, die selbstgerechten Bachblütenalternativflaschen. Da schwanken sie auf der Straße herum, in einer häßlichen Stadt, in einem unnützen Leben, und ich bin eine von ihnen. Wir hätten doch alles gekonnt – Bankdirektor sein oder Feuerwehrleute oder Politiker oder Wirtschaftsboß oder Chefredakteur oder Karatelehrer, hätten kluge Bücher schreiben und Filme drehen können – doch wir versteckten uns in der dritten Reihe und töpferten daheim nach dem Babyjahr. So etwas vergewaltigt man gerne und bringt es um, hängt es, steinigt es, schlägt es und mißbraucht es. Nur zu, grabt euch mit den Fäusten in Gebärmütter, benutzt uns als Leichen in Filmen, erschlagt uns wie Insekten, vergewaltigt uns, fotografiert uns nackt, wiegt unsere Titten, bezahlt

uns schlechter, wir sind es so gewohnt. Wir begehren nicht auf, drängen uns nicht vor, setzen uns nicht aus, wir lieben das Rampenlicht nicht. Einige Forscher versuchen zur Zeit, Menschenaffen die Bürgerrechte zu geben – die ständen dann in der Hierarchie über den Frauen. Und wir würden es verstehen und erklären, hätten Mitleid mit den Affen. Scheißdreck.
Eine Zeitschrift auf der Straße. Die Headline: Der Welt geht es gut. Belege, daß es der Welt gutgeht. Der Analphabetismus ist besiegt, Seuchen sterben aus, das Bruttoprokopfeinkommen erhöht sich, der Umwelt geht es noch besser als der Welt, der Wirtschaft auch. Warum spürt keiner etwas davon? Ich sitze auf der Bank, es regnet nicht. Ich friere. Die Mittagspause ist zu Ende.

9 Zwei Sorten Frauen kommen zu Wort und Urlauber zu Schaden. Die Heldin muß sich nach einer neuen Stelle umsehen.

In meiner Firma, die vor allem Kundenaktionen für eine Drogeriekette entwickelt und ein Hotel promotet (ein ERLEBNISHOTEL), arbeiten nur Frauen. Mir ist nie klar geworden, um wie viele es sich genau handelt. Vielleicht sind es drei oder sechzig, auf jeden Fall hat es zwei Sorten, die ich unter A und B abgelegt habe.
A ist mehr oder weniger Ende 20 und schlank, auf eine Art, die nicht einer Veranlagung, sondern regelmäßigem Kotzen zu verdanken ist. Wenn A lacht, sieht man viel Zahnfleisch. Sie hat ein Frettchengesicht (Frettchenbegattungsmaschine) mit zuwenig Lippen und zuviel Make-up. Man muß doch seine Vorzüge betonen.

O-TON DIE VORZÜGE Wir sind da nicht.

A's tragen Kostüme (Eierschale, H&M), wenn Sommer ist, und im Winter Hosenanzüge und Hermesimitattücher um den Hals, Pumps dazu, dunkle Pumps, und wenn die Füße geschwollen sind, quillt das Fleisch über die Ränder, die dritte Dimension. Sie haben einen Freund, von dem sie sich gerade trennen oder getrennt haben, oder warten auf Anrufe von jungen Männern, die Pascal oder Dominik heißen und die nie erfolgen. Die A's wohnen in kleinen Appartements, zu denen man früher Wohnung gesagt hätte. Der Boden mit Teppich oder billigem Parkett belegt, eine helle (»Ich würde Ihnen den eierschalenfarbenen Bezug empfehlen, der bringt Space in die Wohnung«) Ledercouch steht neben einer Palme, auf einem kleinen Plexiglastisch mundgeblasene Muranoglasschalen, darin ein alter Apfel, ein Kunstbuch daneben, Dali oder vielleicht Warhol.

O-TON ANTJE Ich find die Marilyn so toll von dem.

Im Schlafzimmer stehen ein Himmelbett und ein Korbstuhl, über dem immer ein schwarzer Slip hängt, das hat A mal gelesen, daß Männer das toll finden, so einen Hängeslip. Das Bad mit einer Ausstrahlung, daß man weinen könnte bei näherer Betrachtung. Wie kleine Mädchen Bad spielen sieht es aus, mit Töpfchen und billiger Drogeriekosmetik, ein Poster (Warhol-Marilyn), billige Lichterketten und Leuchtspiegel – A fühlt sich wie ein Filmstar in ihrem kleinen Bad. Den Film würde keiner sehen wollen. A liest Bücher von der Bestsellerliste. Coelho und Leon, Bridget Jones' Diary kann sie passagenweise zitieren. Und das Parfüm, das ist das Größte, so als Buch, als Literatur. A hört Sven Väth, wenn Pascal zu Besuch ist, und Barry White oder Céline Dion, wenn sie allein auf ihrer Couch liegt und sich ärgert, daß sie die eierschalenfarbene genommen hat, weil sie deshalb immer eine alte Decke unterlegen muß, wegen der Empfindlichkeit und der Schokolade an den Fingern. Aber Schokolade muß sein, die macht glücklich, wegen der Enzyme oder so.

O-TON ANTJE Meine Mutter ging an einem Oktobermorgen. Ich lief ihr auf die Straße nach und habe gesagt, sie soll bleiben, sie könne mich doch nicht alleine lassen. Sie rannte dann so schnell, daß ich nicht mehr nachkam. Ich wollte keinen Beruf, nach der Schule bin ich einfach irgendwas geworden. Ich bin bis heute irgendwas und hoffe, daß alles gut wird, daß ich vielleicht einen Mann finde, der berühmt ist und mit dem ich auswandere oder so. Ich ziehe an, was die anderen anziehen. Mein Geld gebe ich für Kleidung aus. Weil. Ich bin glücklich, wenn ich die Sachen zu Hause aufs Bett lege, in dem schönen Papier. Es ist, als wäre alles noch mal am Anfang. Dann hänge ich sie in den Schrank, und das Glück ist weg. Ich habe eine Zeitlang die Sachen im Seidenpapier gelassen und um mein Bett gestapelt. Der Glückseffekt hielt aber auch so nicht lange vor. Ich hatte einen Freund, der ging nach zwei Monaten. Er sagte, wir hätten uns auseinandergelebt. Ich verstehe, hab ich gesagt. Mir war nicht klar, was er damit meinte. Jetzt bin ich alleine. Ich gehe abends manchmal aus und hoffe, daß ich einen treffe. Ich hoffe jeden Tag, daß ich einen treffe, aber nichts passiert. Die Tage gehen vorbei, die Monate, und nichts passiert, ich höre Musik von Céline Dion und lese Bücher über Frauen, die Singles sind und erfolgreich und dann einen Traumprinzen treffen. Die Frauen haben mit nichts ein Problem. In den Zeitschriften steht, daß man Männer benutzen soll, daß man sie wie Hunde dressieren soll, sich nehmen, was man will, aber ich habe das Gefühl, von mir will sich keiner benutzen lassen. Auf der Arbeit muß ich nicht denken. Abends zu Hause versuche ich zu denken. Mitunter habe ich fast eine Idee, eine, die alles ändern könnte, aber ich bekomme sie nicht zu fassen. Ich habe neulich in der Zeitung gelesen, daß eine Frau getötet wurde. Peggi L., 54. Ich wußte, daß das meine Mutter war.

A trifft sich am Wochenende mit anderen A's oder Pascals in einer Bar, wo sitzt, wer aussieht wie sie, und sie weiß, irgendwann wird etwas passieren, weil es ihr doch zusteht, und da muß noch was kommen, das kann doch nicht alles gewesen sein, so ein SCHEISSLEBEN.

A interessiert sich nicht für Politik, hat aber zu allem eine Meinung, denn sie hat gelesen, daß man eine haben muß. Sie findet Frauenbeschneidung echt schlimm, Männerbeschneidung auch, und Frauenbewegung schon gut, aber nicht so unerotisch, eine Frau muß noch weiblich sein, und nie würde sie Neger sagen, Juden sind aber schon irgendwie gerissener als wir. A weiß, wovon sie spricht, von der Einteilung der Welt, von ihrer Meinung, ohne die sie in ein recht kaltes Meer stürzen und darin ersaufen würde.

B hat alle Hoffnung fahren lassen. Sie ist ohne Alter oder drüber und hat sich vor ein paar Jahren die Haare abgeschnitten, so Sharon-Stone-kurz und blondiert, fedrig ins Gesicht, hat die Friseuse gesagt, und seitdem sieht sie aus wie alle, weil das jünger macht. Sie trägt die gleichen Trikotagen wie A, nur ein paar Nummern größer und nicht von H&M, sondern von Strenesse. B ist geschieden oder verlassen worden oder hat sich getrennt und wartet nicht mehr auf einen Anruf, sondern ist gern allein. Sagt sie. Manchmal ist sie mit einem Mann befreundet, der Herbert heißt und der immer in einer eigenen Wohnung lebt oder noch mit seiner Frau zusammen, mit der er sich aber auseinandergelebt hat. B wohnt in einer größeren Wohnung, weil ihr Mann ausgezogen ist, und hat ein paar alte Erbstücke mit modernen Lackmöbeln kombiniert, so ein trockener Strauß Rosen hängt in ihrem Bad, oder nur eine, die hat ihr ein Mann geschenkt, lange her. War dann aber auch nichts, weil er sich nicht binden konnte, hat er gesagt. B liest Kishon und Crichton, wenn keiner sie sieht, im Regal steht Grass, den hat sie geschenkt bekommen. War aber nix. Abends liegt sie im Bett, hat dick Creme im Gesicht und fragt sich, warum sie den Zeitpunkt verpaßt hat und welchen Zeitpunkt, fragt sich, wann ihr Körper begonnen hat, so lappig zu werden, und was noch kommen soll. Sie weiß, daß da nichts mehr kommen wird. Daß sie ein Scheißleben hat, weiß sie nicht, ahnt es aber, in der Nacht, wenn sie wieder nicht schlafen kann, wegen der Hitze. Sie hat lange keinen mehr angefaßt, außer mal einen Kunden, bei einem Fest, aber da war sie betrunken und er auch. Und als er kam, hat er gerülpst, und sein Schweiß ist auf sie gefallen. Richtig schön war das nicht.
Es ist Herbst, vielleicht auch eine andere Jahreszeit, denn

die sind egal geworden, und A und B sind im Urlaub gewesen. Nun reden sie darüber.

Na, was redest du, A, blondes Gestrüpp?
Warst du alleine unterwegs? Hattest du Bilder im Kopf, von dir am Meer, jeder Schritt wäre bedeutungsschwer, du würdest am Strand sitzen und andauernd Notizen machen, gedankenverloren durch pittoreske Gassen strolchen und dich finden, deinen Kern, und nach den Ferien endlich wissen, was zu tun sei? Alles anders, soviel wäre klar. Und dann bist du losgeflogen nach Malta, Fuerteventura oder einem anderen Drecksort, und hast dich von der ersten Sekunde an unwohl gefühlt. Die Eingeborenen schauten dir nach, als vermuteten sie deine kleine Tasche voller Klistiere. Dann saßt du am Meer, am Ufer hatte es Öl angeschwemmt und ein totes Schaf, du frorst am Leib, am Kopf war es heiß, und niemals hättest du dich vor den Blicken der Einheimischen ausgezogen, um ins Wasser zu gehen. Da war auch das Schaf vor. Bereits am zweiten Tag hattest du Angst, dein Appartement zu verlassen. Die Sonne war viel zu laut, und es interessierte dich nicht, irgendwohin zu gehen. Die Gedanken, die du hättest haben können, waren nicht da, statt dessen schautest du SAT 1, da gab es Talkshows und Radrennen, draußen war dein Urlaub, und du mußtest abends alleine essen gehen. Himmel, hattest du Angst davor. Jeden Abend, wenn du um neun mit Schlaftabletten zu Bett gingst, strichst du einen Tag deines Urlaubs durch, aber früher heimfahren wolltest du nicht, denn dort war alles, wie du es zurückgelassen hattest, und es war doch Urlaub, du wolltest ihn genießen und warst so voll Energie gewesen in deinen Gedanken. Dann bist du heimgekehrt, beschämt, daß du so wenig mit dir anzufangen wußtest.
Und du, B, warst mit Herbert unterwegs? In einem Hotelzimmer mit Blick auf andere Hotelzimmer, die Betten

knarrten, auf der Straße war es zu laut, und viel zu hell die Laternen der Kreuzung ins Zimmer?
Keiner glaubt mehr an Wunder. Das ist gelaufen. Da glaubt keiner mehr an etwas, das von Gott kommt, vom Himmel, von Außerirdischen, daß ihm etwas Besonderes zustünde, ein großes Leben oder die große Liebe. Bis vor kurzem gab es Freunde, die zur Verfügung standen. Für eine Städtereise, einen Kinoabend, zum Telefonieren im Bett. Aber die haben jetzt alle Kinder und Häuser, die Scheißfreunde haben erreicht, was sie erreichen wollten, oder sind gescheitert und haben sich damit eingerichtet oder haben Krebs. Auf einmal merkt sie, daß sie noch nicht einmal mehr von irgendwem in Ruhe gelassen wird. DA IST KEINER MEHR. Und sie auf dem besten Weg, eine dieser Frauen zu werden, die ein künstliches Dauerlächeln im Gesicht haben, sich extra geradehalten, die Haare offen tragen und Arche-Schuhe, weil die so bequem und irgendwie witzig sind, die sehr gerne alleine leben. Aber alleine leben ist Dreck. Das bekommt keinem. Ab 40 sollte keiner mehr alleine wohnen, denn dann wird man wunderlich. Beginnt, leere Pizzaschachteln zu sammeln, Vogelspinnen zu züchten oder die Bäume mit kleinen Metallschildern vollzuhängen, wie dieser Freak auf dem Monte Verità. Nackig im Wald rumtigern und Bäume beschriften. Ab 40 mehr oder weniger sollte man mit einem Mann, einer Frau, einem Kind, einer Oma, mit irgendwem wohnen, der einem klarmacht, daß man selber nichts Spezielles ist. Aber ein Kind, eine Oma oder eine Freundin, die nicht gerade ein Haus gebaut oder ein Kind bekommen hat, gibt es nicht. Also muß ein Mann her. Einfach, damit sie nicht auf die Idee kommt, Arche-Schuhe zu tragen und Porzellanpierrots zu sammeln. Daß es die große Liebe gibt, also einen Menschen, mit dem man sich unglaublich gut versteht UND sexuell verkehrt, glaubt sie inzwischen nicht mehr. Alle, die in langen Liebesgeschichten lebten, haben ihr dasselbe Geheimnis ver-

raten: Man muß durchhalten, sich arrangieren, darf nicht zuviel erwarten, muß viele Bedürfnisse mit anderen Menschen abdecken, muß versuchen, eine familiäre Nähe zu entwickeln, muß die ersten Jahre viele Mißverständnisse ertragen. Sie ist ein verwöhntes Produkt der kapitalistischen Wegwerfgesellschaft. Hat alles gewollt und verloren. Dann hat sie Herbert kennengelernt. Der war so wie sein Name. Absoluter Durchschnitt, und wenn sie ehrlich war, war er wie sie. Ein Mann im schlechtesten Alter, der nicht mehr an Wunder glaubte. Sie war nicht verliebt in ihn. Er nicht in sie. Aber Männer waren da eh anders. Sie wollen am Anfang Sex, die Liebe stellt sich bei ihnen als Nebenprodukt angenehmer Gewohnheit ein. Sie nahm sich vor, mit Herbert eine BEZIEHUNG zu führen. Sie ignorierte alles, was sie an ihm nicht mochte. Daß er sie ein wenig langweilte, ihr seine Trikotagen nicht gefielen, daß er sie nicht entzündete und nichts von dem mochte, was ihr bis dahin wichtig schien. Aber wen interessierten schon Kino und Kunst und Filme und Bücher und Musik? Das waren Hintergrundgeräusche. Sie kleidete Herbert neu ein, schenkte ihm ein Parfüm, und weil sie nicht verliebt war, hielt er es aus mit ihr. Sie war so wenig hysterisch und zickig, Herbert begann sich wohl zu fühlen, und sie war froh, daß sie nicht mehr alleine war, wenn wieder eine Freundin ihr erstes Kind bekam, mit 42. Herbert wohnte nicht in ihrer Stadt, sie sahen sich am Wochenende, und sie begann sich an ihn zu gewöhnen. Es war eigentlich wunderbar, keine Angst vor einem Mann zu haben. Sie ging mit Nachtcreme und Lockenwicklern zu Bett, wenn er da war, machte, was sie wollte, und Herbert hatte für alles Verständnis, weil es ihm egal war. Je länger sie mit Herbert zusammenwar, um so mehr glaubte sie, es herausgefunden zu haben, das Geheimnis der großen Liebe: Es war, nicht verliebt zu sein. Es war, jemanden langsam kennenzulernen, und es war: ES ZU WOLLEN.

Wenn sie Herbert abstoßend fand, ihn haßte, wie er kaute, was er sagte, wie er lief und wie er roch, dann half es, ihn sich als Baby vorzustellen. Er war klein gewesen, eine Mutter hatte ihn geliebt und ernährt, Herbert hatte von etwas Großem geträumt, als er älter war, und wurde vom Leben enttäuscht, wie alle. Das genügte meist, daß sie ihn liebevoll am Kopf kraulte und hielt, als wäre er ihr Baby. Sie begann sich einzurichten. Endlich machte sie Frieden mit ihrem Alter, kaufte sich ein ordentliches Bett, trug keine bauchfreien Oberteile mehr, und auch die nachlassende Spannkraft ihrer Haut war ihr fast egal. Sie schaute einfach nicht mehr in den Spiegel. Sie begann Herbert »mein Mann« zu nennen und wollte ihn heiraten. Vielleicht um es zu fixieren, sich zu fixieren, sich endgültig einzurichten. Es ist so gut, daß ich über dieses alberne Thema nicht mehr nachdenken muß, erzählte sie ungefragt Bekannten, und berichtete jemand von einer großen Verliebtheit, verdrehte sie die Augen, und die Knie schliefen ihr ein vor Langeweile. Sie hatte herausgefunden, worum es ging: das Leben möglichst angenehm herumbringen. So einfach. Daß man die Wahrheit fast übersah, weil man immer nach etwas Großem, Kompliziertem suchte.
Und dann sind sie auf die Insel gefahren. In den zwei Jahren mit Herbert hatte sie immer vermieden, mit ihm in Urlaub zu fahren. Herbert am Wochenende, wo man lange im Bett blieb, ins Kino ging, was essen ging, irgendwohin ging, wo andere Leute waren, wo es etwas gab, über das sie später reden konnten, war kein Problem. Aber wozu sollte ein Urlaub gut sein? Wer braucht heute überhaupt Urlaub, da kaum einer noch eine anstrengende Arbeit hat? Was soll man wohin fahren, stundenlang, um auf Stränden fremder Leute zu lümmeln, sich von schlechtbezahlten Angestellten hassen zu lassen und in zu großer Hitze in überteuerten Jeeps tröpfelnde Wasserfälle besichtigen. Aber Herbert hatte sich durchgesetzt, zum ersten

Mal. Sie flogen stundenlang, kamen auf einer Insel der Dritten Welt an, da stand der gemietete Jeep bereit. Sie hatten einen Luxusbungalow gemietet mit Whirlpool und Meeranstoß. Das Doppelbett war in ein Moskitonetz gehüllt und Rosenblüten auf dem Boden verstreut. Sehr nett. Ein paar Tage war es sehr nett. Sie machten Ausflüge, den Angestellten merkte man ihren Haß kaum an, das Gelände des Hotels war streng bewacht, mit Terroranschlägen nicht zu rechnen, sie besichtigten Wasserfälle, und wieder einmal fiel ihr auf, wie angenehm sie mit Herbert schweigen konnte. Es setzte sie überhaupt nicht unter Druck, daß ihr nichts einfiel in seiner Anwesenheit. Sie zogen sich abends weiße Sachen an und aßen schweigend in teuren Restaurants mit Meerblick. Sie kauften in kleinen Boutiquen Sachen, die sie daheim nie wieder tragen würden. Einmal nachts gingen sie in den Whirlpool. Sie stand da, wie sie dachte, daß man in einem Film jetzt stehen würde, auf einer Insel, am Whirlpool mit dem Geliebten. Sie stand wie eine Statue, bis sie dachte, sie würde sich nie mehr bewegen können. Sie wollte sich nie wieder bewegen.

So war der Urlaub für die A's und die B's, und nun sind sie wieder an ihrem komplett sinnlosen Arbeitsplatz, und zum ersten Mal haben sie eine Idee davon, was ihr Leben wirklich ist. Ich sag mal: Geht so. Der Höhepunkt des Jahres vorbei und die Damen um mich sind für einen Moment sehr klein und leise. Ein paar Momente absoluter Stille, in die nur das Tastaturgeräusch schlattert, ich tippe Protokolle ab, langsam, mit zwei Fingern, und in jedem Satz mache ich mehrere Fehler. Allen ist klar, daß meine Anstellung in der Firma von kurzer Dauer sein wird. An diesem Tag werde ich entlassen.

10 Die Heldin steht auf der Straße, ein Trinker stellt sich vor, und die Vergangenheit hat auch einiges zu erzählen.

Geplatzte Adern, trübe Augen, rote Ekzeme, gesprungene Lippen. Ein Stilleben in der Fußgängerzone. Nichts vom eiligen Ziellauf der Feierabendheimkehrer, Gestrandete schlingern hier um sich. Niemand derer, die ich sehe, scheint zu wissen, was er tut. Irgend etwas in ihrem Organismus hält sie am Leben – die Bosheit, die Egozentrik der Depressiven, die Neurotransmitter, die nach Drogen brüllen, der Wunsch zu vergewaltigen, zu kotzen, sich zu verstümmeln – irgendwas macht, daß sie sich von einem Tag zum anderen schleppen. Aber warum leben sie so lange? Traurige alte Säufer hocken auf einer kaputten Bank, wenn sie nicht grölen, sehen sie aus, als ob sie weinten.

O-Ton Rüdiger Ich bin nie wirklich besoffen. Ich meine, daß ich umfallen und kotzen würde oder andersrum, so nie. Ich halte einen Pegel. Das erfordert Routine, denn sinkt der Pegel, fange ich an zu frieren, zu sehen, was um mich ist und an mir, dann wird mir bodenlos. Ist der Pegel zu hoch, werde ich ausfällig, zu laut, höre, daß ich zu laut bin, und kann es nicht ändern. Ich habe getrunken wie alle, manchmal nach der Arbeit. Die fand in einem Fräsmaschinenersatzteillager statt, ich war verantwortlich für die Bestellungen, ich trug einen blauen Kittel und war morgens sehr müde, abends sehr müde und leer auf eine Art, ich weiß nicht, was für eine, aber es hatte eine Niedergeschlagenheit, die ich mir nur mit meinem Leben erklären konnte. Ich wollte mich nie bewegen. Nicht laufen, nicht kauen. Meine Frau war zu Hause, zusammen waren wir recht stumm miteinander. Ich habe mehr getrunken, als ich merkte, daß ich alt wurde, mich nicht mehr bewegen wollte, daß die Niedergeschlagenheit mich lähmte. Ich konnte nur unter großer Anstrengung aufstehen, auf die Toilette gehen, auf die Straße, selbst schlukken kaum, ich hätte nicht gewußt, wozu. Ich fand heraus, daß ich, wenn ich ein exaktes Maß Alkohol zu mir nahm, eine wohltuende Gleichgültigkeit erreichte, die es mir ermöglichte, Verrichtungen zu machen. Noch mehr trank ich, als das Lager geschlossen wurde, weil der Betrieb geschlossen wurde. Ich tigerte durch die Stadt, ich merkte, es ging mir besser, wenn ich immer mal anhielt und etwas trank. Ich dachte, es würde keinem auffallen. Meiner Frau fiel es dann irgendwann auf. Sie zog in eine andere Stadt. Keine Ahnung, was sie da vorhatte. Wir haben uns noch einmal getroffen, da kam sie in meine Wohnung, wo zwei Kumpel von mir in der Küche saßen und recht laut waren. Meine Frau hat geweint und ist dann wieder los. Die Wohnung habe ich im Anschluß verloren. Habe in gewisser Weise versäumt, die Miete zu zahlen. Jetzt schlafe ich oft bei einem Kollegen auf einer Matratze, ja klar, so eine mit Kotzeflecken, in einem Gartenhaus, ja klar, aus Holz, und die Fensterscheiben kaputt. Am sehr frühen Morgen bin ich manchmal kurz wach. Also, ich meine richtig wach, und das sind unschöne Momente, denn ich denke dann, es ist wirklich ein Klischee, wie du hier liegst auf der Matratze, mit den Flecken, wie gesagt, und kalt ist es immer. Dann mach ich schnell los und was getrunken. Ich find es nicht speziell grausig, mein Leben. Es ist gefiltert, unscharf, und ich sehe nur geradeaus, sehe die Leute auf der Straße, sehe interessiert, welche Sorte sie sind, ob es lohnt, sie um Geld anzugehen, und ob sie sagen werden: aber kaufen sie sich was zu essen, und dann sage ich: sicher doch. Essen finde ich vollkommen uninteressant, wie auch die anderen Dinge, über die ich mir früher Gedanken gemacht habe: das Alter, der Job, meine Frau, mein Unglück. Schlecht ist das nicht.

Schau nur, wie schön: Uralte drogensüchtige Minderjährige pissen in den Brunnen, fette Hausfrauen schlagen auf ihre fetten Kinder ein. Kein Traum hat sich erfüllt. Aber sie haben doch einen gehabt. Die Säufer, die Junkies, die Freßsüchtigen waren Staub gewesen, geboren worden, von einer Frau auf dem Arm getragen, älter geworden, in mehr oder weniger beschissenen Elternhäusern hatten sie aus dem Fenster geschaut, in Nächten, die still waren, vom Fliegen geträumt und von etwas Großem, das auf sie warten würde, wenn sie nur endlich erwachsen wären. Sie wollten alles anders machen, etwas Erfülltes, Gutes, Schönes, ohne daß sie einen Namen dafür gehabt hätten. Da war nur dieses Ziehen in ihnen gewesen, wie verliebt sein. Und sitzen nun auf einer Bank und saufen ihre Enttäuschung weg, oder wohnen in Erdgeschoßwohnungen an lauten Straßen und schmieren ihren Kindern unansehnliche Brote. Hätte ich Geld, würde ich jetzt zügig die Stadt verlassen. Nach Paris fahren, ein wenig einkaufen, dann weiter nach Übersee. Da in einem teuren Hotel sitzen, teure Kleidungsstücke, 1a-Frisur, Nichtraucher sein und ein teures Getränk trinken. Mit niemandem reden, und die Leere wäre auch dabei. Klingt nach: Geht so.
Die Heroin-, Tabletten-, Alkohol- und Opiumverwender haben vermutlich dieses ausgehöhlte Gefühl überwunden. Es ist ihnen egal, ob es sie gibt oder nicht, egal, was jemand von ihnen denkt, egal, ob jemand sie sieht.
Ich habe versäumt, meine Jugend zu nutzen, und nun wird meine Haut durchsichtiger, wirft Falten, der Bauch beginnt zu hängen, die Schenkel werden zu Wasser. Ich ziehe manchmal an mir, habe Lust, alles bis auf die Knochen abzuschaben, was nicht meinem inneren Bild entspricht, und immer besser kann ich mir mich als Alte vorstellen, als stinkenden Haufen in einer Ecke, der für niemanden von Interesse ist. Weiß, daß Alter nur mit Geld zu ertragen ist. Mit Fressen und Saufen in toskanischen

Villen. Weiß, daß mich etwas anderes erwartet. Zwischen alten Frauen, die seit Jahren keine Funktion mehr haben, von niemandem mehr geliebt, werde ich meine letzten Jahre in einem Krankenhausbett verbringen, und wenn ich sterbe, wird es nicht einmal einen Vorhang haben, eine junge Schwester wird sich ekeln vor meinen Exkrementen, in denen ich liegen werde.
Ich sitze zwischen dem Elend, inmitten derer, die sich irgendwann fallen gelassen haben, die nicht mehr wie aufgezogen funktionieren können oder wollen. Das ist, was übrigbleibt. Arbeiten und schlafen, oder schlecht riechen und denen, die arbeiten, dabei zuschauen. Ich könnte nach Hause gehen, in der feuchten Wohnung liegen und warten, bis ich in einen anderen Zustand übergehe. Ich könnte anfangen zu trinken. Ich könnte mich umbringen, wenn es mir nicht zu peinlich wäre. Ich verachte Menschen, die zuviel Aufhebens um sich machen, die ihre Umwelt belästigen mit Gefühlen, Ausbrüchen, Eitelkeit oder Selbstmord. Verachte sie, die sich hinter ihrer schlechten Kindheit verstecken, hinter dem Mißbrauch, den ihr Vater, Opa, ihr Personal – Hitler ihnen zugefügt hat, verachte, wenn sie nörgeln und quengeln, nach Therapieplätzen schreien, weil sie zu schwach sind, um mit den Drogen aufzuhören, mit deren Konsum sie begonnen haben, weil sie erwachsen sind und den Adrenalinkick einer miesen Kindheit vermissen, weil ihnen langweilig ist und sie zu blöd sind zu erkennen, daß jedem langweilig ist. Dieser Leidensegoismus, dieses Luxuselend.
Es ist eindeutig nicht mein Tag. Wie lieb man mit Menschen wird, gedanklich, zu mehr mag es nicht reichen, wenn man sich ihre Kindheiten vorstellt, die sich meist ähneln. Wärme wollen sie, spielen und Aufregung, rote Wangen und Eis, Sommer und baden. Ich weiß nicht mehr genau, wie es war, ein Kind zu sein. Ich glaube, ich mochte es nicht besonders, mir gefiel meine Dummheit

nicht. Mir war klar, daß ich eine Beziehung zu meinen Eltern hatte, die ich nicht beeinflussen konnte. Mich verband nichts mit ihnen. Sie fütterten mich, gaben mir einen Platz hinter dem Ofen, ab und an wurde ich gekrault, stand mein Vater vor mir, räusperte sich und streckte seine Hand aus, doch dann war es ihm peinlich, mich zu berühren, so wie den meisten Männern, die Berührungen nur im Suff oder bei der Paarung ertragen, und die Hand stand in der Luft, fuhr dann zu seinem Kopf zum verlegenen Kratzen.

Nie mehr sollte Zeit so langsam vergehen. Die Jugend war ein ewiger Sonntag, war sitzen und lesen und nichts verstehen, war hoffen und nicht wissen worauf, war sich nicht ertragen und ahnen warum. Nach der Schule mußte ich etwas werden. Jeder wurde etwas, einen für mich akzeptablen Beruf ergriff keiner. Tierdarsteller wäre so ein Beruf gewesen, Hasenkostüme tragen in Fußgängerzonen, und abends sich ausziehen, zu Bett gehen und feststellen, daß man ein Stöpselhund ist oder ein Lämmchen, dann mit seinem Gatten, der eine Beutelratte wäre und tagsüber als Bärendarsteller arbeiten würde, noch ein wenig reden. Du, Mann, hast du heute Leute erschreckt? Und der Mann: Ja, mein Hasi, habe getan, als sei ich der Tod. Hättest sie laufen sehen sollen.

Die, die ich beim Etwas-Werden beobachtete, verfetteten. Sie lernten Schreibmaschine oder Dinge mit Geld, und heirateten junge Jungs, um eine Wohnung zu bekommen, bekamen dann ein Kind, und ich saß immer noch zu Hause, wollte kein Leben, da man früh aufstehen mußte, um etwas zu tun, das man nicht wollte, und heimgehen, wohin, da es nicht schön war, und Menschen, die man nicht kannte, und dann sterben. Ich wohnte in der DDR, die gab es mal, das war ein Ortsteil Deutschlands. Die DDR war graue Häuser, aufgeschwemmte Menschen und lähmende Hoffnungslosigkeit, weil die Leute nicht nach Mallorca durften. Das machte sie trübsinnig. Ich kann mich nicht erinnern, etwas gegessen zu haben damals. Vermutlich würde ich heute als magersüchtig pathologisiert, wäre in einer Klinik und würde mit Psychologen darüber reden, warum ich nicht erwachsen werden wollte. Dann würde ich sagen: Was soll, lieber Psychologe, nach der Jugend anderes kommen als der Verfall und die Wiederholungen, denen das Gefühl abhanden gekommen ist?

O-Ton Psychologe Es ist wunderbar, sein Leben in die Hand zu nehmen, Verantwortung zu tragen, es zu etwas Großem zu formen. Es ist befriedigend, einen Beruf zu ergreifen. In einem Frauengleichstellungsbüro zu arbeiten zum Beispiel.

Alles, was zu dick oder zu dünn, was weiblich ist oder unruhig, hat einen Namen heute und ein entsprechendes Medikament. Die normale Traurigkeit, die jeden denkenden Menschen begleiten sollte, heißt Depression. Der daran Erkrankte wird mit einem Tablettencocktail zum stumpfen Weiterleben animiert. Nicht, daß es wichtig ist, den einen oder anderen am Leben zu halten, doch gibt es die Pharmaindustrie und viele Ärzte, die eine Funktion wollen, um sich Creme kaufen zu können im Anschluß daran. Essen langweilte mich wie laufen über große Flächen, 1.-Mai-Paraden und DDR-Jugendmusik.
Ich wollte leise behandelt werden, nicht dasein, und wenn ich schon dasein mußte, wollte ich nicht zu viel Raum einnehmen oder permanent mit mir konfrontiert werden durch das Aneinanderwetzen von Körperteilen. Ich versuchte einige Berufe, bei denen man nach meiner Definition nicht arbeiten mußte. Ich dachte, Mannequin wäre so einer. Das hieß damals so und war auch nicht glamourös. Man mußte halt stillstehen. Ich reiste zum VEB Modeinstitut in die Hauptstadt, einige Mädchen waren da, unbe-

holfen geschminkt, mit rührend schlechten Dauerwellen, bemitleidenswert albernen, selbstgenähten Anziehsachen, und sagten, daß gerade der Alice-Typ in war. Per Elisa, der Heuler des Jahres, Alice, eine rassige Italienerin mit Grübchen. So sah in der DDR keiner aus. Ich schluckte einige Röhrchen Brom, die beste Tablette zum Nichtsspüren, taumelte auf einem Laufsteg hin und her, fiel und erbrach mich auf der Damentoilette. Ich versuchte im Anschluß, wie alle Mädchen, die nicht Mannequin werden konnten, eine Schauspielprüfung. Ich hatte zu viele Tabletten gegessen und überstand gerade drei Minuten Besuch der alten Dame. Weitere Ideen hatte ich nicht.
Ich lebte, wie fast alle Jugendlichen in der DDR, mit einem saufenden Elternteil zusammen. Ich hatte das Zimmer neben meinem saufenden und hurenden Elternteil mit Barockkitsch vollgestellt, schwere rote Samtvorhänge schlossen die Welt aus. Die bestand aus: Mülltonnen, die brannten, wenn man heiße Asche einfüllte, Häuser, von denen der Putz in großen Blocken fiel, ständig Nebel, Kohl, leere Geschäfte, ein Kino, in dem russische Filme liefen, Bücher aus der DDR, Rußland, Polen, der Tschechei und sonst nirgendwoher, Exquisit-Läden, in denen es Westkleidung gab, die sich nur Zahnarztgattinnen leisten konnten, Jumo-(Jugendmode) Geschäfte, in denen es Scheiße gab, die sich jeder leisten konnte, Boxerjeans und Folkloreblusen. Ich lag bereits damals oft im Bett. Ich las, starrte die Vorhänge an und schluckte Tonnen Bromisoval, weil es in der DDR keine ordentlichen Drogen gab. Alle Jugendlichen sollten kostenlos bewußtseinsverengende Drogen zur freien Verfügung bekommen. Sie sind zu dünnervig, zu wenig abgebrüht, die Jugendlichen, sie sehen den Mist um sich, den sie nicht verstehen, und können ihn noch nicht ignorieren. Sie leiden an der Welt, zu Recht, und können sich noch nicht hinter Zynismus verstecken, denn zynisch macht erst das Alter. Jungsein geht definitiv nur mit Betäubung.

Ich wußte in jedem Fall auch nicht weiter und verließ die DDR.
Je älter ich werde, um so öfter erinnere ich mich, peinlich berührt ob der Belanglosigkeit meiner Vergangenheit. Ungefragt verläßt mich die Realität, und ich halte mich für Sekunden in meinem vorigen Leben auf, kehre zurück und schäme mich, so wenig Spektakuläres aufzuweisen in meiner dünnen Biographie. Nach der Jugend wurde es noch erbärmlicher, weil es keine Entschuldigung mehr gab.
Der Westen erschien mir wie eine Parodie auf den Westen. Männer, die mir Jobs versprachen, Fotos machen wollten, und ich war sexuell so uninteressiert, daß ich keine Ahnung hatte, worum es ihnen ging. Der kleine, schlechtriechende Mann, der mich auf der Straße angesprochen hatte.

O-Ton kleiner Mann Ich bin beim Fernsehen, und wir suchen da ständig nach neuen Gesichtern, vielleicht kann ich für die Kartei ein paar Fotos machen?

Er machte Polaroids, wie ich im Pyjama auf meinem Bett saß. Der bärtige, sauerriechende Russe, der mir einen Job als Übersetzer versprach, mir Texte zeigen wollte, dann die Wohnungstür zuschloß und mich mit heruntergelassener Hose verfolgte, Hunderte unattraktiver Männer, und alle konnten mich belügen, denn ich brauchte Geld, einen Job, jemanden, der mir erklärte, wie Kapitalismus funktioniert – das habe ich erst sehr viel später erfahren. Was die sich wohl gedacht haben mögen und immer noch denken, die alten Männer, die kleine Mädchen anbaggern? Wollen sie wirklich einfach nur ficken? Ihre schlechtgepflegten Genitalien in frisches Fleisch bohren? Ist denen das nicht peinlich?
Ich war viel zu dumm für den Kapitalismus. An die vertanen Jahre denke ich an diesem Nachmittag, zwischen all denen, die wie ich aufgegeben haben.

11 Unsere Heldin geht in ein Restaurant. Dort beobachtet sie Frauen, Männer und die Fortpflanzung von Insekten.

Zu Hause.
Der Ort, wo ich wohne, schlecht schlafe –
immer öfter NACHTSCHWEISS –
und friere, mir in der Nase bohre, mich am Gesäß kratze.
Wie kann jemand von sich glauben, etwas Besonderes zu sein?
Ich bin zum tausendsten Mal entlassen worden. Ich habe nichts mehr auf dem Konto. Es ist egal. Es ist Nacht. Ich gehe in das Viertel der Menschen, die gerne mehr wären. Alte Fabriken, leer wegen Pleite. Erstaunlich unattraktive Wohnblöcke, dazwischen Boutiquen mit Zen-Interieur und eines dieser Restaurants, die es auf der ganzen Welt gibt: dunkles Holz, klare Linien, gewischte Wände, Architekturzeitschriften aus Bangladesch und Äthiopien in Stahlhängeregistern, Ledersitzgruppen, geschächtete Tiere in der Ecke, und Kellner, die wohl eigentlich Kunst machen oder Dinge mit Datenautobahnreinigungssachen, die am Handy heimlich Mails checken und nachts Klingeltöne laden, im Anschluß ihr Hasenkostüm anziehen und mit Rudi einen heben gehen. Scheißhandys.
Die Gäste würden, wenn man es wissen wollte, sagen, daß sie etwas mit Medien, Kommunikation, New Busineß und Screendesign machen. Und daß ihr Beruf ihr Hobby ist, würden sie sagen, daß sie sich aber gerade umorientieren.

O-TON SVEN Ich hatte die letzten fünf Jahre keinen Urlaub. Urlaub ist für Verlierer. Die Firma, ein Internetkaufhaus für virtuelle Ideen, war meine und Maltes Idee. Arbeiten bis in die Morgenstunden, natürlich mit ein paar unterstützenden Mitteln, manchmal ein paar Stunden

Schlaf, und ständig lief Techno. Nach einem Jahr hatten wir zwanzig Mitarbeiter, gingen immer noch morgens nach der Arbeit frühstücken und verdienten hunderttausend am Tag, die wir an der Börse anlegten. Nach vier Jahren waren wir so was wie Börsenmilliardäre, und alles war nicht real, war ein dauerndes Hoch, und vor einem Jahr war alles vorbei. Da wurden die gepfändeten Computer abtransportiert und die Türen versiegelt, dann mußte ich die Wohnung verkaufen und das Auto, heute habe ich mich beim Arbeitsamt gemeldet, aber ich war ja selbständig, einen Beruf in einer vermittelbaren Form habe ich nicht, und nächste Woche werden die Käufer meiner Wohnung in meine Wohnung einziehen, die nicht mehr mir gehört, und ich habe heute Myke van Dyke gehört und im neuen Buch von Hornby gelesen, jetzt eß ich mal was, und morgen schau ich weiter.

Sie denken noch immer, es sei Spaß, etwas, das sie nichts angeht – die Krise, das Elend, die Anschläge, der Krieg –, wissen doch, daß ihnen ein besonderes Leben zusteht. Gut ausgebildet, smart und windschnittig, den Kopf befreit von allen Neurosen, von störenden Gedanken, hatten sie es wie kleine Maschinen zu etwas gebracht. Waren wer. Waren Teil dessen, was die Welt mit Unwissenheit, Dummheit und Raffgier zum Kollabieren gebracht, haben mit allem gerechnet, nur nicht, daß das System, das sie selber zur Hochform idiotiert haben, sie nun ausspuckt, wie all die anderen, die sie verachten, denen sie sich überlegen fühlen. Und sitzen nun auf der Straße, im Moment in diesen Restaurants, in denen sie ihre Kreditkarten ein letztes Mal überziehen, und tun, als wäre alles nur ein schlechter Schlaf. Sie werden zu Tausenden aus Fenstern springen oder zu Säufern, sie werden ersticken an ihrem Erbrochenen, nachts vor diversen Mülltonnen, werden sich Geschlechtskrankheiten holen, beim letzten Fick mit zu preiswerten Prostituierten, in Ibiza an einer Überdosis sterben, sich windend, den Körper von Karzinomen zerfressen. Aber das wissen sie zum Glück noch nicht. Sie glauben immer noch an ihren Erfolg, ihre Überlegenheit, haben mit dem Volk nichts zu tun, mit dem allgemeinen Gejammer. Noch besitzen sie funktionierende, goldene Kreditkarten und coole urbane Lebensräume. Und die Damen? Sicher, es hat überall Damen, Busen, die wie Schweinsköpfe in einer Metzgerei ausliegen, wollen Sie noch ein bißchen FLEEIIISSCCCHH, rotgemalte Münder, die nachgezogen werden müssen nach dem Kotzen. Die Sorte Frauen, die es in den letzten 40 Emanzipationsjahren zu nichts weiter gebracht haben, als dünn zu sein. Und zu warten, auf Männer, die nicht kommen. Weil alle warten, daß einer käme, und alle sich nach etwas sehnen, das sie nicht kennen, nicht herstellen können.

Eine Frau betritt den Raum. Sie sieht aus wie alle aussehen, mit einer Figur, für die sie nicht geschaffen ist, wie schlechtsitzende Kleider um die Innereien, den dann bekleidet, den Leib, mit Lagen durchsichtiger Ware, die sich bauscht und tut, als sei sie Kleidung. Ist aber nur Marke. Die Haare der Frau sind wie die aller Frauen über Ende Dreißig, blond und in Fasson.

Sie trippelt, wirft den Kopf in den Nacken, schlägt langsam die Augen auf, leckt sich über die Lippen – und keiner sieht hin. Das Elend der Epoche, da jeder ein Star ist, allen etwas Verdorbenes anhängt, gleich verfaultem Geruch unter viel Parfüm, das sie MEIN DUFT nennen, und keiner mehr einen sieht, außer sich, und das auch nicht gern.

Die Frauen im Restaurant sind Frauendarsteller. Sie haben die Partnerwahlkriterien der Männer verinnerlicht: flacher straffer Bauch – bisher keine Schwangerschaft. Dicke, pralle Ohrläppchen – Zeichen für Jugend. Große Ohrläppchen – dito, zur Not mit Ohrringen verlängern. Deutlicher

Umfangsunterschied zwischen Taille und Hüfte – bisher keine Schwangerschaft, wird durch Hüftknicken vorgetäuscht. Athletischer Körper – gut, um Nachwuchs zu zeugen, wird trainiert und chirurgisch hergestellt. Rosige Wangen, gesunde Zähne, volles Haar – gut, um Nachwuchs zu zeugen, wird kosmetisch hergestellt. Langer Hals, lange Beine – eine optische Täuschung, kleine Mädchen haben im Verhältnis zum Rest des Körpers sehr lange Gliedmaßen – Zeichen für Jugend, wird durch Absätze und Ketten vorgetäuscht.
Alles eine Frage der Biologie, der ganze Quark, keinen Schritt weiter als in der Steinzeit sind wir, und die Damen lassen operieren und quälen sich, die Männer lassen operieren und quälen sich, alle warten auf den einen, die eine, doch Männer kommen nur noch zu Verabredungen mit Models. Frauen auch. Der Rest ist alt. Und wartet vergebens. Ob Mitte 30 oder Ende 40, darauf kommt es nicht an. Es gibt nur sehr jung oder geliftet.
Auch ich habe mich an das Abhandensein von Liebe so gewöhnt, daß ich mir außer Enttäuschung kein anderes Gefühl zwischen mir und einem anderen Menschen vorstellen kann. Wie alle, die ich beobachte, kenne ich nur Projektionen. Ein Idealobjekt, das Freund sein soll und Retter. Eines, das mein langweiliges Leben zu etwas Aufregendem macht. Aber warum soll jemand diesen Scheißjob erledigen wollen?
Ich hatte alle paar Jahre eine kleine Geschichte mit einem Menschen, mit dem ich mich ein paarmal traf, und dachte, so gut habe ich noch nie geredet, und dann sagte er immer, daß er eine Frau hat, nach Australien zieht, oder keine Beziehung wollte. In achtzig Prozent der Fälle war es so, und dann wurde es eigentlich erst interessant, dann konnte das Leiden beginnen. Die restlichen zwanzig Prozent blieben und wollten, aber die wollte ich nicht, weil ich etwas Besseres verdient hatte. Inzwischen passiert gar

nichts mehr. Zum einen, weil ich bereits am Anfang einer Geschichte so gelangweilt bin von den ewigen Wiederholungen, daß ich einschlafe, zum anderen, weil ich alt und erfolglos bin. Definitiv wird keiner dasein, der mir den Kopf hält, wenn ich zum Sterben gelange.
Ob irgend etwas die Menschen in diesem Restaurant so erschüttern kann, daß sie am nächsten Morgen ein neues Leben beginnen? Wohl kaum. Nicht mal ein Erdbeben würde die Überlebenden dazu bringen, eine neue Idee zu haben. Sie würden sich den Schutt vom Revers putzen, sich von ihrem Fuß verabschieden, der wäre DAHIN, und an ihrem Mai Thai nippen, würden weiter über die Zukunft von Tyler Bryle reden, vom Ende der DJ-Ära, vom Untergang der Popkultur und dann, hoppla, hier ist ja ein Finger in meinem Mai Thai, und ihr Reden wäre wie ein Rauschen, das Auftreffen sauren Niederschlags auf einen abgeholzten Regenwald.
Ich esse etwas, das geschmacklos ist, aber hervorragend aussieht, so wie die Menschen um mich, würde man sie verzehren, die zu laut lachen, denen Fühler zu wachsen scheinen, gleich aufgeschreckten, verängstigten Insekten speicheln sie die Nahrung ein, schauen sich gierig witternd um, für eine letzte Paarung, ein letztes Eipaket abzulegen, daß ihre beschissene Rasse nicht ausstürbe. Sie summen und schmatzen, zucken und stoßen Würgelaute aus, nie war die Widerlichkeit der Menschen so deutlich, weil es so viele sind, weil sie überall sitzen und laufen und stehen und liegen und sprechen und greinen, mit ihren juckenden Gesäßen und ihren schuppenden Haaren, mit ihrer Gier und ihrem schlechten Atem. Uff. Kleine Pause.

12 In einem Krankenhaus geschehen seltsame Dinge. Es gibt eine neue Arbeitsstelle und ein paar Journalisten kennenzulernen.

Ich habe, bekleidet, nicht wirklich geschlafen, habe auf dem Bett gelegen, geraucht und mir die Wiederholungen dreier Gerichtsshows angesehen, heiße Milch getrunken, aufgegeben, Schlaf zu finden, wo soll sie auch herkommen, die Müdigkeit? Das Geräusch, das der leere Kühlschrank macht, erinnert mich an Aggregate in Krankenhäusern, die Organkühlkammern versorgen, darin Teile lebender Menschen, die in morphiumvernebelten Spaßaktionen Tieren eingesetzt werden, zwischen drei und vier morgens. Ich erwarte eine Nachtschwester, die mich um fünf weckt. Eine dralle Sechzigjährige, deren rote Strapse unter dem Kittel hervorschauen, und ich sage: reißen Sie sich zusammen, Sie wildes Ding, wenn sie sich über mich beugt und gierig betastet. Aus ihrem Kittel lugt ein kleiner Luchs, dem eine viel zu üppige Menschenleber aus der Schnauze ragt. Nicht einmal zu einer versauten *personal*-Krankenschwester habe ich es gebracht.
Ich habe gestern einen Anruf gemacht. Mich um einen Job beworben als Empfangsdame bei irgendwo, ich habe die Details bereits wieder vergessen. Danach bin ich ermattet ins Bett zurückgesunken. Zur Strafe für meinen ungezügelten Aktionismus muß ich nun also irgendwohin, um irgendwas zu machen.
Warum sind alle Arbeitsstellen gelb? Der übergewichtige Personalchef blickt durch mich wie durch ein trübes Fenster und stellt mich befristet ein. Wie bin ich verkommen, daß mich noch nicht einmal häßliche, fettleibige Männer ansehen. Rätsel Mann, der, egal wie alt und unansehnlich, vermeint, ihm stünde eine Schönheitskönigin zu, weil es sich bei jeder Frau doch nur um eine unterlegene, primiti-

vere Spezies als die männliche handelt. Der Personalchef betont mehrmals, daß es sich um die bedeutendste überregionale Tageszeitung des Landes handelt und ich Verantwortung zu tragen hätte. Auch repräsentieren müsse ich, und auf die Frage, was, redet er von Image und Leitkultur. Ich habe mich repräsentativ gekleidet und stehe kurz nach dem Gespräch hinter einem Tresen. Es gibt keinen Stuhl, nur einige Telefone, einen Summer für die Tür und eine Schublade, wo Teile des traurigen Lebens meiner Vorgängerin liegen. Ein Buch von Irving, Franzen oder scheißegal, einige Haarspangen und die Visitenkarte eines schäbigen Hotels an einer Ausfallstraße.
Ich sehe sie vor mir, ein Haufen Klischees: die 38jährige blondierte Frau, untergewichtig, in beigen Kostümen, manchmal auch schwarz. Wohnt allein, seitdem ihr Freund sie nach 15 Jahren verlassen hat. Sie hatten ein Geschäft zusammen, vielleicht eine kleine Werbeagentur. Er zahlte sie großzügig aus, aber nach einem Jahr war das Geld dahin, weil sie sich in ihrer Panik ein Lifting, eine Absaugung, eine Frisur, mehrere Kostüme und sechs Sitzungen beim Endermologen geleistet hatte, die sie sich nicht hätte leisten sollen. Dann landete sie hinter diesem Tresen. Und hatte doch immer nur ein Kind gewollt.

O-Ton Friederike Aus einer schlechten Musikanlage ertönt Chet Baker. Sein Gesang klingt wie Chet Baker auf Lachgas. Die Musik ist kalt und scheppernd, draußen regnet es nicht. Immer wenn man einen Regen bräuchte, hält er sich woanders auf. Das Café ist leer. Außer ein paar Zeitungen, dem Mann. Und mir. Weißt du, warum es mit uns nichts werden konnte, fragt er. Ich sage nein, denn ich will nicht hören, warum es nichts werden konnte. Ich will ein Wunder. Und kann es noch nicht fassen. Ich will nicht schon wieder allein sein, auf der Suche, bitte nicht wieder eingereiht in das Heer der Frauen um die 40, die gut alleine leben können, aber abends manchmal weinen, wenn es regnet und ist wie Weihnachten. Nein, sage ich. Und er redet weiter, sich in Sicherheit, um sein Leben redet er. Der Tee vor uns ist kalt, keiner will Tee. Ich will Liebe, er will Freiheit. Was auch immer er damit meint, es ist etwas mit Pferden, Zigaretten und Blondinen. Wir sind der evolutionäre Sondermüll der Geschichte. Wir sind nichts, eine Pufferzone zwischen gestern und der Zukunft. Es konnte nichts werden mit uns, wir sind die Generation, die nichts ist. Nicht mehr das Alte, das Neue noch nicht. Die Generation vor dem Internet und die danach, du verstehst. Ich verstehe nichts, ich sehe auf seine Hände. Die sind schön, die werden mich nie wieder berühren. Von unseren Eltern haben wir nur gelernt, wie Liebe nicht geht. Sie hatten die Revolution, unsere Eltern, den Kampf um Gleichberechtigung, um Befreiung aus alten Strukturen. Das war ihr Job. Wir dienen der Geschichte nur zur Beruhigung, zum Luftholen vor der neuen Epoche, sagt er, und sein Blick ist klar, direkt und sauber in die Ferne gerichtet. Da ist die Zukunft, und die findet ohne mich statt. Weißt du, keiner hat uns vorgemacht, wie Liebe geht, nur eine große Verunsicherung haben wir gesehen. Männer, die nicht mehr Männer sein durften, und Frauen, die Männer sein mußten. Wir sind angeschissen. Sagt er und lauscht dem Klang seiner Worte. Ich schweige und stelle mir vor, wie ich heute heimgehe, seine Zahnbürste in einen Beutel packe, die Hemden dazu, lüften werde und ein neues Leben beginnen. Allein. Und mir wird ganz müde, so kenne ich das schon, das Alleinsein, wieder losgehen, auf Partys gehen, und tausendmal enttäuscht. Du bist nicht schuld, ich bin nicht schuld, wir sind einfach 20 Jahre zu früh geboren. Die nach uns werden 200 Jahre alt werden, sie bekommen tolle Gene verpaßt, werden ohne Krankheit sein, ohne Furcht, nicht altern und keinen Unterschied machen zwischen Mann und Frau. Aber für uns ist die Sache gelaufen.

Und so redet er, blumig und groß, die Worte scheinen zur Decke zu steigen, zu kondensieren, und endlich fallen sie als leichter kleiner Regen in das Café. Ich schweige, würde ich etwas sagen, wären es Tränen, die aus mir kämen, und wozu sollte das gut sein. Er redet, bedauert sich und mich, vermutlich denkt er an die kleinen Mädchen, die im Internet surfen, und daß er vielleicht zu deren Generation gehören könnte, wenn er eine von ihnen besäße. Endlich, die Stühle im Café scheinen wie auf die Tische gestellt, sage ich, aber was ist so schwer daran, sich zu entscheiden, jemanden liebzuhaben, für ihn zu sorgen und mit ihm einzuschlafen? Und er sagt nichts, nun werden die Stühle hochgestellt. Wir verlassen das Café, die Musik klingt leise bis auf die Straße, hüllt uns in eine Blase aus Traurigkeit, und wir geben uns die Hand, wie Fremde, gehen die Straße in entgegengesetzte Richtungen, gehen nach Hause, zurück in unsere Leben, alleine, als Sondermüll der Geschichte.

Später, ich bin noch nicht soweit, hat er immer gesagt und dann seine neue Freundin, Mandy, zweiundzwanzig und echt weit für ihr Alter, nach einem Monat geschwängert. Während sie hinter dem Tresen stand und die Tage ihr abhanden kamen. Dann flirtete ein Literaturkritiker mit ihr. Der war Mitte Dreißig, sah aus wie Mitte Fünfzig, war fett, hatte kaum Haare, lispelte, war ein Kotzbrocken und verheiratet. Seine Ehe war ihm sehr gemütlich, er begann das Geschlechtsverhältnis mit der Tresenkraft nicht, weil sie schöner war als seine Gattin, sondern neuer. Er verkehrte mit seiner Gattin, wie die meisten Paare, nur noch selten. Alle paar Monate und dann schien es ihm, als hätte er Sex mit seiner Schwester oder Mutter oder etwas anderem Nahestehendem, und damit Sex zu haben war sehr unsexy. Einmal in der Woche trafen sie sich im Hotel und waren stets ein wenig befremdet. Beide so angezogen in einem

Zimmer, das nur aus einem Bett bestand. Am Tag und zu hell, das Erbärmliche. Sie zogen sich schweigend aus, wenn eines etwas sagte, einen Scherz versuchte, war es um so unerträglicher, das Schweigen danach. Dann warfen sie sich aufeinander, um der Peinlichkeit zu entkommen, spielten sich Leidenschaft vor, wie sie es mal gesehen hatten, irgendwo, längst vergessen. Sie lebte nur für den kleinen Moment, wenn der Akt vorüber war und sie sich an ihn pressen und denken konnte, er gehörte ihr, für immer dürfte sie an seiner weichen, alternden Brust liegen. Und er lebte nur für den kleinen Moment, wenn er kam und sich noch einmal stark fühlte, Mann fühlte, aber danach wollte er gehen, sehr schnell, oder am besten nie dagewesen sein.
Und sie hoffte doch so.
Nach zwei Jahren war ihr klar, daß er seine Frau nie verlassen würde. Sie kündigte, weil sie ihn nicht mehr sehen konnte, ohne zu weinen, und das hörte dann nicht auf, das Weinen. Sie hatte versucht, sich umzubringen, eine Woche, nachdem sie nicht mehr zur Arbeit gegangen war. Hatte Tabletten genommen und in ihrer Einraumwohnung weiße Lilien aufgestellt, das hatte sie mal in einem Film gesehen. Aber auch das war ihr nicht gelungen, sie war weder halbspektakulär im Krankenhaus erwacht noch in der Gosse, sondern daheim, und da noch nicht einmal in einer Lache Erbrochenem.
Mitten in der Visionierung des nicht existierenden Erbrochenenhäufchens betreten die Mitarbeiter der Zeitung das Gebäude. Ich begrüße jeden überlaut, um meine Position zu rechtfertigen: Grüß euch, Kameraden, die ihr täglich um die Wahrheit ringt, euch zurückstellt, wißt, daß ihr nur Vermittler der Weltgeschichte seid.
Junge Männer mit fliehendem Haaransatz, Brillen und blassen Gesichtern, teigigen Wangen und keinen Kennzeichen außer vielleicht ironisch hochgezogenen Augen-

brauen. Sie tragen unauffällige Trikotagen, ihre Boss-Anzüge kombinieren sie mit Todd's-Schuhen, Armani-Rollkragenpullovern und Dreiviertel-H&M-Mänteln in Kamel. Die Frauen wie Vögel, dünne Bachstelzen oder dicke Wachteln, allen ist etwas Spitzes zu eigen, gehen mit betont festem Schritt gegen ihre Vogelhaftigkeit an, betont ungeschminkt, betont blond, kurzhaarig und laut. Drall und gesund, in Körper und Geist – ich stecke alle in BDM- und Jungschar-Trachten, nichts sperrt sich dem Bild. Ich füge die Jungs und Mädchen im Lebensborn zu Paaren – super funktioniert das, ihre Nachkommen mittelgroße, mittelhaarfarbige, mittelgewichtige, mittelintelligente Menschen, die die neue Mittelelite bilden.

O-TON TATJANA ODER MANUEL Im Dorf wohnte ich, bis ich sieben war. Im Anschluß sind wir umgezogen, in einen Vorort, in ein Reihenhaus, mit einem Garten, der war zehn Quadratmeter groß, und da stand ein altes Auto, an dem Vater immer herumschraubte. Meine Mutter arbeitete halbtags als Verkäuferin. Vater hatte zu allem eine Meinung, aus dem Fernsehen und aus der BILD-Zeitung. Vater haßte Schwule, Neger und Juden. Regelmäßig beendete er seine Vorträge über Schwule, Neger und Juden mit: Na ja, überall gibt es natürlich solche und solche. Gefühle wurden bei uns zu Hause nicht gezeigt. In der Schule galt ich als extrem uncool. Wegen Übergewicht. Inzwischen hat sich die Sache grundlegend geändert: Alle, die ich kenne, kommen aus einfachen Familien. Keine Professorentöchter oder so etwas. Alle haben sich selber geformt. Die Massen brauchen eine Führung. Sie verlieren sich, wenn man ihnen nicht sagt, was sie denken sollen, was für sie richtig und falsch ist. Ich fühle mich gut mit dieser Aufgabe. Die Zeit der Namen und Labels, der Oberflächlichkeit, ist vorbei. Wir werden unsere Leser zu einer neuen Tiefe führen. Mich persönlich interessiert der Mainstream überhaupt nicht. Ich höre Radiohead und lese Allain de Botton und andere Philosophen.

Die größte unabhängige – sie gehörte nur zu vierzig Prozent einer Bank –, intellektuell anspruchsvolle Zeitung hatte ihre Kulturseiten in die Hand der Jugend gegeben. Um über Kultur zu schreiben, muß man nichts können. Es genügt, eine Meinung zu haben. Ja, machen wir, haben wir. Kunst ist, was wir verstehen. Natürlich müssen auch bildende Künstler, Sänger und Schauspieler JUNG sein. Den Rest haben uns die Schwulen eingebrockt – mehr und mehr ist es ihnen als Art-Direktoren, Werbern, Modedesignern und Filmern gelungen, unser aller Idee von Optik zu prägen. Die Rache einer Randgruppe, die schon längst keine mehr ist.
Noch schnell die Informationen dieses Morgens.

Infohaufen:
Die meisten Serienmörder geben nach ihrer Festnahme an, daß sie ein schlechtes Verhältnis zu ihrer Mutter hatten. London wird von 500.000 Kameras überwacht, die neuesten können Gesichter erkennen und sie mit Datenbanken vergleichen. Deutschland hortet achtzig Millionen Einheiten Pockenimpfstoff, hat aber nur in fünf Städten die Möglichkeit, Patienten auf Quarantänestationen zu isolieren. Erkrankt Mensch X in Rudolfstadt an einer Seuche, ist das nächste Krankenhaus, das auf solche Fälle notdürftig eingerichtet wäre, drei Stunden entfernt. Die Infizierten können nicht in Flugzeugen transportiert werden, weil die anschließende Desinfektion mit Mitteln gemacht wird, die auf Formaldehydbasis hergestellt werden und sie damit die Elektronik in einem Flugzeug angreifen würden.

Die Journalisten sind eingetroffen, ein neuer Tag kann beginnen. Wie erwartet ist keiner über fünfunddreißig, und wenn, hat er, umstellt von seinen windschnittigen Kollegen, begonnen zu trinken, findet abends Trost bei Nutten und erschießt nachts kleine Tiere. Der Chef der Kulturseiten ist als erster im Büro. Ich erkenne ihn, als er gegen zehn seine Mitarbeiter zu einer Konferenz ruft, der ich gerne durch die geschlossene Tür beiwohne. Ich höre ein ständiges Gluckern. Alle trinken Wasser. Stilles. Vier Liter am Tag müssen schon sein. Dieser gigantische Werbefeldzug der Mineralwasserindustrie. Warum fragt sich niemand, wie Menschen vor der Vier-Liter-am-Tag-Propaganda existiert haben? In der Konferenz geht es um: Machen wir eine Michael-Moore-Geschichte, oder ist der schon out? Lohnt eine Geschichte über Raucher-Lounges in New York? Gibt es New York überhaupt noch und wenn ja – ist das PC? Gibt es neue Bücher oder Filme von unterdrückten Palästinensern? Gibt es überhaupt noch Palästinenser? Was fällt uns zur neuen Tiefe der jungen deutschen Erzähler ein? Nach einer Stunde sind die Kulturschwerpunkte besprochen, und die jungen Menschen federn an ihre Arbeitsplätze. Der Chef befriedigt sich vermutlich rasch.

O-Ton Chef Ich war ein mäßiger Schüler, war wohl zu phantasievoll für den Lehrstoff. Dann das Praktikum bei BBC in London, eine Werbeagentur aufgebaut mit zweiundzwanzig, Gagschreiber für eine Comedy-Show – ich wußte nie genau, was ich machen sollte, ich hatte zu viele Talente. Klar war immer, daß es etwas Bedeutendes sein müßte. Das Gebäude, in dem meine Zeitung residiert, wurde von Richard Meyer gebaut, es sieht aus wie ein Schiff, das Flaggschiff des deutschen Geisteslebens – und ich bin der Feuilletonchef. Wenn ich die Firma betrete, ist mir, als ob ein leiser Applaus erklänge. Mein Büro: Wurzelholz, grün-braune Töne. Meine Sekretärin hat Abitur. In meinem Bücherregal – nur zeitgenössische Autoren. An meinen Wänden – Bilder junger Maler. Keiner über dreißig. Na ja, der Currin vielleicht, der sieht aber jünger aus. In meinem CD-Schrank – Buddha-Bar-Compilations, Moby, Daft Punk, Asian Dub Foundation. Meine DVD-Sammlung enthält von Tarantino bis Kubrick alle Filme, die man gesehen haben muß. Kunst, Medien, Mode und Lifestyle sind Oberflächenbausteine, die die Zeit reflektieren, mehr nicht. Jetzt haben wir eine Phase der neuen Ernsthaftigkeit, so nenn ich das. Auf meinem Tisch Bücher, Einladungen, Unterschriftenmappen und das neue Buch vom Goetz. Das geht ja nun gar nicht. Urlaub hatte ich seit fünf Jahren nicht mehr. Ich bin so viel unterwegs, auf Flugzeuge angewiesen, daß ich keine Zeit für Urlaub habe. Ich habe manchmal Angst, daß ich aufwache und alles war nur ein Traum, ich bin nicht mehr Feuilletonchef, sondern nichts, zu Hause in einem Vorort von Düsseldorf.

13 Die Heldin hat Sex oder so ähnlich und eine Einsicht. Ein Chefredakteur erklärt die Welt.

Ich befinde mich wie unter Wasser, vielleicht ist es sogar gefroren, das Zeug, starr nehme ich wahr, was um mich geschieht, beziehungsweise was mir davon berichtet wird, und es berührt mich nicht. Ich stehe still, genau wie die Welt. In Zeitlupe findet eine Katastrophe nach der anderen statt, aber es beeinflußt nichts, ändert nichts. Wir machen weiter wie immer.

Ich lasse mich von Zufällen an verschiedene Plätze führen, die mir nichts bedeuten. Ich habe keine Bindung, übernehme keine Verantwortung, noch nicht einmal für mich, und denke ab und zu, man müßte doch irgend etwas tun. Ich weiß nicht was und schlafe wieder ein. Ich bin wie alle um mich.

Nach einigen Tagen oder Wochen, die ich hinter dem Tresen verbracht habe, während ich die Arschgesichter der Redaktion noch weniger auseinanderhalten kann als am ersten Tag, weil immer klarer wird, daß es sich um einen Menschen mit verschiedenen Umhängetaschen handelt, verabredet sich der Chef mit mir zum Abendbrot. Ich habe keine Ahnung warum, denn ich habe ihn Tage vorher ständig mit blonden Art-Direktorinnen/Praktikantinnen/Volontärinnen beobachtet, vermutlich fehlt ihm für jenen Abend ein Geschlechtspartner, egal, es interessiert mich nicht, ich finde den Gedanken an ein gutes Abendessen reizvoll, oder auch den Gedanken, nicht schon wieder vor dem Fernseher liegen zu müssen, oder was weiß ich. Ich treffe ihn jedenfalls in einem Restaurant (gewischte Wände, Kellner, die Kunst machen, Handys, die Autobahnen reinigen etc.). Er kommt mit einer Stunde Verspätung und entschuldigt sich nicht, weil wozu. Uns beiden ist klar, daß ich dankbar sein kann, daß ein so wichtiger

Mensch mich zum Essen führt, so ein gutaussehender (173 cm, Halbglatze, Brille, blondes Haar, leichte Bauchrolle). Nachdem er bestellt hat, beginnen wir zu reden.

O-TON CHEF Ich will das fucking beste Blatt in Europa machen und ein Angebot aus Amerika bekommen. Ich stelle mir vor, wie ich in Amerika in Bars gehe und Prominente treffe, wie ich ins Gym gehe und in einem Loft wohne. Ich habe keinen Termin fürs Wochenende in meinem Palm. Mit den Druckfahnen meines neuesten Buches fahre ich in meine Stammbar. Leise brasilianische Musik läuft. Das geht grade noch, weil für Musik ist die Zeit wirklich falsch. Das Buch behandelt die Werte meiner Generation. Also, die Werte der Dreißig- bis Vierzigjährigen. Ich nenne das Buch Generation 0, weil, Generation X gab es schon. Eine Art Lebenshilfe in den Zeiten des Chaos. Also: Kann ich es mir heute noch erlauben, Marken zu tragen? Kann ich in Öko-Fonds investieren? Was trägt man auf einer Demo der Globalisierungsgegner? Ist ATTAC cool? Kann ich noch Produkte aus Amerika kaufen, und wenn ja, welche? Ich arbeite, rede mit Menschen, checke Mails, lade Filme aus dem Netz, höre meine Mailbox ab, fliege zu Anlässen, gehe nicht mehr zu Premieren, Buch- und Plattentaufen. Die Zeit dafür ist vorbei. Heute sieht man mich nur noch auf Symposien und Podiumsdiskussionen. Ich bin selten vor drei Uhr im Bett und weiß, daß ich früher mal das Gefühl hatte, unendlich zu sein. Also heim, Pizza essen, ins Bett, den Flachbildschirmfernseher an, liege ich, schaue noch BBC und frage mich, was wohl das Wochenende bringt, und weiß doch, daß es nichts bringt, weil nichts läuft, keine Kundgebung, kein Workshop über Terrorismus oder Imperialismus, und ich habe so eine Beklemmung, daß ich schnell ein paar Stilnox nehme, um sie wegzuschlafen. Ich liege in meinem Bett und schaue das Licht an der Wand an. Ich fühle mich allein in einer Art, die kaum eine Steigerung zuläßt. Ich denke an Deutschland. An die Häßlichkeit, die mich umgibt, dieses zerbombte Stück Scheiße vor der Tür, denke an die mittelmäßigen Menschen, die mich umgeben, unförmig ihre Leiber, die sie in beige Trikotagen hüllen, denke an das schlechte Essen, das sie in sich stopfen, und dann habe ich wieder eine Idee für die Wochenendausgabe meines Blattes – ich werde nur Exil-Iraker schreiben lassen, und weibliche afghanische Fotografen werden das illustrieren. Ich bin froh, daß die Oberflächlichkeit vorbei ist.

Der Chefredakteur hat zwischen seinen unzusammenhängenden Sätzen ungefähr 100 Menschen begrüßt, die alle seine Freunde sind. Dann springt er auf und sagt: »So, jetzt aber mal weg hier, das ist ja ein furchtbarer Laden und all die dummen Fressen. Wir gehn noch zu mir, um unsere Unterhaltung fortzusetzen.«
Das finde ich interessant, habe überraschend auch nichts anderes vor, also fahren wir in seine Wohnung. Ein 90er-Neubau, Terrassen, Glas, Sichtbeton. Auf dem schnellen Weg ins Schlafzimmer sehe ich das Elend eines, der gerne dazugehören würde, der Bücher über Lofts in Amerika, Landhäuser in der Bretagne und Künstlerwohnungen in Paris studiert hat und versucht, etwas wie Geschmack zu imitieren, doch das ist nicht so einfach. Eine Armee von Designerstühlen rüstet um einen balinesischen Holztisch zum Angriff, eine Bang&Olufsen-Anlage wetteifert mit einem zitternden Metallküchenblock um die Grauenmedaille, Metalljalousien hinter Leinenvorhängen. Traurige Scheiße. Das Schlafzimmer ist natürlich japanisch. Futon, Truhe, keine Gardinen, Betonboden. Ich sitze auf dem Futon, während der Mann im Badezimmer gurgelt. Wenigstens putzt er sich die Zähne. Er legt Elektropop auf und kommt in einer Boss-Unterhose auf mich zu. Sein heller Körper ist von seltsamer Unentschlossenheit. Wie ein Teig,

der darauf wartet, in den Ofen geschoben zu werden. Er zieht mir die Hose herunter und ergießt sich spontan. Das war schön. Ich verabschiede mich mit allem gebotenen Respekt und gehe dorthin, wo mein Bett steht, das merkwürdig riecht.

O-Ton Bett   Matratzen sollten alle zehn Jahre gewechselt werden. Sie sind nach Ablauf dieser Frist voller Kleininsekten, die Dörfer errichtet haben, Straßen, Bäckereien, gefüttert von Schweiß, Blut, Sperma, Auswurf, Schuppen, Talg und Tausenden schlechter Träume. Komm, mein Liebes, schlaf noch ein wenig.

14 Wir erfahren etwas über Liebe, lernen einen traurigen Hund kennen, und Dinge fliegen in die Luft.

Ich verbringe seit Monaten die Tage hinter dem Tresen und grüße Menschen, von denen täglich einige entlassen werden, weil das Leben gerade alles entsorgt, was überflüssig ist, weil die Zeit der leeren Worte vorbei ist und etwas Besseres oder Dümmeres kommen wird, oder GAR NICHTS.
Ich habe die Tage also mit Grüßen und Stehen verbracht, und ICH KANN MIR KEIN ANDERES LEBEN VORSTELLEN. Das ist das Schlimmste, daß ich keine Idee habe, keinen Ort weiß und nichts.
Am Abend sitze ich irgendwo, in einer Bar, einem Café, irgendwas, wo es zugig ist, und warte auf den Chefredakteur. Weil ich nichts Besseres vorhabe, weil ich nicht alleine sein will, weil ich mir, gelangweilt von allem, was ich kenne, eingeredet habe, daß er zwar ein fader Mensch ist, der nichts in sich trägt, außer der Gier, die Erwartungen anderer zu erfüllen, doch vielleicht könnten wir zusammen in ein Landhaus ziehen und ich ... Ich trinke sehr viel Kaffee und rauche, ich habe seit Jahren keinen mehr gefunden zu lieben. Ich weiß nicht, wie das funktioniert.
Die Einsamkeit beginnt, wo wir anfangen und nicht mehr Teil unserer Mutter sind. Kindheit ist das, da Hirn und Gefühl sich nicht recht verständigen. Die finden erst in der Pubertät wieder zusammen. In der Zeit, in der die meisten die erste Liebe erleben. Die nichts will, außer Auflösung. Ein Mädchen, ein Junge, egal, und wir wollten ihn oder sie und wissen gar nicht, was wir mit ihm oder ihr wollen, außer nie mehr alleine zu sein. Stehen an offenen Fenstern und draußen Frühling, an den Wänden Pferdeposter, und was wir über Liebe wissen, geht so: Mit ihm auf einer Insel sein und ansehen. Tag und Nacht. Und die kleinen

Härchen am Arm berühren. Tag und Nacht. So Traum wie damals, als wir noch nicht wußten, was Liebe ist, wird Liebe nie mehr, nie mehr werden wir so unendlich sein. Die erste Liebe zerbricht, und der erste Liebeskummer kommt. Ach, wären wir doch gestorben, damals. Wir hätten uns die Wiederholungen erspart.
Wir haben unsere Unschuld verloren und statt ihrer Ideen entwickelt. Wie Liebe sein müßte, richtige Liebe. Denken wir, muß sein wie fliegen, sich die Sachen vom Leib reißen, sich nie mehr trennen, nicht mehr essen, nicht mehr schlafen, wild muß es sein und seelenverwandt, aufregend, verrückt, und nachts tanzen im Regen, Hütchen tragen und 1000 Kilometer fahren nur für einen Kuß, der nie endet, und halten halten halten. Das ist die Idee, und sie meint, eigentlich wollen wir zurück in die Zeit, als wir eins mit der Mutter waren, Bedingungslosigkeit wollen wir, danach suchen wir und werden immer enttäuscht. Denn so ist es nie. Merken wir alle zwei Jahre, wenn wieder ein Traum zerbricht.
Der Schmerz wird weniger, aber wir vertragen ihn trotzdem kaum noch, weil wir nicht wissen, wie es gehen soll, weil wir ahnen, daß etwas falsch ist, und immer bleiben wir allein zurück, die wir altern, unsere Knochen werden porös, und unsere Seele ist es schon, überzogen von vielen Sprüngen. Wir sind nicht mehr jung und noch nicht alt, die furchtbarste Zeit im Leben, weil sie voller Sehnsucht nach einem Wunder ist, und das wird ZIEMLICH SICHER nicht eintreten. Eigentlich hätten wir mit unserer ersten Liebe zusammenbleiben können. Es wird nie besser danach. Sex ist nur Sex, kann man lernen, feuchte Geschichte, ist doch egal, und Freundschaft wird erst mit der Zeit gut. Was suchen wir, ach ja, die große Liebe suchen wir. Immer schneller trennen wir uns, verlassen, werden verlassen. Leiden wird Routine, macht fast Spaß, denn da geht was, da hat man was zu erzählen, da wird man be-

dauert, nimmt ein paar Kilo ab, alle reden von Lebensabschnittsgefährten und mißtrauen der Unendlichkeit, nörgeln und sind unzufrieden, wenn sie einen haben zum Liebhaben, denn der kann's doch nicht gewesen sein. Immer kürzer die Halbwertszeit von dem, was wir als Liebe bezeichnen, weil wir nicht wissen, wie man den Dreck sonst nennen soll. Hatte die Generation vor uns das Problem, vor lauter Analyse und Selbstfindung zu egoistischen Arschlöchern geworden zu sein, kranken wir heute daran, nichts mehr zu sein. Keiner ist mehr etwas, nichts Besonderes, falsch verstandene Demokratie hat uns alle gleich gemacht, ohne Eigenschaften und mit der Sucht nach mehr. Immer weniger wollen wir uns anstrengen. Alles muß passen, sofort, und gut sein. Wenn wir es mit uns selber schon nicht gut haben, dann muß wenigstens der Partner dafür sorgen. Macht er nicht, und weg ist er.
Meine letzte Liebe ging vor fünf Jahren. Ab und zu hole ich das Gefühl, diesen herrlichen Drogentrip, wieder aus einer Ecke und betrachte es, so daß es fast lebendig wird. Was für eine wunderbare irreale Hysterie. Ich verstehe nicht, warum das so aus der Mode gekommen ist – Hysterie, Träume, Überschwang, Leiden –, heute hat man korrekte Beziehungen mit ausgewogenem Kosten-Nutzen-Faktor. Wie komplett uninteressant. Liebe ist nur noch in der Phantasie etwas Bemerkenswertes.
Die Nacht kommt, der Chefredakteur kommt nicht, und ich beginne mich mit meinen kleinen Philosophien unendlich zu langweilen. Gott langweilt sich auch und wird BÖSE.
Er schickt einen Blitz und gibt mir einen Schlag auf die Ohren.
Ich liege irgendwo, Rauch brennt in meinen Augen, sehr entfernt höre ich Menschen schreien oder Tiere, etwas, das wie Feuer klingt. Ich sehe nur ein verschwommen helles Flackern in absoluter Dunkelheit. Ich sage etwas und höre

mich wie unter Wasser reden. Der Kopf des Chefredakteurs liegt neben mir, aus dem Hals ragt ein Stück Wirbelsäule, der Rumpf ist nicht zu sehen. Ich setze mich auf und sehe blutende Menschen mit aufgerissenen oder fehlenden Augen durch Schutt taumeln, es brennt, ein leises Züngeln an diversen Stores, verschiedenen Körperteilen, die Trikotagen verschmort zu einer dunklen Masse. Einigen Leuten stehen die Haare in die Luft. Sie betteln um Hilfe oder Wasser oder Mutter. Sehr leise. Merkwürdig, daß keiner schreit, ich dachte immer, bei Unglücken würden Frauen spitz schreien. Die leicht rauschende Ruhe wird absolute Stille. Endlich weiß ich, wie es ist inmitten einer Katastrophe. Gar nicht. Ich denke nicht, fühle nicht, mein Puls ist sehr verlangsamt oder so schnell, daß es rauscht, das Herz. Ich stehe auf und wundere mich, daß beide Beine noch vorhanden sein müssen, denn ich falle nicht um. Ein wenig scheue ich, nach meinen Armen zu schauen. Wenn sie weg sind, werde ich das noch früh genug merken. Ich folge einer nackten Frau, die noch eine Strähne blondgefärbten Haares auf einem schwarzen Schädel trägt. Sie schwankt in eine Richtung, da es heller scheint. Die Frau fällt um, sackt einfach in sich zusammen, zu Boden, ich steige über sie und einige Bretter, über Gläser und Körper, wo kommt das Wasser am Boden her, das Wasser, das von der Decke tropft, warum sind die Bretter verbrannt, ich habe keine Holzbretter gesehen zuvor, der Geruch ist eine Mischung aus Steakhaus, Kot, Erbrochenem, verkohltem Holz und Kälte. Ich stehe auf der Straße und bin erleichtert, daß es eine Straße gibt, Luft, und daß noch ein Himmel ist. Vor dem Lokal herrscht Aufregung, so daß mich keiner bemerkt oder ich egal bin. Blaulicht, Feuerwehrleute, GSG9, gebrüllte Anweisungen, stöhnende Personen auf dem Boden, stille Personen in Plastik. Ich laufe weg von dem Ort, zügig ins Dunkel, damit ich nichts damit zu tun habe mit dem ekligen Zeug.

Sturm leitet Regen in mein Gesicht, in meine Augen, da läuft etwas, brennt etwas, der Augapfel läuft aus, ich reibe in meinem Gesicht herum, kratze in meinem Gesicht herum, wünsche mir eine Klinge, um in meinem Gesicht herumzuschaben, das Fleisch abzutragen, die Knochen herauszubrechen, etwas zu fühlen. Der gefrorene Zustand ist unangenehm. Auch kalt. Der normale Ockerton der Gebäude, Straßen, Bäume, die das fehlende Sonnenlicht überlebt haben, leuchtet wie radioaktiv. Ich bleibe stehen, an einer besonders unattraktiven Brücke, darunter Gleise, auf denen keine Züge fahren, die sind in Restaurants oder an Events oder in die Luft geflogen. Der Himmel ist laut von Hubschraubern, hell von Zeug, als würde sie brennen, die Nacht. Neben mir ist ein Hund zum Stehen gekommen. So eine kleine, wie falsch gewaschene Sorte Hund, mit einem schielenden Auge. Er steht ruhig und sieht mich an, mit einem Auge. Das andere schaut in den Himmel. In seinem Blick liegt etwas wie eine Aufforderung, er dreht sich langsam, fast aufreizend ab und beginnt, vor mir zu laufen. Alle Meter dreht er sich um, sich vergewissernd, daß ich ihm folge. Das tue ich. Habe ja sonst nichts vor. Der Hund überquert einige Straßen, läuft vor mir auf dem Bürgersteig, er schaut sich um, lockt, scheint zu winken, und es dauert einige Zeit, bis ich begreife, daß wir uns im Kreis bewegen. Nach etwa einer Stunde sind wir wieder auf der Brücke. Züge fahren noch immer nicht. Der Hund bleibt stehen und schaut mich lange an. Dann springt er in die Tiefe, auf die Gleise. Ich sehe ihm nach, sehe weit unten in der Dunkelheit den kleinen, verwaschen wirkenden Körper liegen.

15 Wir schauen fern, und die Heldin hat zum ersten Mal seit dreißig Jahren eine Idee.

Die Nacht ist hell in einer ungesunden Art. Kein zartes Reflektieren meterhohen Schnees. Ein Operationslicht, wechselt zu schnell mit gelber Dunkelheit. Hubschrauber flattern wie nervöse Falter dicht an meiner Wohnung vorbei. Ich sehe im Fernsehen, wie die Toten aus dem Restaurant, der Bar, was weiß ich, getragen werden, in der ich mich noch vor wenigen Stunden aufgehalten habe. Bestürzung. Aufregung. Walkie-talkies. Ich bin immer noch gefroren. Ich sehe Politiker, Kommentatoren, Vorsitzende diverser Religionsgemeinschaften, und alle reden, sind erschüttert, betroffen und entsetzt. Ich habe Schüttelfrost. Im Fließtext unter den Männern, die energisch mit ihren Schildkrötköpfen wackeln, die Neuigkeiten vom Rest der Welt: Irgendwo demonstrieren Globalisierungsgegner oder Castorgegner, in Amerika hat es Überschwemmungen gegeben, zwei Flugzeuge sind abgestürzt, eine Giftgaswolke zieht über Italien, eine iranische Schule ist versehentlich von Raketen getroffen worden, die Zahl der Arbeitslosen hat sich verdoppelt, und trotz internationaler Proteste (Wir protestieren! Unterschrift: der Kanzler von Rumänien) wurden in Somalia einige Frauen zu Tode gesteinigt wegen irgendwas. Wahrscheinlich hatten sie eine Straße überquert.
Meine Kiefer sind so fest aufeinandergepreßt, daß das Gesicht schmerzt. Die bekomme ich im Leben nicht mehr auseinander, die Kiefer. Intravenöse Ernährung, vernarbte Einstichstellen. Muß ich ein Schmetterlingstattoo draufmachen lassen. Ich bin steif und kalt, versuche nicht mehr an verbrannte Menschen zu denken, an den Schlag in den Bauch, den abgerissene Glieder erzeugen, auf die man tritt, und mir fällt ein, daß ich noch Testbilder kenne, aus

der Zeit, da Fernsehen um vierundzwanzig Uhr Schicht machte, und ich mir vorgestellt hatte, wie unendlich es sein müßte, mitten in der Nacht fernsehen zu können. Ich hatte erlebt, daß kaum einer ein Telefon hatte, später dann mobile Geräte, die an wichtigen Filmproduzenten hingen, groß wie Aktenkoffer. Ich hatte elektrische Schreibmaschinen geschaut, die Zentner wogen. Bei uns zu Hause baden ging so: Wasser wurde im Waschkeller in einem Holzofen-Kessel erhitzt, und wenn es kochte, mit einem Topf in eine Wanne geschöpft. Das Schöpfen dauerte so 20 Minuten. Die Wohnung wurde mit kleinen, gußeisernen Kanonenöfen beheizt, die alles im Umkreis von einem Meter zum Glühen brachten (herrlich, die vielen Haushaltsbrände), alles außerhalb dieses Zirkels blieb kalt. Das ist so weit weg, der Ofen, der Geruch, der Osten.

Vielleicht muß ich alles anders machen. Vermutlich werde ich es morgen wieder vergessen haben, alles vergißt man doch, was zu anstrengend scheint, vergißt, was einen vielleicht für ein paar Stunden glücklich oder für längere Zeit zufrieden machen könnte. Unzufrieden ist man nur, weil man denkt, daß man woanders besser aufgehoben wäre. Aber wenn nicht? Wenn es überall gleich wäre, und ooooommmmm, denke ich, und schlafe nicht ein.

16 Alles geht weiter wie gehabt. Die Journalisten haben Spaß.

In der Nacht ist mein Schlafzimmer lebendig, wenn ich die Augen zu schließen versuche, reißen helle Blitze sie wieder auf. Der Geruch von verbranntem Mensch, neben mir im Bett abgetrennte Körperteile – zuviel für einen sensiblen Nordeuropäer. Natürlich stehe ich am Morgen hinter meinem Tresen. Mir ist nicht eingefallen, was ich sonst hätte tun können. Ich bin immer noch ein wenig steif, Stellen an merkwürdigen Orten meines Körpers sind perforiert und verschorft über Nacht. Langsam kommt das Gefühl zurück, wie nach einem eisigen Winterspaziergang kalte Zehen warm werden. Wie erbärmlich schlechtes Innendesign wirkt, nachdem man einen Terroranschlag überlebt hat.
Die Journalisten wirken wie eine Rotte nasser, betrunkener Vögel, in deren Mitte jemand einen Warnschuß plaziert hat. Sie stieben durch die Flure, ihre Umhängetaschen schnattern mit hastigen, nicht geschlossenen Schnallen, sie sind erregt, die jungen Menschen – endlich geht mal was, da können sie zeigen, was sie in sich haben, in jedem hier steckt doch ein ernsthafter Aufklärer, ein Nachtwey oder im schlechten Fall ein SCHOLL-LATOUR. Sie sind zu Kriegsreportern geworden über Nacht. Jeder kennt einen, der fast in dem Anschlagslokal gewesen war, und die Themenvorschläge übertreffen einander.

O-TON JOURNALISTEN Wir schleichen uns in die muslimische Gemeinde ein oder laufen mit einem Kopftuch rum, ja Mann, einfach mal mit einem Kopftuch rumlaufen. Wir müssen mit den Angehörigen reden, mit den Überlebenden. Ich werde 24 Stunden mit einer Sprengstoffgürtelattrappe durch die Stadt laufen. Ich versuche, mit Waffen ein Flugzeug zu besteigen. Laßt uns mit dem Chef unseres Atomkraftwerks einen Ortstermin machen. Machen wir alles.

Der Chefredakteur, dessen Kopf ich noch am Abend zuvor neben meinem Schienbein zu sehen geglaubt hatte, läuft sehr langsam an jenem Tag. Er telefoniert mit Nachdruck und stützt immer wieder den Kopf in die Hand. Hätte er eine goldene Brille, würde er an ihrem Bügel kauen. Sehr dezent. Mit kleinen, gelblichen Nagerzähnen. Ich gehe in sein Büro und erschieße ihn. Dann wird mir langweilig, und ich verlasse die Redaktion. Es ist Mittag.

17 Endlich wird in der Gruppe ferngesehen. Die Heldin bekommt Besuch und eine dicke Frau ihren letzten Auftritt.

Menschenrudel drängen in oder aus Supermärkten, vereinzelt wird gepöbelt. Der eine oder andere stürzt, wird zur Seite gerollt, übergangen. Sie schlagen sich um Sägemehlbrot. Kommen mit vollen Taschen aus den Läden, verlieren die Waren, bücken sich, rollen in den Rinnstein, Schaufenster brechen, Blaulichtwagen nerven. Natürlich regnet es, in speziell fetten, ungesunden Tropfen, die extra langsam fallen und kaum aufzuschlagen wagen, um dann doch angewidert eins mit der feuchten Oberfläche zu werden. Die Trinker und Junkies in der Fußgängerpassage sitzen merkwürdig gerade. Wie in der Schule halten sie sich, den Rücken durchgedrückt, die Augen angestrengt geöffnet. Greift einer nach der Flasche, scheint es ihm fast unangenehm, in das Schweigen hinein Trinkgeräusche zu erzeugen.

O-TON Org org org org.

Selbst die Junkies, der Abschaum in der Süchtigenhierarchie, setzen sich ihre verrosteten, veraidsten Spritzen, die sie nach Gebrauch gerne auf Spielplätzen fallen lassen, fast filigran unter die Zunge. Keine Kinder zu sehen. Kaum Frauen. Vor einem Radio- und Fernsehgeschäft einige Leute. In atemlosem Schweigen, hab nie begriffen, was das heißen soll, jetzt auch nicht, in atemlosem Flüstern also, sich ängstlich umschauend – wir stehen hier in einer Gruppe, sind die nicht scharf auf Gruppen, die Terroristen? Es haben drei weitere Anschläge stattgefunden. (Finden Anschläge statt wie Open-Air-Konzerte?)
Wie damals bei den Anschlägen auf das World Trade

Center, sind die Sachen erstaunlicherweise vom ersten Moment an gefilmt worden, vielleicht weil heute alles gefilmt wird (500.000 Kameras in London), vielleicht weil das deutsche Fernsehen die Sache organisiert hat. Ich erkenne die Zeitungsredaktion, aus der ich mich vor einer halben Stunde verabschiedet habe. Das Gebäude steht nur mehr als Schatten. Im Bildvordergrund eine komplett aus der Mode geratene Lufthansa-Tasche, daneben ein mit Haarstoppeln bedecktes Bein in einem Puma-Sneaker. Ein Krankenhaus hat es zerrissen, von einem Kindergarten stehen nur noch die Grundmauern. Wir sehen: den eingestürzten Turm der Deutschen Bank in Frankfurt, einen verwüsteten Club in London, den umgestürzten Eiffelturm in Paris. Keine Ahnung, wie sie das Ding zum Umkippen gebracht haben, ich mochte ihn eh nie, verachtete die Gitter und Verstrebungen, die Selbstmörder fernhalten sollten. Wozu sollte dieser häßliche Turm taugen, wenn nicht als Sprungturm für Lebensmüde? Scheißfranzosen, die zu faul sind, ein paar zerschmetterte Körper wegzukratzen. Alles Schweine.

Was kommt jetzt? Ich gehe heim, um in Ruhe nachzudenken.

WAS KOMMT NACH DEM KONSUM?

Ich bewege mich unsicher. Ich bin unsicher. Wie schnell Menschen kaputtgehen. Hast du nicht gesehen, können Beine und Arme fehlen, die Eingeweide ihren angestammten Platz verlassen, und wie lustig ist das dann?

In meiner Wohnung wird mir schlecht. Sie erscheint mir in einer Art schäbig, die ich nie zuvor wahrgenommen habe. Erbärmlich, diese Wohnung gewordene Weigerung, erwachsen zu werden. Was mich umgibt, wirkt wie das erste Eigenheim, das ich mir eingerichtet hatte. Fünfjährig auf dem Kleiderschrank meiner Mutter. Ich habe nie alt sein wollen, um mir einreden zu können, daß noch ein unbenutztes Komplettleben auf mich wartet. Ein albernes

Täuschungsmanöver. Man lebt nicht länger, wenn man sich nicht bewegt, sich nicht verändert. Es macht einen nur erbärmlicher. Die Glieder werden kalt dadurch. Ohne Bewegung wird der Mensch zu einem unansehnlichen Bündel grauen Fleisches, denn keiner hat die Fähigkeit, sich durch seinen Verstand lebendig zu halten.

O-TON STEPHEN HAWKINS Na ja, ich sach mal …

Im Fernseher auf allen Kanälen Gesprächsrunden alter Männer. Die dürfen das, alt sein und schlecht riechen, einen Wanst bekommen, Couperose an den Rotweinzinken, Mist quatschen, und nun dank Viagra auch noch ficken, bis sie umfallen. Sloterdijk, Schäuble und Scholl-Latour, diverse haarlose Friedens-, Terror-, Al-Qaida- und Chaosforscher sitzen breitbeinig auf Talksesseln und fallen sich ins Wort. Das ist die einzige Leidenschaft, die sie noch haben, sich unterbrechen im ständigen Fluß einheitlichen Schwachsinns. Der Fortbestand der Erde hängt von gescheiterten alten Säufern, Schnupfern und Fressern ab, von Männern, die Bruchbänder tragen und sich die Haare über die Glatze kämmen, die vermutlich aus dem Mund riechen und natürlich Freier sind. Die geben mir kein wirklich gutes Gefühl, die alten Zyniker, die uns alle mit in ihr Grab nehmen würden. Und jetzt neu im Handel: die Generation nach ihnen, die als Manager das Himmelfahrtskommando ihrer Väter weiterführen. Fundamentalisten, Präsidenten, Rüstungskonzernlobbyisten, Ölkonzerngesellschafter, Bankverwaltungsräte. Eine Minderheit, die über das Leben von Milliarden entscheidet. Würde man diese Gruppe gegen eine andere austauschen, würde man junge Sozialisten, ATTAC-Mitglieder, Linksradikale, Ökos auf die Sitze der Weltherrschaft geben, es dauerte nicht lange, und alles wäre wie zuvor. Kein Mensch taugt zu etwas Uneigennützigem, Gütigem, Intelligentem – keiner.

Menschen taugen zu nichts.
Ich sitze auf meinem Bett und sehe nicht aus dem Fenster.
Ich habe keine Ahnung.
Gegen Abend wird der Ausnahmezustand ausgerufen, was auch immer das heißen mag. Dann passiert genau das, was man immer befürchtet hat: Politiker finden sich zu Sonderkommissionen zusammen, vermutlich an einem Eschentisch mit Maschinenkaffee in silbernen Thermoskannen, Kaffeesahne und stillem Mineralwasser. Möchte noch jemand Kekse? Gerne. Die Sekretärin bringt eine dieser runden Blechschachteln mit Teegebäck. Die Sekretärin unten ohne. Geraucht wird draußen. Unter dem Tisch das Indiz der typischen Freier: braune und schwarze Halbschuhe, die nervös auf dem Teppichboden (antistatisch) herumschurren. Das sind die Füße überforderter Kinder. Seit den Spielen auf dem Schulhof (wer quält die Dicken am besten, wer demütigt das unscheinbare Mädchen am perfidesten, wer pißt und wichst am weitesten) sind sie nur ein wenig gewachsen, scharren nun mit den Füßchen und wissen nicht weiter. Macht ist lustig, aber hey: Es ist doch nichts ernstgemeint, man will keine Entscheidungen fällen müssen, jetzt, wo alle so genau hinschauen. Nicht denken müssen, dazu verdienen sie viel zuwenig. Der Sicherheitsrat, der Verteidigungs-, Innen- und Außenminister – schon in anderen heiklen Situation haben sie versagt. Sie sind weder besonders intelligent noch krisenerprobt. Mama, ich wollte doch nur Macht. Vielleicht ist es unmöglich, für Massen auf gute Weise Verantwortung zu übernehmen. Die Massen wollen nicht gehorchen, bestehen aus Einzelwesen, die Quatsch machen, die dumm sind und launisch. Man muß Massen entmenschlichen, um sie zu regieren, und wer begriffen hat, daß es unmöglich ist, ein guter Regent zu sein, wird schleunigst nur noch an sich denken.

O-TON POLITIKER Ich hab dann irgendwann nur noch gefickt, weil mir alles zuviel wurde. Weil ich nicht mehr durchblickte. Intrigen in der Regierung, Aufgaben, die mich überforderten, immer Schweißausbrüche, immer Angst. Ficken ging gut. Erst hab ich sie normal zu ficken versucht. Sie war zwölf, glaub ich, aber sie hatte Papiere, ich bin ja nicht blöd. Doch ich konnte nicht richtig, sie war zu eng. Ich hab sie weitergeschnitten, da ist sie in Ohnmacht gefallen. Ich hab sie dann ausgestopft mit allem Möglichen. Ich bekomme Asiaten, wann immer ich eine neue Ladung brauche. Sie lagern im Keller. Ich habe die Wände mit ihren Organen bespannt. Ich hab keine Angst, Entscheidungen zu treffen. Ich doch nicht.

Meine Augen sind auf Leere gestellt. Ich bewege mich nicht, vielleicht kann ich einfach so bleiben, so starr, und merke dann, daß ich noch nie etwas anderes getan habe.
Ich werde bald tot sein.
Die Jahre sind so schnell vorbeigegangen, die bewußte Zeit, wie ein paar Nächte verschlafen. Und ich weiß nicht mal, wie man das macht, sich lebendig fühlen. Auf Tischen tanzen, lachen, essen, über Wiesen kullern und Sex haben, alles so Lebendigfühl-Sachen.
ICH WEISS NICHT WIE DAS GEHT.
Wann immer ich so ein Lebendigfühl-Bild nachstelle, komme ich mir sehr albern vor.
Es ist unruhig draußen, die Sirenen nerven, wie in einem amerikanischen Spielfilm, wo man denkt, ihr übertreibt mit euren Sirenen. Und dann ein Geräusch, das ich seit langem nicht mehr gehört habe, lauter als die Einsatzfahrzeuge – ein Telefon, mein Telefon. Ich habe kein Telefon. Es ist die Türklingel. Ich weiß nicht, wann sie zum letzten Mal benutzt worden ist. Ich weiß nicht, wie man sich korrekt verhält, wenn es an der Tür schellt. Ich habe auch keine Tür.

Ich öffne einigermaßen energisch, das scheint mir in dieser Situation das Vernünftigste. Hätte ich eine Waffe, so würde ich sie hochreißen, würde in die Knie gehen, so wie man das eben macht, wenn man eine Waffe besitzt und es klingelt. Und vor der Tür würden Außerirdische stehen, die die Menschheit aus Abfallprodukten geschaffen hätten.
Eine dicke Frau steht kaum vor mir, mehr fließt sie auf meine Matte, quillt in die Türfüllung – ich tippe auf hundertsechzig Kilo Fleisch in schlechter Verfassung. Sie weint vielleicht, ich weiß nicht genau, wie zu bezeichnen ist, was sie tut. Aus ihren Augen läuft permanent etwas, das eindeutig mehr ist als Tränen, aus ihrer Nase rinnt Flüssigkeit, alles am Schwimmen, am Sichbewegen und Wogen. Die Frau wirkt wie ein zu großer Zwerg, der sich aus dem Wald kommend, wo er bei einem Tanzfest war, verlaufen hat. Plötzlich sitzt die Frau auf meinem Bett. Sie ist, wie schnell sich ausbreitender biologischer Schleim, in meine Wohnung geflossen und redet mit einer sehr kleinen Stimme.
»Sie waren in dem Kindergarten. Beide. Ich bin da sofort hin.«
Und dann stand sie zwischen rauchenden Sachen und Spielzeug, ja, auch die verdammten kaputten Puppen, die man immer in Filmen sieht, wenn man sich betroffen fühlen soll, von einem Kind fand sie einen Arm, vom anderen nur ein Stoffflämmchen. Der Rest war unter den Trümmern des Gebäudes vermutlich zu einer Masse verkommen, aus Beton und Leibern und Holz und Plastik, geschmolzen, aber sicher war sich keiner. Von da an wußte sie nichts mehr. Wie sie zurückkam, in ihre Wohnung, sie konnte es nicht sagen.

O-Ton Frau Im Dorf, wo ich herkomme, war ich eindeutig das schönste Mädchen. Das ist heute nicht mehr nachvollziehbar, ich wiege 180 Kilo, aber das kam nach

der Geburt, und daß die Haare ausgefallen sind, auch, also, an den falschen Stellen, an den Beinen, an der Brust und am Kinn sind sie gewachsen. Aber damals war ich verwöhnt, was das Optische anging. Ich war sehr blond, sehr jung und konnte mir nicht vorstellen, daß das mal anders werden sollte. Ich bekam sehr viel Aufmerksamkeit. Die Jungen schwiegen und starrten, wenn ich vorbeilief, in der Lehre zum Beispiel war ich sehr faul, doch der Lehrmeister, ich hab in einer Fleischerei gelernt, hat mir an die Brust gegriffen, ich habe gekichert, und von da an ist er immer rot geworden, ich habe prima Noten erhalten und was halt so Vergünstigungen waren.
Dann verliebte ich mich in Rolf, der hatte ein Motorrad, lange Haare und einen Adler tätowiert. Er war eindeutig der lässigste Junge im Dorf, und alle waren neidisch, als ich mit ihm in die Stadt ging. Wir waren recht glücklich, also ich, aber er ging abends oft weg, wo ich schwanger war. Er saß auch schon mal mit sehr lauten Frauen in der Küche, während ich dalag und in einen Eimer brach wegen der Schwangerschaft. Er hat mir auch mal in den Bauch getreten, als ich nicht auf der Küchencouch schlafen wollte, wo er mit einer Rothaarigen unser Bett brauchte. Das hört sich wahnsinnig asozial an, so nach Talkshow, wenn ich das sage, aber so war es. Ich wußte nicht, was ich tun sollte. Ich hatte mir doch alles so schön vorgestellt. Und wollte nicht zurück ins Dorf, zum Fleischer, in das Zimmer, die Wohnung, wo es nach Essen roch, gekochtes Rind. Ich wollte mit Rolf glücklich sein und dachte, daß ich nur Geduld bräuchte. Ich war offen gestanden zu dick geworden, um einen Entschluß zu fassen. Dann bekam ich die Zwillinge, und wo ich wieder nach Hause kam, hatte Rolf so gut wie alles aus der Wohnung geräumt, die war leer und er weg. Er kam dann mal wieder, saß in der Wohnung und nahm das Geld, was ich hatte, aber irgendwann habe ich das Schloß auswechseln lassen

und wurde noch dicker. Komisch, das habe ich nie verstanden, wo doch die Kinder aus mir raus waren, blieb der Bauch und wuchs noch mehr, als ob er sich mit den Kindern am wohlsten gefühlt hätte. Ich konnte nicht glauben, daß keiner mehr staunte, wenn ich vorbeikam. Am Anfang hab ich alles probiert, daß nur mal wieder einer schaute. Mich sehr geschminkt, die Brüste in einen Push-up-BH gelegt und kurze Röcke, und dann schauten schon welche, aber anders als früher. Es dauerte eine Weile, bis ich merkte, was nicht stimmte. Sie machten sich über mich lustig, wenn sie schauten, das war es. Aber die Kinder, die habe ich so geliebt. Wir lebten in unserer kleinen Wohnung, die Straße war so laut, und das Wetter hat mich fertiggemacht, ich kannte keinen, und die Kinder waren oft krank. Aber wenn wir zu dritt im Bett lagen und dem Regen zuhörten, dann mußte ich weinen, und das Glück war so groß, daß ich es fast nicht aushielt. Darum war ich auch Rolf nicht mehr böse, er hat sich doch selber gestraft, ich hab ihn sitzen sehen, in der Kneipe, ich weiß, wovon ich rede. Und jetzt habe ich einen Arm gefunden von Mandy. Mit dem Perlenarmband, das man essen kann, um das sie so besorgt war, und sich nicht mehr waschen wollte deswegen. Und Jessicas Schaf und nicht mehr. Dann ging ich weg und saß in meiner Wohnung, nur eine dicke Frau, der niemand mehr ein Kind machen würde.

Die Frau fließt über mein Bett, und ich streichele ihr den Kopf. Ein Reflex. Und? Na, was ist? Nix explodiert, meine Hand fault nicht ab. Ich habe immer Abstand zu Menschen gehalten, weil es mir peinlich war, sie zu berühren, und merke jetzt, daß man eigentlich jeden streicheln kann, selbst wenn er aus der Nase tropft und Tränen ihn auflösen. Ich bedauere dreißig Jahre der Kontaktarmut und glaube fast, daß man sich öfter berühren sollte, es gäbe weniger Elend. Ich sehe die dicke Frau an, sehe sie als

kleinen Menschen, geliebt vielleicht von einer Mutter oder gehaßt von einer Mutter, und viel mehr an Entwicklung passiert meist nicht mit den Menschen. Die Frau will sterben, und es fällt mir kein Grund ein, warum sie weiterleben sollte.
Wirklich keiner.

18 Die dicke Frau badet, und unsere Heldin trennt sich von einigen Dingen. Ein Ausländer kommt zu Fall, und in der Stadt wird es ungemütlich.

Die Frau aus der Wohnung über mir ist gegen vier Uhr morgens gestorben. Ich habe ihr geholfen, sich die Pulsadern zu öffnen. Eine ungeschlachte Methode, viel Blut an meiner Kleidung und auf dem Boden, doch wir besaßen weder Tabletten noch einen PKW, dessen Auspuff uns Hilfe hätte sein können. Ich habe neben ihr auf dem Rand der Badewanne gesessen. In das warme Wasser habe ich ein wenig Lavendelzeug gegeben, die Flocken schwebten auf ihrem Körper, lila mischte sich langsam, wie Sahne in Kaffee, mit rot, mir wurde psychedelisch, und ich habe ein Led-Zeppelin-Lied gesummt. Die Frau trug einen Badeanzug, sie hatte sich geschminkt und frisiert. Auf dem Fensterbrett hatten wir die Fotos der Kinder aufgestellt und das Bild eines Hauses am Meer aus einer Zeitschrift. Ein Ort, der für die Frau im Leben unerreichbar schien. Ein Bild von ihr, als sie jung und hübsch war. Alles, um ihr den Abschied zu erleichtern. Wir haben Kaffee getrunken, während sie ausblutete. Als sie nahezu leer schien, begann sie zu lächeln, während ich ihre Hand gehalten habe. Es scheint mir nicht unangenehm, zu sterben, wenn man den Zeitpunkt selber bestimmen kann. Die Frau hat den Kopf in den Nacken gelegt, und ich glaube, ihr ging es zum ersten Mal seit vielen Jahren wirklich gut. Im Wasser wog sie nur 20 Kilo, ihr Fett, ihre Unansehnlichkeit, die Demütigung durch ein Leben, das zu anstrengend für sie gewesen war, lösten sich auf in Farben. Ich habe wahrzunehmen gemeint, daß sie sich schön fühlte, und rein, daß sie durch die Hormone, die der Tod den Sterbenden schenkt, das Gefühl hatte, zu fliegen, in einem Kleid ihrer Wahl, über eine Welt ihrer Wahl.

Im Anschluß habe ich das Fenster geöffnet und gespürt, daß ich noch bleiben muß. Erst nach einer Stunde war die Frau in sich versunken, ihre Haut durchsichtig geworden, den dicken Wangen wie durch ein Wunder gelungen, einzufallen in gelbe Haut. Dann bin ich wirklich alleine gewesen.
Habe das Fenster schließen können.
Man sollte mit frisch Verstorbenen keine Scherze machen, sollte ihre Körper nicht treten, entweihen, sie sind noch anwesend und sehr empfindlich, soviel ist klar. Das, was übrigbleibt. Eine hellgelbe Masse, lächelnd. Etwas, um das man trauern könnte, aber um das keiner trauern muß, denn es beinhaltet nichts. Worum ich mir Gedanken gemacht habe, zum Hintergrundgeräusch verfestigt, das immer mitsummt – der Verfall und die Form, die Falten, das Nachlassen der Festigkeit und das Bindegewebe, die Operationen und neue Zähne, gibt es Reißverschlüsse für den Körper, und muß ich mir die Haare färben –, hat mich von etwas abgelenkt, was man nicht sieht, von dem ich nicht weiß, worum es sich handelt.
Die Nächte ohne Schlaf, der NACHTSCHWEISS, nur um nun zu sehen, daß die Sache leer daliegt, am Ende. Geliftet oder nicht.
Ich besichtigte die Wohnung der Frau, eine Manifestation des Scheiterns auf niedrigstem Niveau.
In einer schmutzigen getöpferten Schale habe ich etwas Schmuck gefunden, in einem Regal eine Waffe und Munition. Keine Ahnung, woher sie das Zeug hat. Ein letzter Blick in das Badezimmer. Ein enger Schlauch, ein riesiger Wasserkessel an der Decke, die Wände bis zur Hälfte mit grüner Ölfarbe gestrichen, die sich in großen Teilen gelöst hat, über der Badewanne ein Strick, an dem grau verfärbte Wäsche trocknet, in der Badewanne die Frau, die unterdes wie die Wäsche wirkt.
Dann bin ich wieder in meiner Wohnung und dem, was

ich mir als mein Leben noch nicht mal eingerichtet habe, ich bin einfach so reingerutscht, und direkt von einem überwältigenden Unverständnis erfüllt, keine Ahnung, was ich zwanzig Jahre lang gemacht habe.
Ich habe mich nie für etwas entschieden. Vielleicht ist diese Nacht genau richtig, um damit anzufangen.
Ich bündele, was meine Hintergrundgeräusche –
du wirst alt, du bist unattraktiv, du bist nichts wert, deine Gebärmutter ist eine Dörrpflaume, dein Hirn ein Dreck –
am Leben hält, Kosmetik, Cremes, Haarkuren und Nylonstrümpfe, zu enge Hosen, Tücher, Wimpernzange und Absatzschuhe. Ich trage die Ware in die Mülltonne, den Fernseher in die Mülltonne, die Zeitschriften, nach denen ich süchtig war, danach, mich mit dem Anblick sechzehnjähriger Models zu demütigen, und die CDs von damals, die mir klarmachen, daß nicht mehr damals ist, und schmeiße sie in die Mülltonne.
Es ist hell. Es ist Nacht. Es braucht nicht viel. Ich brauche nichts mehr. Die Dinge quellen aus der Tonne, obszön sieht das aus, all die unnützen Sachen, Gier im Kleinen, so fängt das Elend an, mehr zu wollen, als man brauchen kann.
Wir lieben Luxus, sagen blonde Frauen.

O-Ton blonde Frauen Warum sollen wir uns nichts gönnen, es schadet keinem und außerdem – wir lieben Luxus.

Warum werden sie blond, wenn sie altern, es ist doch alles nicht schlimm, Menschen werden nun mal alt, und es braucht nur ein wenig Konzentration, um sich an die verletzende Überheblichkeit der Jugend zu gewöhnen, die noch nichts von ihrem Verfall ahnt, glaubt, sie könne sich in Verachtung üben, weil sie ein Geheimnis entdeckt hat. Gönnt es ihnen, diese unglaubliche Blödheit kommt nie

wieder. Die gierigen Frauen, ihre langen roten Fingernägel, auf der Rückseite gelbes Horn, Kaviar, Champagner, St. Moritz, Schmuck für die Hunde, Trüffel, Goldklunker und immer im Rausch, es werden Konzerne draus, Vorstandsmitglieder, Gesundschrumpfungen, Intrigen, Konkursmasse, die Welt wie ein Kaufmannsladen. Sie sagen, ich liebe die Herausforderung, das Spiel. Süchtig sind sie und nicht therapierbar. Ohne die Eroberer, die, die ihr egoistisches Gen nicht unter Kontrolle haben, wäre die Welt nicht da, wo sie jetzt sei, erklären erklärungssüchtige Wissenschaftler. Wo ist sie jetzt?
In der Nacht splittern Fensterscheiben zum Hintergrundgesang von Sirenen, an die ich mich bereits gewöhnt habe. Ein adäquater Ersatz für die Vögel, die die Stadt verlassen haben. Menschen rennen an mir vorbei, ich folge ihnen, vielleicht haben sie eine Idee, was man mit einer hellen Nacht, in der sich dicke Frauen umbringen, noch anfangen kann. Der Troß kommt zum Stehen, und die Leute treten auf etwas ein. Schau an, am Boden ein Türke, blutverschmiert, vielleicht ist es auch ein Mann aus dem Iran, dem Irak, aus Ägypten, woher auch immer, er blutet stark. Als er sich nicht mehr bewegt, heben die Menschen ihn auf und werfen ihn in eine Mülltonne. Der Mann, soviel steht fest, lebt nicht mehr. Keiner lebt noch, wenn sein Gesicht auf den Rücken gedreht ist. Mir wird kalt. Ich möchte nicht mehr. Nichts. Und lasse mich fallen.

19 Die Heldin fällt um und jammert ein wenig. Vielleicht stirbt sie auch. Es war wohl alles ein bißchen viel in den letzten Tagen.

Da bin ich also umgefallen. Einfach so, wie man einen Fernseher ausschaltet. Ein leises Geräusch. Am Rande der Straße. Schaltet man ja gerne mal an Fernsehern herum. Auf dem Weg nach, wollte schon nach Hause sagen, wurden mir die Beine müde, waren so gelangweilt die Beine, daß sie sich einfach ergaben. Liegen. Liegen und warten. Nur nicht weinen jetzt. Wie das ist. Das Weinen, ohne daß wer es sieht.
Kein Licht.
Keinen gefunden, der mich liebt.
Das ist, was übrigbleibt.
Der Anfang ist schnell vorbei. Der Anfang besteht aus Demütigung. Mißbraucht, geschlagen, eingesperrt, ignoriert, zum Schweigen gebracht, überfüttert, unterfüttert, zu kalt oder zu heiß, und keine Macht. Nicht über deinen Stuhlgang und deine Gefühle, gar nicht. Du bist Kind und wartest. Wartest und es tickt immer eine Uhr, immer ist Sonntag, und immer sind sie dir fremd, die Personen, aus denen du entstanden. Immer nicht du. Und sie mögen sich nicht, ihr Leben nicht, dich nicht. Glückliche Kindheit gibt es nicht, wie sollst du glücklich sein in Willenlosigkeit und dir fremd. Überall Dinge, vor denen du Angst hast, und nicht einmal das Wort dazu. Tiere und andere Kinder, die dich schlagen, dir auflauern, Schatten in der Nacht, Geräusche im Haus, die Gesichter deiner Eltern in unbeobachteten Momenten. Und du stehst am Fenster, schaust auf Häuser und bist verzweifelt, weil du weißt, daß das, worauf du hoffst, in so einem Haus stattfinden wird und aus keinem Lachen.
Danach …

Ein paar Jahre, in denen ich nicht auf den Tod gewartet habe. Waren die besten. Im Körper eines Menschen, mit dem Verstand eines Kindes. Alle Gefühle zum ersten Mal haben. Sie entdecken und denken – das Gefühl ist nur für dich. In den Himmel schauen und denken, nie hat einer dieses Gefühl gehabt vor dir. Weg von zu Hause und denken – nun beginnt das Leben. Nicht wissen, daß nun die Einsamkeit beginnt.
Ich hatte eine Wohnung oder ein Zimmer, es ist egal, ich wußte nicht, wie wohnen geht. Hatte Putzmittel gekauft, sie in eine Reihe gestellt. Habe die Deckel geöffnet und den Geruch des Erwachsenseins eingesogen. Und gedacht, daß Erwachsene wissen müßten, wie es ist mit dem Geheimnis, bald würde ich es erfahren. Durch das Fenster kam Frühling, und ich war der erste Mensch, der wußte, daß Frühling ein Versprechen ist. Wußte noch nicht, daß es nicht eingelöst wird, und die Schwalben, so hoch und schrill, was sie sagten, zu mir, dem ersten Menschen. Ich weiß nicht, war es eine Party, ein Markt, ein Club, ich weiß es nicht, es war dunkel und Frühling und Nacht.
Es war da einer, der mir gefiel, er war der Schönste, und eine lange Zeit der Sehnsucht begann. Daß ich ihn sah, in jeder Minute, unser Leben sah, aber nicht im Detail, sah eigentlich nur ein Bett, und da lag er, und ich davor, sah mich ihn ansehen, das war unser Leben. Sehr goldfarben. Und dann die Nacht, als ich mit ihm irgendwo stand, ein Park, eine Ecke, eine Straße, es ist egal, nicht wichtig, was wir sagten. Vermutlich nichts. Nur der Moment, als er meine Hand nahm. Das war er – der Moment der Unendlichkeit. Was danach kam, vermutlich Küsse, zu feucht, und Worte, zu fremd, und Tränen, weil alles anders war als in meinen goldfarbenen Gedanken, ich weiß es nicht mehr. Weiß nur noch den Moment, als wir uns an den Händen hielten im Frühling und alles unendlich war. Ich wußte, alles danach hätte nie mehr diese Perfektion. Ich

habe das vergessen. Und natürlich immer wieder gesucht. Nach dem Gefühl, unendlich zu sein.
Es wird nicht dunkel.
Am Rande der Straße und warum keiner hier läuft?
Der Rest ist schnell vergangen, schnell erzählt, niemals ein Wunder, ist Warten und Wiederholung, die du mitmachst, weil du glaubst, es käme noch etwas. Das, was einem versprochen wird, käme noch, in den Jahren nach der Jugend.
Doch sie machen falsche Versprechungen. Das ist das Spiel. Jeder verspricht jedem etwas, aber eingelöst wird nichts. Versprechen von ewiger Liebe, ewigem Leben, und so wird gelogen, von Spaß in fernen Ländern mit schönen Frauen und Männern in bunten Badeanzügen, mit kalten Softdrinks und eleganten PKWs, und daß es sei wie eine Party. Das Leben. Das sagen sie dir, zeigen es dir, und du wirst noch nicht einmal mißtrauisch, wenn du beginnst, auf Partys zu gehen, und in der Ecke stehst, dir die Augen tränen, der Hals schmerzt, weil du soviel rauchst und trinkst aus Enttäuschung, daß Partys so langweilig sind und keiner mit dir spricht und nichts. Das Problem bei dem Leben nach der Jugend ist, daß du denkst, du wüßtest, wie sich alles anfühlen müßte, danach suchst und es nie findest, weil Ideen immer besser sind als die Realität. Du bist nicht mehr jung und noch nicht alt, das ist die längste Zeit, die du verbringst.
Dann habe ich begonnen zu arbeiten. Habe gedacht, das würde ein anderes Gefühl machen. Es ist immer ein Gefühl dagewesen. Es war wie Hunger und nicht wissen worauf. Die Arbeit. War jeden Morgen aufstehen. Viel zu früh und immer zu kalt, der Wecker, der klingelte, der Kaffee am Küchentisch, weinen mögen und nicht wissen warum. War nur Angst vor dem Zuspätkommen, vor dem Nichtgenügen, vor dem Gespräch mit dem Chef, dem Tragen falscher Trikotage, dem Sagen falscher Antworten,

dem Ticken der Uhr, dem Warten auf den Sonntag und nicht wissen, was tun, dem Warten auf den Montag und nicht wissen warum, denn der Montag war Angst, war müdes Zur-vollen-U-Bahn-Gehen, war das Betreten eines Gebäudes, das falsch roch, das Grüßen von Menschen, die nie nah waren, war entlassen werden.
Ich, das steht mal fest, war mir nie ein Freund. Ich habe keinen gefunden, der mich liebt. Die Liebe gab es nur in den Nächten, bevor ich mit dem Menschen war, den ich mir ausgesucht hatte, der mich unglücklich machen sollte. Lag ich in der Nacht, die vor der Liebe immer hell war, und habe gedacht: Wie ich ihn halten wollte, den Menschen, meinen Menschen, unter der Bettdecke mit kleinen Tieren spielen. Und singen wollte ich dem Menschen, bis er lacht, und lachen wollte ich mit ihm, bis wir aus dem Bett fielen, ihn wecken, in der Nacht, wenn der erste Schnee fällt, und rauslaufen, und dann ihn halten, bis ihm warm würde. Ich wollte alle Wege mit ihm gehen, die ich in meiner Einsamkeit gegangen bin, und die Wege wären neu. Ich wollte ihn füttern mit Kartoffelbrei und auf kalten Feldern laufen, nicht reden, weil das Gesicht gefroren, heim ins Bett und unter der Bettdecke mit kleinen Tieren spielen. Ich wollte den Menschen in der Nacht ansehen, nie mehr schlafen, satt sein nur vom Betrachten seiner Arme, wollte ihm die Tränen essen, sagen, du mußt nicht mehr weinen, ich muß nicht mehr weinen, weil wir nicht mehr allein sind, wollte Sandburgen bauen, ihm aus Büchern lesen und die Fingerspitzen küssen, alle hundert nacheinander. Das dachte ich in den Nächten mit der Idee einer Person, und war so aufgeregt, wie ein Geschenk erhalten war es mir. Dann kam der Mensch, er war aus Fleisch und eigenen Gedanken, es wurde meiner für eine Zeit, und nie fühlte es sich an wie in den Nächten, da ich träumte. Er war nur Schweigen und Haut, die kalt war und mir fremd, Gedanken, die ich nicht verstand, und

Feindschaft von uns beiden, von mir und ihm, weil es sich für uns beide so anders anfühlte als die Idee. War das Schweigen zu groß, irgendwann der Geruch zu schlecht, dann ging ich oder der andere, es war egal. Es tat weh eine Zeitlang, eine tote Idee ist nicht lustig, bis ich mich wieder ablenkte und von einem Menschen träumte, der mich retten würde.

Hat nie einen gegeben. Und keinen Trost, in der Zeit nach der Liebe zu leben. Allein sind wir alle und suchen nach wem nur, der uns liebt, werden niemanden finden, keinen. Denn auf jeden, der sucht, kommt einer, der gesucht wird, und ich wollte auch keinen lieben, der mich wollte. Nie. Bitte geh nicht, haben sie gesagt, die falschen Menschen, und ich bin gegangen, habe gedacht, ich muß mal los, der richtige Mensch wartet da draußen auf mich. Aber niemand hat gewartet. Die Liebe stand vor meiner Wohnung, und ich hielt die Tür geschlossen. Weniger fand ich, und jünger wurden sie nicht. Ich schon, dachte ich, und konnte mit ihrem alten Fleisch nicht umgehen, weil es mich an das erinnerte, was kommen mußte.

Es wird nicht kalt. Am Rande der Straße. In den Häusern gehen Lichter an. In den Häusern, hör nur, sie schreien sich an, sie trinken und schlagen sich, schlagen die Kinder, ficken die Kinder, ficken sich, schlagen sich, sie schweigen und weinen, weil sie so traurig sind, weil sie scheitern, weil sie sehen, daß ihr schönes Leben nichts taugt, weil sie ahnen, daß es nicht besser wird, und doch nicht wissen, was zu tun sei.

Nie ist der Mensch, den sie haben, die Rettung, ist immer nur ein Mensch, nie der, den sie wirklich lieben können, und geben ihm die Schuld, sie sagen, ich hasse, wie du ißt, wie du läufst, wie du riechst, und meinen damit sich. Die Enttäuschung, wenn sie langsam begreifen.

Schau, wie ich jetzt hier liege. Schau, wie ich keinen habe, der noch einmal mich berührt, im Herzen. Eingerollt in zwei Arme, aber betrügen geht nicht, sind meine Arme, die meine Beine halten. Habe keine Angst, sei nicht traurig. Doch nach Hause schaffe ich es nicht mehr. Zu müde. Und nun beginnt es zu regnen, und ich habe keinen gefunden. Und dunkel wird es.

20 Überraschung: Die Heldin ist nicht gestorben. Es wird Morgen. Geld wird ausbezahlt für den reibungslosen Verlauf, und ein Naherholungsgebiet redet.

Vielleicht gibt es nicht nur einen persönlichen Höhepunkt (den man meist nicht mitbekommt), sondern auch einen Tiefpunkt, an dem man sich entscheiden kann: aufgeben oder weitermachen. Ich entscheide mich fürs Weiterleben. Ich glaube nicht, daß ein Wunder auf mich wartet, oder daß die Welt phantastisch wird, die Zukunft wie ein hängender Garten etc., doch ich werde noch einen Anlauf nehmen. Ausprobieren, was passiert, wenn ich alles anders mache. Sterben kann ich nach dem Versuch immer noch. Ich trenne mich in jener Nacht am Rande der Straße von mir, verabschiede mich von all meinen Gewohnheiten. Sie haben sich nicht bewährt. Ich ziehe die praktischste Kleidung an, die ich besitze, packe einen Rucksack und lasse die Tür offen. Das ist ein guter Abgang, einfach die Tür offenlassen, scheiß der Hund drauf. Ich hab mich bereits vergessen, als ich den Schmuckladen betrete.
Zehntausend, sagt der Goldankäufer aufgeregt. Darf ich es Ihrem Konto gutschreiben, oder bevorzugen Sie eine Barauszahlung? Mal rasch her mit der Ware, ob es morgen noch Banken hat, weiß keiner. BANKEN, da lach ich wohl. Ich lache. Der Schmuck der Frau aus der Wohnung über mir muß ungefähr eine Milliarde wert sein. Vermutlich hat sie nie gewußt, daß der Ring, der vielleicht ihrer Großmutter gehört haben mag, mit echten Steinen besetzt ist. Der Schmuckhändler hat Mühe, seine Körpersprache unter Kontrolle zu halten – die Hände wollen sich reiben, die Zunge schnalzen, der Speichel fließen. Fließ ruhig, schleimiger Speichel, denn in meinem Beutelchen stecken noch eine Uhr mit kleinen Steinen, Ohrringe und eine Brosche.

Genug Material, um mich bis zum Untergang zu erhalten. Falls das Sinn macht.
Hinaus, hinauf. Auf einer erbärmlichen Anhöhe neben der Stadt wohnt das Naherholungsgebiet, weltbekannt für Sonntagsausflüge in unserer Region. Ein Müll mit Betonbänken, mit dem die Parteien und der Tourismusverband in Broschüren, die sie zum Füllen der Papierkörbe erstellen, werben: Rund 10.000 Quadratmeter Naturpark laden zum Radeln und Verweilen ein.

O-Ton Naherholungsgebiet Die Kinder, vierzehn und dreizehn, haben keine Lust hier zu sein, wollen lieber in den Himmel starren oder Snickers fressen, aber nein, nix da, wir sind eine Familie, und schön hinter den Eltern herlaufen, schweigend, hübsch angezogen – die beige Bundfaltenhose, das Kleid von einer betrunkenen Tante bestickt –, auf den langweiligen Sandwegen, die sich um die Anhöhe legen, dann auf einer Bank sitzen. Noch nicht mal Heroin spritzen dürfen. Oder das Ende der Liebe spüren, als Paar, wenn man am Sonntag spazierengeht – rausrausraus aus der Wohnung, wo es so still ist und nicht gut riecht, nach dem Mittagessen, das sie gekocht hat. Dabei hat sie sich gefühlt wie sehr jung, als sie Familie gespielt hat, aber da war alles viel spannender gewesen, vielleicht, weil es damals keinen zweiten gab neben ihr. Die Anhöhe hinaufschleichen, die Beine, die sich nicht bewegen wollen, denn Bewegung ist ein Indiz für Leben, und dieses Leben will sie nicht. Sie erschlägt einen Dackel und reibt sich damit ein.

Ich bin hier, um die Waffe auszuprobieren. Prima Waffe – sie schießt wunderbare Löcher in die nahe gelegene Umgebung. Auf einmal verstehe ich Amerikaner. Eine Waffe zu besitzen ist etwas Wunderbares. Man fühlt sich nicht mehr alleine. Die Amerikaner brauchen unbedingt Waf-

fen, denn sie haben sich das Rauchen verboten – irgendeinen Scheiß zum Festhalten benötigt jeder.
Ich packe meine Waffe wieder ein, mein Geld, und verlasse die Stadt. Das habe ich mir immer gewünscht. Wenn ich aus einem langweiligen Grund auf der Naherholungsanhöhe stand, habe ich gedacht, wie ich mit großen Schritten mein Leben verlassen würde, bergab.
Leider sind Träume, die man realisiert, nie wirklich berauschend. Ihnen fehlt die Schwerelosigkeit. Laufe ich halt aus dieser häßlichen Stadt raus. Auf dem Weg durch die Außenquartiere, aus denen die halbe Stadt besteht, zur Autobahnauffahrt wird mir klar, daß sich in den vergangenen 24 Stunden einiges verändert hat. Alle türkischen Gemüseläden sind verwüstet, die Schaufenster von Emirate-Air eingeworfen, eindeutig erkennbare Ausländer werden in vergitterte Polizeibusse gestoßen. Passanten schauen interessiert zu. Manch einer spuckt aus.

O-Ton Volksempfinden Endlich greifen sie mal durch, Pack, Gesindel, ich hab's ja immer gesagt, und so was nennt sich Sozialstaat – die eigenen Leute hungern lassen, aber die Kameltreiber kriegen ihre Scheißmoscheen gebaut. Wollt mal sehen, ich ging zu denen und würde Geld verlangen, eine Kirche und das Recht, nackt zu baden. Die pinkeln an unsere Kirchen, die kommen und leben von unserem Geld und machen alles zum Islam.

Einer alten Frau wird das Kopftuch heruntergezogen. Im Anschluß stehen sechs Männer betreten um die Frau, die schütteres graues Haar hat und die Männer verwundert ansieht. Brutalität geht nur in der Gruppe oder mit Geisteskrankheit. Man braucht unbedingt einen Rausch, um grausam zu sein, zu schlagen, zu treten und zu töten. Will man so etwas allein erledigen und nüchtern, wird es schnell peinlich, sich dabei zu beobachten. Viele Läden

haben geschlossen. Vor Supermärkten parken Kühltransporter mit laufendem Motor, in die hektisch Fleischwaren geworfen werden.
Immer noch stehen Menschen vor den Fernsehern in Fenstern von Hifi-Geschäften. Ein nervöser Mitarbeiter des Gesundheitsamtes warnt die Bevölkerung vor dem Konsum von Fleischwaren. Es seien mehrere Stücke vergiftetes Schweinefleisch in die Läden und zum Verzehr gelangt. Der Herr informiert weiter, daß sich unbedingt in Behandlung begeben soll, wer nach dem Verzehr von Fleischprodukten Symptome bemerkt wie etwa eine verschwommene Sicht, Schluck- und Sprechbeschwerden sowie Muskelschlaffheit. Er erklärt, daß die Symptome zu Atembeschwerden und Tod führen und daß keine Behandlungsmöglichkeiten existieren. Der Mann vom Gesundheitsamt wird von einem Einsatzleiter des Katastrophenschutzes abgelöst, der die Bewohner anhält, sich in speziell eingerichteten Ausgabe-Stellen Gasmasken zu besorgen. Grund zur Panik bestünde nicht, es handele sich lediglich um eine Vorsorgemaßnahme, die Kontrolle sei gewährleistet. Die Passanten auf der Straße vor den Fernsehgeräten scheinen paralysiert. Zum ersten Mal begreife ich, was es heißt, sich in sein Schicksal zu fügen. Es heißt: sich in sein Schicksal zu fügen. Anschließend sind noch einige Staatsmänner bestürzt, selbst der US-Präsident bedauert die Ereignisse.

O-Ton Präsi Ich bedauere die Ereignisse zutiefst.

Seit sich Deutschlands Politiker in Hoffnung auf eine Wiederwahl gegen eine Unterstützung des Irak-Kriegs sowie die Invasionen in Nordkorea und den Jemen entschieden haben, sind die Beziehungen zu den USA zum Erliegen gekommen. Es wurde ein nun länger als ein Jahr andauerndes Handelsembargo verhängt, das die deutsche Wirt-

schaft fast zum Erliegen gebracht hat. Alle Franchise-Unternehmen sind geschlossen (McDonald's, Häagen-Dazs, Pizza Hut), es gibt keine Cola mehr, kein Helena Rubinstein, kein Donna Karan, und das sind nur die offensichtlichen Auswirkungen. Deutschland hat unterdes 12 Millionen Arbeitslose, und auch der neuen rechts-konservativen Regierung ist es nicht gelungen, irgend etwas daran zu ändern.
Die Zeitungen, die ich im Weitergehen in den Läden sehe, verstehen es, die Panik der Menschen unter Kontrolle zu halten. Im Stadtanzeiger lese ich auf der Titelseite:

Infohaufen
Bazillen – die Gefahr aus dem Nichts
Die Geschichte der biologischen Kriegsführung
Vorzeit: Neandertaler vergiften Jagdpfeile mit Tierkot.
Römisches Reich: Soldaten versenken faulende Tierkadaver in den Brunnen ihrer Feinde.
1346: Der Tartare Khan Janibeg läßt Pestleichen über die Stadtmauer von Kaffa auf der Krim schleudern, um Belagerte zu infizieren.
18. Jahrhundert: Engländer schenken Indianern pockenverseuchte Decken – die Seuche grassiert während der nächsten 200 Jahre in Nordamerika.
Erster Weltkrieg: Bei Sabotageakten infizieren deutsche Soldaten Pferde und Maultiere mit Rotzbakterien sowie Rinder mit Milzbranderregern.
Ab 1933: Japan testet B-Waffen an chinesischen Kriegsgefangenen und setzt im Zweiten Weltkrieg Biowaffen bei Angriffen auf chinesische Städte ein.
1942/1943: Britische Wissenschaftler testen Milzbrand-Bakterien auf der Insel Gruinard vor der Westküste Schottlands – für Jahrzehnte bleibt der Zutritt für Mensch und Tier verboten.

Ab 1950: Amerikaner werfen im Korea-Krieg pest- und milzbrandinfizierte Insekten, Spinnen und Flöhe über China und Nordkorea ab.
1992: Boris Jelzin gibt ein B-Waffen-Programm der Sowjets zu. 1979 hat ein Unfall mit Milzbrand-Bakterien in Swerdlowsk 100 Menschen getötet, obwohl nur wenige Erreger ins Freie gelangt waren.
1995: Der Irak wird der Produktion von Biowaffen überführt – im Golfkrieg eingesetzt, hätten sie verheerende Folgen haben können.
Heute: Wer steckt hinter den vergifteten Schweinehälften? Was können wir noch zu uns nehmen?

Schon haben Gasmaskenproduzenten in den Zeitungen annonciert, Magnetarmbänder gegen Bakterien und radioaktive Strahlungen werden angeboten, am Himmel weht auf einem Flugzeughintendranspruchband Werbung für: Bachblüten gegen Angstzustände.

21 Wir erfahren, was gerade im Stadion läuft, lernen einen Soldaten und Ameisen kennen.

Es hat aufgehört zu regnen. Die Sonne nicht zu sehen hinter hellgelb ausgewaschenen Wolkenschlieren. Korrekte Wolken in Mörder-, Hasen- oder Nachgeburtform habe ich lange nicht mehr gesehen. Merkwürdig wirkt die Stadt, und es braucht geraume Zeit, bis mir klarwird, warum alles aussieht, wie es aussieht – ohne Geschäftsmänner mit Bügelfalten und Krawatten und Frauen in eierschalenfarbenen Kostümen wirkt das Straßenbild wie aus einem schlechten Milieufilm – so eine Arbeitermilieugeschichte aus England, wo die Mutter trinkt und permanent Kinder bekommt, und die werden ihr weggenommen, und alle sind arbeitslos und haben schlechte Zähne. Die Anschläge haben das ohnehin nicht blendende Stadtbild völlig verdorben. Mauerreste, Krater, Wasser von Löschfahrzeugen, verkohlte Balken, Absperrbänder, Straßenbarrieren, Autoskelette, graugrüne Einsatzfahrzeuge – eine Stadt sieht schnell schwierig aus, wenn die Haut beschädigt wird, unappetitlich, offene Wunden, die nässen. Ich habe noch nie eine Stadt kennengelernt, die hielt, was ich mir von ihr versprochen hatte. New York – Winterstraßenschluchten, rumtappen, frieren, blasse Leute, keine dunklen Menschen, die trommelnd um brennende Mülltonnen standen, in braunen Pubs Kellner, die Opernsänger waren, zugig, alles zugig, unfreundlich, schnell und häßlich. Amsterdam – dreckige Hippiemädchen, Pissestadt. Paris – viel zu groß, voller Leute, die zu sehr damit beschäftigt sind, ihrem Sexualtrieb nachzukommen, als daß sie sich über Gebühr ihrer geistigen Entwicklung widmen könnten. Na und so weiter. Geld macht vermutlich einige Orte erträglich. Sich im Taxi von warmen Hotels zu edlen Restaurants und interessanten Läden bewegen lassen. Aber so, wie ich

Städte kennengelernt habe – in kalten, dunklen Pensionen, U-Bahnen und Stehimbissen zeigen sie ihre nackten Körper, und die sind wie die der meisten unbekleideten Menschen.
Der Zustand der Leute, denen ich begegne, scheint eine Mischung aus Panik und Verdrängung. Mehr wird wohl jetzt nicht kommen, schnappe ich immer wieder auf. Sie reden miteinander, fremde Menschen, und allen ist klar, daß der Terror nur von den Mullahs, den Bärtigen, den Verhüllten stammen kann, die man – circa eine Milliarde sind es – der Einfachheit halber unter dem Namen Al-Qaida führt.

O-TON BÜRGER Die wohnen hier, leben von unserem Staat und hassen uns. Unsere Frauen sind für die alle Nutten. Eine friedliche Religion – wenn ich das schon höre. Die führen doch seit Jahrtausenden Krieg. Aber hallo! Dagegen waren unsere Kreuzzüge Ferienlager. Seit Jahren lassen wir die rein. Die werden nicht mal überprüft. Die machen hier ihr Studium, lernen fliegen und Bomben bauen. Aber jetzt werden die da oben vielleicht mal wach. Es mußte ja erst soweit kommen.

Überall finden sich Leute zu kleinen Diskussionsgruppen. Für einen Moment scheint es, als seien sie aus ihrer Wirtschaftsdepression erwacht, aus ihrem Selbstmitleid und ihrer lähmenden Angst, etwas zu verlieren, was sie nie besessen haben. Sie haben endlich eine Heimat für ihre unklaren Gefühle gefunden. Seht ihr, die Juden mal wieder, ach nein, es sind ja die Araber. Rührend, diese Suche nach einer klaren Einteilung der Welt, nach Gut und Böse, Links und Rechts, Feind und Freund. So, wie wir als Kinder dachten, daß die Welt sei. Daß sie aus einem Spielplatz besteht und einer Straße (böse), einer Rotte Jungs (sehr böse), einem Bach, Tortenböden, Gummischlangen (alles

gut) und Bärbel (prima), hatten wir gedacht, und alles, was weiter weg oder größer war, existierte nicht.
Ich bin ohne besondere Absicht einem Polizeitransporter gefolgt, der am Ende seiner Schrittempo-Fahrt vor dem örtlichen Stadion hält. Zwanzig dunkelhaarige Herren werden von schnauzbärtigen (warum haben die nur immer einen Bart?) Elitesoldaten in das Innere des Gebäudes getrieben.

O-TON BERTRAM, SCHNAUZTRÄGER Schauen Sie, ich bin gerne Soldat geworden. Ich war in der Schule nicht einer der Beliebtesten, und als es dann an die Berufswahl ging, wollten viele studieren und abenteuerliche Dinge machen. Ich wollte vor allem eine Aufgabe. Ich wollte geregelte Dinge. Wissen, wo Anfang und Ende sind und was Gut und Böse bedeutet. Also ging ich zur Armee. Ich habe die Entscheidung nie bereut. Die Grundausbildung, ja, darüber kann man geteilter Meinung sein. Ich liebte es. Je anstrengender und schmutziger, um so zufriedener schlief ich, um so besser mein Appetit. Die Kameradschaft und all diese Klischees haben mir nie etwas bedeutet. Ich wollte Teil einer Masse sein, die einem höheren System dient. Ich gehorche gerne. Es macht dieses Rauschen im Kopf, diese Leere, dieses Zur-Maschine-Werden. Befehl empfangen, alle Muskeln anspannen, dann los. Ich wachse beim Laufen nach einem Befehl zu Stahl. Ein inneres Vibrieren. Ich glaube, ich wurde dafür geboren. Abends lese ich gerne Sachbücher, Mikrobiologie, Geschichte, Mathematik, alles, was klar ist und logisch, ordne ich in mir, in eine funktionale Aufgeräumtheit. Sicher habe ich Gefühle, ich atme tief durch, und die Schönheit eines frühen Morgens fließt in mich. Der Duft frisch gereinigter Wäsche, der Anblick eines ordentlichen Spinds, einer aufgeräumten Wohnung, gutsitzender Kleidung, die Ebenmäßigkeit eines Gesichtes – das macht mich sehr leicht. Aber ich möchte nie so weit Karriere machen, daß ich keine Befehle mehr empfangen kann oder nur wenige. Ich liebe Befehle zu sehr, als daß ich auf sie verzichten möchte. Es gibt kaum etwas Befriedigenderes als einen gut ausgeführten Befehl – nun, vielleicht mal ein Lob, obgleich mir das nicht wichtig ist. Ich weiß selber, wenn ich gut gearbeitet habe. Menschen, die Bewohner meines Landes sind und sich ordnungsgemäß verhalten, haben nichts zu befürchten. Es ist wie eine innere Brille, die ich trage. Die Menschen meines Landes, die sich ordnungsgemäß verhalten, sehe ich bunt. Alle anderen sind verschwommen, unordentlich, in Schwarzweiß. Die stören das Bild. Falls Sie verstehen, was ich meine.

Bewaffnete, Polizisten, GSG9, Soldaten, Schüsse, vielen Dank. Stadien, die Nummer kennt man. Wie ich die Eingeborenen meines Landes kenne, werden sie ihr scharfes Durchgreifen bereits jetzt vor sich rechtfertigen können. Sie haben sicher Listen angelegt, Aktenordner und Computerprogramme, haben spezielle, blut- und schmutzabweisende Kleidung entworfen für die Menschen, die sich in SCHUTZHAFT befinden, und wen auch immer sie gefangen haben, die werden erst einmal in die Duschen geführt.

Dann stehe ich an der Autobahnauffahrt. Das letzte Mal bin ich als Teenager getrampt. So lange, bis ein dicker Mann mir an die Brust griff. Trampt man lange genug, findet sich immer so einer. Was es den Männern nur geben mochte, so einen Fettküngel anzugrapschen. Ich kann mir nicht vorstellen, daß es mich glücklich machen würde, eines fremden Mannes Hoden zu berühren.

Ich bin erstaunt, daß mehrere PKWs ohne zu halten an mir vorbeifahren. Ich habe seit Jahren nicht mehr lange gewartet, denn das paßt nicht in unsere Zeit. Was man nicht sofort bekommt, ist uninteressant. Geht man eben weg, nimmt etwas anderes. Hauptsache schnell, sofort, direkt und gleichzeitig. Es gibt nur noch apathisch gelangweilte Menschen (der natürliche Zustand) oder Geistesgestörte, deren Nerven kaputt sind durch ein Zuviel von allem. Ich will nichts. Kein Ort, der um meine Anwesenheit bittet. Also warte ich. Dinge geschehen lassen ohne einzugreifen – ist das nicht Tao? Schade, daß Religionen zu groß für Menschen sind. Sie gehen von einem Idealbild aus und vergessen die geschwürhaften Eigenschaften ihrer Anhänger.

Die ersten fünfzehn Minuten sind physisch anstrengend. Es juckt überall, der Leib will sich bewegen, zappeln, weglaufen. Ich betrachte die Autobahn, die Schilder, versuche herauszufinden, ob sie verschlüsselte Botschaften enthalten, rückwärts gelesen das Böse, 666, Alister Crowleys – Tu was du willst, das sei das Gesetz –, nichts dergleichen, fade Suppe. Dann widme ich mich den Tieren am Wegesrand. Ameisen, die stoisch ihre Straßen entlanglatschen, mit Lasten bepackt, um in einer Höhle zu verschwinden. Sie trinken was, essen eine Kleinigkeit und machen weiter. Vielleicht ist er ihnen klar, der Sinn ihres Gekrabbels und der Anstrengung, vielleicht folgen sie aber auch nur der Stimme irgendwelcher genetischer Dings. Abends eine Tasse Tee mit einem Ehepartner, mit dem sie nichts verbindet außer dem Schlafplatz, ein wenig Würmer schauen und sagen: Haben wir es nicht nett? Und die Frau sagt dann: Ja Rudi, wir haben alles erreicht, und die Kinder sind auch groß geworden. Das Leben der Ameise ist eine Abfolge von Demütigungen, Anstrengungen und Rückschlägen, immer scheitern sie an dieser unbestimmten Sehnsucht, die ihnen einflüstert, daß es da noch mehhhrrrrr geben müsse, irgendwo. Und da sitzt sie, die Frau, hat neue Gardinen gekauft, die haben eine Goldkante, und die Ameise denkt nicht an die verfickten Gardinen, sondern will noch einmal etwas fühlen. Nicht den vertrauten,

faden Leib der Gattin, die nur an ihre Scheißgardinen denkt, sie will sich jung und stark und potent fühlen, mit einem Käferjungen Sex haben, sich vermehren, ausweiten und vergessen. Das wird aber nichts. Am Ende eines komplett sinnfreien Daseins, falls man davon ausgehen möchte, daß alles Leben in sich keinen Sinn birgt und einfach nur wächst, wuchert und um sich greift, sterben sie, werden zertreten, verbrannt, bleiben mit zerfetzten Leibern irgendwo liegen, am Straßenrand.
Ich muß gestehen, auch bei den Insekten ist nicht viel los – das übliche Zeug unter Ameisen und Totengräberkäfern halt.
Ich wundere mich im Anschluß eine Dreiviertelstunde über meinen Zustand. Ich habe das Gefühl, zum ersten Mal, seit ich mich erinnern kann, es könnte etwas in mir sein. Etwas, das mich verlassen würde, wenn ich stürbe. Etwas, das macht, daß ich mich nicht so allein fühle wie sonst. Ich sehe die schweren Schuhe, die plumpen Hosen, die Kapuzenjacke an mir, und es ist mir nicht unangenehm, in keiner Richtung aufzufallen. Mir ist, wie aus einer Ehe zu fliehen, in der man sich jahrelang einsam gefühlt hat. Ich habe keine Angst, nie habe ich vermeintlich weniger Sicherheit gehabt, noch nie nicht gewußt, wo ich in der Nacht schlafen würde, doch es scheint, als mache mich das Explodieren der Angst, der vorläufige Höhepunkt einer monatelangen Panikmache, deren böseste Vorhersagen auf einmal Realität geworden sind, ruhig. Ich fühle mich zum ersten Mal als Teil einer großen Masse, der es genauso geht wie mir. Keiner ist in Sicherheit.

22 Wir fahren nach Hamburg, lernen die Innenstadt kennen und einen Makler.

Als ich mich bereits so an das Warten gewöhnt habe, daß ich mir kaum noch vorstellen kann, etwas anderes zu tun, mich wieder zu bewegen, etwas zu konsumieren oder jemanden zu erschießen, hält ein PKW. Ein Mann ohne Gesicht. Kamelhaarfarbener Mantel, heller Anzug, braune Halbschuhe (Freier), kurzer Messerformhaarschnitt, manikürte Fingernägel, zuwenig Haar, zu viele männliche Hormone. Wir fahren nach Hamburg. Großes Gerne. Es gibt häßlichere Orte, auch wenn mir im Moment keiner einfallen mag. Der Mann redet los, noch bevor ich die Tür geschlossen habe.

O-TON GERALD Meine Güte, das ist ja nicht zum Aushalten hier. Was, wie, finden Sie auch, nicht? Für Leute wie mich, die auf Flugzeuge angewiesen sind, ist das die reinste Hölle, dieses Terrorzeug. Alle Maschinen ausgefallen heute morgen. Und die Aktien wieder am Arsch. Haben Sie auch Verluste gemacht, wie, was, na eher nicht, wie? Ich geb Ihnen mal meine Karte, Engel und Dings, größter Makler Europas. Unter eine Million haben wir gar nichts, da stehen wir nicht mal auf. Haha, hatte hier ein Prestigeobjekt, zwölf Millionen, ja, da staunen Sie, daß es an so einem häßlichen Ort so ein Objekt gibt. Dabei ist die Maklerregel Nummer eins normalerweise: Lage, Lage, Lage. Gehört einem Chemiefabrikanten. Buna. Sie wissen schon. Er hat so lange mit den Entschädigungszahlungen gewartet, bis auch der letzte tot war.
Egal. Bei großen Geschäften komme ich auch schon mal selbst. Könnte mich in den Arsch beißen jetzt. Wär' ich doch besser nach Mallorca, da haben wir drei Filialen. Praktischer Arbeitsplatz. Da liegt auch mein Boot in Porto

Dings, na Sie wissen schon. Kennen Sie, was? Na, eher nicht, wie? Mallorca ist ein Haufen Scheiße. Sechzehn Millionen Besucher. Sechzehn Millionen, ich meine, hey! Das ist Ausland für Leute, die Angst vor dem Ausland haben. Die sagen dann, es gibt auch andere Ecken. Was sie damit meinen, war mir nie klar. Es gibt in Mallorca keine Ecke, die touristenfrei wäre. Touristen sind neben Aktionären das Übel der Welt. Sie haben die Welt ins Trudeln gebracht mit den neuen Völkerwanderungen. Ich hab das nie verstanden. Na ja, obwohl ich ja Kapitalismus verstehe. Aber warum Leute weit weg fliegen, um sich dann mit Bier zu besaufen? Das können sie in jedem Schrebergarten daheim auch. Und dann kotzen sie und kacken, weil sie einen Virus haben, und alles nur, um daheim vor dem Kegelklub Fotos zeigen zu können. Ich finde, jeder soll da bleiben, wo er herkommt. Die Welt sieht doch überall gleich aus. Meine Meinung. Überall wird Deutsch gesprochen und so. Muß man wirklich nicht kennen.
In Hamburg hab ich jetzt ein neues Penthouse. Ich ziehe oft um, schlag immer zu, wenn wir was Tolles reinbekommen, ein Objekt, wo ich sicher bin, das geht in einem Jahr mit Gewinn wieder über den Tisch. Hab mich noch nie vertan. Jetzt also das Teil in Uhlenhorst. Alsterlage. 380 Quadratmeter, Kamin, jedes Zimmer mit Bad. Bin nur viel zu selten da. Von nichts kommt nichts. Wollen Sie mal mein Glied sehen? Nicht, was, wie, na, war nur ein Scherz. Was machen Sie denn in Hamburg? Ich bin jetzt seit sieben Jahren bei der Firma. Stellvertretender Geschäftsführer der Hauptfiliale. Da kann man nichts sagen. Dabei bin ich erst, na, raten Sie, das raten Sie nicht, 32 bin ich, das ist nichts für einen Mann. Soll ich ein wenig Musik? Musik liebe ich sehr. Hmmm, Jennifer Lopez, die hat Feuer im Arsch. Das kriegen unsere Frauen einfach nicht hin. Sich mal so gehen lassen.

Der Mann verschluckt sich, wird heiser, räuspert sich, redet, weil er Angst hat, zu verschwinden, schwiege er. Vermutlich hat er seinen Schließmuskel nicht unter Kontrolle, wie viele seiner Art, die zu beschäftigt sind, um auch noch ihre Körperfunktionen zu kontrollieren. Sie lassen sich von ihren Haushälterinnen Inkontinenzwindeln besorgen, die sie unter weiten Boss-Hosen verbergen, immer begleitet von der Furcht, in der Frühmaschine zu sitzen, abzustürzen, und dann fänd man die Leich – mit einer Windel.

O-Ton Gerald Meine Mutter hat mich alleine großgezogen. In einer Arbeitersiedlung in Osnabrück. Zwei Zimmer, Außenklo. Klingt jetzt ein bißchen wie ausgedacht. Ist es auch. Ich bewundere meine Mutter. Sie lebt jetzt bei mir. Ich wollte Geld, nie etwas anderes. Ich begann als Vertreter. Erst Plastikteile für, na, ist ja egal. Dann Versicherungen. Durch einen Betrug, der wirklich nicht ohne war, kam ich zu meiner ersten Million. Ich warte heute noch auf den Strafbefehl. Ich schlafe kaum deswegen. Ich wache auf und denke, jetzt kommen sie, gleich ist alles zu Ende. Ich fühle mich gut, wenn ich in meinem Jaguar fahre, wenn ich in meiner Wohnung in Mallorca bin, wenn ich meinen Körper betrachte, den ich geformt habe wie meinen Erfolg – aber ich sehe tiefer. Sehe mein Gesicht, das voller Aknenarben ist, sehe eine verkümmerte Seele, sehe einen rachitischen Leib, sehe einen, der in der Schule immer an der Fahnenstange hochgezogen wurde, weil er klein war, pickelig und stank. Ich weiß, daß es Klischees sind, die ich lebe, aber mir ist nichts Besseres eingefallen. Ich wollte nichts anderes als Geld. Ich liebe niemanden. Geld ist toll. Städtereisen, schöne Hotels, häufig wechselnde, geile Wohnungen mit Whirlpool – und immer frische junge Mädchen, die mir einen blasen. Ich sag Ihnen mal was, die meisten müssen arbeiten. Arbeitet man nicht, beginnt die Langeweile. Menschen ohne Geld sitzen auf durchgewetzten Couchgarnituren und schauen Fernsehen. Meine Mutter achte ich. Aber Liebe – ich kenne das Gefühl nicht und bezweifle, daß es das gibt. Das reden sich weniger erfolgreiche Menschen ein, damit sie irgendwas haben, auf das sie hoffen können. Das Wichtigste ist die Liebe, und Geld macht nicht glücklich – die zwei großen Lügen der Menschheit. Die Welt? Die ist mir egal. Ich lebe heute und jetzt. Ich habe noch viel vor. Ich würde mit 36 gerne einen Betrag in Milliardenhöhe auf meinem Konto wissen. Ich würde mit Waffen handeln, natürlich würde ich das. Menschen bringen sich mit oder ohne meinen Beitrag um. Ich halte nichts von Menschen. Wäre ich morgen arm, ich stünde alleine da. Das ist ein gutes, klares Gefühl. Das Blöde ist – ich kenne die Wahrheit nicht mehr. Ich habe so oft gelogen, habe mir meine Geschichte ausgedacht, daß ich die Wahrheit nicht mehr kenne. Ich weiß nicht, ob die alte Schlampe, die bei mir im Haus rumschleicht, meine Mutter ist oder eine alte Nutte, die ich mal aufgelesen habe. Ich habe keine Ahnung, ob ich nicht vielleicht aus einem beschissen normalen Arzthaushalt komme und nur aus Langeweile zum Schwein geworden bin. Ich weiß nicht mal, wenn ich alleine bin, ob ich mich nicht pausenlos anlüge.

Kurz herrscht Stille im Wagen. Ab und an nicke ich ein und erwache wieder, wenn der Mann über einen seiner Scherze lacht. Er sieht mich während der drei Stunden nicht einmal an, ich bin nur etwas, das sein Reden nicht hallen läßt. Als wir in Hamburg ankommen (scheußlich die Einfahrt über häßliche Brücken, graue Flußläufe, vorbei an Industriezeug) und ich aussteige, ist es, als hätten wir uns nie getroffen. Diese HERRLICHE UNVERBINDLICHKEIT. Mein sexuell uninteressantes Alter scheint die Menschen ehrlicher zu machen, es führt zu weniger Lügen, wenn der dauernde Ansporn, sein sexuelles Geschäft

in mir zu erledigen, nicht mehr im Vordergrund steht. Ein wenig wie UNSICHTBAR sein. Da ich mich nie sichtbar gefühlt habe, gibt es nichts zu vermissen.
Die Innenstadt Hamburgs wirkt wie nach einem Fest bei den Grimaldis, wo ich schon oft zu Gast war. Leider immer total besoffen. Viel Weiß und Blattgold, Chrom, Stahl und Glas. Die Besucher befinden sich allerdings zugedröhnt im WC, um eine Mütze voll Schlaf zu nehmen. Die Stadt ist seltsam leer. Vereinzelte Personen rascheln durch die Einkaufspassagen, die in der Stadt des ewigen Spätherbstes überdacht und beheizt sind. Es ist sehr kalt. Und feucht. In den Passagen scheinen die Klimaanlagen ausgefallen zu sein. Die Frauen haben sich in beige Kaschmirmäntel gewickelt, sind blond und ungeschminkt, groß und mit derben Knochen versehen, die dem Wetter standhalten sollen – wir sprechen uns nach dem Klimakterium wieder –, die Männer tragen anthrazitfarbene Mäntel und scheinen überproportioniert, riesige Köpfe sitzen auf breiten Schultern, Hände wie Schaufelradbagger, von den Füßen möchte ich wirklich nicht reden. Das Land der Riesen. Rosige Wangen haben sie und weiße Zähne. Eine Stadt voller Hollywood-Nazidarsteller.
Hamburg, der Ort, an dem die meisten Millionäre des Landes wohnen. Der Reichtum angehäuft von Kaufleuten, pseudoflexibel und stockkonservativ, wie es ihr Beruf mit sich bringt, Seriosität versprühend, wie Viren aus einem Düngeflugzeug (hoppla), die Stadt strahlt (plardautz) eine steife Behäbigkeit und Arroganz aus. Etwas, das sich überlegen fühlt, fliegt durch die Luft (es ist ein Schwein). Die Töchter der Kaufleute, zu denen neureich auch Verlags- und Werbeagenturbesitzer zählen, haben Pferdeschwänze und ein Pferd. Wie in London, dem die Stadt ähnelt, gibt es hier noch kolonialistisches Denken und klare Kasten. Viele Herrenclubs, Rotary-Trinkhallen und Diners-Club-Lounges, Tea-Time und Labskausabende. An dem Binnen-

tümpel der Stadt mit Fontänenquark und weißen Booten stehen weiße Villen, bei deren Anblick mir vor Langeweile die Knie einschlafen. Porzellanhunde und Tischlampenpaare mit Messingfuß in den Fenstern, cremefarbene, an den Seiten geraffte Gardinen, das Elend, Tuch geworden. Da laufen sie dann drin herum, in diesen Villen, die Frauen mit karierten Faltenröcken, College-Schuhen und Kaschmirpullovern, setzen sich mit einem Buch von Grass vor den Kamin und fügen ihrem ohnehin limitierten Verstand weitere unoriginelle Gedanken zu.
Die Elbe, eine Art Mastdarm, der Wasser führt, das umgehend Krebs erzeugt, trifft es auf einen Menschen. Der Hafen, in dem Arbeiter schuften wie Sklaven, die sich im Wissen ihrer Demütigung eine Arbeiterehre zugelegt haben, eine Männersache, die mit Schweiß und ihrer Hände Arbeit zu tun hat, was daraus wird, kann man in allen Orten mit stillgelegten Bergwerken besichtigen. Nur wird heute nicht gearbeitet, sondern gestreikt. Aber niemand nimmt davon Notiz. Ich erfahre von Transparenten, daß es um die Stillegung eines Abschnittes geht. Interessant. Ich könnte gegen die Stillegung der Welt demonstrieren, mir fällt nur nicht ein, warum diese überholte Geschichte nicht zügig stillgelegt werden sollte.

O-Ton Kuddel Ich steh um zwei in der Nacht auf, wenn die Frühschicht dran ist. Dann von Veddel, wo die Wohnung ist, ein Zimmer zur Untermiete, Backsteinhäuser, sechsspurige Straßen und nichts zum Einkaufen, aber billig, im Zubringerbus in den Hafen. Am Beginn der Schicht ist man wie tot, ich mein, da ist ja noch Nacht, es ist in jedem Fall kalt und alles wie ausgestorben. Gegen sechs geht's dann schon besser, ich eß draußen was, und die Möwen schreien. Ich lösche Frachten. Also, ich fahre Kräne, für Container. Das ist anstrengender, als es vielleicht klingt. Da muß man sich nichts einbilden. Nur weil ich ungelernt bin, ich meine, das ist ein richtiger Beruf, und wenn ich einen Fehler mache, kostet das was. Oder Kollegen sind hin. Es ist ein wichtiger Beruf, mit Verantwortung. Nach der Schicht dann heim, am Nachmittag, ziemlich erledigt. Erst mal aufs Ohr gelegt. Dann vielleicht noch was zu Aldi, ein Steak kaufen. Die Küche kann ich mitbenutzen. Dann ins Zimmer, da gibt es den Klapptisch vor dem Fenster, dann wisch ich das Besteck ab, wikkel es in die Serviette, so wie wir's bei der Armee gelernt haben. Dann aufs Bett, was geraucht und fernsehen, ein paar Bier. Ich hab Hemmung, zu lange wach zu bleiben, weil das büß ich dann beim Aufstehen um zwei. Also gegen neun hängt bei mir die Hose kalt am Bett. Meine Kleidung wasch ich im Waschbecken. Mich auch, aber nur einmal in der Woche. Bis vor einem Jahr hatte ich ab und zu Sex mit einer Frau, die aber Alkoholikerin war. Das ging immer. Die kam immer mit, wenn ich wollte. Sie hatte einen sehr unansehnlichen Körper. So einen Bruch im Bauch, da war eine riesige harte Beule, und alles voll Narben und blauer Flecke, und keine Zähne hatte sie. Aber wenn ich betrunken war, dann ging es. Die Frau ist dann überfahren worden. Auf so Frauen in Kneipen kann ich mittlerweile verzichten, und sonst wohnen hier nur Türkinnen, verheiratete, die zu Aldi gehen. Unterdes wüßte man ja mit denen auch gar nichts mehr anzufangen. Mit so den Frauen. Da ist gar kein Trieb mehr. Am Wochenende auf dem Bett und fernsehen. Wenn mal Urlaub ist, dann weiß ich auch nicht. Einmal bin ich mit einer Gruppe gefahren, das war nicht schlecht. Im Bus ging es in den Schwarzwald. Da wurde viel getrunken und gesungen. Jetzt werd ich wohl entlassen. Was ich dann in dem Zimmer machen soll, den ganzen Tag, da denk ich nicht dran.

Von den heiser demonstrierenden Unterkastlern zu den Unberührbaren. St. Pauli, einst Viertel der Säufer, Zuhäl-

ter und Gezeichneten, der Nutten und Spielhallen, was es auch heute noch alles gibt, aber nun vor allem für Touristen, die verzweifelt nach Abenteuern suchen. Busse voll armseliger Fleischgesichter, die aus noch unansehnlicheren Orten kommen als dem hier, der kaum zu überbieten ist in seiner HundewühleninPappkartonsvorImbissbudentrostlosigkeit, die einen Betriebsausflug machen und bereits morgens im Bus das Saufen beginnen, damit sie sich nicht fragen müssen, warum sie wie in einer Kinderreisegruppe zusammensitzen, es nicht zu mehr gebracht haben, als sich von ihrem Chef gönnerhaft in einen solchen Bus füllen zu lassen, nicht fragen, was sie mit den anderen zu tun haben, die so alt aussehen und verbraucht, so nach langweiligem Leben wie sie selbst. Also trinken sie, und bereits nach einer Stunde setzt das Wohlfühlen ein, wird die Welt unscharf. Auf der Reeperbahn sind sie dann schon richtig blau und merken, daß ihnen schlecht ist. Gerne würden sie sich übergeben. Aber die Kollegen sind lustig, und rein in einen Laden mit Frauen, die an Stangen tanzen. Das ist peinlich. Aber man will doch so gerne obszön und ausgelassen sein, also laut gebrüllt, der Frau Geld in die Unterhose geschoben und geil werden. Herumfingern an Kollegen, die auf einmal so nah scheinen, so schön, so nett. Das einzige, was ihnen einfällt, um wem zu zeigen, daß sie ihn mögen, ist ficken, und nur nicht aufwachen, nicht nüchtern werden, das Elend nicht wahrnehmen, weitersaufen, bis der Lohn versoffen ist, in ein billiges Hotel zum Schlafen in ihren Lachen, und am Morgen mit Kopfweh und Übelkeit zurück in ein Leben, das wirklich nicht besser ist.
Ich gehe in ein Lokal, weil mich ein heiter uniformierter Herr vor der Tür nett darum bittet. Drinnen ist es dunkel, es riecht säuerlich nach Generationen mittelalter, ungepflegter Männer. Was ich schon immer wissen wollte: Müssen die sich eigentlich das Glied waschen, ehe sie mit

einer Prostituierten verkehren? Ich merke auf einmal, wie müde ich bin. Ich kann nur noch in eine Sitzgruppe fallen und bin für Sekunden ratlos. Ich weiß nicht, welche Tür ich in dieser Nacht hinter mir schließen werde, in welchem Bett ich warum wohl liegen kann. Ich habe noch nicht einen Moment darüber nachgedacht, was ich mit meinem neuen Leben tun will. Nicht, daß ich früher über mich nachgedacht hätte. Ich fand nichts langweiliger als das. ES LANGWEILT MICH ZU TODE. Sich zu vermeiden funktioniert am besten in einer Umgebung, da jeder Schritt ausgemessen ist, man nachts im Dunkel auf Toilette kann, ohne sich die Füßchen zu stoßen, nicht viel Raum bleibt, zwischen der Einrichtung.

Einfach alles anders machen als bisher, sage ich mir, und bleibe in dem unangenehmen Raum sitzen. Früher wäre ich sofort gegangen. Meine Augen gewöhnen sich an das Dämmerlicht, ich sehe, daß auf einer kleinen Bühne zwei Menschen Geschlechtsverkehr haben. Beide sind fünfzig oder jünger oder älter und strahlen die tiefe Demütigung jener aus, die sich um ihre Träume betrogen fühlen. Die Frau blickt an die Decke. Der Mann ins Publikum. Was die wohl denken gerade, oder denken die nicht mehr?

O-TON LIVE-DARSTELLER Also, ich denk da gar nichts mehr. Du etwa?

Nein, ich denk da auch nichts.

Am Anfang, ja, da war es kurz peinlich, aber das ist zwanzig Jahre her. Inzwischen ist es einfach ein Job und hat mit Sex zum Beispiel gar nichts zu tun. Ich fühl noch nicht mal, ob da einer drinsteckt oder nicht. Da muß ich aufpassen, damit ich das richtige Gesicht mache. Ich denk manchmal, das ist, als ob mir Menschen beim Kochen zusehen und dafür Geld bezahlen.

Im Zuschauerraum die Menschen, die ich auf den Straßen nicht gefunden habe: Anfang bis Mitte Dreißig, der Verfall nur eine sehr leise Ouvertüre, kündigt sich an, in der Farbe der Haut, die zart gelblich ist. Sie müssen sich häufiger reinigen, weil der Geruch ihres Angstschweißes überhandnimmt, die Haare verlieren ihren Glanz und ihre Fülle. Die Zellen beginnen mit dem Rückzug aufs Altenteil. Als hätten sie es nicht bemerkt, tragen alle das, was alle jungen Menschen tragen – fransig, fettig gelegtes Haar, Trainingsjacken und Umhängetaschen. Ich verstehe nicht recht, ob es gerade Trend ist, seine Nachmittage in solchen Läden zu verbringen, oder ob die Medienfuzzis auch einen Betriebsausflug machen. Einen Trendforschungsbürobusreisespaß mit Krabbenpulen, Kümmelsaufen und Fickenschauen, im Anschluß Gruppenkotzen. Und morgen hopp an die neuen Brands.
Das Paar geht von der Bühne, das Licht an, eine Fleischwurst hat die Bühne betreten. Sie sagt: »So, jetzt habt ihr ja gesehen, worum es in etwa geht. Ich bitte die Damen (hüstel) und Herren jetzt auf die Bühne, mal keine Müdigkeit vorschützen, die Besten bekommen den Job. Hals und Beinbruch.«
Die jungen Menschen gehen auf die Bühne, eine Frau rennt zum Ausgang, kommt aber nach einigen Minuten mit Tränen in den Augen zurück. Es scheint ihr etwas klargeworden zu sein, draußen vor der Tür, in der Kälte. Die Belegschaft des Lokals verteilt sich im Zuschauerraum. Fette Animierdamen, der Türsteher, sexuelle Angestellte und einige hormongeschädigte Transvestiten.
Verklemmt legen die jungen Menschen auf der Bühne ihre Kleider in Haufen vor sich. Die Fleischwurst ermuntert sie: »So meine Herrschaften, jetzt stellt sich mal jeder vor und sagt mir den Grund seines neuen Berufswunsches. Ich meine, keine Scheu, schließlich wollt ihr Exotic-Dancer sein, da ist kein Platz für falsche Bescheidenheit.«

Der dicke Mann, Geschäftsführer oder so etwas, bebt vor Gehässigkeit. Er weiß, daß die jungen Menschen noch vor kurzem auf ihn und seine Kollegen herabgesehen haben. daß sie Teil dessen sind, was die Welt zu einem schlechten Ort gemacht hat, ahnt er vielleicht.
So erfahre ich von arbeitslosen Medienberatern, Journalisten, Eventmanagern, Webdesignern und Werbegraphikerinnen, von der Verzweiflung derer, die nie wirklich ein Problem hatten, außer daß sie zu Weihnachten kein Snowboard bekommen haben, mit sieben.

O-TON FLORIAN, SEINE FREUNDE, WENN ER WELCHE HÄTTE, WÜRDEN IHN FLO NENNEN Ich bin der Flo und war bis vor drei Monaten Chef eines Online-Magazins. Früher, also mit Ende Zwanzig, war ich mal Auslandskorrespondent für den SPIEGEL in Caracas, da wohnte ich damals, weil es unglaublich billig war und auch exotisch, ich hatte Kontakt zu Waffenhändlern und alles, und wohnte in einem Palast mit drei Angestellten. Das hätt' ich hier nie gekonnt. Meine Freunde fanden mich ziemlich lässig, und ich habe auch ein Buch veröffentlicht. Über meine Kumpel, die Waffenhändler. Ich habe das Buch all den kleinen Straßenkindern in Caracas gewidmet, die Klebstoff schnüffeln und als Schuhputzer arbeiten, nur hat da keiner Schuhe. Irgendwann ging ich zurück und wurde Kulturredakteur. Da lief es aber schon seit einem Jahr schlecht. Immer mehr Aufträge fielen weg, freie Mitarbeiter wurden nicht mehr beschäftigt, die sah man dann abends in den Clubs am Tresen und schaute entweder weg oder klopfte ihnen auf die Schultern und sagte, das wird schon wieder, und klar, wir müssen demnächst mal essen gehen, ich melde mich. Dann wurden die Kollegen entlassen, die noch nicht lange dabei waren, und dann die, auf die man verzichten konnte. Also ALLE. Schließlich wurde auf den gesamten Kulturteil verzichtet, und ich war ARBEITSLOS. Ein Witz. Erst hatte ich wenig Sorgen, denn bis dahin war alles immer einfach gewesen in meinem Leben. Ich war 32 und verdiente zehntausend im Monat, und so weiter, doch sehr schnell merkte ich, daß es keine Stellen gab. Die Kollegen bei anderen Redaktionen klopften mir auf die Schulter und sagten, daß wir mal essen gehen sollten. Also muß ich mir etwas anderes suchen. Es ist bestimmt nur eine Phase. Ganz sicher. Die geht vorbei, und dann wird alles besser. Das ist ja immer so, daß man etwas verliert und später merkt, daß der scheinbare Niederschlag einen vorangebracht hat und so. Ja, so eine Erfahrung ist bestimmt mal wichtig für mich.

Der junge Mann beginnt zu weinen, sein kleines Glied bebt. Die Bewerber, vor kurzem noch die Elite unseres Landes, stehen entblößt und schämen sich. Ohne den Wiedererkennungswert ihrer Kleidung sind sie nur noch Nackte in unterschiedlicher körperlicher Verfassung. Der Geschäftsführer fügt die Bewerber zu Paaren, gibt jedem Mann ein Kondom in die Hand, Je t'aime erklingt überlaut, und die Nackten sehen sich ratlos an. Einem jungen Mann (Ex-DJ) gelingt eine spontane Erektion. Seine Partnerin (Ex-PR) fiept überrascht, als er in sie schlüpft. Die anderen Paare suchen, es ihnen gleichzutun, doch keinem anderen Mann gelingt es, sein Glied in die rechte Verfassung zu denken. Verzagt beginnen die jungen Frauen, die Genitalien ihrer unbekannten Partner in den Mund zu nehmen oder mit der Hand zu stimulieren. Einem weiteren Paar glückt der Vollzug. Der Geschäftsführer klatscht in die Hände. Ich muß dann los.

Pause

Sie haben jetzt die Gelegenheit, sich einen Kaffee zu kochen oder nach Ihren Kindern zu sehen. Das Buch ist doch recht lang geworden, darum machen wir an dieser Stelle eine kleine Pause. Ich steppe derweil ein wenig.

Was vor der Pause geschah:
Die Heldin unserer Geschichte wohnte bis vor kurzem in einer unattraktiven deutschen Stadt (Wuppertal, Gießen, Hannover, Duisburg, egal, wie die Stadt hieß, denn jede Stadt, die größer ist, als daß man sie bequem durchschlendern kann, demütigt die Menschen). Nachdem die Stadt explodiert war und eine dicke Frau in ihrer Badewanne verblutete, entschied unsere Heldin, ihr altes Leben zu verlassen und mit allen Gewohnheiten zu brechen, denn beide hatten sich nicht wirklich bewährt.

Weiter geht es mit:

23 Wir lernen etwas über Viren, besuchen einen Bunker, und diverse Leute erzählen von ihrem Leben.

Auf der Straße denke ich an das Elend, das die neue junge Mittelstandsdummheit der westlichen Welt gebracht hat. Denke an Berge eitler, in Unwissen verfaßter Artikel, an satte Trägheit, an Wirkönnendochnichtsmachen, an Technoparaden, an die Millionen, die ihre Hirne durch Ecstasy geschrumpft haben, an ICH-AGs, an unfähige, geldgeile Jungmanager und Internetmillionäre, an die Wahlbeteiligung, an Bildzeitunglesen und sagen: das ist doch witzig, an Abba-Revivals und 70er Jahre cool finden oder 80er Jahre. An das Fernsehen denke ich. SENDEANSTALT. Ihre Aufgabe ist: Hysterie schüren, Beklemmung erzeugen und schlechte Gefühle, daß alle das Haus verlassen, wenn der Fernseher ausgeschaltet ist, um einzukaufen. Konsumieren. Produkte gegen die Angst, die Leere, den Stumpfsinn und die Kopfschmerzen wegen FERNSEHEN.
Immer noch auf dieser unfaßbar verkommenen Straße laufend – Mülltonnen mit Klistieren, Bumsschuppen, alte Nutten und Tonnen von HUNDESCHEISSE –, merke ich, daß ich alles wie immer mache. Ich halte mich für etwas BESSERES. Jeder hält sich für etwas Besseres, das ist keine originelle Idee. Auf der großen Freiheit, so heißt die Straße, in der sich die Bumslokale drängen (warum ist es eine große Freiheit, gegen Geld zu ficken, für ein paar Minuten?), ist es merkwürdig still, zwei Betrunkene schlafen friedlich, sie bewegen sich nicht, vielleicht ist auch etwas anderes. Zwei thailändische Nutten lehnen an einem Plakat, das den Film »Spermacasino – hier tanzen die Gonokokken« ankündigt. Ich nehme mir vor, ihn unbedingt zu sehen. Nachdem ich mir einige Schritte gefolgt bin, ohne zu wissen wohin, ertönt ein bösartiger, schriller Ton, lang

anhaltend und enervierend. Es braucht einige Zeit, bis mir klar wird, daß es eine Sirene ist, die irgend etwas mitteilen will. Die Huren hüpfen in eine Bar, wahrscheinlich ist das hier so im Norden, bei nervigen Geräuschen – hopp, ab in eine gammelige Bar.
Die Bar ist leer bis auf zwei Männer, die am Boden liegen. Schon wieder so Liegemänner. Vermutlich ist auch das ein alter Brauch in dieser Stadt. Hinter der Bar steht eine Frau, die jede Form verloren hat. Da lappt es gelb über den Hosenbund, die Zehen hornig, das Gesicht gleich einer frisch und sehr mangelhaft verheilten Wunde. Couperose, Akne und Lippenstift streiten in Rot. Interessant, wie weit man sich von der Gestalt, mit der man auf die Welt kam, entfernen kann.

O-Ton altes Geschwür Das geht so schnell, daß man verkommt. Der Anfang ist immer derselbe. Ich war jung, hatte keine Talente und Ambitionen, keine Ideen, falls Sie verstehen. Bis mir eine Eingebung kommen würde, sagte ich mir, könnte ich ja einfach Geld verdienen. Ich fing als Animierdame an. Das Animieren war mir total peinlich, ich sah mir dabei zu wie einem schlechten Schauspieler. Dann gewöhnte ich mich daran, an das Geld, die Nachtarbeit, an die heruntergekommene Atmosphäre, und nach drei Jahren war ich für jeden anderen Beruf zu faul geworden. Ab und zu ging ich auf ein Zimmer. Das war aber eher die Ausnahme. Na ja, am Anfang. Dann wurde ich älter und merkte, daß ich mich an den Alkohol gewöhnt und daß er mich dick gemacht hatte. Ich fing an, als Barfrau zu arbeiten, und hörte mit dem Trinken nicht auf. So einfach ist das.

Die Barfrau hat in der Schule – und wir alle wissen, die beste ist das Leben – aufgepaßt und schaltet das Radio ein, denn danach verlangt der Sirenenton. Ein beruhigend

seriös klingender Sprecher teilt mit, daß mehrere offiziell bestätigte Bombendrohungen eingegangen seien. Die Bürger der Stadt würden ersucht, zivile Schutzräume aufzusuchen. Mehr könne er zu diesem Zeitpunkt noch nicht mitteilen, die Bevölkerung würde umgehend über jeden neuen Erkenntnisstand informiert. Der Sprecher verliest zehn Minuten die Adressen der Schutzräume. Ich denke, ist klar, und schließe mich den Nutten und der Barfrau an. Die beiden Männer lassen wir am Boden liegen. Sind ja nur Liegemänner. Auf der Straße werden wir Teil eines kleinen Umzuges. Ruhig laufen die Menschen, keiner rennt, stolpert oder fällt schreiend zu Boden. Auch Gott wird nicht angerufen, und obwohl es einen gewissen Zustand der Verwirrung gibt, scheint niemand in unserem Zug, wir sind ungefähr hundert, die Sache unbedingt ernst zu nehmen. Es ist Wochenende, viele langweilen sich und sind froh, daß etwas passiert. Nach einigen Straßenzügen erreichen wir einen Betonblock, vermutlich aus dem Zweiten Weltkrieg. Am Eingang stehen nervöse, überforderte Zivilschützer. Beamte, Hausmeister, keine Ahnung, wer sich beim Zivilschutz engagiert. Männer in den schlechtesten Jahren, sexuell noch aktiv, aber nichts mehr da zum Aktivwerden, Männer, deren letzte Hoffnung, etwas Bedeutendes zu tun, in der Bergung toter Leiber, dem Befestigen von Gasmasken an kleinen Kindern und dem Schienen gebrochener Beine besteht. Oh, wollte sich doch eines schienen lassen.
Das haben sie geübt, alle paar Wochenenden in einem Zivilschutzraum, und danach sind sie einen trinken gegangen. Nie haben sie an einen Ernstfall geglaubt, aber nun sind sie erregt von der hormonproduzierenden Mischung aus Panik angesichts der Überforderung und Stolz auf ihre Bedeutung, ihre dunklen Uniformen. Sie verteilen an jeden, der den Bunker betritt, ein Flugblatt. Ich habe Herren und Eingang gerade passiert, als die Zivilschützer

nervös werden. Sie haben einigen Leuten ein falsches Merkblatt gegeben und fordern mit schrillen Rufen auf, die Blätter ungelesen zurückzugeben. Ihre Stimmen werden von den erneut einsetzenden Sirenen übertönt.
Ich komme in einen fußballfeldgroßen Raum, Pritschen an der Wand, Matratzen am Boden, Decken in Regalen, ein überdimensionales Belüftungssystem, schwere Tresortüren. Die Menschen stehen unschlüssig im Raum. Die Sache scheint den meisten keinen Spaß mehr zu machen. Der junge Mann, den ich gerade mit einer gelungenen Erektion auf der Bühne des Kopulationsclubs gesehen habe, scheint auch sonst ein flotter Feger. Er setzt sich als erster auf eine der Pritschen und leitet damit die Platzsuche im Bunker ein. Die Leute belegen Liegen, Matratzen und die Ecken des Raumes. Kindern werden Pullover ausgezogen, Mütter rücken ihre Röcke zurecht, Herren ziehen Zeitungen aus Aktentaschen. Ich hocke mich in eine Ecke und lese das Flugblatt.

Infohaufen

Zur Information des Zivilschutzes. Ortsgruppe Hamburg
Milzbrand: Bei Milzbrand können als Symptome eine schwere Lungenentzündung mit blutigem Auswurf (Lungenmilzbrand), Geschwüre auf der Haut (Hautmilzbrand) oder Durchfall mit blutigem Stuhl auftreten. Es empfiehlt sich eine antibiotische Therapie. Eine Postexpositions-Prophylaxe ist möglich. Eine Impfung ist in Deutschland nicht möglich.
Anthrax: Bacillus anthracis verursacht unter anderem blutige Darm- und Lungenentzündungen mit tödlichem Ausgang (nach Einatmen oder Verschlucken). Der Erreger ist äußerst widerstandsfähig, weil er Sporen bildet.
Pest: Durch Yersinia pestis verursachte Infektion. In Form der Lungenpest unbehandelt immer tödlich. Pest kann sich

durch rasch zunehmende, schmerzhafte Lymphknotenschwellungen äußern. Bei Lungenpest kommt es zu Atemnot und blutigem Auswurf. Eine Therapie ist möglich. Empfohlen wird eine Sensibilitätsprüfung. Postexpositions-Prophylaxe wie bei Milzbrand. Einen Pest-Impfstoff gibt es in Deutschland nicht.
Hasenpest oder Tularämie: Nagetierseuche, die auf Menschen übertragbar ist. Führt zu schmerzfreien Geschwüren an der Eintrittstelle und zu Lymphknotenschwellung mit Einschmelzungstendenz. Kann tödliche Lungenentzündungen auslösen. Eine Therapie ist möglich, ebenso eine Postexpositions-Prophylaxe.
Rotz (Malleus): Ausgelöst durch Bakterien (Pseudomonas mallei). Rotz oder Malleus durch den Erreger Burkholderia mallei kann sich in Hautpusteln, schmerzhaften Lymphknotenschwellungen und Abszessen in inneren Organen äußern. Eine Therapie ist möglich.
Bei Pocken durch Variola-Viren entwickeln sich Papeln, Bläschen oder verschorfte Geschwüre. Die Therapie ist symptomatisch, Impfstoffe gibt es in Deutschland nicht.
Als Biowaffen eignen sich auch Viren, die Pferde-Enzephalitiden, Krim-Kongo-Fieber, Lassa-Fieber oder die Marburg-Krankheit auslösen. Hier ist teilweise eine Postexpositions-Prophylaxe möglich. Solange der Erreger nicht identifiziert ist, wird empfohlen, Betroffene in gesonderten Transportmitteln zu evakuieren.
Cholera: Brechdurchfall, ausgelöst durch Vibrio cholerae. Tod durch hohen Verlust an Flüssigkeit.
Gasbrand: Clostridium perfringens verursacht Gasbildung und zerstört Gewebe. 50 Prozent der Opfer sterben.
Sorgen Sie für Ruhe! Es herrscht Kriegsrecht! Treten bei einzelnen Personen Panik- oder Wutanfälle auf oder beobachten Sie Plünderungen und renitentes Verhalten, machen Sie von der Schußwaffe Gebrauch! Warten Sie auf weitere Anweisungen.

Von einem Infohaufen aus meinem vergangenen Leben weiß ich, daß es weder ausreichenden Impfstoff gegen die meisten der aufgeführten Infektionen noch Gasmasken gibt. Nicht zu reden von Schutzräumen, die für einen längeren Aufenthalt eingerichtet wären. Gibt es bei kriegsähnlichen Zuständen eigentlich Haarfarbe, Tampons, Zeitschriften, Sushi? Das kann noch lustig werden. Und was ist eigentlich mit Pockenimpfstoff? Seit einem Jahr wird so ausführlich über die Bedrohung durch Pocken berichtet, daß ich mich frage, was man wem damit mitteilen will. Terroristen warnen, damit sie auf Ebola ausweichen? Eine Dame, die Gertrud Höhler irritierend ähnelt, unterhält die kleine Bunkergemeinschaft mit ihrem Wissen. Gestern nacht gab es in New York einen Anschlag auf eine U-Bahn-Linie sowie einen Angriff mit irgendwelchen Bomben in L. A. Es wurden Internierungslager eingerichtet für US-Bürger und Besucher arabischer oder ähnlich suspekter Herkunft. Es gibt Gerüchte, daß das Militär die Macht übernommen hat. Militärregime und so weiter, kennt man ja. Im Süden Deutschlands hat es schwere Verwüstungen durch Tornados gegeben, der ehemalige Kanzler Schröder hat sich beim Tiefseetauchen vermutlich selbst getötet. Pakistan droht mit dem Einsatz von Atomwaffen. Hier in Hamburg ist, heißt es, eine Seuche ausgebrochen.
Es hat sich ein großer Kreis Zuhörer um die Frau gebildet. Ihr Vortrag verspannt die Stimmung spürbar. Die Angst hat den Bunker betreten. Einige Kinder fangen an zu weinen. Vermutlich ahnen sie instinktiv, daß es nie mehr Mc-Donald's geben wird. Ich hocke in einer Ecke und denke daran, wie weit es drei entführte Flugzeuge gebracht haben. Das Gleichgewicht auf der Welt wird gerade wiederhergestellt – Elend für alle.
Die Luftfilter arbeiten mit einem leisen Rauschen. Das schreiende Kind ist in die Toilette gesperrt oder anders

zum Schweigen gebracht worden. Jeder verdrängt seine beginnende Panik anders. Sie dösen, lesen alte Zeitungen, die im Bunker lagen, oder starren vor sich hin. Einige sitzen in kleinen Gruppen, reden, spielen Karten, sie kümmern sich um die Kinder und wirken bedrückt, aber auf eine seltsame Art fast dankbar. Erstaunlich, wie erleichtert Menschen sind, wenn eintritt, wovor sie sich gefürchtet haben. All die Jahre der Angst, die Anschläge und Kriege, die immer näher kamen, immer mehr mit Europa zu tun hatten, das soziale Elend, die Überschwemmungen, Erdrutsche, Stürme, Seuchen, Lungenkrankheiten, Skandale, die durch die Medien aufgeheizte Stimmung – endlich entlädt sich all die Spannung. Die Menschen haben auf die Ohrfeige ihres Vaters gewartet, und nun ist er endlich nach Hause gekommen.
Wir warten und wissen nicht, worauf. Möglich, daß wir nach längerem Gewarte abtransportiert werden. In Lager. Die Wohnungen von Guerillas oder Terroristen oder Kindersoldaten in Beschlag genommen, und so weiter. Ein junges Mädchen mit den üblichen Fettlookhaaren und drei Jungs mit typischen Britpop-Frisuren reden leise über die Party, die sie eigentlich hatten besuchen wollen. Party gibt es nicht mehr. DJs gibt es nicht mehr. Marken gibt es nicht mehr. Liebeskummer scheint unwichtig, da keiner weiß, was uns vor der Tür des Bunkers erwartet.
Vor den Toiletten haben sich lange Warteschlangen gebildet. Eine schwangere Frau übergibt sich. Schließlich kommt sie von der Toilette und bricht zusammen. Früher hätte ich an die Decke gestarrt, nun will ich ein neuer Mensch werden und trage sie gemeinsam mit einem Mann auf eine Matratze. Die Frau bekommt kaum Luft und spuckt Blut. Sie wimmert vor Angst um ihr Kind, ich halte ihre Hand und sage nichts. Ich habe keine Ahnung, wie sich Blutspucken auf Ungeborene auswirkt. Einige Leute versuchen, nach draußen zu gelangen, um einen Arzt zu

holen. Dabei stellen sie fest, daß die Türen verschlossen sind und auf ihre Rufe niemand reagiert.
Ich halte die Hand der Frau und rede leise auf sie ein, erzähle von Dingen, die sie mit ihrem Kind unternehmen wird, und das scheint sie zu beruhigen. Es ist eine Frau, wie es Millionen gibt. Unauffällig hat sie gelebt, immer gemacht, was vermeintlich richtig war. Die Schule mit durchschnittlichem Ergebnis beendet, sich eine nette Jungefrauenwohnung gemietet, eine Ausbildung zu irgendwas gemacht. Sie hat Steuern gezahlt, alle Versicherungen, die man benötigt, abgeschlossen, sie bewahrt ihre Dokumente in Ordnern auf, hält sich und ihre Wohnung sauber und kommt nie unpünktlich zur Arbeit. Sie geht ins Kino und zu Konzerten, liest Bestseller und hat eine Kinderpatenschaft für dreißig Euro im Monat. Sie trägt saubere H&M-Kleidung, ist normal schlank, achtet auf ihr Gewicht und die Gesundheit ihrer Zähne. Einmal in der Woche geht sie zum Bauch-Beine-Po-Trainingsmist. Sie hat ein paar Freundinnen und Freunde, eine Clique, sie versucht alles richtig zu machen, und ist nun fassungslos, daß ausgerechnet SIE Blut spuckt. Sie hat sich doch nichts zuschulden kommen lassen, sie hat immer geglaubt, sie sei ein guter Mensch, eine Bereicherung für ihren Freundeskreis, eine aufmerksame Tochter – und sie wäre auch gerne eine vorbildliche Mutter geworden. In dem Punkt sehe ich für sie schwarz.
Das Licht wird gedimmt, die Kinder auf Matratzen zum Schlafen gelegt. Ich fühle mich nicht unwohl mit den Menschen, die in dieser Ausnahmesituation in Originaltönen reden. Kein aufgesetztes, angelerntes Gequatsche mehr. Es interessiert niemanden, über Filme, Mode und Magazine zu diskutieren. Ich merke, daß es nichts gibt, was man hassen kann an fremden Menschen in einem Bunker. Ratlose Kinder, die gestern noch getan haben, als wüßten sie, worum es geht.

Ich habe noch nie jemanden gehaßt, es schien mir immer als ein zu großer Kräfteverlust. Ekel habe ich empfunden. Borniertheit und Fanatismus haben mich immer extrem geekelt. Keine Ahnung, warum mir in diesem Bunker die Hamas einfällt, die an der Spitze meiner Ekelliste steht. Schreiende, bis zur Gehirnerweichung fanatische Arschlöcher, die Busse mit Frauen in die Luft jagen. Vielleicht würde ich einen roten Knopf umlegen, der alle Hamas-Mitglieder in die Hölle befördert, wenn mir wer so einen Knopf reichen würde. So aber hat mein Ekel nie zu einer Handlung geführt. Ich lege mich, als die Gespräche um mich verstummen, neben einen alten Mann auf eine Matratze (NASA-erprobt, immerhin, die Matratze, die war im All gewesen, die Sau). Der Mann weint.

O-Ton alter Mann Den Krieg hörst du nicht. Du siehst ihn nicht. Es wird nicht jeden Tag was bombardiert, und keine Soldaten rennen um ihre Panzer herum. Der Krieg heißt nur, daß nichts mehr einen Wert hat. Daß nichts mehr ist wie vorher. Wir hatten ein normales Leben. Eine Familie, die sich mehr oder weniger gut verstand und die in einem Haus wohnte, mit Gummibäumen, einer weißen Decke auf dem Tisch und einer Anrichte. Ich war jung und fand meine Eltern zum Kotzen, ich war verliebt in ein Mädchen und wußte nicht, was ich mit dem Leben anfangen sollte. Ich dachte an meine Zukunft, ich wollte mal nach Frankreich gehen, Bilder malen oder so. Es begann mit einem kleinen Ärgernis. Wir hörten im Radio vom Krieg, als wir gerade dabei waren, für eine Reise zu packen. Erst dachten wir, so schlimm kann es nicht werden, wir fahren einfach. Am nächsten Tag mußte mein Vater an die Front. Ich hatte nie einen engen Kontakt zu ihm, und es war mir, als ginge er auf Dienstfahrt. Ich verstand nicht, warum meine Mutter weinte. Die Reise konnten wir vergessen, und das machte mich wirklich sauer. Als nächstes mußten wir aus unserem Haus flüchten. Warum habe ich nicht richtig verstanden. Ich fand das zuerst spannend. Wir packten, was uns wichtig erschien, Kleider, Decken, Geschirr und so Dinge auf einen Leiterwagen, in Koffern, wir zogen praktische Kleidung an und liefen los. Ein riesiger Trupp Leute verließ die Stadt. Es war ganz lustig. Alle mit ihren Leiterwagen und eine Stimmung wie auf einem Sommerfrischeausflug. Keiner nahm die Sache wirklich ernst, außer einigen Alten, die andere Kriege erlebt hatten. Fremde verbunden durch ein Schicksal, das hieß: keine Ahnung. Wir hatten durchaus noch Geld, merkten aber schnell, daß es dafür nichts mehr gab. Wir kamen durch Dörfer, und die Bauern lachten uns aus mit unserem Geld, also tauschten wir Porzellan gegen Eier und Schmuck gegen Schinken. Wir schliefen draußen, es war noch nicht so kalt. Wir konnten in Scheunen übernachten und mußten dafür auf Höfen arbeiten. Es war immer noch spannend. Aber irgendwann wurde es Winter. Und auf einmal war es kein Spiel mehr, denn wir froren, meine Schwester hatte eine Lungenentzündung, unsere Kleidung wurde nie mehr trocken, und wir froren und froren und froren. Das ist, was mir kommt, wenn ich an den Krieg denke, dieses Frieren, diese Kälte. Wenn man sich heute im Winter in einem Pyjama auf die Straße stellt für ein paar Minuten, dann kann man sich das vorstellen. Wie die Kälte einen packt und man irgendwann nur noch tot sein will, weil es nichts gibt, sich zu wärmen. Ein Bauer hatte dann Erbarmen, und wir durften auf seinem ungeheizten Dachboden bleiben. Als Bezahlung kam er jede Nacht zu meiner Mutter. Es war dunkel, ich hörte schmatzende Geräusche, seitdem ekele ich mich wahnsinnig, wenn ich Küssende sehe, auf der Straße oder im Fernsehen. Dann ging der Bauer wieder, und meine Mutter weinte, aber am nächsten Morgen stand immer etwas zu essen auf dem Boden. Meine Schwester starb dann, und vom Krieg direkt sahen wir noch immer nichts. Als der Frühling kam, zog ich mit Mutter weiter. Unser Leiterwagen war sehr leicht geworden, und meine Mutter hatte sich in eine alte, ungepflegte Frau verwandelt. Wir stanken. Das geht sehr schnell, daß aus Leuten, die in Anzügen in Bibliotheken sitzen, etwas Dumpfes, Stinkendes wird. Wir kamen in ein Dorf, das abgebrannt war, überall lagen halbverkohlte Leichen. Aufgeblähte Tote, mit geplatzter Haut. Ich weiß bis heute nicht, warum die so prall werden und platzen. Wir suchten nach Lebensmitteln in dem Dorf, und einem Toten zogen wir seine Strickjacke aus. Ich habe den Krieg als einziger unserer Familie überlebt. Es überleben ja immer welche, und nicht immer sind es die, die sich am fairsten verhalten haben. Ich habe dann ein normales Leben gehabt, später.

Der alte Mann schnarcht neben mir, aber ich bin nicht in der Stimmung für eine Nachtruhe. Ich habe doch bereits 40 Jahre meines Lebens verschlafen.

24 Ein neuer Morgen in Hamburg. Die Sonne scheint immer noch nicht. Eine Busreise wird unternommen, und ein dicker Junge hat Mist gebaut.

Ich erwache durch Aufregung. Der Mann neben mir liegt sehr verkrümmt, um seinen Mund hat sich ein großer Blutfleck gebildet, er röchelt und antwortet nicht. Ich frage ihn allerdings auch nichts, ich versuche nur, ihn bequem hinzulegen, irgend etwas, fummel an dem Mann herum, und er reißt die Augen auf, sein Körper krampft sich zusammen. Ich streiche ihm über den Kopf, der sinkt zur Seite – das sieht nach Ärger aus. Ich hatte mir während der Nacht angenehme Dinge vorgenommen. Ich wollte frühstücken gehen und danach irgendwohin fliegen, wo es wärmer wäre oder schöner. Und nun geht der ganze Mist einfach weiter. Ich bin müde, hungrig, schlechtgelaunt und brauche Kaffee. Ich brauche das Frühstücksfernsehen. Brauche Aufbackbrötchen und die BUNTE. Wenn das Brechen mit allen Gewohnheiten so unbequem ist, dann habe ich keine Lust mehr darauf. Von draußen sind Sirenen zu hören und Kommandorufe. Ich setze mich auf, und mein Herz rast. Ich habe ANGST. Der alte Mann ist TOT. Ich habe keine Lust zu sterben. Nicht in diesem Bunker, nicht in diesem Moment. Fragen Sie gerne morgen noch mal nach. Am Boden liegt eine alte BILD-Zeitung, und ich lese darin, um mich zu beruhigen. Ein alter Mann mit Fleischlippen (Männer mit großen Mündern, warum erinnern die mich immer an Fische) schreibt öffentliche Briefe an die Königinnen Silvia und Rania:
»Verzeihen Sie mir, Hoheiten, daß ich, normalerweise gut ausgestattet mit eisernen Nerven, völlig hingerissen bin von Ihrem Äußeren.«
»Als ich Königin Silvia sah, bekam ich Tränen in den

Augen, es ist wahr, wahr, und ich will nicht, daß darüber gelacht wird. Königin Silvia hat inzwischen die Schönheit meiner Mutter.«

Und: »In dieser Nacht in Baden-Baden wünschte ich mir, ein verlorenes Straßenkind in São Paulo, Amman zu sein. Ein Kind, umarmt und geküßt von Silvia und Rania. Mit erwachsenen Menschen kommen Königinnen Silvia und Rania nicht in Berührung. Das ist schade.«

Weiter schreibt er an – – Fidel Castro, Muammar al Gaddafi. »Buenos dias, Salem aleikum. Ich schreibe euch großen Führern aus dem kalten Deutschland, weil der US-Beleidigungsminister Rumsfeld mein Land mit Ihren beiden Ländern auf eine Stufe gestellt hat. Mein Verstand war empört, aber meine Sinne fanden es köstlich. Unter meinen nackten Füßen spürte ich den Wüstensand, Palmen spendeten Schatten in einer blühenden Oase, verschleierte Beduininnen reichten mir Datteln mit der Konsistenz likörähnlicher Süße. Nicht so schlecht, ein Libyer zu sein. Dennoch, Verzeihung, Oberst Gaddafi, noch lieber wäre ich Kubaner. Salsa-Musik den ganzen Tag, Cubalibre, Cohibas und Señoritas, die mein Blut erwärmen. Die karibische See, so grün wie Frühlingsknospen. Kann es sein, daß der US-Beleidigungsminister es mit uns Deutschen gut gemeint hat? Klimatisch, exotisch, erotisch? Ich empfinde es so, weil ich mir zur Zeit in Deutschland den Arsch abfriere, auch seelisch. Eure beiden Länder sind von der Sonne geküßt, aber Ihr seid Banditen.«

Deutschland ist ein humanes Land. Anderenorts säße der Mann an einer Straßenecke und würde Pamphlete verteilen, so Weltuntergangs-Ufo-Zeug, die Menschen würden ihm ein paar Münzen schenken, und Kinder würden weinen, wenn sie sähen, daß sich in seinem Bart Insekten bewegen, hier wird das Zeug einfach gedruckt.

Im Bunker, der streng riecht unterdessen (warum höre ich den Ventilator nicht mehr?), liegen mehrere Leute verrenkt, umgeben von Blut, auf den Matratzen. Vielleicht wird der Ventilator vom Stöhnen und Husten übertönt. Eine paar Menschen sehen merkwürdig gelb aus. Sie sehen nicht mehr lebendig aus.

O-Ton von drüben Das Sterben war unspektakulärer, als ich es mir vorgestellt hatte. Ich habe immer geglaubt, es wäre wahnsinnig traurig, Abschied zu nehmen, vom Geruch im Herbst, von thailändischen Nudeln und den Büchern Murakamis, meinen Freunden, schönen Filmen, dem Geruch von Kaminfeuer, der schwülen Hitze Asiens. Und dann war es völlig anders. Ich war so damit beschäftigt zu husten, Schmerzen zu haben und um Luft zu ringen, daß ich irgendwann nur müde wurde, die Anstrengung so übermächtig, daß ich dachte, Himmel, ich möchte weg sein, es ist so mühsam. Dann habe ich mich noch etwas gequält, und endlich war ich tot. Schön, daß Sie mich danach fragen. Nein, da ist nichts. All das verzweifelte Gerede von Tunnel, Licht und Engeln. Totsein ist einfach nur dunkler als schlafen. Ist schlafen ohne aufzuwachen, ist schlafen ohne zu träumen. Ist wie der Zustand, bevor wir geboren wurden. Nicht der Rede wert.

Eine Gruppe Außerirdischer steht plötzlich im Raum, hektische Personen in weißen Schutzanzügen mit Helmen und Sauerstoffgeräten auf dem Rücken. Sie sortieren Menschen. Die noch röcheln, kommen auf Tragen, die Toten in Säcke, die Lebendigen werden hinausgeleitet und in einen Bus verbracht.

Ich in den Bus. Ob das heißt: noch mal Glück gehabt, wird sich zeigen. Kinder schreien, hustende Personen werden haßerfüllt angestarrt, alle schweigen verängstigt, wenn sie nicht weinen oder starren. Oder husten.

Die friedliche Stimmung des letzten Abends ist Hysterie geworden. Die Menschen verlieren die Contenance, sie verlieren sich in Panik, sie atmen zu schnell, wimmern, schreien, haben Weinkrämpfe, und das Miese bei Panik ist – sie führt zu nichts. Sie verbessert die Ausweglosigkeit nicht eine Spur. Das wird dem einen oder anderen klar, und er versucht, sich unter Kontrolle zu bringen. Aber das ist schwierig, wenn das Todesangstprogramm erst mal angelaufen ist.

Das ist der Beginn des Untergangs, den ich aufmerksam verfolge, denn so einem Schauspiel wohnt man nicht jeden Tag bei. Ich denke, das war es jetzt also. Ich werde hier sterben. In dieser beschissenen Stadt. Ausgerechnet. Vielleicht werden alle Toten in einer dieser gläsernen Einkaufspassagen aufgebahrt. Vor einem Strenesse-Laden. Oder Tommy Hilfiger. Aber den gibt es seit dem Embargo nicht mehr. Mama, ich will vor Tooooommy liegen. Und dann mit einer US-Flagge zugedeckt. Die gibt es auch nicht mehr. Ich sehe mein Grab vor mir in Hamburg-Ohlsdorf. Logischerweise ist das der größte Friedhof Europas. Wer will in dieser Stadt auch schon lebendig sein. Auf meinem erbärmlichen Grabhügel steckt ein kleines Kreuz, dabei hab ich mit Kreuzen wirklich nichts zu schaffen. Keiner wird das Grab besuchen. Himmel, werde ich mich aufregen. Klaftertief, dieses blöde Kreuz am Kopfende, und ich kann nichts machen, die Ärmchen und Beinchen fest umschlossen von der Urne. Manche Menschen schaffen es, bis nach ihrem Ende peinlich zu bleiben. Wer das liest, ist blöd. Er war ein cooler Hund. Blasen bumsen ficken. Liest man im Vorübergehen auf manchen Grabsteinen und schaut unangenehm berührt zu ein paar Geiern, die in einem Baum äsen.

Der Zustand, in dem ich mich befinde, ist wohl am ehesten vergleichbar dem von Passagieren in einem abstürzenden Flugzeug. Nicht, daß ich das schon mal gewesen wäre, ich stelle es mir nur so vor, so seltsam gefroren. Einhundertvierzigtausend.

Tote jeden Tag.
Kannst du dir den Berg vorstellen.
Den du durchwühlen mußt.
Um zu schauen.
Ob einer gewußt hat.
Worum es geht.
Sterben, habe ich immer gedacht, wäre mir wirklich egal. Als ich mit Ende Dreißig die Zeit verstand, die ich gewesen war, die ich so schnell vergehen ließ, tröstete es mich oft, daß ich nichts unternehmen mußte. Mit mir und der Zeit, weil ich sehr bald sterben würde, ohne weiteres Zutun. Und nun, in diesem Drecksbus, merke ich, daß ich keine Lust habe. Ich will noch einmal nach – ist doch egal. Durch die vergitterten Fenster des Busses sehe ich die Straßen. Das beruhigt überhaupt nicht. Panzerwagen fahren durch die Stadt, Krankenwagen, Leichensäcke werden verladen, Leute hasten gebückt, damit die Krankheit sie nicht sieht, mit Gasmasken über verzerrten Gesichtern, über ohnehin unattraktive Plätze.
An einer Ecke steht ein fetter, sehr hustender Mann. Er sieht mir direkt ins Gesicht und fährt sich mit der Handkante am Hals entlang, von links nach rechts.

O-Ton hustender Mann   Als ich klein war, wohnten wir in Barmbek. Wenn die Leute Hamburg sagen, dann meinen sie doch: die Alster, die Villen, den Hafen, die Nutten. Damit hatte ich nichts zu tun. Das Hamburg der Touristen war wie eine Tagesreise entfernt von da, wo ich lebte, Hamburg-Barmbek. Ein Viertel ohne Bäume, hier wohnten Arbeiter und Hausfrauen, die putzen gehen. So was. Ich lebte in einem Backsteinhaus, der Himmel war komplett mit Backsteinen zugebaut, links und rechts. Man konnte nichts anderes als Backsteinhäuser sehen. Vielleicht waren 500 Wohnungen in den Häusern. Standardisiert. Zwei- und Dreiraumwohnungen, fünfzig Quadratmeter, gelbe Sprellacard-Küche, Nachtspeicherheizungen. Schubladen, in denen lagen Menschen. Die hätten nicht gemerkt, wenn man sie umgetauscht hätte.

O-Ton Mensch Als ich gestern aufwachte, hab ich mich schon kurz gewundert. Ich ging nicht in den Schlachthof, morgens um vier, sondern zum Gleisstellwerk. Hab da so Dinge geölt. Abends sah mein Mann anders aus und hieß Horst. Komisch.

O-Ton hustender Mann Aus dem Haus kam man an eine große Straße, ebenfalls baumfrei, statt dessen Aldi, Woolworth, Tchibo zum Stehkaffeetrinken und übergewichtige Leute. Wir wohnten in einer Wohnung mit einem Kinderzimmer für mich und meine Schwester, einem Schlafzimmer für die Eltern und einer Küche. Meine Schwester war wahnsinnig fett. Meine Eltern waren auch fett. Ich auch. Aber wir haben alle gerne gegessen. Wenn ich gegessen hatte, war es so ruhig in mir. Meine Eltern waren soweit in Ordnung, glaube ich. Sie standen sehr früh auf, aber ich wollte nie wach werden, denn was wach los war, das kannte ich ja, und dann bekamen wir Brot mit Margarine und Marmelade, ich aß fünf Scheiben, mein Vater schaffte sechs, wir saßen am Küchentisch, die Fenster waren beschlagen, und ich dachte, der Himmel müßte sein, immer weiter essen zu können. Meine Mutter war Hilfsschwester und mein Vater Dreher. Ich habe in der Schule ein wenig versagt. Bin viermal sitzengeblieben und abgegangen mit 16. Danach hab ich keine Lehrstelle gefunden. Ich hätte auch nicht gewußt, welche ich da finden wollte. Meine Schwester hatte einen Freund, der war Berufssoldat, saß immer öfter mit am Küchentisch und hat sich aufgespielt. Er trug einen Schnurrbart und hat mir zum einen gesagt, daß das ein Zeichen von Männlichkeit ist. Zum anderen hat er mich immer gehänselt wegen meiner Brüste. Ich hab mir gerne vorgestellt, wie ich ihm den Schädel spalte mit einer Axt. Mein Vater wurde dann pensioniert, meine Mutter war außer Haus putzen, und ich saß so mit Vater rum, wir tranken Bier. Etwas aufregender wurde es, als ich den Computer bekam. Zu Weihnachten. Von da an saß ich vorm Computer und habe gechattet, Mädchen kennengelernt, na ja, also mir mit Mädchen geschrieben (ich bin Maik, 1,85, 70kg, halblange blonde Haare, Internat für Eliteschüler) und Pornos geschaut. Schlimm wurde es nur, wenn ich raus mußte, einkaufen und so. Ich habe mir Toastbrot gekauft, zwei Stangen, das hab ich geröstet auf der Herdplatte, das brannte immer an, und die Wohnung hat gestunken. Vater hat aber meist geschlafen und dazu wenig gesagt, die Brote habe ich mit Mayonnaise oder gezuckerter Kondensmilch bestrichen, ich konnte immer schlechter laufen, und alle haben hinter meinem Rücken getuschelt, wenn ich raus mußte, neues Essen kaufen. Wann immer ich mich mal wo beworben habe, hab ich den Job nie bekommen. Irgendwann wollte ich auch nicht mehr. Ich sah doch an meiner Mutter, wie das schlaucht, aufstehen und alles. Ich hab gechattet, gegessen und gewichst, meine Schwester zog aus, und mein Vater starb, meine Mutter ging arbeiten und räumte mein Zimmer auf, da waren Essensreste im Bett und Sperma in diversen Sachen, na, wer's mag. Ich hab dann über den Computer Kontakt mit ein paar Typen bekommen, die Deutschland vernichten wollten. Das fand ich witzig, weil ich mochte das auch alles nicht.

O-TON WWW.REINE-LUFT.COM Den Verein haben wir vor einem Jahr gegründet. Die Geschichte ging mit Herbert los. Ein übergewichtiger, stark aknöser Junge in unserer Klasse. Ein sehr unglücklicher Mensch. Dazu muß man wissen, daß wir uns in einem Internat aufhalten, in dem ausschließlich junge Männer aus sehr guten Verhältnissen leben, die aufgrund ihres Geldes und ihrer intellektuellen Überlegenheit normalerweise höchstens kleine Probleme haben. Herbert war ein wandelndes Klischee. Neureicher Vater, Metzgergroßeltern, schlechte Gene, zuviel Frustfressen. Wir haben uns aus Studienzwecken seiner angenommen. Wir, das sind ich nebst Freund und Kamerad Utz von Lützow. Herbert hat sich uns in seinem Unglück offenbart. Wir legten ihm dann den Gedanken des mannhaften Freitodes nahe. Überraschend schnell wurde der Gedanke zu seinem. Herbert erhängte sich im Fechtraum. Danach fanden wir Interesse am Helfen. Wir führten per Internet Kannibalen und solche, die sich essen lassen wollten, zusammen. Wir vermittelten junge Mädchen, die sich umbringen wollten, an erwachsene Männer, die es liebten, jungen Mädchen beim Sterben zuzusehen. Wir führten Fundamentalisten mit Auslöschungsphantasien und lebensmüde Pubertierende, die als Selbstmordattentäter sterben wollten, zueinander. Nach einer Weile lief unsere Mission prächtig, und ja, wir hatten das Gefühl, daß man alles erreichen kann, mit jedem. Wir vermittelten neben Personenleistungen Waffen, Drogen, Sprengstoff und Kinder zum sexuellen Gebrauch. Im Internet ließ sich alles auftreiben und von der virtuellen auf eine praktische Ebene bringen. Wir wurden die Gurus einer großen virtuellen Gemeinde. Unsere schulischen Bemühungen begannen ein wenig nachzulassen, weil uns neben der großen Aufgabe schlicht die Zeit fehlte. Der Lehrstoff wirkte auch ein wenig uninteressant, wenn man das manifeste Leben täglich studieren konnte. Von mir unbemerkt glitt Kamerad von Lützow dabei in eine Krise. Wir hatten zur Tötung von bis anhin fünfzig Personen beigetragen. Mehrere Frauen waren durch uns in sexuelle Gefangenschaft geraten oder befanden sich in Kellern von Psychopathen, die die Frauen zum Suizid drängten. Kamerad von Lützow, das wurde langsam klar, nahm bleibenden Schaden durch zuviel Moral. Ich würde ihm demnächst helfen müssen.

O-Ton hustender Mann Sie haben mir Filme geschickt von Massakern und Terroranschlägen, das ging über ein halbes Jahr so. Wir waren richtig befreundet, ich muß dazu sagen, das waren die ersten Freunde, die ich hatte. Irgendwann war ich soweit, meinen Beitrag zu leisten. Sagten sie. Beitrag fand ich geil. Sie schickten mir Informationen über Sprengstoff, den konnte man im Internet bestellen. Aber Sprengstoff war mir irgendwie zu direkt. Darauf schickten sie mir was über Pest.

Infohaufen

Die gefürchtetste Massenerkrankung der Geschichte war wohl die Pest (lat. für Seuche). In nur fünf Jahren zwischen 1347 und 1352 starben daran in Europa fünfundzwanzig Millionen Menschen, ein Drittel der Bevölkerung.

Als Biowaffe wurden Pest-Bakterien zum ersten und bisher einzigen Mal 1942 von Japan im Krieg gegen China eingesetzt. Rußland ist nach Angaben des russischen Biowaffen-Experten Ken Alibek im Besitz genetisch veränderter Pest-Bakterien, die resistent gegen Antibiotika sind.

Wie der Milzbrand ist die Pest eine Tierkrankheit. Die Bakterien, Yersinia pestis, leben bevorzugt in Ratten. Parasiten wie Rattenflöhe nehmen den Erreger auf. Stirbt eine infizierte Ratte, suchen sich die Flöhe einen neuen Wirt und stecken ihn an, Ratten ebenso wie Menschen. Menschen infizieren sich gegenseitig durch Tröpfcheninfektion, also Husten und Niesen, oft reicht schon einatmen.

Wer sich ansteckt, bekommt nach zwei bis sechs Tagen hohes Fieber und hat Schmerzen in den Lymphknoten. Bei der häufigsten Form der Krankheit, der Beulenpest, schwellen die Lymphknoten stark an, werden eitrig und brechen auf. Mit dem Blut verteilt sich der Erreger. Überall auf der Haut erscheinen Pusteln und große schwarze Flecken. Der danach bezeichnete Schwarze Tod tritt in der Hälfte aller Fälle ohne Behandlung innerhalb weniger Tage ein. Immer tödlich ist die Lungenpest, wenn der Erreger eingeatmet wird, wie es beim Einsatz von Pest-Waffen der Fall wäre. Bereits nach einem Tag hustet der Infizierte Blut und bekommt kaum noch Luft. Die Lippen färben sich blau, nach zwei bis drei Tagen erstickt er.

Gegen diese Pest helfen Atemschutzmasken. Infizierte müssen umgehend isoliert werden. Gegen natürlich vorkommende Pestbakterien helfen Antibiotika, nicht aber gegen die resistenten Kampfstoffe. Schutzimpfungen sind gegenwärtig nicht verfügbar.

O-Ton hustender Mann Pest klang so nach Ritterspielen. Das gefiel mir. Ein paar Wochen später schickten sie mir das Paket. Ich hab dann noch 'ne Weile gewartet, weil ich schon Angst hatte, aber ich konnte wie nicht mehr zurück, ohne komplett der Feigling zu sein. Also habe ich die Schachtel aufgemacht und den Anweisungen Folge geleistet. Hab gedacht, vielleicht wäre alles nur ein Spiel, und es nicht richtig ernst genommen. Später wurde mir das Atmen schwer, und ich fing das Husten an. Ich hatte wahnsinnige Panik. Aber das half dann auch nicht mehr, und so ging ich, wie es vorgeschrieben war, ins Kino.

Im Bus hinter mir fällt eine Frau von ihrem Platz. Ich krieche zwischen den Sitzen zu ihr und versuche, sie bequem zu betten. Keiner sollte eingequetscht zwischen den Sitzreihen eines häßlichen Polizeibusses sterben. Die Frau kann nicht mehr deutlich sprechen, irgendwas ist mit ihrem Kind und daß ich irgendwas mit ihm machen soll, dann erstirbt das Flüstern in Blut. Ich weiß nicht, ob sie mitbekommt, daß sie unterdes bequem liegt, dank meiner Anstrengung.

O-Ton Frau Das direkt nicht. Ich hab nicht gemerkt, ob es bequem oder unbequem war, denn das Sterben an sich ist eine anstrengende Sache. Wie sich der Körper wehrt, seine Funktion aufzugeben. Mir wurde kurz klar, daß da wirklich zwei unterschiedliche Dinge am Leben sind – der Körper, der funktionieren will auf Teufel komm raus, und die Seele oder das Gefühl oder das Bewußtsein, das keinen Sinn in den Funktionen finden kann, sosehr es auch sucht, sein Leben lang. Aber es ist schön, wenn da jemand ist, in den Minuten vor der Ohnmacht.

Das Kind finde ich im hinteren Teil des Busses. Es klebt in einem Sitz, seltsam starr, wie cool es da sitzt, nur an den Füßen erkennt der Kinderspezialist, daß da etwas überhaupt nicht in Ordnung ist. Die Füße sind nach oben gebogen, starr vor Angst und Unwohlsein. Ich nehme das Kind auf den Arm, auf den Schoß, ich klammere mich an das Kind. Es lebt wenigstens noch.
Wir halten vor einem Gebäude in einem Industriegebiet. Irgend so ein Scheiß mit gelbem Gras, das sich durch kaputte Betonplatten am Boden quält. Keine Menschen. Panzerwagen und Bewaffnete vor der Tür des Gebäudes, das mich an die PPR-Agentur erinnert. Seltsam, daß ich mir für einen Moment wünsche, sie wäre es. Die Frauen kämen herausgewippt mit ihren patenten, eierschalenfarbenen Kostümen und tränken schlechten Kaffee aus Tassen mit Comicmäusen.
Daran, wie wir in das Gebäude getrieben werden, wird klar, daß wir abgeschrieben sind. Als Steuerzahler nicht mehr relevant, nur mehr eine Gefahrenquelle, wie ein umgekippter Giftmülltransport.
Die Organisation ist bestechend und bestätigt wieder ein-

mal, was viele an den Deutschen schätzen – diese Fähigkeit zu umwerfend effektiven Problemlösungen. Entschuldigen Sie, wir befolgen nur unsere Anweisungen. Das Bedürfnis, sich unterzuordnen, ist vermutlich in allen Menschen genetisch angelegt. Aber es hängt von ihrer Sozialisation ab, was sie daraus machen. In den Deutschen gibt es immer noch die Einflüsse der preußischen Erziehung, die alle Gefühle abtöten wollte, die Demütigung zweier verlorener Kriege, die Häßlichkeit, die ein zerbombtes Land ausstrahlt. Mir tun sie oft leid, die Deutschen, die sich so gerne betrinken, um fröhlich zu sein, und doch nur aggressiv werden, ihre verzweifelte Anbetung alles Südländischen, der Schrei nach Lebenslust in wild gemusterter Freizeitkleidung, die Spendenbereitschaft gegenüber notleidenden Kindern, um sich über ihre Unfähigkeit, mit Kindern umzugehen, hinwegzutrösten. Sie leisten gute Arbeit in der Welt, die Deutschen. Stapfen durch Slums in beigen Hosen, graben Erdbebenopfer aus Trümmern, funktionieren wie Uhrwerke und werden doch nie geliebt. Auch mir fällt es schwer, unseren patenten Bewachern Zuneigung entgegenzubringen.
Ungefähr 60 Menschen stehen in einem neonerleuchteten Raum, der an einen Turnsaal erinnert. Es sind Betten aufgestellt und mit ROT-KREUZ-Decken einladend gestaltet worden. Jeder setzt sich mit seiner Angst auf eine Pritsche, manche verstecken sich direkt unter ihrer Decke und blenden die Welt aus, einige weinen oder hocken einfach nur starr, verraten sich allein durch ihre Fußhaltung, die hilflose, die ich nun schon von dem Kind kenne. Ein Bewacher im Schutzanzug verteilt Medikamente, vermutlich Antibiotika. Das Kind, übrigens ein vielleicht vierjähriges dünnes Mädchen, hat noch kein Wort geredet. Es sitzt starr, schluckt die Medikamente und läßt die Suppe unberührt, die später ausgegeben wird. Ich frage das Kind, dem ich keinen Namen geben kann, weil es nichts sagt,

nach einem Vater. Aber wer hat den schon, heutzutage. Ich habe wirklich überhaupt keine Erfahrung im Umgang mit vierjährigen Kindern, deren Mütter gerade in einem vergitterten Bus gestorben sind. Ich kippe das Kind später um wie ein sehr großes Stofftier, decke es zu und streichle es. Meiner Hand ist sehr unwohl beim Streicheln des steifen kleinen Körpers. Das Kind schläft nicht. Es starrt zur Decke.

Ich lege mich zurück und warte, daß ich sterbe. Dabei versuche ich, nicht zu denken, was mir normalerweise nicht schwerfällt. Nie habe ich verstanden, warum manche Menschen mühsam meditieren lernen müssen, sich anstrengen, das Gehirn zu leeren. Ich bin die fleischgewordene Meditation. Stunden kann ich aus Fenstern und an Zimmerwände schauen, so daß es mir oft schwerfällt, wieder in eine Welt zurückzukehren, die vom ständigen Rauschen dummer Ideen bewohnt ist. Um mich herum die Geräusche Sterbender, ihr Geruch, und mir ist so kalt, so einsam wie zum letzten Mal als Kind, in den Nächten, da Edgar-Allan-Poe-Figuren mein Bett bewohnten und in meinem Kopf zu Hause waren, ich mich lebendig in Gräbern liegen sah, oder aufwachend neben verwesten Leichen.

Ich beobachte meinen Atem und durchsuche meine Lungen nach Erregern. Höre auf veränderte Geräusche meines Körpers. Ich sehe mich in einen Leichensack gestopft, auf einen Friedhof (Ohlsdorf) verbracht, vor den Öfen sehe ich Krematoriumsarbeiter, die gegen meinen toten Körper treten, einfach so, weil es gerade ins Bild paßt, und ich merke, wie es ist, keinen Menschen auf der Welt seinen Freund nennen zu können. Niemanden, mit dem ich weinen kann. Dann weine ich. Das Kind starrt an die Decke.

25 Die Heldin entwischt. Berlin ist immer eine Reise wert, ein Bauer klagt sein Leid, und das Kind reist nach Polen. Immer diese Kinder an der Ostfront.

Ich wache auf und bin am Leben. Oder tot sein ist noch unangenehmer, als wir alle glauben. Eine Notbeleuchtung brennt, in deren schlaffem Licht ein Außerirdischer zur Wache im Raum sitzt. Sein Kopf ist auf seinen Leib gesunken, auf den ganzen Leib, so riesig ist der Kopf, daß der Leib bedeckt ist davon. Es stinkt, der Gestank scheint von der Decke zu tropfen. Das gelbe Licht bescheint einen Haufen Skelette auf Pritschen. Ich stehe auf, um etwas zu suchen. Eine Toilette, Kaffee oder das Frühstücksfernsehen. Was soll ich da auch liegen, so wach, so unangenehm, und um mich röchelt es und hustet. Ich öffne eine Tür, die Wache bewegt sich nicht. »Von der Schußwaffe Gebrauch machen« fällt mir ein, eine Anweisung für Zivilschützer, denen frustrierte Männer sicher gerne folgen. Der Gedanke, von einem arbeitslosen, dank zuviel Fernsehen degenerierten KFZ-Mechaniker in einer häßlichen Baracke durch einen schlecht plazierten, weil ungeübten Kopfschuß erledigt zu werden, entbehrt jeden Glamours. Ich drehe um, hebe das Kind aus seinem Bett, das noch immer mit offenen Augen liegt, immer noch mit steifen Füßchen. Falls ich das hier überlebe, verspreche ich mir und GOTT, werde ich nie mehr über Menschen mit degenerierten Füßchen lachen. So wie früher. Was hab ich da immer Füßchenträger verachtet, die ihre Zehen nicht unter Kontrolle hatten. Selbst einen Mann mit Trekkingsandalen und weißen langen Zehen, die verkrümmt eingeschnürt wären, würde ich jetzt mit lautem Hallo zu meinem Freund machen, wenn er mir einen Ausgang wiese.
Hinter der Tür ist ein unattraktiver Gang, und ich weiß,

wovon ich spreche, wenn ich behaupte, ich habe selten so einen unsexy Gang erlebt. Ich öffne die erste Tür und sehe ein schwaches Licht, das durch ein Fenster fällt. Fenster. Flucht. Weg von den Röchelnden. Kaffee. Ich bin nicht unbedingt zum Mut geboren, aber Angst ist, was Menschen im Weg steht. All die Momente, die ich mit Angst verschwendet habe, bilden Jahre. Angst vorm Fliegen, Angst, jemanden gern zu haben, der mich nicht gern haben könnte, Angst, an einen Ort zu ziehen, der mir gefällt, weil ich scheitern könnte, Angst vor Insekten, die in meine Körperöffnungen gleiten, vor dunklen Umrissen im Zimmer, denn es könnten Mörder sein, vor dem Alter, dem Verfall, Angst, das Falsche zu sagen, das Falsche zu tun, Angst, unbedeutend zu sein.

Schluß damit.

Ab jetzt werde ich ein wilder Hund. Ich taste mich zu dem Fenster, es ist unverschlossen. Vermutlich gehen unsere Zivilschutzhausmeister davon aus, daß wir sowieso nur zum Sterben in der Quarantänestation sind, vor dem Fenster ist jedenfalls keiner zu sehen. Ich huste nicht, und außer einem überirdischen Wunsch nach Kaffee geht es mir gut. Vor dem Fenster ist eine Wiese, falls man den Dreck so nennen will. Warum könnt ihr die Sachen nicht ein wenig liebevoller gestalten, ihr Idioten? Bauen Fabrikhallen, Firmen und Gebäude, als ob Menschen keine Seele hätten. Und wundern sich, wenn die Seele flüchtet und die Metallarbeiter das Streiken beginnen. Mehr Geld wollen für ihr verschenktes Leben.

Ich springe, das Kind, zum ersten Mal seit gestern von einem Moment der Lebendigkeit aufgesucht, springt mit mir, wir landen weich im Schlamm. Ich laufe gebückt mit dem Kind auf dem Arm aus dem Licht der Scheinwerfer – das tut man heute alles, wie man es aus Filmen kennt, und wehe, die lügen – um diverse Baracken und stehe dann auf einer Landstraße. Das Kind sagt immer noch nichts,

aber wird mit der Zeit verdammt schwer. Ich stelle es ab. Das Kind läuft erstklassig. Wie eine Maschine, einmal angeschaltet, würde es immer weiterlaufen, selbst wenn da gar kein Boden mehr wäre. Ich habe keine Idee von einer Tageszeit. Das Licht ist neblig verhangen, es ist kalt, ist Winter geworden im Herbst, zu schnell, wie alles können die Jahreszeiten es nicht mehr abwarten, erwachsen zu werden, um zum ersten Mal Geschlechtsverkehr zu haben. Stunden scheint es, laufen wir durch eine komplett menschenfreie Gegend. Wär ich Mensch, würd ich da auch nicht sein wollen – Chemiefabriken, Lagerhallen, Betonblöcke, das Elend ist kaum auszuhalten. Ein Straßenschild empfiehlt Berlin. Also werd ich wohl nach Berlin gehen, es könnte auch Osnabrück (die Stadt mit den meisten Autoblitzanlagen) oder Istanbul (die Stadt mit den meisten Türken) sein. Es gibt keinen Ort, der mich dringend erwartet. Das Kind hat keinen Hunger, keinen Durst, ist wohl über Nacht erwachsen geworden und weiß, daß Hunger jetzt auch nicht weiterhelfen würde.
Nach mehreren Stunden auf der leeren Autobahn hält ein LKW neben uns. Ein dicker Mann lehnt sich aus der Tür. Der Mann im Auto, die leere Straße, das Kind an meiner Hand, alles merkwürdig. Ich betrachte den Mann, mit dem ich mich eventuell um das Fortbestehen der Rasse zu kümmern habe. Kein angenehmer Gedanke, aber einer muß für neue Menschen sorgen, denn Menschen sind etwas Großartiges. Voller Güte, Selbstlosigkeit und Humor. Tolle Sache. Auch dem Mann scheint es ungeheuer, in seinem schlechten Traum einem anderen Menschen zu begegnen. Wir sitzen eine Weile schweigend nebeneinander. Dann beginnt er zu reden und hört nicht mehr auf.

O-TON HAUKE Ich bin einfach abgehauen. Hatte keine Lust auf das Chaos. Erst gab es Alarm und dann irgendeine Seuchensache. Es hat einen keine Sau informiert.

Das totale Chaos. Es sind, glaube ich, einige tausend infiziert mit was auch immer, und ein Haufen Todesfälle. Sie reden von einer Pandemie. So was wie die Hongkong-Grippe. Egal, ich hab nur gedacht: ohne mich. Eigentlich hab ich einen landwirtschaftlichen Betrieb, aber den gibt es nicht mehr. Neulich, in der Nacht, fingen die Tiere an zu schreien. Ich hatte so was noch nie gehört. Richtig unheimlich. Ich hab dann den Veterinär angerufen, danach war der Telefonanschluß tot. Eine Stunde später fuhren sie vor, zehn Mann mit Schutzanzügen, und mich haben sie behandelt, als ob ich etwas verbrochen hätte. Zack, in den Stall, die Tiere rausgetrieben und alle mit Flammenwerfern erledigt. Ein Gewimmer war das, wie Menschen klang das. Vierhundert Stück Milchvieh, und davon blieb eine Grube verkohlter Kadaver. Bevor die Truppen abfuhren, mußte ich eine Schweigeverpflichtung unterschreiben. Ich bin dann rüber zum Nachbarn, aber da sah es genauso aus: verkohlte Tierleichen und kein Mensch da. Da wurde mir schon komisch. Der nächste Nachbar wohnt mit dem Wagen eine halbe Stunde entfernt. Ich hab versucht, mit dem Handy anzurufen, aber das funktionierte nicht. Die toten Tiere, die ausgestorbenen Höfe, ich dachte, was denn, wenn ich jetzt der einzige Mensch auf der Welt bin. Dann fuhr ich in die Stadt, und was da los ist, wissen Sie ja selber. Letztes Jahr die BSE-Geschichte mit dem Tiermehl. Klar hab ich das auch verfüttert. Man muß doch konkurrenzfähig bleiben. Mir sind alle Rinder draufgegangen, aber ich hab nicht gejammert. Hab mir gesagt, wir sind hier alle 16mal reicher als die Leute in den Entwicklungsländern, so schlimm kann's nicht werden, ich hab noch 15 Schuß. Hab mir neue Tiere geholt auf Kredit, die sind nun auch hin. Na, ich fahr jetzt mal zu meinem Bruder. Der wohnt eigentlich in Berlin-Kreuzberg. Aber im Moment sind sie in ihrem Ferienhaus in Polen. Ich denke, da ist es vielleicht gerade angenehmer. Malte, den hab ich immer beneidet. Der hat in einer Kommune gewohnt, Sozialpädagogik studiert, war immer auf Demos und kam nur ab und zu nach Hause, im VW-Bus, mit schönen Mädchen. Ich hab mich immer ein wenig geschämt, wegen meinen Händen und dem Geruch, und daß ich nicht auf Demos ging und nicht über Marx und antagonistische Widersprüche reden konnte. Na ja, in den letzten Jahren wurden die Mädchen dann zu einer. Zu Frauke, die ist auch Lehrerin und recht dick geworden, sie hat immer noch hennarote Haare, sieht nur nicht mehr so niedlich aus, auch mit den Batiksachen und den Paillettentüchern. Sie wohnen inzwischen alleine in der Wohnung, in der die Kommune war, Frauke hat zehn Katzen, weil sie haben keine Kinder, und meinem Bruder sind die Haare ausgegangen. Also alle. Vermutlich ist Leben falsch. Die meisten Bekannten, die ich hab, sind so in einem Alter, wo es auf einmal erbärmlich wird. Sie haben Krebs oder todtraurige Ehen, die Kinder sind fett geworden und drogensüchtig. Es ist bei jedem in einer gewissen Weise alles schiefgelaufen.

Ich höre den Mann durch einen weichen Brei, die letzten zwei Tage waren für eine, die sonst meist im Bett liegt, etwas kraftraubend. Verschwommen in der Dunkelheit sehe ich, daß hinter uns Straßensperren errichtet werden, mit Panzern und Polizei, die kleinen Polizisten werden aufeinandergestapelt wie Holzscheite. Endlich schläft das Kind, hat seinen Kopf auf den Schoß des Mannes gelegt, und auch ich schlafe wieder ein, so halb, so ein wenig, so in Wärme gepackt. Nichts stellt mich zufriedener, als von einem nicht weiter störenden Menschen durch die Welt gefahren zu werden. In diesem halbtoten Zustand, der nicht mehr Existenz ist, an Dingen vorbei, die nicht interessieren müssen, weil sie schon in der Sekunde, da man sie passiert, Vergangenheit sind.

Ich erwache, als der Mann seinen Laster in einer Straße parkt, die vermutlich zu Berlin gehört. Sicher gehört die Straße zu Berlin, denn nirgends sonst wachsen solche Geschwürstraßen.
Sehr äßlich. Würde der Franzose sagen. Eine komplett häßliche Straße. Selten so eine häßliche Straße mit derart widerwärtigen Häusern gesehen. Gebrochen und grau die Ware, kleine Fenster darin, wie böse Augen, von Blut verdunkelt, in Putz, der nicht abbröckeln möchte, müßte er doch auf eine Straße fallen, auf der nicht einmal Autos fahren mögen, und der Hundekot, die leeren McDonald's-Kästchen, der zerfledderte Asphalt mögen da auch nicht liegen in der Straße, keine Eskimos oder andere Eingeborene in lustigen Trachten, kein Baum, nichts, um das Auge friedlich daran zu weiden. Eine Eisenbahnbrücke ohne jede Funktion, wär ich Eisenbahn, ich würde hier auch nicht verkehren, ein Aldi-Markt, ein paar Kneipen, die man nicht kennenlernen möchte, hinter gelben Gardinen braune Tische mit Messing-»Hier sitzen die, die hier immer sitzen«-Schildern, tote Fliegen auf der Fensterbank.
Wir sind in Berlin-Kreuzberg. Der Bauer erkundigt sich höflich, ob ich mit nach Polen kommen wolle. Ich will nicht, obwohl Polen nicht unangenehmer sein kann als dieser Müll hier. Das Kind, so haben wir beschlossen, soll mit ihm reisen zu den Tieren und der hennaroten Frau. Ich habe es gefragt, und es hat zum ersten Mal gesprochen. Ja, wenn es dich nicht traurig macht, möchte ich lieber zu den Tieren, hat es gesagt, und gibt mir nun einen Kuß, und ich werde direkt traurig, weil ich wieder alleine bin, weil ich nicht weiß, was man mit vierjährigen Mädchen macht, wie man sie ernährt und alles. Dann fahren die beiden los, und ich stehe in einer Scheißgegend herum.
Schon ohne Terror, Seuchen und all den Quatsch ist es unangenehm, frierend auf einer häßlichen Straße in einer

fremden Stadt herumzulungern. Die Straße führt zu einem Dreck von einem Park, ein kleiner Hügel, vermutlich aus Ruinen aufgeschüttet, drei gehässige Bäume darauf. So, das ist also Berlin. Dahin sind in den letzten Jahren alle gezogen, die noch was vom Leben wollten, obwohl sie eigentlich schon tot waren.

O-Ton Tobi In meiner Straße gibt es viele Prostituierte/Junkies/Ausländer/Dealer, und ich bin mit denen total gut befreundet, das sind ganz okaye Menschen.

Gerade wenn Leutchen noch nicht viel gesehen, nicht viel verstanden haben, und wer hat das heute schon, da die schlimmste Erfahrung im Leben der meisten Menschen die Scheidung der Eltern ist, glauben sie, alle Facetten des Menschseins an solchen Orten täglich besichtigen können zu müssen.

O-Ton Berlin Alles besichtigen, wozu Menschen fähig sind, funktioniert am besten in einer großen Stadt. Heißt es. Die dort geboren sind, können das nicht ändern. Die gekommen sind, erwarten etwas, denken, boah, in so einer großen Stadt ist die Chance am größten, daß ich mein Glück treffe an irgendeiner Ecke. Denken, Leben muß laut sein und schnell, je mehr passiert, um so besser für mich, weil das ist das Leben. Sie sind jung und haben noch Hoffnung. Sie packen ihre Kisten und kommen aus Gotha, Remscheid, Dormagen und Wanne-Eickel. Sie fühlen sich erwachsen und mutig, sie glauben, so eine riesige Stadt, das ist wie New York oder São Paulo, und wenn ich es hier schaffe, schaffe ich es überall. Was sie schaffen wollen, ist ihnen nicht ganz klar. Am Anfang ist da ein wenig Angst, denn die Stadt scheint sie nicht zu brauchen. Alle haben ihren Platz, nur sie stehen am Fenster, schauen hinaus und fürchten sich vor dem Versagen. Dann jagen sie erregt durch die Nacht wie junge Wölfe, auf der Suche nach – was nur? Tausend Kino-, Theater-, Literatur-, Party-, Performance-Events in einer Nacht, wie kann man sie nur alle sehen? Und wo trifft man die richtigen Leute? Wie erkennt man sie, was redet man mit ihnen, kann ich die haben? Was sie treffen in der Nacht, sind Millionen wie sie, alle am Suchen, denn das Glück könnte gerade aus der Bar hinaus entwischt sein. Nach langen Nächten, in denen sie ständig aneinander vorbeilaufen oder frierend stehen und warten, daß sich etwas Warmes einstellen möge, gehen sie alleine nach Hause, und es ist kalt. Eine Angst treibt sie auf die Straße, denn gerade an diesem Abend könnten sie sie verpassen, die einmalige Gelegenheit, einen Job als Moderator bei SAT 1 oder MTV, die große Liebe in Form eines Rockstars. Millionen kleiner Universen in der Stadt, die sich nicht berühren, aneinander vorbeisegeln auf der Jagd nach etwas, das sie nach kurzer Zeit vergessen haben. Irgendwann vergessen sie dann auch das Sehen. Ein Türke ist eben ein Türke, und Junkies, Nutten, Asylanten, Alkoholiker sind nur beim ersten Mal Beschauen spannend. Dann ist alles so wie an jedem anderen Ort der Welt, nur ein wenig mühsamer, ein wenig größer, kälter und äßlicher, würden Franzosen sagen. Keinem bekommt es, so viele Menschen so dicht zu haben. Die Natur wie aus Plastik, wenn tausend andere sich in ihr aufhalten, da es nur mehr nach Parfüm, Sonnencreme und Grilldingen riecht. Im einzelnen untergebracht, erträgt man ihn, den Menschen, dann kann man ihn betrachten, Mitgefühl mit ihm haben, weil seine Ideen so nachvollziehbar sind, so einfach und traurig. Doch in der Masse wird es schwierig, da werden sie böse, spüren sie Mitgefühl, verwechseln es mit Mitleid, und das haben sie nicht gern, dann schlagen sie um sich und grölen Lieder. So stehen sie an den Fenstern, und es zieht, überall zieht es in dieser verreckten Stadt, doch weggehen kommt nicht in

Frage. Denn inzwischen sind alle Freunde hergezogen, auch wenn man sie kaum mehr sieht, weil die Wege zu weit sind und jeder was macht, nur speziell muß es sein, ein Projekt mindestens, eine Kunst, ein Buch, eine Internetfirma, und schnell, denn morgen könnte ein anderer etwas Besseres tun. Laut muß man sein, damit man merkt, daß man lebt, in so einer Stadt, daß man nicht nur eine Zelle ist in einem riesigen Körper, der die Stadt bewohnt mit tausend Augen. Hält man für einen Moment die Luft an und schreit nicht, vergißt die Stadt einen, man könnte vermodern in seiner Wohnung, keiner würde es merken. Schön ist das nicht, aber schön ist ohnehin für später. Jetzt ist es lässig, in einer kleinen Wohnung mit Blick auf einen schrundigen Hinterhof zu hausen, urban und lebendig und Umbruch, und in meinem Kiez kenn ich mich aus, und mein Türke grüßt mich. Sagen sie Freunden am Telefon, die daheim geblieben sind und nur zu berichten wissen von Landausflügen und neuen Eigenheimen, sich schämen dafür. Doch sie hören ihnen zu, den Freunden, und denken: Land? Wie geht das? Wie war das mit den Vögeln? Und daß man die Leute aus der Straße kannte seit der Kindheit. Dann sagen sie laut, spießig war das und der Tod. Später, vor dem Einschlafen, können sie vielleicht ein kleines Stück Himmel sehen und denken, irgendwas ist falsch, aber was, das fällt ihnen nicht ein.

26 Ein Besuch am Kudamm. Anale Erfahrungen, Berlin wird noch ungemütlicher. Und: Hurra, es gibt endlich Designer-Gasmasken!

Am Kurfürstendamm, der Straße, da alt gewordene Berliner ihren schlechten Geschmack ausführen, verkaufe ich die Uhr und das andere Zeug, das ich noch von der dicken Frau habe. Das ist vermutlich die letzte Einnahme meines Lebens. Ich sehe mich nicht auf dem Land einfachen, herzensguten Weinbauern bei der Lese helfen, sehe mich nicht Dosen sammeln in Rio, sehe mich eigentlich nirgends, noch nicht einmal im Grab. Apropos: kein Husten, kein Engegefühl in der Brustgegend, keine untertellergroßen, im Gesicht hängenden Karzinome. O. K. – da sind diese gliedähnlichen, 18 cm langen Ausstülpungen am Hinterkopf …

Das kleine Mädchen ist jetzt vielleicht schon bei den Tieren, falls es noch Tiere gibt, was ich sehr hoffe. Die Pußta, Kafka, Rutger Hauer, oh Polen. Vermutlich fällt es einem Kind leichter, in so undurchschaubaren Situationen nicht wahnsinnig zu werden, weil es nicht so demütigend klar an die Grenzen seines nach Erklärungen suchenden Verstandes gelangt – es will da gar nicht hin.

Vor den Läden lungern bewaffnete Herren, die Ausweise kontrollieren, Leute in weißen Schutzanzügen huschen um die Ecken wie verschneite Eichhörnchen – die Seuche hat also Berlin erreicht. Ich erkenne das gequälte Husten verschiedener Passanten – und bin schuld. Berühmt durch die Ansteckung einer ganzen Stadt. Früher mußten die Menschen noch richtig anstrengende Dinge tun, um berühmt zu werden, siamesischer Zwilling sein zum Beispiel. Heute langt es, sich 20 Kilo Kunststoff in die Brüste schieben zu lassen oder ein Hochhaus umzufliegen.

Während der Stunde, die ich in einem Café verbringe,

wird aus dem kleinen Unwohlsein auf der Straße eine ausgewachsene Kolik: Gepanzerte Wagen fahren wie wild gewordene Riesenkakerlaken herum, der Himmel ist von Helikoptern und schwarzen Wolken getrübt, bewaffnete Einsatzgruppen schauen sich permanent ruckartig um. Auf der Toilette des Cafés ändere ich meine Frisur und male mir Sommersprossen. Hast du nicht gesehen, ähnele ich Leni Riefenstahl, jetzt noch der kleine Schnauzbart, die Rasterfahndung kann kommen. Ich setze mich und warte auf eine Idee. Ein Fernseher läuft. In der Larry-King-Show arbeiten Saddam-Doubles. Die befreiten Länder – Afghanistan, Irak, Iran, Nordkorea, Kongo – feiern irgendwas, vielleicht haben sie wieder Rotten kleiner USA-Soldaten in die Luft gejagt. So ein Theater wegen einiger öder Orte. Ästhetik existiert nur in Detailaufnahmen. Vergrößert man den Ausschnitt, wird alles unerträglich abstoßend, so wie Menschen, die sich vergrößern nach dem sechsten Lebensjahr und dann immer die Form verlieren, Wülste und Gerüche, Bosheiten und Talg produzieren. Mistzeug.
Der Kaffee ist kalt geworden. Irgendwann in den letzten Tagen habe ich aufgehört zu rauchen. Es ist mir nicht aufgefallen. Was habe ich immer für ein existenzialistisches Theater um meine drei Pakete Zigaretten am Tag veranstaltet. Sucht finde ich fast stündlich unerträglicher in ihrer Albernheit. Egoscheiße.
Am Ende der Straße befindet sich eine leere Agip-Tankstelle. Keiner mag tanken. Vermutlich sind auch alle Ausfahrtstraßen gesperrt. Wohin also fahren? Auf der berlineigenen Autobahn herumcruisen ist ja wohl absolut unsinnig. In diesem Moment sehe ich einen roten PKW mit zu hoher Geschwindigkeit Richtung Tankstelle fahren. Der Wagen verschmilzt langsam mit ihr, und sehr ruhig entsteht eine riesige Flammenwolke. Ich trinke meinen Kaffee. Es ist ja nur Agip.

Infohaufen
Agip unterstützte in Angola, Sudan und Nigeria Bürgerkriege, betrieb Waffenhandel, zerstörte die Lebensgrundlagen in den Fördergebieten und kooperierte mit diversen Militärregimes, die durch Vertreibungen und Ausrottung der Einheimischen eine reibungslose Erdölförderung garantierten. Anders als BP und Shell, die wenigstens ein wenig Bedauern heuchelten und Besserung gelobten, die einen minimalen Bruchteil ihrer Gewinne als großzügige Entwicklungshilfe den Ländern spendeten, die sie zuvor zu Entwicklungsländern gemacht hatten, tat Agip, als ginge sie die Sache nichts an. Italiener halt. Immer am Kaffeetrinken und Berlusconi wählen. Selbst die kommunistische Vergangenheit des Landes war vermutlich Attitüde gewesen, weil die roten Farben so wunderbar mit den dunklen Haaren der Italiener korrespondiert hatten.

Keiner braucht in Europa ein Auto, wenn er nicht behindert ist und oder auf dem Land wohnt, wo man Oma andauernd ins Krankenhaus bringen muß, weil sie diese gelben Steine spuckt. Die Tankstelle brennt, die Flammen greifen auf das nebenstehende Karstadt-Kaufhaus über, Zeit, das Café zu verlassen. Ich schleiche an Polizei, Feuerwehr und Panzerwagenzeug vorbei und fahre mit einer S-Bahn in das Jungmenschen-Viertel der Stadt. Angewidert und haßerfüllt blicken die Leute jeden an, der hustet. Die Bahn voller Leichen, die in Berlin besonders unattraktiv scheinen. Warum ist die Stadt Anziehung für so grobschlächtige, dumpf wirkende Menschen? Ist es wie bei Türkenfamilien? Einer ist schon da und alle folgen nach? Und dann vermehren sie sich und geben ihr tolles Zeug weiter?

O-TON EGON In der Wohnung im Wedding leb ich seit meiner Geburt. Erst mit meinen Eltern, die sind tot, dann mit meiner Frau, dann mit den Kindern, die sind jetzt woanders. Der Kleine im Heim, der Große ist auch im Heim. Meine Frau und ich sind noch übrig. Die Wohnung hat nur zweieinhalb Zimmer, und die Toilette ist draußen, auf der halben Treppe, aber mir kommt die Wohnung jetzt zu groß vor. Heute würde ich sagen, unsere beste Zeit war, als Mutter in dem kleinen Zimmer wohnte und die beiden Jungen in die Schule gingen. Ich hatte Arbeit bei der Bahn, Abteilung Streckenwartung. Da war ich viel draußen, kam abends heim, und es war ein Durcheinander bei uns. Da hatte meine Frau auch immer mal gute Laune. Ich hab nach der Arbeit gerne einen getrunken. Da wurde ich ausgelassen mit meinen Kollegen, und wir redeten über die Arbeit, über Sport und was wir für Ziele hatten. Ich träumte von einem kleinen Haus am Stadtrand, vielleicht sogar Richtung Müggelsee, und einem größeren Auto. Dann ging ich nach Hause, und es war immer Lärm und warm. Da mußte ich nicht groß reden, hab mein Essen bekommen, und später legte sich meine Frau zu mir, und wir haben noch oft Sex gehabt damals. Dann starb Mutter, der Große wurde schwererziehbar und ich verlor meine Stelle. War den ganzen Tag zu Hause, meine Frau nur noch am Nörgeln, und die Kinder hatten keinen Respekt mehr vor mir. Ich ging immer öfter auf die Toilette, da hatte ich Schnaps versteckt im Spülkasten und auf dem Fensterbrett eine Sex-Zeitung, dann trank ich und onanierte. In der Zeit ist mir auch zum ersten Mal die Hand ausgerutscht. Erst gegen die Kinder, dann gegen die Frau. Es war nie schlimm, so ein Klaps, aber ein Gezeter. Als ob ich ein Verbrecher wär, haben die mich behandelt, und der Große hat dann mal zurückgeschlagen. Das war, ehe er aus dem Haus ging.

O-Ton Der Grosse Als mich mein Vater schlug und ich zurückgeschlagen habe, da war ich 15. Ich bin jetzt seit einigen Jahren in Verwahrung. Sie dachten, ich müßte sterben. Das wollte ich auch. Jetzt muß ich aber weiterleben. Die eine Gesichtshälfte ist weg, mit Auge und allem, ich habe eine Gesichtsplastik. So sagt man. Das war die Flinte, und eigentlich war ich gut in Fahrt. Ich hätte grad in die Hölle weitergekonnt. Die Gespräche mit den Psychologen nerven. Sonst ginge es. Aber die wollen mich studieren wie einen Käfer. Und die blöden Fragen, die habe ich schon tausendmal in betroffenen STERN-Geschichten über Amokläufer gelesen. YESSSSS SIRRR, natürlich liebe ich Kriegsfilme. Krieg ist geil. Platoon und alles. Vietnam war der Hit. Da konnte man noch zeigen, was man draufhat. Aber da draußen war nicht Vietnam, sondern so ein scheißlangweiliges Viertel. Und ich hatte so eine Unruhe, es war mir alles, sagen wir – zu wenig. Ich wollte Sachen machen, wo man meine Muskeln sah. Also innerlich. Sicher, YESSSSS SIRRR, habe ich Heavy Metal gehört. All diese dummen erwachsenen Klischees. Was soll man denn sonst hören? Bon Jovi vielleicht oder Abba-Revival-Mist? Ich hatte ein T-Shirt, da stand drauf: Es geht immer schneller und härter. Und ein riesen Ninja-Schwert, und manchmal bin ich nur so damit Bus gefahren – gute Nummer. Videospiele? Durchaus, obwohl die fad werden und ich nie dachte, ich wäre Lara Croft. Bin doch kein Mädchen. Ich habe keine Ahnung, ob es anderen auch so ging wie mir. Also, ob das ein normales Verhalten war. Ich hatte irgendwann keine Lust mehr, in die Schule zu gehen. Hey Mann, den ganzen Tag sitzen und mir Zeug anhören, das mir nichts brachte, was soll das? Außerdem war ich wie zu groß für die Stühle, die es da gab, die Mädchen haben blöd gefeixt, wenn sie mich gesehen haben, und die anderen Jungs waren alle zwei Köpfe kleiner als ich. Ich hab die Waffe von einem aus den oberen Klassen gekauft. Ich meine, soll man permanent nackt auf dem Tisch tanzen, nur damit das eigene Leben kein Klischee wird? Ich glaub, alle Leben sind Klischees. Die von den Reichen, die von den Armen und die von den Psychos. Der Mensch hat doch nur begrenzte Möglichkeiten. Selbst wenn einer ein Superhirn ist und gegen Krebs forscht, ist doch alles, was er tut, ein Klischee, und jeder weiß sofort, wie das aussieht: Superhirn im weißen Kittel forscht gegen Krebs, dann gibt es mit achtzig den Nobelpreis, aber die Menschen verrecken weiter an Tumoren, und wenn das nicht, dann werden sie von Leuten wie mir abgeknallt. Ist doch egal. Ich habe wenigstens eine wahre Stunde erlebt. Die, in der alles stimmte, das Tempo, das Blut in mir, meine Muskeln – einfach alles. In der Stunde war ich unendlich.

O-Ton Egon Ich hab immer die Jogginghose getragen. Das gilt ja total als Proletenkleidung. Aber bequem ist es schon, man will dann gar nichts anderes mehr tragen, so einengende Dinger. Das ist ja mal Fakt. Sex hatte ich seit ein paar Jahren nicht mehr. Mal mit einer Frau aus der Kneipe, ich kann mich nicht mehr erinnern. Es ist alles anders gekommen, als ich gedacht hatte. Und ich habe keine Ahnung, wann alles schiefzulaufen begann. Das Haus werden wir nie haben. Das ist mal klar. Was ich in den nächsten Jahren mache, darüber denke ich nicht weiter nach. Neulich dachte ich mal: Mein Leben klingt wie so ein blödes Klischee von einem Proll, der im Wedding lebt. Na, ein Mist.

Was hat sich in Berlin-Mitte Wunderbares getan? Ein Esoterikkitschdorf ohne Esoterik. Einfach in modern. Oder was Schwuchteln dafür halten. In verpißtem Stahlbeton ein Kerzenleuchterscheißladen neben dem anderen. Ich kannte Berlin-Mitte schon, als es sich noch im Ostteil der

Stadt aufhielt. Bereits damals, vor hundert Jahren, wohnte jeder, der etwas auf sich hielt, in der Gegend um den Prenzlauer Berg und den Alexanderplatz. Junge Menschen, die meist am Theater arbeiteten, da es fast der einzige Arbeitgeber war, der Leute mit einem Ausreiseantrag beschäftigte. Die Menschen trafen sich in der Tute, einem zu der Zeit modernen Café am Alexanderplatz, sie lasen sich Hans-Heinz Ewers und Bulgakow vor und redeten den gleichen Mist, wie ihn vermutlich die heutigen Bewohner des Viertels reden. Die Wohnungen waren ungeheizt, das Wasser im Winter gefroren.
Berlin war damals das meiste an Westen, was ging. Es gab das Kaufhaus am Alexanderplatz, das Süßigkeiten aus Rußland verkaufte. Und teure Restaurants, in denen ich mehrmals die Zeche prellte. Nach Berlin zu fahren und in den Mülleinwurfräumen der Hochhäuser um den Alexanderplatz zu übernachten, war das Aufregendste, das ich mir vorstellen konnte. In der Nacht gab es in diversen Privatkellern und Dachböden rührende Bemühungen, die Welt neu zu erfinden. Wir entdeckten Schwitters und Arp, Bukowski und Chet Baker. Und alles war auf Anfang. Süß. Es hatte nie mehr so eine Zeit, danach, in der man das Gefühl hatte, alles zu begreifen. Und zwar als einziger.
Alles ist wie damals, nur in Marmor. Hatten die jungen Menschen einst Lederhose, Militärmäntel und grobgestrickte Strümpfe in Plateauschuhen an, so tragen sie heute Armeehosen und Pradaschuhe. Jeder fühlt sich einmalig, und alle wollen dasselbe:

O-Ton junge Menschen in Berlin-Mitte Einmalig sein.

Unsterblich sein. Auffallen. Was spüren, oh wenn sie doch was spüren würden, und mehr und mehr, doch es spürt sich so schwer. Und mehr wird es nie. Eine Liebesge-

schichte, immer fad nach geraumer Weile. Wenn du zum ersten Mal denkst, das Mädchen da sieht erwachsen aus, sie könnte meine Tochter sein, dann bist du schon nicht mehr auf dieser Welt zu Hause. Fällt dir auf, wie jung ein Liebespaar in einem Film ist, und du denkst, dürfen die das überhaupt schon, und weiter, wie sie altern werden, die Kontur verlieren, das strahlende Mädchen mit einem Doppelkinn, schmalen Lippen und Wülsten, da der Büstenhalter einschneidet, fetten Schenkeln und faulem Atem, der kräftige Jungen mit Schmerbauch und ausgefallenem Haar, auch am Glied, ausgefallenes Glied, platsch zu Boden – paß auf, tritt da nicht drauf –, mit gelber Hornhaut an den Hühneraugen und falschen Zähnen.
Wie allem der Tod innewohnt, die Verwesung, der Verfall, neu ist der Gedanke nicht, und schön auch nicht, sich beim Anblick junger Liebender ihr Alter herbeizuwünschen:

Was wundert ihr euch noch/ihr Rose der Jungfrauen/
Daß dieses Spil der Zeit/die Ros'/in eurer Hand
Die alle Rosen trotzt/so unversehns verschwand?
Eugenie so gehts/so schwindet was wir schauen.
So bald des Todes Senß wird disen Leib abhauen:
Schau't man den Hals/die Stirn/die Augen/dieses Pfand
Der Libe/dise Brust/in nicht zu rein'sten Sand/
Und dem/der euch mit Lib itzt ehrt/wird für euch grauen!
Der Seufftzer ist umbsonst! nichts ist /das auff der Welt/
Wie schön es immer sey/Bestand und Farbe hält/
Wir sind vom Mutterleib zum Untergang erkohren.
Mag auch an Schönheit was der Rose gleiche seyn?
Doch ehe sie recht blüht verwelckt und fält sie ein!
Nicht anders gehn wir fort/so bald wir sind geboren.

Schrieb Herr Gryphius sechzehnhundertnochwas. Alles bleibt gleich, nur die Rechtschreibung ändert sich. Mit Gewohnheiten brechen: alte Gedichte lesen.

Die Cafés (gewischte Wände, in Zen, Edelholz oder Rotgoldbarock) sind leer. Nur wenige sitzen an Tresen und Caféhaustischen, und sie tragen Gasmasken. Ihre Gespräche sind leider nicht gut zu verstehen.

O-Ton Fickfressen, genuschelt Gibt schon Gucci-Gasmasken, oh Mann, es ist so cool hier im Ausnahmezustand, Berlin-Mitte ist so ultracool wie sonst nur noch Berlin-Mitte, ja Mann, alle sind hier, die jungen Schriftsteller, die darüber schreiben, wie ultracool sie sind in Berlin-Mitte, und die jungen Drogendealer, die ihre Ware um den Hals tragen und unter der Nase, die schnupfen sie, ziehen sich einen Plastiksack über den Kopf, uiii, wie der Kopf platzt und an die Wand klatscht so lässig, das gibt tolle Muster. Und wenn sie fertig gestorben haben, essen sie ein Monstersushi mit Hack und gehen ein wenig Juden schauen, bei der Synagoge, denn Juden sind hip im Moment. Irgendwie so wahnsinnig verfolgt. Und jüdische Restaurants sind megahip, das Weinstein ist so, hm, gefährlich, mitten im gefillten Fisch, der eklig schmeckt, kann alles hochgehen. Wow echt, klar Mann. Und grüne Drinks trinken, die lässig gelb aussehen, und gurgeln und spukken, das Zeug auf den Eisenplattenboden, und nachher noch 'ne Suppe in der Obdachlosensuppenküche, oh ja, die haben bestimmt keine Gasmasken, vielleicht sehen wir nen Toten. Super, Mann, Leichengucken am Alexanderplatz. Cool, so Katastrophen, und was machst du heute abend? Keine Ahnung, ob die Clubs aufhaben, sicher haben die auf, so mit Panzern davor und Maske, das ist doch echt mal was Neues, ich geh in den KitKat-Club, kommst du mit, Thaur ist bestimmt was eingefallen, na los, gehn wir schauen.

Zwei Deppen Mitte 20 und ein gestählter, von Drogen und wahllosem Geschlechtsverkehr ausgezehrter, halbnackter

Technomann Mitte 40, braungebrannt, ledern und Glatze, der sich zu dem House-Zeug bewegt wie unter Strom. Sie beobachten mich und meine nicht vorhandene Gasmaske mißtrauisch. Um ihnen einen Gefallen zu tun, huste ich würgend. Weg sind sie.
Mir muß etwas einfallen, um aus dieser unangenehmen Stadt zu kommen. Der Flughafen und der Bahnhof sind vermutlich gesperrt. Ich möchte gerne Frankreich besichtigen. Milchkaffee, gelbes Licht, regennasse Alleen, Baguettescheiß, gelbgestrichene Häuser, große, warme Fenster, in die man blickt, sich nach innen sehnt und mehr als irgendwo sonst weiß, daß man nicht dazugehört, kein Drinnen hat und draußen frieren muß.
Die Zeitung, die ich vor mir habe, sieht die Welt gerade so: In den USA hat sich eine Militärregierung gebildet. Menschen aus Rußland sowie arabischen, afrikanischen und asiatischen Ländern ist die Einreise verwehrt. In der Wüste Arizonas werden in einem Lager US-Bürger asiatischer, afrikanischer, russischer und arabischer Herkunft interniert. Das sind an die zehn Millionen. Auch Ausländer, die bereits in der dritten Generation Inländer waren, hokken in dieser Zeltstadt, in der eine unbekannte Art der Lungen-TBC ausgebrochen ist. Viele Asiaten, Afrikaner und so weiter sind tot. Die auf Kuba gefangengehaltenen Terroristen (5.000) sind irgendwie auch tot. Oder sterben gerade. Die Militärregierung wird von Coca-Cola (Wert: 72,5 Milliarden Dollar), Microsoft (70,2 Milliarden Dollar), IBM (53,2 Milliarden Dollar), General Electric (38,1 Milliarden Dollar) unterstützt. General Motors mit einem Umsatz von 177 Milliarden Dollar auf Platz 23 der reichsten Länder oder Unternehmen (und damit umsatzstärker als Dänemark oder Saudi Arabien (Platz 33)) hat einen Mann namens Gershwin an die Spitze der Regierung gestellt, doch der ist, wie alle Regierungsoberhäupter, egal und notfalls durch Doppelgänger zu ersetzen. Aus Rußland

gibt es nur vage Vermutungen, also nichts, worüber aber ausführlich berichtet wird. Etwas unzusammenhängend werden Bilder von Atompilzen und Hiroshima gezeigt, in großen Leitartikeln nichts erzählt. »Die Stimmung ist angespannt, die Regierung tagte gestern im Kreml, die Versorgungslage der Bevölkerung ist kritisch.« Südamerika versinkt in Revolutionen, Konterrevolutionen, Militärputschs etc. Afrika stirbt aus, seit die westlichen Länder kein Öl oder Bodenschätze mehr kaufen und also keine Entwicklungshilfe zahlen. Der Westen hat gerade mit sich zu tun, 7.140 Todesopfer in Hamburg, Geschäfte sind geplündert worden, dabei wurden einige Randalierer erschossen. Die Autobahnen sind gesperrt, doch scheint die Seuche auf ungeklärten Wegen nach Berlin, Kiel und Hannover vorgedrungen zu sein. Mehr ist nicht passiert, aber es wird vor weiteren Anschlägen gewarnt. Die Wirtschaft, der öffentliche Verkehr, die Luftfahrt – nichts läuft mehr. Ein Land in der Seuchenbaracke.
Ich kann also warten, auf eine Infektion, einen Terroranschlag, oder weglaufen, einen Ort suchen, der verschont geblieben ist, um dann mit einigen Überlebenden ein neues Europa zu gründen. Beide Ideen sind mäßig interessant. Vielleicht habe ich auch keine Wahl, und es wird sich alles finden. Ich muß aber unbedingt aus Berlin verschwinden, denn da will ich gar nichts. Ich nehme eine andere Zeitung, die Diskussionen über den Islam und den angeblichen Krieg der Zivilisationen haben wieder zugenommen.

Infohaufen

Bernard Lewis:

»Vom ›wahren Islam‹ zu sprechen, ist völlig unsinnig, denn dabei weiß man nicht, ob von der muslimischen Religion oder einer Zivilisation die Rede ist. Das gilt auch für das ›Christentum‹, ein Ausdruck, der Glaube, innerkirchliche

Hierarchie, aber eben auch einen ganzen Kulturkreis beschreibt, in dem sich sehr viele Dinge ereignet haben, die konträr zum Glauben standen oder gar nichts mit ihm zu tun hatten. Hitler und die Nazis waren eine Bewegung innerhalb des Christentums, die nichts mit der Religion zu tun hatten. Wenn wir vom Islam sprechen, reden wir über mehr als eine Milliarde Menschen und eine ungeheuer vielfältige Kulturtradition. Dennoch kann und muß man einige Verallgemeinerungen formulieren. Die einzige Religion, mit der man den Islam vergleichen kann, ist das Christentum. Beide sind universale Religionen; beide behaupten, die wahren Verkünder der Botschaft Gottes an die Menschen zu sein. Man hat es also mit einem ›Kampf der Kulturen‹ zu tun, der nicht aus deren Verschiedenheit, sondern gerade aus ihrer Ähnlichkeit entspringt.
Der Islam kennt den Heiligen Krieg, er ist im Koran explizit ausgeführt. Den Krieg gegen Ungläubige aufzunehmen, ist ein religiöses Gebot. Das religiöse Gesetz besagt, daß die Aufgabe in einem Angriffskrieg von Freiwilligen und Berufssoldaten übernommen werden kann. In einem Verteidigungskrieg dagegen wird sie zur Pflicht jedes einzelnen. Allerdings reguliert das Gesetz streng, was erlaubt ist und was nicht. Die Behandlung von Soldaten, Nicht-Kombattanten, Frauen, Kindern oder alten Menschen ist genau geregelt, aber die modernen Terroristen halten sich in keiner Weise daran. In diesem Sinn würde ich sagen, daß sie sich nicht islamisch, sondern anti-islamisch verhalten. Sie verletzen ihre eigenen, heiligen Gesetze.
Was den Selbstmord betrifft: Der Islam ist kategorisch gegen Selbstmord. Ein Mann, der Selbstmord begeht – und mag er noch so fromm gelebt haben –, verwirkt den Platz im Paradies und ist dazu verdammt, seinen Selbstmord ewig zu wiederholen. Deshalb hat es darüber intensive Diskussionen gegeben: Verhält sich ein Soldat, der einen übermächtigen Feind angreift, wohl wissend, daß er den

Angriff nicht überleben wird, in erlaubter Weise? Die Assassinen, die berühmtesten Terroristen der Geschichte, wollten nicht überleben, das galt als unehrenhaft. Aber sie haben sich nie selbst getötet. Und sie haben nie Bomben, Raketen oder Gifte benutzt, sondern immer nur ein Messer, so daß sich der Attentäter unter höchster Gefahr seinem Opfer nähern mußte – und diese Opfer waren immer ausgewählt, nie beliebige Passanten, meist ältere Offiziere oder Politiker.

Im 18. Jahrhundert bildete sich eine neue Denkrichtung des Islam heraus, die äußerst fanatisch ist: der Wahhabismus. Seine Intoleranz richtete sich nicht so sehr gegen die Ungläubigen, als vielmehr gegen andere Muslime. Um die Vorherrschaft über die islamische Welt zu erhalten, haben sie allerhand Dinge getan, die Muslime normalerweise nicht tun, zum Beispiel Bücher verbrennen oder deren Autoren, Übersetzer oder Verleger ermorden. Der Wahhabismus wäre eine marginale Angelegenheit geblieben, wäre da nicht 1925 die Errichtung des saudi-arabischen Königreichs gewesen, die dem Wahhabismus die Tür zum Zentrum des arabischen Reichs und zur Kontrolle der Heiligen Stätten eröffnete. Der zweite entscheidende Faktor war das Öl. Plötzlich hatte dieser Minderheitenglaube enormes Prestige, dazu Macht und grenzenlos Geld. Nun verbreitet er sich über die Welt.

Bei der christlichen Reformation ging es in erster Linie nicht um Glaubensfragen, sondern um kirchliche Autorität. Es war ein Aufstand gegen die Autorität des Papstes. In der Vergangenheit gab es dieses Problem für den Islam nicht, denn man hatte keine Kirche und keine Hierarchie. Das ganze christliche Dilemma der Trennung von Kirche und Staat existierte für Muslime nicht. Das geht zurück zu den Anfängen beider Religionen: Jesus wurde ans Kreuz geschlagen, seine Anhänger waren über Jahrhunderte eine verfolgte Minderheit, bis zur Konversion von Konstantin –

und zu diesem Zeitpunkt gab es die Kirche schon als separate Institution mit eigenen Gesetzen und Rangordnungen. Von da an gab es in allen christlichen Ländern immer beides nebeneinander. Mohammed dagegen wurde nicht ans Kreuz geschlagen; er tötete seine Feinde. Er errichtete einen Staat in Medina, das war die erste muslimische Gemeinde; er war ihr Staatsoberhaupt. Er erließ Gesetze, sprach Recht, erhob Steuern, führte Krieg, stiftete Frieden – er tat, was Staatsoberhäupter so tun. Es gab also im Islam von Anfang an eine völlige Durchdringung von Religion und Staat. Deshalb haben Muslime immer über die Idee der Trennung gelacht: Das ist die christliche Heilung einer christlichen Krankheit, an der wir nie gelitten haben. Nun tun sie es aber. Das hat im Iran angefangen. Dort ist ein Äquivalent der christlichen Kirchenhierarchie entstanden: eine Art Papst, ein Kollegium von Kardinälen, eine Gruppe von Bischöfen und vor allen Dingen eine Inquisition. Und deshalb bewegen sie sich auf eine Reformation zu.
Ich sehe da eine Möglichkeit am Horizont aufziehen, die weitreichende Konsequenzen auch über den Iran hinaus haben könnte. Es gibt im Nahen Osten heute drei Gruppen, die man an ihrer Haltung gegenüber dem Westen im allgemeinen und den Amerikanern im besonderen unterscheiden kann: erstens diejenigen, die wir als Freunde und Verbündete bezeichnen – Saudi Arabien, Ägypten und andere –, deren Bevölkerungen vehement antiwestlich sind. Diese Regierungen sind korrupte Tyranneien, und weil sie Freunde des Westens sind, werden sie von ihren Bevölkerungen als dessen Handlanger betrachtet. Die zweite Gruppe besteht aus Regierungen, die antiwestlich sind – wie Irak oder Iran. Dort sind die Leute aus den gleichen Gründen für uns. Sie hoffen, daß wir sie befreien! Dann gibt es eine dritte Gruppe, in der sowohl die Bevölkerung als auch die Regierung pro-westlich sind, und das sind Israel und die Türkei.

Es gibt zwei Haltungen zum Islam. Die eine ist auch die des US-Außenministeriums: Diese Leute sind nicht Teil unserer Zivilisation. Sie sind unfähig, eine demokratische Verfassung umzusetzen. Was auch immer wir tun, sie werden von Tyrannen regiert werden. Deshalb besteht unser Ziel darin, sicherzustellen, daß diese Tyrannen uns gegenüber wohlwollend und nicht feindselig sind. Also: Saddam ersetzen durch einen anderen Diktator, der unseren Interessen eher entgegenkommt. Die andere Haltung sagt: Diese Leute haben schwere Zeiten hinter sich. Aber es sind zivilisierte Leute, mit eigenen Maßstäben und Traditionen, die nicht unsere sind, aber entwicklungsfähig. Mit Unterstützung und genug Zeit sind sie in der Lage, demokratische Institutionen zu entwickeln. Überall auf der Welt entwikkeln sich Demokratien, wo es überhaupt keine Erfahrung damit gibt: in Lateinamerika, in Südostasien, in Teilen Afrikas, sogar in Kontinentaleuropa! Doch das eine Gebiet, in dem es nicht vorwärtsgeht, ist der Nahe Osten.«

Für Minuten scheint es mir wieder, als habe ich etwas verstanden. Bis zum nächsten Bericht, in dem irgendeine Nase die Welt völlig anders erklärt. Du bist am besten Experte oder Idiot. Das dazwischen macht so ausgeliefert. Auf der Straße läuft ein schlechter Actionfilm. So eine SAT 1-Produktion. Polizeifahrzeuge jagen Krankenwagen. Soldaten und Polizisten agieren, wie sie es aus schlechten TV-Filmen kennen. Alles wirkt FALSCH. Eine Person kann eine Stadt für Tage außer Kontrolle bringen, ein Anruf einen Schaden in Millionenhöhe verursachen. Im letzten Jahr hatten viele Trittbrettfahrer Enormes geleistet. All die Flüge, die wegen Bombendrohungen gestrichen worden waren (jeder ausgefallene Flug kostet die Gesellschaft ca. 50.000). Die Störungen der Satelliten im All und damit verbundene Totalausfälle von Telefonnetzen und Strom und all dem Zeug. Die Auffahrunfälle, nachdem Öl auf die Autobahnen geschüttet worden war, die Explosion auf einem Luxusliner, die entgleisten Züge durch Flüssigkeit auf den Schienen. Bemerkenswert auch die mit Syphilis und Aids infizierten Huren, die mittels GV den Feind erledigen. Immerhin konnten sie im letzten Jahr rund 500 Freier anstecken, und die haben ihre Gattinnen und Geliebten, teils auch ihre ungeborenen Kinder infiziert. Einfache, effektive Maßnahmen, die eine schwer verunsicherte westliche Welt zurückgelassen haben, in der viele zum ersten Mal in ihrem Leben etwas tun wollen: die Welt retten. Hey Mann, die Welt retten.

O-Ton Welt Hört bloß auf mit dem Scheiß!

Aber keiner weiß wie. Ich verlasse das Restaurant und suche von Einsatzfahrzeugen freie Straßen. Von weitem höre ich Lautsprecherwagen, die Menschen mit plötzlich aufgetretenem Husten ersuchen, sich sofort in ein Krankenhaus zu begeben oder sich bei den extra dafür eingerichteten Seuchenberatungsstellen zu melden. Das kann ich mir unterdes vorstellen, was die hustenden Rüsselträger da erwartet. Zwangsjacke und ab in die Internierung. Schon mit einem festen Ziel durch Berlin laufen zu müssen, ist kein Zuckerschlecken, doch ohne eine Aufgabe ist es die Hölle. Ich komme an einem Club vorüber, es ist empfindlich kühl geworden, und ich habe keine Lust, in ein Hotel zu gehen, mich anzumelden und eingesammelt zu werden. Also gehe ich in den Club, Fackeln an den Wänden und so weiter, an der Kasse sitzt eine nackte Frau mit Gasmaske. Ihre Brüste sind mit schweren Gewichten bestückt, so daß sie bis zu ihrer Taille hängen. Was auch immer der Frau mit dieser Aussage am Herzen liegt – ich hoffe für sie, daß es sich nicht um reine kristallklare Schönheit handelt, die sie verkörpern will.

Eine große Halle, Stahlträger, Betonboden, als religiöser Mensch würde ich denken: Das ist die Hölle, das Böse, das Fegefeuer, die sieben Eitelkeiten. Der Lärmpegel entspricht 25 startenden Düsenjets, kennt man doch, immer diese 25 Düsenjets. Techno, daß man das noch hört. Dazu tanzen Menschen in Latexkleidung, hier und da schwere Gewichte und Ketten, die Geschlechtsteile verzerren, Fleisch mit Schweiß bedeckt, mit brauner Flüssigkeit, über die ich nicht nachdenken möchte, mit Wachs bedeckt und Sperma. Eine dicke Frau hängt verschnürt an der Decke und läßt sich ein Klistier setzen, ein anubisähnlicher Mann sitzt mit weit aufgesperrtem Mund unter ihrem Anus. Zwei ältere Herren sind dabei zu überprüfen, wie weit ein Unterarm in einen Menschen geschoben werden kann, ohne daß der Mensch platzt. Drei andere stoßen in diverse Körperöffnungen, gelangweilt onanierend steht eine junge Frau an der Wand, während ein Junge ihr in den Mund uriniert. Prima Stimmung am Set.

O-Ton Chantal Ich bin ja nie gern weggegangen. In normale Clubs, wo man an der Wand lehnt und aufgeregt hofft, daß was passiert, und nie passiert was, dann steht man, bis der Laden zumacht, und schämt sich, allein nach Hause zu gehen – so bin ich nie gern weggegangen, weil es nichts gab, außer Rauch in den Augen und zuviel Alkohol. Ein-, zweimal hab ich einen mitgenommen, einen Mann meine ich, aber dann war es schrecklich beim Aufwachen. Ich bin also ab und zu weggegangen, weil ich dachte, man muß das, wenn man jung ist. Ich hab an den Abenden, wo ich weggehen sollte, mit zunehmend schlechter Laune zu Hause gesessen und ferngesehen, ich wurde so müde und bekam richtig Angst, weil ich doch noch wegmußte, weil ich jung war. Und weggehen, das tat man ja erst gegen zwei, drei Uhr am Morgen. Mist. Ich war so nichts Spezielles. Meine Haare waren dünn und auch nicht schöner nach der Dauerwelle, oben war mein Körper in Ordnung, aber ab dem Bauch fing er an zu wuchern, als ob er zu wem anderen gehörte, zu wem, der den Wucherpreis gewinnen wollte. Also, oben ging mir Größe achtunddreißig und unten sechsundvierzig, nur mal so zum sagen. Ich war Anfang Zwanzig und hatte Orangenhaut, Haare an den Oberschenkeln und keinen Freund – dann entdeckte ich Techno. Also, diesen ganz harten. Der war fast schon out, aber für mich war es die Erleuchtung. Ich fühlte mich so dünn und stark mit der Musik, erst hörte ich das nur über Walkman, ich stampfte und schaute grimmig. Dann begann ich, schwarze Ledersachen anzuziehen und mir die Augenbrauen zu rasieren. Da hab ich auch mal eine Pille probiert, das war schön, aber dann brauchte ich morgens eine zum Munterwerden, und das war die Erleuchtung, sagte ich das schon? Ich war schön in der Nacht und wild, ja, ich würde mich durchaus als wild bezeichnen, und am Morgen konnten mich alle am Arsch lecken, ich war unberührbar. Irgendwer nahm mich dann mit in den Club, das war der Wahnsinn: Frauen ließen sich Zeug einführen, Bohrmaschinen mit Schaumgummiköpfen und Klistiere, die Frauen warfen den Kopf hin und her und stöhnten, die waren so cool, das wollte ich auch. Ich ging dann mal zu so einem Filmdreh. Ich wurde da in eine Apparatur gesperrt. Der Kopf und die Hände in Löcher, daß ich sie nicht bewegen konnte. Ich sah auch nichts. Und hinten alles nackt, ich konnte mich nicht wehren, und bekam auch einen Ball in den Mund. Zuerst haben sie mich nur penetriert, das tat ein bißchen weh, und ich weinte, dann in den Anus, ich weinte noch mehr. Aber irgendwie war es auch cool. Und dann haben sie alles gemacht, mich angepißt und Kot und Sachen eingeführt, nach ein paar Minuten, also, nach dem Analverkehr, hab ich gar nichts mehr gemerkt, ich war auch gar nicht mehr da. Und dann war alles zu Ende, und ich war wer. Ich hatte was gewagt, was normale Menschen nicht wagen würden. Ich fühlte mich sehr sexuell in den folgenden Tagen. Wenn ihr wüßtet, dachte ich immer. Seitdem bin ich dabei. Ich habe Sex, wann immer ich will, die Typen stehen auf mich, meine Lehre habe ich geschmissen. Ich lebe jetzt nur noch für meine Sexualität. Man kann immer neue Grenzen überwinden und stärker werden dabei, so sieht das mal aus. Und jetzt brauch ich schnell einen richtig guten Faustfick.

Ich gehe dann zügig. Besser auf der Straße herumlungern als an diesem Ort. Mir waren nackte Menschen schon immer peinlich. Es hat so etwas plakativ Bedürftiges, Körperteile Fremden darzubieten, die zu Recht unter Trikotagen verborgen seien sollten.

27 Ein naiver Diskurs über die Zeit. Menschen in Bars. Und: Erwischt!

Es ist immer noch Nacht. Vergeht nie, wenn man sie nicht benötigt, Zeit, die dümmste Erfindung seit dem Spruch »Booste die Farbpower«.
Vergeht einfach nicht, die Sauzeit, wenn es keine selbstgemachten Strukturen gibt, die sie erschlagen mit Tradition und Familie, Sex, Spielen und Arbeit – fällt eine der Komponenten weg oder, wie in meinem Fall, alle, bleibt, was Leute fürchten wie früher den Gehörnten: Langeweile. Keiner ist eingerichtet, ohne Ablenkung zu sein. Wenn sich Menschen alle sieben Jahre erneuern, wer sind sie dann am Ende des Lebens? Ach, das Universum. Ach, die Außerirdischen. Oh, Ufos im goldenen Licht. Und die CIA und alles. Ich laufe immer noch durch BERLIN, durch diese unbedingt pulsierende Metropole – Lichter der Großstadt, kleines Lied, gesungen von Frank Sinatra im Regen, dazu gesteppt, Lurch öffnet Gullydeckel mit seinem kleinen Schnäuzchen, Mädchen mit Plisseeröcken und karierten Regenschirmen tanzen, und zwar durch die Pfützen, sehr niedlich. Laufe durch die Stadt, die sich wie ein Kind gegen das Schlafen wehrt und so traurig ist dabei, wie es müde Kinder nun mal sind.
Nun, trauriger Mensch, was tust du mit dieser Nacht? Mit dir und der Luft, der weichgespülten, weichgeschleuderten, mit Hormonen und Hautfetzen der sich Paarenden schwangeren Luft, die dir um die Ohren flirrt, um den Leib, den keiner sonst berührt?
Du bist nicht mehr jung, sagst du, bist schon über Dreißig, und das ist das Problem. Das Problem ist, daß du über Dreißig bist, die Nacht so lau oder so kalt, und du am Fenster stehst, allein, raussiehst, und nicht weißt wohin, weil du die Leichtigkeit verloren hast.

Ach, gehen wir doch mal raus, denkt sich der junge Mensch, der du nicht mehr bist, weiter denkt er nicht, das verlangt die Jugend, bloß nicht denken, rausgehen, losgehen, mal sehen, was läuft.
Du weißt, was läuft.
Die Zeit. Gegen dich.
Ein neuer Frühling, ein neuer Sommer, ein einsamer Winter und bleierne Hochzeit liegt nicht mehr drin. Die Haut wirft Falten, und in dir kennst du alles. Wüste, Leere, der Abend blau, und zu Hause bleiben, im Bett bleiben, so gerne, aber da kommt nichts vorbei, nichts los, also raus, am besten aus dem Universum, irgendwohin, da alles einfacher ist. Ein Ziehen, ein Brennen, einen Menschen hättest du gerne, zu sagen, das ist mein Mensch, und irgendwo da draußen ist er, da gehst du jetzt hin. Du betrittst die erste Bar, die andern sind schon da. Sind's Menschen?
Ist etwas anderes, ist blond und gebräunt, sieht in die Luft – warum erzeugt kollektiver Narzißmus nicht das Gefühl kollektiven Zusammenhalts?
Du trittst ein, nur kurze Blicke auf dir, du bist niemand, für den es den Kopf in den Nacken zu werfen lohnt. Bist noch nicht mal Dieter Bohlen oder ein Model, du uninteressante Person.
Du setzt dich unsicher an einen Tisch, das Licht ist zu hell, die Stimmen zu laut, den Kopf gesenkt, Blicke zischen vorbei wie Granaten, schlagen in der Wand ein. Ein leichter Salat. Kleine Blätter, herbe Tunke, rundherum ersaufen Blondinen in einem Meer aus künstlichen Pheromonen und Bademeisterschweiß. Das müssen Sie näher erklären. Muß ich? Schauen Sie sich um. Alles so blond hier, wenn es Busen hat, die Herren braun und gelackt, lachen laut mit sich und essen kleine Salatblätter. Die Damen so alt wie du. Nicht mehr jung. Aber dafür alleine. Wegen der Ansprüche. Wissen Sie, ich habe meine Ansprüche. Die sitzen dann mit am Tisch, die kleinen Anspruchsbeinchen über-

einandergeschlagen, die Fäuste gehoben, und vertreiben alles, was nach Mensch riecht. Der Salat ist aufgegessen, armer Freund, du bist nervös, verletzt, ausgemustert, keiner hier für dich, die für dich wären, sitzen zu Hause vor dem Fernseher oder hängen sich auf, gerade jetzt. Du gehst durch die Nacht und versuchst einen guten Gedanken.
Der könnte sein, daß dein Mensch irgendwo sitzt, hinter einem Fenster, und nichts von dir weiß. Und du nichts von ihm. Aber vielleicht schon morgen. Werdet ihr zusammen erwachen, euch schläfrig aneinanderreiben und in der Wohnung herumtragen. Was ist Liebe? Liebe ist getragen werden.
Die Nacht wird wärmer, denn vielleicht hat der Mensch dein Weinen gehört, zieht sich jetzt an und geht in den nächsten Laden. Da ist es dunkler, denn da sind die, die nicht so schön sind oder blond oder Bademeister. Wie vereist deine Knochen, jeder sieht dir an, daß du einsam bist, und das ist wirklich peinlich. Das letzte Tabu. Einsam sein, in einer großen Stadt.
Dunkel, voll, laut. Und du weißt, daß sie dich ansehen. Weil sie X-Ray-Brillen tragen, sehen sie dich nackig durch deine teuren Tuche, sehen deinen Leib, den vor Nicht-Berührung eingestaubten, jeden Schritt verfolgen sie, das Glas in deiner Hand, wie es bebt, und neben den Mund getrunken, die Brühe läuft dir am Kinn entlang, du versuchst lässig am Tresen zu stehen, und knack, rutscht der Ellenbogen ab.
Keiner mag mit dir reden, was auch? Sorry vielmals, Ihnen läuft da grade Brühe am Kinn lang. Und du würdest sagen: Ohne die Brühe am Kinn gehe ich nirgends hin, sie hat mir mal das Leben gerettet. Dann würdest du vom Ostasienkrieg erzählen, von der Brühe, und Mann, was könntest du reden, wenn es einer hören wollte. Aber keiner will etwas hören, keiner will reden, niemand wen kennenlernen, und dich schon gar nicht. Warum auch? Im

Fernsehen sind spannendere Menschen als du, in der Werbung schönere. Jeder kann das Beste haben, und das bist du nicht. Du bist nur eines, das nicht mehr jung ist, dem die Panik des einsamen Alterns gleich schlechtem Geruch am Körper klebt. Alle riechen es. Alle wissen es. Sie verachten dich.
Deine Augen haben sich an die Dunkelheit gewöhnt, und was du siehst, magst du nicht. Studenten der Philosophie im 19. Semester, Kinder mit nackigen Bäuchen. Die willst du gar nicht kennenlernen. Jetzt wirst du böse. Du willst es wissen, es zwingen, die Nacht so lau, die miese Nacht, und nach Hause zu gehen unmöglich.
Also weiter mit geschlossenem Gesicht. Der nächste Schuppen. Junge Männer. Kurze Haare, Brillen. Lange Körper, weite Hosen. Reden. Über Projekte. Filme. Weißt du, ich hab da ein Drehbuch im Kopf. Die Köpfe schief, wegen des Drehbuchs. Keiner sieht dich an. Deine Hand umschließt den Griff deiner Waffe. Gute Waffe. Lieber Freund. Du bist alt und allein, steht in den Gesichtern der jungen Menschen, und darum weg von da. Der Besuch in Bars ist das Eingeständnis eines gescheiterten Lebensentwurfs. Deines. Du hast es versaut, alter Junge, sieh der Wahrheit ins Gesicht. Du bist einer von denen, die wie hungrige Tiger durch die Pferdefriedhöfe der Großstadt streichen, auf der Suche nach einem Kadaver, der noch zuckt. Alle suchen. Keiner zuckt. Keiner wird etwas finden. In Bars findet man nichts, da betrinkt man sich, weil man nichts findet, weil man sucht und nicht sagen könnte was. Ich brauche keine Beziehung. Hör mir auf, ich habe keine Zeit für so einen Quatsch. Ich bin nur gerne in Bars, unter Leuten. Falsch. Schlechter Satz. Lüge. In eine Bar zu gehen ist das beste Mittel, um seinen Autismus ungestört auszuleben. Tote in den Bars. Wahrscheinlich ein Komplott. Die Waffe fester, der Schritt hart auf dem Pflaster, soll dich nur einer ansprechen, soll es nur wagen. Noch ein Versuch, so

schön gewischt die Wände, so schön versteckt das Licht. Hier ist jeder versorgt. Mit sich. Viel Spaß. Mit so was allein zu sein ist keinem zu wünschen.
Weiter, der Schritt schneller. Die Bar heißt egal wie, junge Männer schreien junge Frauen an. Schreien die Körper der jungen Frauen an. Ich will dich. Jetzt, soforrrrt. Ich will so sehrrr.
Und ich bin reich.
Ich will es mit dir machen. Los jetzt.
Die jungen Mädchen, die schönen Leiber, die langen Haare. Wollen so sehr geliebt werden. Wollen bleierne Hochzeit. Verstehen falsch. Gehen mit. Dumme Mädchen. Du lehnst schon wieder am Tresen. Immer besoffener. So besoffen, daß du den Ton ausschaltest und sie rudern siehst in hektischer Angst. Ich will nicht einsam sein. Doch alle sind einsam, und sie werden es bleiben. Das ist das Gesetz der Bars. Das Gesetz der Zeit. Keine Paare, keine Kinder. Alle am Ende. Du holst die Waffe aus der Manteltasche. Eine Automatik. Gutes Gerät. Und beginnst, die Flaschen in der Bar zu zerschießen. Dann die Gläser. Dann die Toiletten. Die extra. Du wischst die Waffe ab, wie Schaum vom Mund, doch keiner hat es gesehen, gehört. Sie sehen dich nicht, hören dich nicht. Und du steckst die Waffe ein. Gehst nach Hause. In einen unruhigen Schlaf wirst du dich begeben, der ist zu begreifen, daß für dich, mein lieber Freund, alles so bleiben wird wie bisher.

Es ist der vierte Tag oder der fünfte, seit das Land außer sich gerät, wenig ist davon zu spüren, eine minimale Verschiebung der Normalität. Etwas mit der Stimmung ist es, da liegt noch mehr Elend herum als sonst, wie eine schmutzige, kratzende Decke.
Aber das wird schon alles.
Nach einem Moment der Todespanik fallen die Menschen in Apathie. Wenn nach den Atombomben einige Leute in

Bunkern überlebt haben, werden sie sich irgendwann fragen, wie sie aussehen, ihr Haar, ihre Haut, hast du einen Moisturizer, werden den Bunker verlassen, die Erde halb leer, und schon bald wieder ihre Einsamkeit beklagen in Küchenzeilen.
Über sich wächst kaum einer.
Es fahren immer noch Autos auf den breiten Straßen, ein paar Lichter gehen in Büros an. Doch die Läden bleiben geschlossen, kein fröhlicher Bäcker, keine Busse, keine U-Bahn. Überall Polizeifahrzeuge. Alle öffentlichen Gebäude sind geschlossen, die Post, Banken, Supermärkte. Viele Straßensperren. Wo waren die während der Nacht? Unbehaglich, keine Menschen zu sehen. Zivilisten. Dann: eine Trillerpfeife, ein Polizist fordert mich per Megaphon auf, stehenzubleiben. Ich renne los, nur nicht wieder in den Bunker, nicht die Leute sehen, die in ihrem Blut liegen, und die Aufpasser in ihren Schutzanzügen. Ein Blaulichtwagen folgt mir. Plötzlich werde ich am Arm gepackt und in einen Hauseingang gezogen. Ein unsanfter Morgen das.

28 Besuch bei einer alten Dame. Die Heldin verläßt die Stadt, um neue Abenteuer zu erleben.

»Die fangen alle von der Straße ein und bringen sie in ein Lager. Keiner kommt da wieder raus.«

Eine Dame in unklarem Alter steht vor mir und wirkt außer sich. Irgendwie theatralisch. Ihr Gesicht gleicht einer geschminkten Dörrfrucht, ihre weißen Haare sind in Beton. Die Dame hält sich, als sei sie an einen unsichtbaren Balken genagelt.

»Kommen Sie, kommen Sie, wir müssen doch zusammenhalten.«

Die Frau schaukelt die Treppen vor mir aufwärts. Ich schätze ihr Alter auf etwa 210. In der dritten Etage des muffigen Hauses hopst sie in eine verdunkelte Wohnung, während sie hektisch weiterredet.

»Das sind die Juden und die Kommunisten.«

Gnade, denke ich, nicht die Nummer.

»Sie fangen alle Volksdeutschen, Sie sind doch Volksdeutsche? Sicher sind Sie das, das ist doch eine klare deutsche Physiognomie. Ich habe das schließlich lange genug studiert.«

Ich bin nicht in der Stimmung zu widersprechen. Wenn die Dame etwas studiert hat, dann wird sie sich wohl auskennen. Meine Augen gewöhnen sich an das Dämmerlicht. Sich an den Geruch zu gewöhnen, fällt sehr viel schwerer. Alter, ungepflegter Mensch, Staub und ein wenig Moder.

»Setzen Sie sich. Sie müssen ein wenig warten, bis die unten wieder weg sind. Am besten, Sie verschwinden aus der Stadt. Ich kann Ihnen da was organisieren. Das wird wohl jetzt alles von den Russen übernommen. Für mich ist es zu spät. Ich bin fast Hundert. Den Hundertsten wollte ich eigentlich noch schaffen. Wie Frau Riefenstahl.«

Je mehr sich meine Augen an das Licht gewöhnen, um so klarer wird der, sagen wir, pikante Einrichtungsstil der Dame. An der Wand hängt eine Damen-Uniform, Fotos von bekannten und beliebten Nazis, Orden, Fahnen, der ganze Krempel eben. Die Frau bemerkt meinen Blick.
»Ich war Aufseherin. Aber das kann ich Ihnen erzählen, während wir warten.«
Sie trippelt in diesem schwankenden Bootsmaatschritt, den sie von Hitler kopiert zu haben scheint, in ein Nebenzimmer und telefoniert, wovon ich kaum etwas verstehe, denn die ohnehin anstrengend leise Stimme der Frau wird durch einen schneidigen Befehlston verzerrt. Sie kommt zurück und rapportiert:
»Ein Kamerad wird Sie hier abholen und aus der Stadt bringen. Ich habe ihm gesagt, daß Sie eine Parteigenossin sind. Das sind Sie doch?«
Natürlich bin ich das. Wer, wenn nicht ich? Leise summe ich »Schwarzbraun ist die Haselnuß«.
Draußen ohne Unterbrechung Sirenen. Blaulichter zucken in das Dunkel des Zimmers. Die Frau hat mich, wie es scheint, schon wieder vergessen. Sie beginnt fast unhörbar zu reden.

O-Ton alte Dame Beim Ersten Weltkrieg war ich noch zu klein. Ich war ein Kind und konnte nichts tun. Der Krieg war ja nicht hier in der Stadt. Hier wurde bis zur Revolution des roten Packs nie geschossen. Ich bekam vom Krieg nur mit, daß er wie ein Spiel war. Die Guten gegen die Bösen. Wir waren die Guten und alle anderen böse. So habe ich das verstanden. Und jeden Heerbericht gelesen, den ich bekommen konnte. In ein Heft hatte ich kleine Soldaten gemalt, und je nach Stand der Truppenbewegungen wurden sie durch Kreuze ersetzt. Ich habe meinen Eltern, die beide nicht besonders patriotisch waren, lange Vorträge gehalten, daß sie den Krieg unterstützen müßten.

Später, viel später, habe ich sie auch gemeldet, und sie wurden abgeholt. Es gab viel Hunger damals, aber ich war sicher, mit meinem Hunger meinem Land zu dienen. Gab es Brot, habe ich es manchmal verschenkt, um noch mehr zu hungern und noch mehr dienen zu können. Ich lief hungrig durch die Straßen und war die einzige wahre Heldin, die für ihr Land verhungern würde. Als wir den Krieg nach vier Jahren verloren hatten, war das eine sehr große Schande für mich. Die Juden in meiner Klasse, ganz besonders die, lachten mich aus, wegen meiner Niederlage, und ich weiß nicht, ob ich sie da zu hassen begann. Die Revolution war für mich nicht weiter spannend, denn ich muß gestehen, mir wurde nie recht klar, worum es genau ging. Aber daß dann Liebknecht und Luxemburg auf der Flucht erschossen wurden, war mir nicht unangenehm. Ich mochte deren Art nicht, und außerdem wollten sie uns unseren Schmuck wegnehmen, erzählte die Frau beim Fleischer. Als ich eine junge Frau war, traf durch eine glückliche Fügung Hitlers Aufstieg genau mit der Zeit zusammen, da ich bereit war, mich voll und ganz einer ernsten Sache zu widmen. Ich war eine der ersten Frauen, die in die Partei eintrat. Ich machte dort, was not tat. Sekretärin, BDM-Leiterin, Wahlkämpferin. Als die Zeit ihrem Höhepunkt entgegentrieb, wurde ich nach Ravensbrück berufen. Ich lernte unter dem Kommando von Frau Gertrud Meier alles, was zu einer guten Aufseherin gehörte. Sie war eine wunderbare Kameradin. Eine sehr schöne, kräftige Frau, die warm war und voller Herzlichkeit. In der Arbeit allerdings sehr korrekt und treu. Das war die Haupttugend, die ich von ihr lernte: unbedingte Treue gegen mein Land. In den Führer waren wir alle ein wenig verschossen. Obwohl ich manchmal dachte, mit seinem dunklen Haar glich er eher einem glutvollen Italiener. Darum war die Schwärmerei für ihn auch ein bißchen etwas Verbotenes. Der Führer blieb mir immer ein wenig fremd. Goebbels und Göring waren mir näher, so innerlich. Ihre Funktionsweisen waren mir vertraut. Meine Begeisterung für den Kampf gegen das Böse war eigentlich von den Gefühlen her nichts anderes als in meiner Kindheit. Ich verfolgte die Heerberichte, ich half unserem Land, wo es nur ging, und versuchte, Vorbild zu sein. Nach einiger Zeit wurde ich dann versetzt und bekam große Verantwortung. Ich brachte die Kinder in die Duschen. Da hatte ich ein eigenes System entwickelt. Ich sagte ihnen, daß wir ein großes Fest machen würden und sie neue Kleider bekämen, sich vorher aber waschen müßten. Je nachdem, ob sie meine Sprache verstanden, schmückte ich das Fest aus, erzählte von Süßigkeiten, Spielen und kleinen Eisenbahnen. Es hat nie eines Widerstand geleistet. Ich habe nicht einmal gezögert. Es ging um die korrekte Beseitigung von Dingen, die unseren Plan gefährdeten. Eine Welt des Friedens und der Gleichheit. Auf dieser Welt hatten auch andere Kulturen ihren Platz. Höherstehende Rassen oder Menschen, die sich unserer Sache unterordneten, um davon zu profitieren. Es würde eine perfekte Welt sein. Schlecht schlafen tat ich nur, wenn ich an die Größe der Aufgabe dachte, an die Zahlen, und an die Arbeit, die noch verrichtet werden mußte. Das schien mir manchmal, als würde mein Leben nicht langen dafür. Ich habe bis heute Alpträume, in denen ich sie sehe, endlose, sich dahinschleppende Züge von Gestalten, und wie manche von Prüfungen träumen, so träumt mir, daß ich es nie schaffen kann, sie ordentlich wegzumachen. Ich wußte, als die Frontberichte schlechter wurden, daß es zum Teil meine Schuld war, da ich nicht genug Leute geschafft hatte. Als wir aufgeben mußten, brach etwas in mir. Ich wartete nur noch ab, bis sie mich festnahmen. Drei Jahre saß ich ein, dann war ich wieder frei. Die Uniform haben sie mir wiedergegeben, als ich das Gefängnis verlassen habe. Schöne Lampen. Schönes Licht, nicht wahr?

Ohne Übergang ist die Mumie eingeschlafen oder gestorben. Fast werde ich von paläontologischem Interesse befallen. Die letzten Nazis, die für uns Deutsche so interessant sind, weil wir ihre Sprache verstehen, sie neben uns leben.
Es klingelt. Im Treppenhaus steht ein junger Junge, nicht älter als 22.
»Ich soll Sie abholen.«
Abholen, das können sie. Ich überlege, ob es lohnt, die Alte aus dem Fenster zu kippen, aber vermutlich erledigt sich die Sache bald von alleine. Bemerkenswert, daß Nazis so alt werden. Vermutlich konserviert Wahn wie Alkohol. Der junge, stämmige Mann, der mich abholt, ist sehr kurzhaarig, er trägt Stiefel, eine enge Hose umschließt seine festen Beine. Er spricht kein Wort, während wir die Treppen hinabsteigen. Unten gibt er mir leise Anweisungen. Er wird mich mit einem vor der Tür stehenden Armeejeep an die Stadtgrenze bringen. Dort werde ich von einem Krankenwagen übernommen und an einen sicheren Ort gebracht.
Wir fahren durch leere Straßen. Vermutlich hat es neue Order für die Bevölkerung gegeben. Wir gelangen ohne Störungen an den südlichen Rand der Stadt. Ein als Sanitäter verkleideter Glatzkopf grüßt mich und öffnet die Ladetür des Krankenwagens. Von da an sehe ich nichts mehr durch das Milchglas. Ob ich gerade Teil eines geschichtsträchtigen Ereignisses bin? Ob ich WELTGESCHICHTE werde? In Schulbüchern stehen, in 70 Jahren. Aufgezeichnet von einem, der die EREIGNISSE literarisch veredelt, bis nichts Wahres mehr bleibt. Nein, ich werde nicht mal Weltgeschichte werden. Scheißdreck.

29 Unsere Heldin kommt in ihren Geburtsort zurück. Der Osten war gar nicht so schlecht, denkt sie sich, und schreibt schnell einen Bestseller darüber.

Der Krankenwagen hält, die Tür wird von einem jungen Mann aufgerissen, der aussieht, wie sie alle aussehen. Vielleicht sind auch alle derselbe. Ich krieche aus dem Krankenwagen, und siehe: Ich kann laufen. Engel singen. Ich bin erstaunt, daß Engel aussehen wie Barbara Cartland. Kleider in Rosé mit Puffärmeln, keine Unterwäsche drunter, naturgeil, und ich bin in Weimar. Ich erkenne das sofort. Ich rieche es direkt. Seitdem ich meine historisch bedeutende, von Säufern bewohnte, mit Stacheldraht umzäunte Geburtsstadt vor 20 Jahren per Flucht verlassen habe, bin ich nur einmal zurückgekehrt. Vor langer Zeit. Und jetzt fällt mir ein, daß ich sie fast 15 Jahre lang vergessen habe, diese Stadt, sie noch nicht mal mehr in meinen Träumen stattfindet. Ich war zurückgekommen, nachdem die Mauer gefallen war, als Schnee fiel. Keine Ahnung, was ich damals hier gewollt hatte. Mir vielleicht zeigen, daß ich es besser gemacht hatte.
Ich stand damals lange vor dem Bahnhof und erinnerte mich an früher. Als Weimar noch im Osten war, in der Zone, hinter der Mauer, am Ende der Welt, war es nicht mehr als eine verfluchte Kleinstadt, die ihre beste Zeit mal hatte. Vor mehr als 200 Jahren muß es richtig abgegangen sein. Weimar, der Monte Verità Thüringens. Musiker, Dichter, Maler und als Puffmutter Goethe. Da wurde gedacht, geredet und Kunst gemacht, was das Zeug hielt. Aber davon war nichts mehr außer Fassaden. Seltsam fanden wir, die wir in der kleinen Stadt wohnen mußten, die Busse, die täglich kamen und Menschen freigaben mit überall Lederflecken drauf, Idioten, die kollabierend

alte Häuser ansahen, den Boden küssen wollten und im Goethepark Steinchen klauten. Komisch wurde es, wenn diese Leute, kurz bevor sie wieder in ihre Busse gefüllt wurden, das Gespräch mit den Eingeborenen suchten. Sie wohnen in Weimar, Sie Glückliche, wie ich Sie beneide. Und wir dachten: Tausch doch mit uns, du Pflaume. Wohn hier, zwischen den alten Leichen, in ungeheizten Häusern, vorne angestrichen für euch, in dieser engen, spießigen Stadt, dem dämlichen Land, wo wir fast ersticken. Doch die Arschgeigen fuhren immer weg, in eine Welt, wo Jeanshosen auf Bäumen wuchsen. Und wir schlurften weiter durchs Leben, Goethe interessierte uns einen Dreck, wir hatten zu tun mit Scheißkohlköpfen in Gemüseläden, Scheißspitzeln, zu denen jeder gehörte, Scheißpolizisten, die dich mitnehmen konnten, einfach so, weil du einen WITZ gemacht hattest.
Die schlau waren, verdrückten sich. Einer nach dem anderen. Saßen im Residenzcafé, da saß man damals, rauchten die Wände gelb, und wenn eines abwesend lächelte, wußten wir, daß es nicht mehr lange bleiben würde. Immer mehr Lächler im Café, und irgendwann waren nur noch Leute übrig, die Goethe gut fanden. Bildungsbürger, Beamte und die anderen, die es immer gibt, die Bevölkerung sind und sagen, muß ja, und überall wohnen können, in Industriegebieten, Schweinfurt, Adorf oder eben Weimar. Daran erinnerte ich mich, im Schnee, vor fünfzehn Jahren.
Da war Weimar gerade Westen geworden, und das sah man: ein paar Blitz-Illu-Reklametafeln und Würstchenstände an der breiten Straße in die Innenstadt. In fünf Minuten ist man in Weimar überall. Nach genau fünf Minuten war ich im Residenzcafé. Innen nichts mehr gelbgeraucht, neue Bestuhlung, und es sah aus, als wäre überall Messing, war aber nur ein poliertes Messinggefühl. Keine ungepflegten ostdeutschen Studenten saßen da

mehr, nur Touristen mit Lederflecken am Ärmel. An fast jedem Haus ein Schild, das bewies, daß das Haus wichtig war. Hier wohnte Eckermann, da urinierte Schiller, das Altershaus der verstoßenen von Stein. Und Boutiquen. Gipsbüsten, Ginkgo-Biloba-Blätter in 18/10 Edelstahl. Für blöde Weiber Tücher mit Ketten drauf für 890 Mark. Der Marktplatz, originalgetreu bebaut mit als alt verkleideten Häusern. Und so ein Gefühl in der Luft. Das schwappte auf die Straße, rüber in den Goethe-Park, in die Seifengasse, waberte durch die Luft und versetzte den Touristen in eine klassische Verzückung. Eins sein mit der Zeit der Aufklärung, machte es einen jeden zur Zelle eines Gehirns verendeter Dichter und Denker. Erhaben. Enge kleine Gassen, kleine Häuser mit Butzenscheiben. Frieden, Hosianna, Marschmusik, Weimarer Republik, Goethe.

Infohaufen

Als Goethe nach Weimar kam, war das ein Dorf mit Ackerbauern und Viehzüchtern, die Nachttöpfe wurden auf die Straße geleert. Dann ging die Post ab, ein kurzes Feuerwerk, das nach Goethes Tod zügig erlosch und einen Haufen leerer Raketenkörper zurückließ. Jeder Versuch, die Dinger wieder in die Luft zu bekommen, scheiterte. Franz Liszt, Kapellmeister Weimars seit 1842, versuchte es mit einer Vision – er wollte mit einer Goethe-Stiftung und einer Olympiade der Künste ein Neu-Weimar gründen. Schöne Idee. Aber nicht bei uns. Eine aktive Bürgerwehr brachte Liszt rasch zum Aufgeben. Resigniert notierte er: »Alle Arten von Mißgunst und Dummheit draußen wie drinnen haben die Verwirklichung dieses Traumes zunichte gemacht.« Harry Graf Kessler war der nächste, der 1900 versuchte, eine Idee nach Weimar zu bringen. Die Idee hieß Henry van de Velde, der in Weimar ein paar revolutionäre Villen baute und eine Kunstgewerbeschule gründete. Das ging nicht lange gut. Graf Kessler scheiterte mit seinem Kulturbemühen endgültig, als er wagte, eine Ausstellung mit Aktzeichnungen von Rodin in die Stadt zu bringen. Die Weimarische Landeszeitung eröffnete den Fall Kesslers mit der Schlagzeile: Tiefstand der Sittlichkeit. Kessler gab auf. Das Bauhaus, auf das Weimar heute so stolz ist, wurde nach langen Protesten der Bevölkerung und reaktionärer Heimatkünstler auf Beschluß der Landesregierung 1925 dichtgemacht. So geht es mit Neuem in Weimar, doch ab und zu waren die Weimarer überraschend offen für revolutionäre Gedanken. Gerne standen sie geschlossen auf dem Marktplatz und riefen: Liebor Füror gomm heraus, aus däm Elefandnhaus. Das ist Thüringisch und sollte Hitler auf den Balkon seines Lieblingshotels Elephant locken. Das klappte auch. Hitler mochte Weimar. Hier wurde die Hitlerjugend gegründet, hier war einer der Lieblingsversammlungsorte des Führers, und das machte Weimar zu einem der geistigen Zentren des Nationalsozialismus. Die einzige Sache, die so richtig eingeschlagen hat, und nirgends ein Schild. Schilder nur für Versager.

Ich blicke mich um. Zurück aus Erinnerungen. Der junge Glatzkopf führt mich in ein Fachwerkhaus. Ungefähr dreißig Jungs und einige Mädchen sitzen an einem langen Tisch. Eine Sitzung der Ortsgruppe, erklärt ein Kamerad.

O-Ton Heiner Ich kam dazu wie vermutlich die meisten Jungen. Ich lebte in einer Bruchbude in einem Ostkaff, sah mittelmäßig aus und war niemand. Sich für die Nazis zu interessieren, hatte etwas Rebellisches. Das letzte Tabu. Ich war fasziniert während unseres Schulausflugs nach Buchenwald. Das war das Böse. Ich hatte mit Fünfzehn Aleister Crowly gelesen, all die Sachen, eine Zeit hatte ich mein Zimmer schwarz gestrichen und alles mitgemacht. Böse Musik, böse Bücher, meditiert, Pentagramme, was halt so dazugehört. Es hat nur keinen interessiert. Mit den schwarzen Klamotten warst du halt ein mickriger Grufti. Die Nazis sahen mal um Klassen besser aus. Die Haare, die hinten ausrasiert waren und vorne geheimnisvoll ins Gesicht fielen, die Uniform, die Stiefel – die machen jeden Mann unwiderstehlich. Ich habe also angefangen, Stiefel zu tragen und die richtige Frisur. So hat es begonnen. Ich merkte, wie die Menschen auf der Straße Angst vor mir hatten, und wie die Weiber mich beachteten, mit einer Mischung aus Grauen und Faszination. Ich habe immer mehr gelesen, Filme geschaut, und langsam füllte sich die Attitüde mit Inhalt. Ich war nie einer der dumpfen Schläger, eher ein Beobachter. Ich verstehe gar nicht, warum man konservatives Denken heute sofort als rechts bezeichnet. Ausländer mißbrauchen und verachten unsere Frauen, sie schlagen deutsche Homosexuelle zusammen. Ich hatte nie was gegen Schwule, wenn sie nicht zu weibisch waren, aber daß Ausländer wegen ihrer rückschrittlichen Kackreligion wagen, die Hand gegen ihre Gastgeber zu erheben, das geht mir zu weit. Heute bin ich in der Führungsebene. Ich sehe die Sache so: Unser Land ist durch unfähige, feige, dumme Sozialdemokraten zu einem Haufen Scheiße geworden. Es fehlt eine Vision. Es fehlt die Besinnung auf Werte. Kein Nachbarland nimmt so viele Gastarbeiter oder Asylanten auf wie wir. Wir Deutschen, die so zittern aus Angst, nicht politisch korrekt zu sein. Eine Million Muslime leben in unserem Land. Nur mal als Beispiel. Sie lassen ihre Viecher ausbluten, und kein Tierschützer regt sich auf über das Massaker, sie prügeln ihre Frauen und unterdrücken ihre Töchter. Und wir sehen weg und schweigen, wollen ihnen ihre Religionsfreiheit lassen. Das geht nicht. Das muß das Land schwächen. Die Menschen trauen sich nicht, stolz auf Deutschland zu sein. Und ehrlich: Es passiert im Moment so viel, daß keiner mehr die Muße hat, sich für 60 Jahre zurückliegende Geschichten zu schämen. Mein Ziel ist es, ein gestärktes Deutschland zu schaffen. In dem sicher auch Ausländer leben und arbeiten können, wenn sie bereit sind, sich wie Gäste zu verhalten. Aber ich bin gegen Sozialschmarotzer, die unseren Kindern Drogen verkaufen. Ich finde, unser Land spendet genug an die Armen, ein schöner Brauch, den man beibehalten sollte. Jeder sollte zehn Prozent seines Einkommens Armen geben. Das ist ein sehr alter, vielleicht sogar muslimischer Brauch, den ich human finde und gerecht. Allein bis zum Jahr 1991 zahlte unser Land 87 Milliarden an Israel. Aber auch das begrüße ich. Ich möchte Ruhe, Ordnung und eine menschliche Gesellschaft. Um etwas anderes geht es mir nicht.

Ich sitze in einem neutral eingerichteten Vereinsraum, keine Haken- oder andere Kreuze, inmitten neutraler Jungmänner und Frauen. Einige tragen Stiefel, doch das haben wir früher auch getan: Stiefel, Reithosen und Russengürtel. Ich werde kurz als Kameradin aus der Hauptstadt vorgestellt. Dann geht die Sitzung weiter. Hier tagt der politische Kopf der Ortsgruppe Thüringen. Eine sehr starke Einheit mit mehr als 2.000 Mitgliedern. Die Reden, die gehalten werden, würden in jeder Parteiversammlung – von der KPD bis zur CSU – ähnlich klingen. Sie sagen: nichts. Parteien und Politiker sind überholt. Kein richtiger Brand mehr, sozusagen. Ich werde gebeten, ein paar Worte zu den Kollegen in der Provinz zu sagen. Weil ich das in meinem früheren Leben nie getan hätte, folge ich der Einladung.

O-Ton Ich Kameraden, im Sinne der Bewegung und der Zentrale in der Reichshauptstadt sende ich euch die besten Grüße und ein gepflegtes Heil Hitlerchen (alle springen auf, stocken kurz, erwidern: ein gepflegtes Heil Hitlerchen). Betrachten wir unsere Erfolge in den letzten Jahren, so müssen wir feststellen, daß wir versagt haben. Die Bewegung ist nicht Teil der Regierung, geschweige denn ist sie die Regierung. Wir haben nach wie vor weit weniger als eine Million Anhänger und laufen Gefahr, uns lächerlich zu machen. Die Bevölkerung gibt uns in nur wenigen Punkten recht, zum großen Teil werden wir abgelehnt und verachtet. Wir gelten als steinzeitliche Schläger, die das Dritte Reich verherrlichen. Deshalb müssen wir unsere Taktik grundlegend ändern. Wir werden mit den einfachsten Äußerlichkeiten beginnen. Keine Springerstiefel, keine Bomberjacken, keine kurzen Haare mehr. Wir müssen das Vertrauen der Deutschen gewinnen, also hat jeder Kamerad die Aufgabe, sich persönlich um einen Obdachlosen, einen Ausländer oder einen Kommunisten zu kümmern. Sich ihm zu nähern, mit ihm Freundschaft zu schließen, ihm zu helfen. Nur so können wir unsere Feinde zu unseren Freunden machen. Keine Übergriffe mehr, keine Schlägereien. Kameraden, dic zur Brutalität neigen, werden sofort aus der Bewegung ausgeschlossen oder nach Tschetschenien geschickt, zur Unterstützung unser nationalistischen Freunde. Ist das klar? Ist das klar? (Gebrüllt) Ich verlasse mich auf euch. Heil Hitlerchen.

Das ist in Kurzform die Rede, sie ist eigentlich noch um Klassen spitzfindiger, meine Bescheidenheit verbietet mir aber, das Feuerwerk der deutschen Sprache wiederzugeben, das ich entzündet habe. Ich verlasse das Vereinsgebäude, um mir die Wiege der deutschen Kultur im Zeitalter des Terrors anzuschauen.
Die Fassaden sind alle erneuert worden, es gibt keine Baustellen mehr, die billigen Boutiquen, die nach dem Mauerfall die ostdeutschen Städte zugemüllt haben, die Quelle-Stores und Resterampen, sind dem üblichen Dou-

glas-Karstadt-Quatsch gewichen. Alle 700 Meter ein italienisches Restaurant – was treibt die nur aus ihrem hübschen Berlusconi-Land, die Italiener?

O-Ton Italiener In Deutschland blonde Hühner ficken, Geld sparen, heimgehen, Hotel in Rimini bauen, mit Italienerin fünf Kinder machen, glücklich werden.

Die Gassen und Häuser, der Park, alles vollgestopft mit Erinnerung, meiner und der des Landes. 64.000 Menschen wohnen hier. Würde ich alle befragen, was sie essen und arbeiten, was sie nach Feierabend tun, so verstünde ich vielleicht, was gerade passiert, zumindest in Deutschland. Geschichte geschieht nicht einfach, sie wird nicht von Napoleon, Kohl oder Churchill gemacht, sie ist ein feiner psychologischer Prozeß. So viel muß zusammenkommen, muß Wut werden oder Verzweiflung bei jedem einzelnen, um einen dicken, schulbuchfähigen Brocken Geschichte werden zu lassen. Und sieht man die Menschen in Weimar, wünscht man sich umgehend, nicht Teil davon zu sein.
Der Blick des Weimarers ist nervös geworden. Vielleicht befindet sich hier das eigentliche Zentrum des Landes. Der Ort der größtmöglichen Durchschnittlichkeit, gepaart mit einer Vergangenheit, die für die Bewohner der kleinen Stadt zu groß ist. In einer Gegenwart, die sie nicht verstehen, nicht einzuordnen wissen, die sie überfordert. Seit fast zwei Jahren leben sie mit Unsicherheit. Amerika ist angegriffen worden. Die Ereignisse wurden vergessen und lebten wieder auf, bei Terroranschlägen in Urlaubsländern, auf Flugzeuge und Busse. Und wurden vergessen. Zurück zur Normalität. Irgendwann wurden die Anschläge greifbarer, Teil der Urlaubsplanung. Kaum einer fliegt noch nach Pattaya. Veränderung ist langsam, schleichend, wird Normalität, Menschen sind steuerbar, abhängig, ohne es zu merken. Gestern ist in Deutschland eine Notstands-

regierung gebildet worden. Leute, von denen man nie gehört hat, der Vorstandsvorsitzende der Deutschen Bank, ein General, ein Trendforscher. Wir befinden uns, was man in dieser trüben Kleinstadt leicht vergessen kann, im Ausnahmezustand mit Ausnahmegesetzen. Ehe sich Widerstand bilden kann, explodiert etwas, bricht eine Krankheit aus, wird der Ausbruch einer Krankheit kolportiert. Keiner in Weimar kann wissen, ob in Dessau tatsächlich Ebola-Fälle aufgetreten, ob in Amerika wirklich Hochhäuser umgekippt sind. Aber sie sprechen darüber, als sei es Realität, die sie miterlebt haben. Die Menschen ducken sich und hoffen, daß alles ein schlechter Traum ist und sie zu ihrem normalen Leben zurückkehren können.

Die Innenstadt Weimars habe ich nach zehn Minuten gesehen. Wie erbärmlich die Orte der Kindheit auf einen Erwachsenen wirken. Das Schwimmbad der Stadt, wo wir durch Löcher im Zaun nackte Männer beim Duschen beobachtet hatten. Und verstört waren über die Unverständlichkeit ihrer Anatomie. Ekelhafte Krankheiten vermuteten wir. Und die Aufregung Wasser. Gleich dem Pferdewahn der Westmädchen war mangels Pferden der Wahn der Ostmädchen das Schwimmen, das war wohl ein ähnlich erregendes Gefühl von Freiheit, etwas beherrschen zu können, entscheiden, ob man untergehen möchte oder nicht. Der Sprungturm, den ich beobachtet habe wie einen Feind, als ob er losspazieren könnte und sich auf mich werfen. Das Zehnmeterbrett, so fern wie Afrika. Die Zeit, lange bevor die Welt sexuell wurde, in der alles eine Aufregung war, stärker als jede, die folgen sollte. Aber auch das ist einem zum Glück nicht klar.

Heute ist da ein verlassenes Schwimmbad mit geplatzten Betonplatten, schäbigem Sperrholzkiosk, abblätternder Farbe. Kein Wasser im Becken. Es gibt im Hirn links hinten eine Schaltzentrale für die Beschönigung von Vergangenheit. Blöder Name, ich weiß, aber die heißt so. Wissenschaftlich. Dort wird über alle Erinnerungen ein kitschiger Weichzeichner-Hamilton-Schmier gelegt. Die Sonne wird hellgeschraubt. Wiesen farbig, Menschen gütig. Vermutlich eine Einrichtung der Evolutionsabteilung. Würden wir uns an unsere Vergangenheit in ihrer ganzen Schäbigkeit erinnern, kämen wir vielleicht schneller zu der Erkenntnis, daß auch die Zukunft nichts speziell Appetitliches bereithalten wird. Und dann, zack, Massen lösen Zugbillette und ab zum Kreidefelsen, ein letzter Blick in Richtung da, wo früher Sonne war, und runtergehopst. Ich nehme mir ein Zimmer in einem Hotel und schlafe zwölf Stunden durch.

30 Die Heldin sieht ein brennendes Rathaus, und schon wieder sterben unschuldige Schulkinder. Wir lernen einen Professor kennen.

Ich erwache durch einen Knall. Scheiß Zweiter Weltkrieg. Unsere Jungs, von Stratmann und von Richterheim, im Schützengraben wie ein Mann, das ist Kameradschaft, wie ich sie meine. Von Stratmann sieht sein Bein, das ist ab, aber er lacht, klopft von Richterheim auf die Schulter und knarrt mit seiner unverwechselbar preußischen Stimme: »Schwund muß sein. Da kommen die Russen, denen werden wir beibringen, was Stalingrad wirklich heißt.«

Ich bekleide mich, denn auf die gräßliche Vorstellung, bei einem Flugzeugabsturz auf der Toilette zu sitzen, folgt die, bei einem Bombenangriff ein Nachthemd zu tragen. Auf der Straße tobt, wie es scheint, eine unangemeldete Demonstration. Sie wirkt jedenfalls sehr ungeordnet und unangemeldet. Selbst im Fall kollektiver Aufruhr herrscht normalerweise bei den Deutschen Ordnung. Sie marschieren im Gleichschritt hinter einem Lautsprecherwägelchen, winken verschämt mit Transparenten und haben im Gesicht so einen trotzigen Das-ist-mein-gutes-Recht-Zug. Hier sieht die Sache anders aus, und ich lerne, was ein Mob ist.

Eine Rotte von ungefähr 300 tobenden Thüringern fegt durch die Straße. Sie schmeißen Scheiben ein, kippen Autos um, zertreten kleine Hunde und verprügeln Polizisten. Dazu brüllen sie: »Ühr Schweeine, alde Dreggsäue, uns verorschen, das gönnd ühr. Wir wolln soford wüssen, was hier los is …« Thüringisch ist ein schwieriger Dialekt, wenn es darum geht, politischen Forderungen Nachdruck zu verleihen. Von einem jungen Mann, der neben mir in der Hotelhalle steht, erfahre ich die Ursache des Tumults: Der Flughafen Erfurt ist nach einer kleinen Explosion gesperrt worden. Ungefähr 1.000 Thüringer wollten an diesem Morgen in Urlaub (»das hamer uns aber wörglich erorbeided«) fliegen, nach Mallorca, Teneriffa und Gozo. Doch die verhinderten Touristen waren ohne eine weitere Erklärung heimgeschickt worden. Das hat genügt. Man kann die Deutschen ihrer Arbeit berauben, kann sie hungern lassen und in den Krieg gegen Länder schicken, von denen sie noch nie gehört haben. Alles in Ordnung. Ihnen aber den Urlaub zu vermiesen, ist eine schlechte Idee. Der Deutsche lebt für seinen Urlaub, überlebt für ihn die unwürdigsten Situationen. Man sollte sich da nicht irreführen lassen. Der deutsche Tourist ist im Urlaub anmaßend und nörgelnd, er ist scheinbar ständig unzufrieden und unglücklich – doch er ist der treuste Tourist der Welt. Er gibt sein Geld mit breiten Händen aus, er besichtigt und genießt, wenn auch auf seine etwas masochistische Art, die ihm das Genießen aufgrund seiner Erbschuld verbietet. Der Deutsche liebt das Reisen, er bewundert fremde Länder und wäre so gerne anders – etwas Rührendes hat es, laute, unbeholfene Deutsche zu sehen, die versuchen, sich in fremden Ländern als Einheimische zu tarnen. Die sich immer als erste Zöpfchen flechten lassen, Saris tragen und die Tänze der Eingeborenen versuchen. Eigentlich ist er kein schlechtes Tier, der Deutsche. Ein wenig zu ernst, ein wenig unbeholfen und zu groß gewachsen. Nimmt man ihm aber den Sinn seiner erbärmlichen Existenz, dann tritt man Höllenhunde los.

O-TON HÖLLENHUND Also, mal ganz ruhig – uns tritt man nicht. Wir kommen und gehen, wie es uns beliebt. Schließlich sind wir auch wer, haben Gefühle und so weiter.

Ich folge der Meute in einem angemessenen Sicherheitsabstand. Interessant, wohin man gelangt, wenn man nichts vorhat. Das, was man sonst meint, vorhaben zu müssen, kann man genausogut bleiben lassen: Menschen in Cafés treffen, mit denen über Dinge reden, die man eh schon weiß, auf Arbeitsstellen gehen, um sich den Rest zu finanzieren, der einen auch nichts angeht. Von ferne sehe ich eine Rauchsäule. Sie kommt aus der Richtung, in der sich das Rathaus befindet. Die Innenstadt sieht aus wie nach einem Atomkrieg (uiih). Die Scheiben der Luxusläden zerbrochen, die Geschäfte teilweise geplündert oder in Brand gesteckt. Die Polizei steht herum, die Wasserwerfer sind vermutlich in der Bezirksstadt und noch nicht eingetroffen. Dann fällt der erste Schuß. Ein Demonstrant hat wohl einen Polizisten erschreckt. Der ist an seine Waffe gekommen, und nun liegt da ein toter Mann auf dem Trottoir. Für ein paar Sekunden herrscht jene Stille, die man aus Filmen kennt. Der eine Explosion folgen wird. Zumindest in den Filmen folgt dann immer eine Explosion oder stampfende Godzillatapser.

O-Ton Birgit In Filmen geht das immer so: Eine aufgebrachte Menschenmasse, Schüsse fallen, dann zieht ein Revolutionär eine schöne junge Passantin in einen Hauseingang, und der Film geht weiter. Hier hört er gerade auf. Mein Mann liegt auf der Straße. Und alles steht still. Ich sehe meinen Mann an und habe noch unsere Koffer in der Hand. Wir wollten heute nach Mallorca fliegen. Nicht so ein Ballermannmist, sondern ein kleines Hotel in den Bergen. Es gibt da ja auch ganz andere Ecken. Mein Mann und ich sind sehr gute Freunde. Das gibt es nicht so oft. Wir haben uns mit 15 kennengelernt und sind seitdem zusammen. Er ist meine Familie. Ich kenne jede Stelle seines Körpers, ich weiß, daß er so gutmütig ist, daß er öfters weint, wenn zum Beispiel was mit den Kindern ist oder als ich im Krankenhaus lag mit dem Geschwür. Er betrinkt sich ab und zu, dann wird er albern und will mich immer kitzeln. Er macht kleine Geräusche beim Schlafen, und wenn er schlecht träumt, sucht er meine Hand. Er hat viele Lachfalten und einen kleinen Bauch bekommen. Er sieht aus wie ein Bär. Ich habe mich immer sicher gefühlt mit ihm, weil er so ruhig ist und jeder ihn mag. Die Sachen auf der Welt, die haben wir nicht ignoriert. Aber was hätten wir machen sollen? Wir wohnen in einer der Neubauwohnungen am Dichterweg. Früher, als wir da eingezogen sind, war das was ganz Tolles. Eine schöne Aussicht und Zentralheizung. Badewanne. Heute sieht man, daß das alles recht billig und schäbig ist. Aber wir fühlen uns wohl dort. Der Park zu unseren Füßen, und die Wohnung haben wir komplett mit Holz verkleidet. Schön hell und natürlich. Ich bin bei der Post, mein Mann im Weimarwerk als Dreher. Also seit einem Jahr nicht mehr. Gute Laune hatte er dennoch. Hat gekocht und die Wohnung saubergehalten. Na ja, und was so in der Welt passiert, man weiß gar nicht, was man da glauben soll. Wir hatten auch Algerier im Haus. Aber ob das nun Terroristen waren?

O-Ton Algerier Nein, waren wir nicht. Nur Flugschüler und Studenten der Atomenergie (kreischendes Kichern).

O-Ton Birgit Die Kinder sind in Hamburg. Von da hat man gehört, daß es eine Seuche gegeben haben soll. Keine Ahnung, ob das nicht wieder nur eine Panikmache ist. Ich meine, in den letzten Monaten war andauernd was: Bomben in Phuket – 350 Tote, Geiselnahme mit 600 Toten durch Gas bei einem Konzert von Sting, wobei ich den echt blöd finde. Das kam drei Tage in allen Medien, und danach hat man nie mehr was davon gehört. Ich meine, so als hätte es das gar nicht gegeben. Da verliert man doch den Bezug zur Realität und stumpft ab. Vielleicht gibt es nur Weimar. Und wenn man wohin fliegt, in Urlaub, dann fliegen die einen über Weimar, dann landet man kurz hinter Weimar, und da ist eine Urlaubswelt aufgebaut, in der alle zum Beispiel Spanisch sprechen. Nun liegt da mein Mann auf dem Boden. Und wird heute nacht keine kleinen Geräusche beim Schlafen machen.

Endlich sind die Wasserwerfer eingetroffen, Scharfschützen und Tränengas. Alles wird gleichzeitig abgefeuert, gespritzt, geschlagen und plattgerollt. Die Menschen schreien. Keine »Huch, eine Spinne«-Schreie – da entlädt sich nicht der Ärger über einen verpaßten Urlaub, das ist die Trauer um verpaßte Leben, die infernalisch tönt, wie aus einem Mund, lauter als die Sirenen, innerhalb Sekunden haben sie begriffen, daß sie nichts wert sind, daß sie Futter sind für irgendwen, der zu groß ist, als daß sie ihn kennen würden.

Das Rathaus brennt ruhig weiter. Sehr ordentlich. Ein feines, deutsches Rathausfeuerchen. Ich drücke mich in den Eingang des Lucas-Cranach-Hauses und habe noch eine kleine Handgreiflichkeit mit der Angestellten des Ladens, die mich aus dem Eingang jagen will. Ordnung muß sein. Kann ja nicht jeder in Eingängen lümmeln während Bürgerkriegen. Die Luft ist mit Gas und Feuchtigkeit, mit Schießpulver und Wut gefüllt. Das läuft in meine Lungen, unklar sehe ich, daß da eine Platz-des-himmlischen-Friedens-Doku läuft. An mir vorüber torkelt ein Mädchen, in dessen linker Augenhöhle sich kein Auge mehr befindet. Einem Mann scheint ein Geschoß in eine Hälfte des Gesichts geschlagen. Der Mann läuft eigenartig zögernd, er wischt sich mit langsamen Bewegungen Blut vom Revers.

Dann ist alles ruhig. Die Rauchwand wird zu Nebel, die Kulisse dahinter, wie nach einem mißglückten Historienfilmdrehtag. Das halbverbrannte Rathaus, der kopfsteingepflasterte Platz, umgekippte Obst- und Blumenstände, es ist Markttag. Zwischen den Holztischen werden nach

einigen Minuten etwa 50 Personen erkennbar, die liegen, als ob sie tot wären, weil sie vermutlich tot sind. Ein paar Leute schwanken durch den Film, brechen leise zusammen, kriechen, bis sie sich nicht mehr bewegen, werden in Wagen verbracht und abtransportiert. Nach weiteren 20 Minuten ist der Platz von Blutflecken gereinigt, die Markttische wieder aufgestellt, und die Idee, daß ich mir alles eingebildet habe, liegt nahe.
Ich gehe um die Ecke ins Café Resi und frage mich zum ersten Mal, ob ich unter Hirnfunktionsstörungen leide. Ich habe ein Attentat erlebt, ein Lynchen, einen Selbstmord, einen Seuchenangriff und nun ein kleines Massaker. Das alles scheint mir auf einmal seltsam unglaubwürdig. So richtiger Scheißdreck, den sich ein Jungjournalist auf Urlaub einfallen lassen würde, wenn er einem Mädchen imponieren wollte.
Ein kleiner, tonloser Fernseher, darin eine Weltkugel zu sehen, übersät mit Rauchwolken und Seuchezeichen. Nachdem in den vergangenen Jahren jede Katastrophe dermaßen in den Medien ausgeschlachtet wurde, daß man es nicht mehr sehen mochte, kommen sie jetzt nicht mehr nach. Die Kommentatoren, Kriegsreporter und Leitartikler scheinen zu erstarren inmitten des Hurrikans. Von Weimar ist nichts zu sehen. Entweder sind solche Ereignisse gerade so zahlreich, daß man nicht auf jedes eingehen kann – oder es wird bewußt nicht erwähnt. Ein paar Nazis im Rassenwahn, einige Fundamentalisten wollen die Welt beherrschen – und keinen interessiert es? Lustig. Wie wenig Macht hätten Nichtbeachtete.
Ich sitze in dem in Messing ertrinkenden Café meiner Jugend, in meinem Dings, Geburtsort, in einer wackligen Welt, und weiß weder, wer meine Feinde sind, noch ob es welche gibt. Ob ich eine Funktion habe, und wie die aussehen kann. In jenem Moment wünsche ich mir, auf einem kleinen Friedhof zu liegen und mich nichts mehr fragen

zu müssen. Kleine Tiere hüpfen herbei; nachdem sie einen Pandasexfilm gesehen haben, hüpfen sie immer speziell herbei, äsen von mir – hey, in dem Auge war ich gerade, du altes Schwein, mußt du in die Gebärmutter kotzen, friß doch nicht soviel, wenn du's nicht abkannst, du Schwuchtel. Dann: Tierversammlung. Maden und Käfer stimmen ab über die neue Umgehungsstraße.
Mein Kopf fällt auf den Tisch. Innerlich. Nicht noch eine Nacht in einem häßlichen Hotel, ohne mit jemandem zu reden. Ohne ein Ziel durch die Stadt zu laufen, allein der Gedanke daran läßt meine Knie steif werden. Ich muß aus Weimar verschwinden. Das ist wieder nicht der richtige Ort, um den Untergang der Welt zu erleben. Ein dynamischer Jungunternehmer würde jetzt eine Event-Reiseagentur aufmachen: Final-Destination-Travel. In den Bussen würden die letzten Produkte der Welt verkauft: neue Louis-Vuitton-Taschen, Computer-Handys im Milchschnittenformat, Wraps und Kundalini-Möbel.
Es wird dunkel, immer noch Winterherbstregenweltuntergangsmiststimmung draußen, und kälter ist es geworden. Ich sitze seit Stunden in dem Café, es ist fast leer, gelangweilt lehnen die Servierdamen am Tresen und beobachten mich. Sollen froh sein, daß sie noch einen Rücken zum Lehnen haben. Ich kann keine Minute länger hierbleiben, ohne mich überall kratzen zu müssen. Es ist 20 Uhr und Weimar so, wie ich es von früher in Erinnerung hatte. Keiner auf den Straßen, hinter Gardinen Professoren in Lehnstühlen und Gattinnen, die eine Quiche backen. Die Kinder spielen Memory. Bach. Duftkerze. Die Frau klatscht in die Hände: Zu Tisch, zu Tisch. Der Professor: Hört, hört. Die Kinder: Oh Mama, eine Quiche, wie schön. Professor: Wie heißt das? Die Kinder: Vielen Dank, Mutter, daß du uns trotz aller Emanzipationsversuche die letzten 40 Jahre eine feine Quiche gebuken hast. Der Hund, ein Golden Retriever: Ich eß die auf. Hund ißt die auf. Danach ge-

pflegtes Entsetzen. Professor entrüstet. Mißbraucht seine Kinder.

O-Ton Professor Schlimm war es die letzten, nun sagen wir sieben Jahre. Meine Frau mußte unbedingt noch ein Kind bekommen. Mit über 40. Vorher hatten wir ein angenehmes, gewissermaßen kultiviertes Leben. Ich lehrte und publizierte, ich hatte es in meinem Fachgebiet, der vergleichenden Literaturkritik, zu internationalem Ansehen gebracht. Meine Frau hat früher auch mal studiert, da habe ich sie kennengelernt. Sie hatte einen ähnlichen familiären Hintergrund wie ich. Es war keine Frau, die an tierische Instinkte appellierte. Ich hatte für Geschlechtlichkeit nie viel übrig. Mir war ein Konsens wichtiger und übereinstimmende wissenschaftliche und kulturelle Anschauungen. Wir bewohnten eine ansprechende Villenetage in Weimar, jeden Donnerstag veranstalteten wir einen Salon. Bei uns verkehrten überregionale Kritiker, Schriftsteller, Professoren. Als das Kind da war, fühlte ich nichts. Es war ein schreiender Haufen Dummheit. Meine Frau war nur noch mit dem Baby beschäftigt, und ich mußte sehr viel Zuwendung entbehren. Ich mochte das Kind nicht. Es war ein fremder Mensch, dessen Charakter zu schätzen einem Lotteriespiel gleichkam. Das Kind schien nicht herausragend intelligent, ständig lief ihm etwas aus dem Mund, seine Stimme klang wie die unsympathische Parodie auf eine Kinderstimme in einem schlecht synchronisierten Film. Das Kind störte mich. In meiner Ruhe, bei meiner Arbeit. Ich hatte für infantile Menschen noch nie viel übriggehabt, warum sollte das auf einmal anders sein. Als das Kind sechs war, nahm meine Abneigung merkwürdige, mir unerklärliche Züge an. Ich studierte es wie einen Käfer, der sich in Aas gräbt, mit einer Mischung aus fasziniertem und angewidertem Staunen. Andauernd lief etwas aus dem Kind, und zum ersten Mal wurde mir klar, daß es STERBEN würde ohne die Hilfe intelligenter Personen. Diese Macht des Geistes erregte mich auf unerklärliche Weise. Durch Zufall stieß ich bei Recherchen im Internet auf eine seltsame Seite. Nach einer Weile verstand ich, der ich nicht an Zufälle glaubte, daß es sich um eine Verkettung von Umständen handelte, die ich kraft meines Willens herbeigeführt hatte. Ich mußte auf die Toilette und mich übergeben, dabei fühlte ich mich zutiefst beschämt, so wie damals, als ich einen Hund beim Kopulieren beobachtet hatte und onanieren mußte. Die Macht des überlegenen Intellekts. Ich chattete mit Männern, die ähnlich von dieser Macht angetan waren wie ich. Wir tauschten uns in einem virtuellen Salon über Aspekte aus, die mir bislang verschlossen waren. Sacher Masov war ein Thema, Aleister Crowley, und endlich begann mich der Umstand, ein Kind, ein lebendiges Forschungsobjekt, im Haus zu haben, mit Freude zu erfüllen. Meiner Frau stieß dann etwas zu, auf das ich nicht näher eingehen möchte, es war eine Marginalie, die sie von da an ans Bett fesselte, komplett pflegebedürftig. Dem Kind und mir standen eine Reihe interessanter Experimente bevor.

Ich laufe, bis die Stadt hinter mir liegt. Auch das geht schnell in Weimar. Ich stehe auf einem kleinen Hügel, hinter mir, Luftlinie geradeaus, liegt Buchenwald, vor mir das Thüringer Mittelgebirge. Der Rennsteig, ein paar kleine Dörfer, Thüringer Klöße. Was gibt es Schöneres als eine Wanderung am Fuße des deutschen Mittelgebirges? Ich werde im Tau Rehe besichtigen, aus Quellen trinken und Pilze essen. Fliegenpilze, Knollenblätterpilze, Stinkmorcheln. Für Sekunden habe ich ein unbedingtes Caspar-David-Friedrich-Gefühl – Landschaften im Nebel, in denen ich stehe, knie und eins mit der Natur werde. Vielleicht werde ich zur eigentlichen Bestimmung des Menschen

zurückkehren: mit Bibermasken Fruchtbarkeitstänze aufführen.
Die Kälte ist kaum noch zu spüren. Wahrscheinlich sind mir alle Zehen abgefroren, da spürt man nichts mehr. Später wird der Phantomschmerz kommen. Es wird dunkel. Schon wieder oder immer noch, ich bin seit einigen Stunden am Wandern. Ich laufe auf einer Landstraße, die gesäumt ist von Kirschbäumen, die vielleicht auch Akazien sind. Ab und zu passiere ich kleine Dörfer, in denen kein Mensch zu leben scheint. Die Häuser an der Straße sind noch deep Osten. Satellitenantennen, Tiergeruch, keine Tiere da. Es sieht definitiv nicht aus wie auf Caspar-David-Bildern. Keine grünen Tannen, kein Licht, das golden durch die Äste schlüpft, keine klaren Bäche, kein grünes Moos. Vermutlich existieren auch keine Rehe mehr. Es ist grau und Regen. Wären da welche, dann Menschen, die immer gelber werden durch fehlendes Licht, die Hauterkrankungen und Allergien haben gegen alles, vermutlich auch gegen das Leben.

31 Es wird etwas überspült. Die Heldin ißt Thunfisch und trocknet Opas. Ein Mädchen wird Popstar.

Die Gastzimmer billiger Hotels und Gasthöfe, wie die immer aussehen, alle gleich, und alle von jemandem eingerichtet, der in seiner Kindheit mißbraucht worden ist und Trinker darum. Halb herabgerissene, orangene Stores, dahinter gelbe Gardinen, die wohl mal weiß gewesen sind, vor 400 Jahren. Ein Teppichboden, irgendwie so ocker, keine Ahnung, vielleicht gibt es eine Farbe dazu mit einem Namen, der Hoteleinrichter ging in einen Supermarkt und fragte: Haben sie Teppichboden in Grau-orange-kotzlaminat-Farbe, und der Verkäufer: Sie meinen so die Farbe, daß der Boden dann aussieht, als hätten Generationen darauf ihr Leben gelassen? Vielleicht ist der Teppich auch mal weiß gewesen, wie die Gardinen, und mit den Jahren haben sich Sperma, umgekippter Kaffee, tröpfelnder Urin und ausgelaufene Shampoos zu diesem Farbton verdichtet. Ein Doppelbett, Holzfolie auf Sprelacart, teilweise abgerissen. Ein Haufen Bretter von einem Tisch, ein braunmeliert bezogener Stuhl, vielleicht ist auch er einmal weiß gewesen, ein Schrank aus dem gleichen Material wie das Bett, nämlich keinem, eine kleine Zelle, grüne Kacheln, Dusche mit einem gelben Duschkopf, ein Waschbecken, mit dem Licht schaltet sich automatisch die laute Lüftung ein. Das ist Design. Alles gewollt. Sauteuer so was.
Zu kalt sind diese Zimmer immer, und in einem Grad deprimierend, daß es fast niedlich ist, man lachen muß ob des Bildes, da man sich sieht, in dieser erbärmlichen Grütze schwimmend. Seit einer Woche bin ich hier. Seit einer Woche warte ich auf einen Impuls, der mich in eine Richtung lenkt. Im Moment lenkt er mich seit Tagen aus dem

Gasthof, über die Straße, in einen kleinen Supermarkt, in dem ich mir Zeug zum Essen kaufe, es in mein Zimmer schleppe, auf mein Bett lege, einfach, damit sie da ist, die Nahrung, und ich nebendran. Die Versorgungslage, würden offizielle Stellen sagen, gäbe es noch welche, wird täglich schlechter. Es gibt keine frischen Waren mehr, nur Konserven, Fischbüchsen, Knäckebrot, Fertigprodukte mit hundertjähriger Haltbarkeit. Die leeren Regale erinnern mich an früher, daher erschrecken sie mich nicht besonders. Es gibt keine Zeitungen mehr. Gibt es dann noch eine Welt?
Seit Jahren läuft eigentlich alles entgegen der in den Medien vertretenen Prognosen: Die Welt verblödet nicht, Bücher werden immer noch gelesen, Ausstellungen und Theater sind überfüllt – all das statt den beschriebenen Massen, die sich anpöbeln, Dummköpfe, die sich Talk-Shows aussetzen, die hilflosen Teenies, die sich in Popstarcastingshows zu Deppen machen.

O-Ton Mandy Ich wollte so gern etwas sein. Popstar zum Beispiel. Genau, Popstar. Ich bin jetzt 17 und komme aus einem Dorf in der Nähe von Dings, na, ist ja egal, und mir war es da zu eng. Ich konnte irgendwie nicht ich selbst sein. Singen tu ich, seit ich Fünf bin. Und meinen ersten Auftritt habe ich mit Acht gehabt. Von da an habe ich gewußt: Ich kann nur auf der Bühne leben. Ich bin quasi dafür geboren. Die Jahre in meinem Dorf sind eine Qual gewesen. Keiner hat mich verstanden, weil ich irgendwie anders war. Das habe ich gemerkt, wenn ich durchs Dorf gelaufen bin, und alle haben mir hinterhergesehen, die Spießer. Und ich habe gewußt: Hier versteht mich keine Sau. Und hey, die Tiere, die haben mich auch nicht verstanden. Meine Eltern sind Bauern gewesen oder noch Schlimmeres, nach der Schule habe ich Coiffeuse gelernt, aber wirklich nur, um was zu tun, bis meine Chance kommt. Und die ist dann gekommen. Mit dem Popstar-Casting. Wochen habe ich Schritte geübt und gesungen, im Stall, weil da keiner zusehen konnte außer den Tieren. Aber ey, echt, alle Tiere waren voll fürn Arsch, und die Jungs haben alle Pickel gehabt, und ich dann mit dem Bus in die Stadt zum Casting. Mann, hab ich feuchte Hände gehabt. Ich hab der Jury gesagt, ich sing schon immer, ich bin für die Bühne geboren und will einfach nur ich sein. Und habe es geschafft. Ja, ich bin Popstar geworden, ich habe eine Dauerwelle und Extensions, vielleicht mache ich auch Aktfotos, ästhetisch und so, und die Implantate, die sind nur für mich, damit ich wirklich ich sein kann. Denn das Äußere ist total wichtig, weil das Innere, das sieht man ja nicht, obwohl da die Schönheit herkommt. Ich lese auch gerne. Harry Potter und so, im Original.

Sie haben es wirklich ehrlich versucht, die Journalisten. Eine Gesellschaft zu kreieren, in der sie sich überlegen fühlen können, bestätigt in der eigenen Kleingeistigkeit und moralischen Verdorbenheit. Sie sind gescheitert. Die wirklichen Auflösungsprozesse unserer Zeit hat keiner vorausgesehen. Aber vielleicht habe ich auch nur zu schwer geschlafen und erkenne die Realität für einen Moment nicht. Ich bin eine Woche oder länger gewandert, meine Kleidung ist in schlechter Verfassung. Nicht, daß mich das stört, das häßliche Gesicht meiner Kleidung, doch der Geruch nach nassem Hund beginnt mir auf die Nerven zu gehen, er erinnert mich zu sehr an nassen Hund. Ich habe nicht viel herausgefunden unterwegs. Auch auf dem Land trägt man jetzt Gasmasken, in Häuser werden Plastikzelte gegen Giftgasangriffe eingebaut, überall wird Abdichtband verkauft, das man im Falle eines Angriffs zur Abschottung der Häuser verwenden soll. Das ist so rührend wie in der Zeit der Atombombe und des Kalten Krieges die Lehrvideos, in denen die Bevölkerung

angehalten wurde, sich bei einer Bombenexplosion unter den Tisch zu setzen.
Es gibt wieder Überschwemmungen. Einige Tage hielt ich mich in einer Kleinstadt auf, in der die Ilm über die Ufer getreten war, zog ein paar Tiere und Omas aus der Brühe, tröstete einen Witwer und legte einen Säugling trocken. Es war angenehm, etwas völlig Uneigennütziges zu tun. Ich watete bis zur Hüfte und höher durch Gülle, saß abends nach vollzogenen Rettungen in einer Turnhalle, in der Flutopfer hausten, aß Erbsensuppe und dachte kurz, ob es nicht meine Aufgabe sei, in Afrika Leute zu retten. Es kamen keine Hilfstruppen mehr in die Überschwemmungsgebiete. Vermutlich hatten die in den Großstädten genug zu tun. Dann ging das Wasser zurück, das Leben nach dem Schlamm normalisierte sich, und ich wurde nicht mehr gebraucht. Die Kameradschaft, die aus der Ausnahme geboren wurde, starb schnell. Ich vergaß dann auch Afrika und begann wieder das Wandern. Bis ich dieses Dorf und den Gasthof gefunden habe, der leer ist, nur eine alte Oma mit Gasmaske gab es noch, die mir das Zimmer zeigte. Ich habe sie seitdem nicht mehr gesehen.

32 Die Börse ist weg, die Bombe hat Geburtstag, ein Auto wird entführt, und die Heldin hat bessere Laune.

Ich bin an einen Ort gekommen, der mir aus sentimentalen Gründen gefällt.

O-Ton die Gründe Mutter, Blut, Erde.

Ein vergrützter Dorfteich, Wiesen, Tiere mit Gasmasken, eine gepflasterte Dorfstraße und der Gasthof, in dem ich mich seit genau sieben Tagen, vielleicht sind es auch vierzehn, aufhalte. Ich habe meine Kleider in der Dusche gewaschen, sie riechen nun still trocknend vor sich hin, das Bett habe ich mit Ölsardinen vollgepackt, und sehe zwölf Stunden täglich fern. BBC und CNN senden noch, auf dem einzig funktionierenden Kanal des deutschen Fernsehens gibt es ein Dauerbild: Für weitere Informationen bleiben Sie auf diesem Programm. Steht da, und alle Stunden werden die neusten Nachrichten verlesen.

In Deutschland ist es zu diversen Unruhen gekommen. Plünderungen, der Reichstag in Berlin ist im Verlauf der vergangenen Woche sechsmal angezündet und endlich, beim letzten Versuch, abgefackelt worden. Die Zahl der Todesopfer beträgt offiziell 12.000. Die langersehnten Pokken sind aufgetaucht, man vermutet über den Seeweg aus England. Es werden landesweit Impfungen durchgeführt. Dutzende Menschen aus islamisch-fundamentalistischen Kreisen sind festgenommen worden. Die Börse existiert nicht mehr. Die Deutsche Bank ist bankrott, die Manager haben sich mit einer Abfindung von vierzig Millionen Dollar pro Person zum Fehlereinsehen in die Karibik begeben. Vereinzelt haben sich Menschen totgetrampelt, wobei, habe ich nicht verstanden, ich war gerade im Bad. Ansonsten scheint alles, wie zu erwarten, geordnet abzulaufen. Auf BBC eine Sendung zum Jahrestag der Erfindung der Wasserstoffbombe.

Infohaufen

Am 1. November 1952 zündeten die USA im Rahmen der Operation IVY die erste Wasserstoffbombe mit dem Codenamen MIKE. Nach unterschiedlichen Angaben betrug die Sprengkraft 5 bis 10 Megatonnen – im Zweiten Weltkrieg wurden ingesamt 2 bis 3 Megatonnen Sprengstoff verpulvert, was immerhin 60 Millionen Menschen das Leben kostete. US-Präsident Truman ließ die Durchführung des Tests zunächst geheimhalten, weil er negative Auswirkungen auf die Präsidentenwahl zwei Tage später befürchtete.
Für die SUPER genannte Bombenkonstruktion wurden Deuterium und Tritium zum Verschmelzen gebracht. Beide Stoffe sind normalerweise gasförmig und wurden für den Test durch Abkühlung auf 250 Grad Celsius verflüssigt. Durch ein Kühlaggregat mit flüssigem Stickstoff hatte dieser Prototyp einer nassen Wasserstoffbombe die Größe eines Hauses und ein Gewicht von 62 Tonnen. Eine solche Bombe hätte niemals mit einem Flugzeug militärisch eingesetzt werden können. Erst später konnte auf Basis der Verschmelzung des metallischen Lithium mit Deuterium eine Wasserstoffbombe entwickelt werden, die klein und leicht genug war, um von einem Bomber abgeworfen zu werden. Den ersten Prototyp einer solchen trockenen Wasserstoffbombe testeten die USA am 28. Februar 1954.
Schon der MIKE-Test zeigte die Zerstörungskraft der Wasserstoffbombe: Ihr Feuerball mit einer Temperatur von über 5.000 Grad Celsius hatte einen Durchmesser von vier Kilometern. Die Staubwolke der Detonation erreichte eine Höhe von fünfzehn Kilometern und eine Ausdehnung von 160 km. Das Testgebiet war die Insel Elugelab des Eniwe-

tok-Atolls, das zu den Marschall-Inseln gehört. Die Insel verdampfte vollständig, an ihrer Stelle breitete sich ein Unterwasser-Bombentrichter mit einer Tiefe von 50 Metern und einer Breite von 1,5 Kilometern aus. Der radioaktive Fallout bedeckte eine Fläche von 13.000 Quadratkilometern. Damit entpuppte sich das Gerede von der sauberen Wasserstoffbombe, die im Vergleich zu den Kernspaltungswaffen eine höhere Sprengkraft, aber weniger Radioaktivität hätte, als Propaganda. Der neue US-Präsident Dwight D. Eisenhower ordnete am 27. Mai 1953 an, die US-Atomenergiebehörde solle in ihren Erklärungen das beunruhigende Wort Wasserstoffbombe vermeiden. Er erklärte: »Man muß die Leute über Dinge wie Kernverschmelzung und -spaltung im unklaren lassen.«

Am 28. Februar 1954 führten die USA im Rahmen der Operation CASTLE BRAVO ihren größten Atomtest auf dem Bikini-Atoll der Marschall-Inseln durch. Eigentlich sollte die Testbombe BRAVO nur eine Sprengkraft von sieben Megatonnen haben, tatsächlich war ihre Detonationsenergie exakt doppelt so groß. Der radioaktive Fallout erstreckte sich über eine Fläche von 7.000 Quadratkilometern. Die falschen Berechnungen der Bombenstärke führten dazu, daß das vorher abgesperrte Gefahrengebiet viel zu klein war, dadurch wurden 236 Insulaner und 28 US-Meteorologen verstrahlt. Durch den Feuerball völlig verwirrt, glaubten 23 Matrosen an Bord des japanischen Fischkutters Fukuryu Maru (Glücklicher Drache) zunächst, die Sonne ginge auf der falschen Seite auf. Obwohl sie fast 200 Kilometer von Ground Zero entfernt waren, rieselte auch auf sie der Fallout nieder. Die Schiffsbesatzung wurde unter anderem durch Einsteinium und Fermium verstrahlt, diese Isotope kannte man bis dahin nur aus der theoretischen Physik. Fast alle Männer erkrankten an Leukämie, die bei einigen zum Tod führte.

Aufgrund der Strahlenopfer beim BRAVO-Test sagte die US-

Regierung den Test einer größeren Wasserstoffbombe ab – die amerikanische SUPER GIANT sollte eine Sprengenergie von 45 Megatonnen freisetzen. Dafür zündete die sowjetische Regierung im Oktober 1961 auf der Nordmeer-Insel Nowaja Semlja eine Bombe mit einer Sprengkraft von 55 bis 58 Megatonnen, die vom späteren Dissidenten Andrei Sacharow entwickelt worden war. Es handelte sich um den Prototyp einer Bombe vom Typ IWAN, die in geringer Stückzahl produziert worden ist. Eine solche Waffe hatte eine Sprengkraft von rund 100 Megatonnen, aber wegen Sicherheitsbedenken war die Sprengkraft für den Test reduziert worden.

Die größten Wasserstoffbomben im US-Arsenal waren Bomben mit einer Sprengkraft von 24 Megatonnen, die nie in voller Stärke getestet wurden. Die MARK-21 gehörte von 1955 bis 1957 zum Bestand, das Nachfolgemodell MARK-36 von 1956 bis 1962. Auf dem Reißbrett wurden stärkere Kaliber erdacht: So plante die US-Regierung zeitweilig die Entwicklung einer 200-Megatonnen-Bombe, die von dem ferngesteuerten Bomber QB-52 Stratofortress abgeworfen werden sollte. Den Rekord hält der Ingenieur Bruno Augenstein von der amerikanischen RAND-Corporation in Kalifornien: Er schlug den Bau einer Bombe mit einer Sprengkraft von 1 Gigatonne (= 1.000 Megatonnen) vor.

Auch spezielle Wasserstoffbomben mit einem Mantel aus Kobalt wurden vorgeschlagen. Kobalt-60 ist ein enorm starker Gammastrahler – mit einer einzigen Kobaltbombe ließe sich die gesamte Erdatmosphäre über Jahre hinweg verstrahlen. Durch Zündung einer Wasserstoffbombe über der Arktis würde die polare Eiskappe schmelzen und eine riesige Welle freisetzen, die zahlreiche Länder überfluten würde. Auch ließe sich durch die Detonation mehrerer Wasserstoffbomben vor der kalifornischen Küste eine Tsunami-Welle auslösen, die den Westen der USA bis zu den Rocky Mountains überschwemmen würde.

Während es in den fünfziger Jahren den Militärs darauf ankam, immer größere Bomben zu konstruieren, setzte Anfang der sechziger Jahre ein Umdenken ein. Szenarios über einen nuklearen Schlagabtausch hatten gezeigt, daß am Ende eines solchen Krieges beide Seiten durch die Radioaktivität aufs Schwerste getroffen wären. Fortan wurde die Sprengkraft der einzelnen Bomben und Gefechtsköpfe verringert und statt dessen die Treffgenauigkeit verbessert.
Nach diversen Verträgen sollten 1996 mit dem Comprehensive Test Ban Treaty (CTBT) schließlich alle Atomtests verboten werden. Das Abkommen wurde bisher von 160 Staaten unterzeichnet, die amerikanische Regierung unter George W. Bush wird dem Vertrag aber nicht beitreten. Immerhin haben die Nuklearwaffenstaaten nach insgesamt 2.056 Atomversuchen mit fast 500 Megatonnen Sprengkraft ein weltweites Testmoratorium vereinbart, an das sich bisher auch die US-Regierung hält: Seit 1992 haben die USA keine Tests mehr durchgeführt.
Subkritische und hydrodynamische Nuklearversuche, bei denen bloß ein konventioneller Zündsatz (25 bis 250 kg) getestet wird, bleiben aber auch unter dem CTBT-Vertrag weiterhin erlaubt. Die Nuklearmächte wollen auf diese Versuche nicht verzichten, weil sich damit am Computer konstruierte neue Atombomben (z. B. Mini-Nukes) auf ihre tatsächliche Funktionsfähigkeit überprüfen lassen. Am 7. Juni 2002 führten die USA einen solchen Test in Nevada durch.

Ich sitze auf dem Bett, eine Ölsardine hängt mir aus dem Mund, und notiere den Verlauf des Verfalls nach einer Atombombendetonation. Anfangs treten Krankheitsanzeichen auf, die in einem zweiten Abschnitt wieder abklingen – das Opfer scheint gesund. Darauf folgt eine erneute Verschlechterung des Gesundheitszustandes. Die Zeitspanne, in der keine Krankheitszeichen auftreten, nennt

man Latenzzeit. Je höher die erhaltene Dosis ist, desto kürzer ist die Latenzzeit. Ich würde mal sagen, für Deutschland ist die Latenzzeit kürzlich abgelaufen.
Man weiß nie, wozu man das Wissen um den Ablauf eines zünftigen Strahlentodes braucht, in Großbritannien wurde ein Atomkraftwerk sabotiert, ist detoniert, oder sonstwas, ich weiß nicht genau, war gerade im Bad. Über die kleinen Terroranschläge weltweit wird nicht mehr berichtet, es sind zu viele. China hat irgendwen mit irgendwas bombardiert. Habe ich nicht genau verstanden, war gerade im Bad. Die zahlreichen Katastrophen, Erdrutsche, Überschwemmungen, Windhosen, ausgestorbene Tierarten, abgestürzte Flugzeuge, Eisschmelzen am Pol, entgleiste Züge, brennende Ölraffinerien, gesunkene Öltanker und umgekippte Giftmülltransporte locken keine Sau mehr aus dem Bad.
Die Unterschiede in der Berichterstattung sind interessant. CNN kommentiert in einem Ton, der jede Nachricht wie einen Film erscheinen läßt, der die Menschen ins Kino locken soll, mit einer Realität aber nichts zu tun hat. BBC bringt alles in einer Art spöttischer Distanz, als hätte man es immer gewußt, immer erwartet und als seien überdies alle Sprecher ehemalige Mitglieder von Monty Python's. Die Deutschen scheinen erleichtert. Nun bekommen sie endlich, was sie stets verdient zu haben meinten. Wahrscheinlich wären sie verträumte, melancholische, saufende Gesellen wie die übrigen Nordländer, gäbe es da nicht zu viele Absonderlichkeiten in der Vergangenheit, die sich langfristig ausgewirkt haben.

Infohaufen

Deutschland, zersplittert in Fürstentümer und Zwergstaaten und belächelt von den Nachbarländern, erfand im 18. Jahrhundert den philosophischen Idealismus, um wenn schon nicht das einflußreichste, so doch wenigstens das gebildetste Volk mit dem besten Charakter zu werden. Einer Revolution gleich wurde das ganze Land mit Volksschulen übersät. »Die Operation mußte früh radikal und mit eiserner Konsequenz durchgeführt werden, so daß sich die Kinder hernach nie mehr erinnerten, einen Willen gehabt zu haben.« Sagte Johann Sulzer 1748. So wurde gedrillt, gebrochen, zum Gehorsam erzogen. Der Deutsche lebte in dem ständigen Konflikt zwischen bedingungslosem Gehorsam und unterdrückten Gefühlen. Ein Vorzeige-Ergebnis dieser Erziehungsmaschine war der Kommandant von Auschwitz Rudolf Höß, der sich nach der Scholle sehnte, emotional ein wenig minderbemittelt war und im Soldatsein aufging: dienen, Befehle erhalten, Gutes tun. Es war Höss kein Vergnügen, die Endlösung durchzuführen. Er schrieb in einem Tagebuch, das er vor seiner Hinrichtung führte: »Ich erlebte, daß Frauen aus der Kammer beim Zumachen ihre Kinder herausschieben wollten und weinend riefen: Laßt doch wenigstens meine lieben Kinder am Leben. So gab es viele erschütternde Einzelszenen, die allen Anwesenden nahegingen. Im Frühjahr 42 gingen Hunderte von blühenden Menschen unter blühenden Obstbäumen, meist nichtsahnend, in den Tod. Das Bild vom Werden und Vergehen steht mir auch jetzt noch genau vor den Augen.«

Die armen Deutschen. Über fünfzig Jahre versuchten sie zu verdrängen, stürzten sich in den Aufbau und das Wirtschaftswunder, wurden Hippies und friedensbewegt, sind Yuppies gewesen und nun Europäer, und immer ganz besonders ernsthaft und ordentlich. Geholfen hat ihnen das alles nichts. Immer wieder sabotieren sie sich selbst, bekämpfen, was aus dem Mittelmaß ragt, weil sie doch so gerne unsichtbar wären, und über die Vergangenheit zu

reden ist uncool. Läßt sich aber leider nicht vergessen. Die Großeltern bei der SS oder schweigende oder jubelnde Mitläufer, haben ihre Scham an die Kinder weitergegeben, an eine Generation narzißtisch Gestörter, die durch lieblose Kindheiten ging, sich zum Zentrum machen mußte, um zu überleben. Vermutlich sind wir uns alle ähnlicher, als wir wollen. Denke ich an meine Eltern, die, im Krieg geboren, unfähig waren, etwas wie Liebe zu entwickeln, verstehe ich, was aus mir geworden ist und warum. Ich habe nie einen Kern gehabt, etwas, das macht, daß ich mich als Teil der Welt begreife, ohne Angst, darin unterzugehen, mich aufzulösen. Riesige Egos entstehen aus der Angst, nichts zu sein. Ich kenne nur Minderwertigkeit und Lautstärke.
Ich fühle mich wohl in diesen Tagen, das Fernsehen gibt mir das Gefühl, nicht alleine zu sein. Wenn ich das Fenster öffne, rieche ich etwas, das mich an früher erinnert, an ein anderes Leben. Es tut mir gut, für eine Zeit ein Bett zu haben, ein Bad, einen Stuhl, einen Supermarkt. Wie sehr es nötig ist, das Wissen um den Standort des Bettes, der Wände, der Wärme. Zum ersten Mal merke ich, wie gut es mir gegangen ist in meinem vorherigen Leben, mit einer Wohnung. Doch dann erinnere ich mich an die Wahrheit meiner damaligen Wahrnehmung. Ich habe das Bett nicht gewürdigt, hatte mehr Angst als heute, und sie schien angebracht, fürchtete man den Tod, denn die Wohnung ist wie eine Grabkammer gewesen, in der ich mein Lebendigsein bestattet hatte.
Der Abend kommt, und ich bin erschöpft von zu langem Liegen, vom ungewohnten Denken über mich. Es ist nicht wahr, daß man sich täglich neu erfinden kann. Vielmehr gilt es zu erkennen, wonach der eigenen Struktur verlangt. Unzufriedenheit und Schizophrenie entstehen aus dem NICHTERKENNEN der eigenen Zusammensetzung, erwachsen aus der Darstellung wesensfremder Charak-

tere. Ich habe zwar nie versucht, ein anderer Mensch zu sein, ich wollte nie funktionieren oder mich durch eine spannende Biographie aufwerten. Doch ich habe das Erkennen meines Kernes verschlafen, aus Trägheit und Angst zu sehen, daß mir dieser Kern nicht gefällt, weil er nichts Besonderes ist. Langsam nähere ich mich, wie mir scheint, meiner Struktur an. Meine Bestimmung scheint nicht, etwas Herausragendes zu leisten, liegt nicht in weiblicher Sinnlichkeit oder überragenden intellektuellen Fähigkeiten, sondern vielmehr in der leisen Bewegung, im Hinnehmen von Gegebenheiten, dem Sich-nicht-gegen-Ereignisse-Wehren, Der-Welt-und-den-Geschehnissen-ihren-Lauf-Lassen und in deren Strom sanft zu paddeln.
Ich schaue aus dem Fenster. Kein Hund, kein Hahn, Ruhe im Schacht, das Dorf liegt wie ausgestorben, vermutlich ist es das auch, in den Bauernhäusern Leichenberge, die schwarze Pest, kennt man ja. Morgen wird einer mit Vogelmaske die verbeulten Toten abtransportieren. Keine Kirchenglocke. Die Grenzen des Landes sind gesperrt, aber egal, auch unsere Freunde im Ausland haben im Moment keine guten Alternativen zu bieten. Interessant noch: Das ständig besorgte Studieren meines Verfalls hat eine neue Stufe erreicht. Ich sehe sie immer noch, die dünner werdende Haut, ihre unbedingte Trockenheit, die Spannungsfreiheit, sehe, wie meine Augen trüber werden und meine Lippen verschwinden. Doch es ist mir egal. So ist das halt. Zeug wird alt. Ich vergleiche mich nicht mehr mit anderen Frauen, nicht mit 16jährigen Models und bauchfreien T-Shirt-Girlies, ich nehme den Verfall als das, was er ist: als Verfall. Die Hysterie und das Grauen, das die Alterung in Städten auslöst, verlieren sich bei Wanderungen über Land, vermutlich auch beim Umgang mit Tieren, beim Düngen und beim Ausbruch von landesweiten Seuchen. Alles sehr zu empfehlen.
Wunderbar diese Abendstimmung in dem kleinen Dorf.

Ich mache mich auf den Abendspaziergang, um ein wenig nach Toten zu suchen. An diversen verendeten Tieren vorbei, die nachlässig neben der Kirche gelagert sind und leise vor sich hinstinken, durch die Dorfstraße. Hinter dem Rathaus sehe ich ein grelles Blaulicht, ein Panzerfahrzeug, in das weiße Säcke geworfen werden, von Männern in Seuchenschutzkleidung. Ich weiß nicht zu sagen, ob mein Zustand Apathie ist, Gnadenlosigkeit oder die Verdrängung eines überforderten Verstandes. Vielleicht mache ich mir nicht wirklich klar, daß sich in den Säcken Leichen befinden, daß es einen Grund gibt für die Stille in diesem Dorf, müßte ich doch Rückschlüsse auf mich ziehen, Angst entwickeln, als gesunden Reflex, doch es gibt zuwenig Halt, als daß ich mir Angst leisten könnte.
In einer Kneipe, die natürlich Zur Linde, Zur Krone, Zur Eiche oder Zum Löwen heißt, ist Licht. Um den Stammtisch sitzen ein paar Männer in Arbeitskleidung, einige tragen Gasmasken, andere haben die Masken lässig in die Stirn geschoben. Mein Auftritt wird von dieser aus Filmen bekannten schlagartigen Stille begleitet. Ich ziehe meinen Revolver, zerschieße das Regal hinter dem Tresen, dann zettele ich eine Schlägerei mit Old Rob an, er fliegt über die Tische, die gehen zu Bruch, von oben kommt eine singende Prostituierte mit einer Elchmaske. Ich setze mich an einen leeren Tisch und bestelle eine Limonade. Die Männer beginnen wieder zu reden.

O-Ton Heiner und Gerd Ich hab einige Zeit wirklich nicht gemerkt, daß meine Frau weg ist. Ich bin jeden Tag aufgestanden um fünf, wie gehabt, in den Stall und die Tiere fertiggemacht, dann zurück, und als in Folge den sechsten Tag kein Frühstück bereitstand, fiel mir auf, daß sie nicht da war. Das mag vielleicht jetzt komisch klingen, aber wir haben uns nie viel gesehen. Einer war immer im Stall, oder auf dem Feld, na so halt. Sie lag dann in der

Waschküche. Ich hab sie aufs Sofa getan. Da liegt sie jetzt noch. Ich denke, vielleicht fängt sie sich wieder. Hab sie gefragt, ob sie einen Arzt will, aber sie wollte keinen. Also, sie hat nichts gesagt.
Hm.
Dann sind die Tiere gestorben. Innerhalb einer Woche alle tot. Ich hab sie dann auf den Haufen gebracht, hab mich in die Stube neben meine Frau gesetzt und gewartet, daß jemand sagt, was das alles soll.
Verstehe.
Ich saß einfach da. Ab und zu bin ich in die Küche und hab gegessen, was noch da war. Die Katze hat einen wahnsinnigen Krach gemacht, irgendwie. Ich hab sie erst geschüttelt, dann geworfen. Danach war Ruhe. Ich hab in der Folge nicht mehr richtig weitergewußt. Stand im Stall, da war ja nichts mehr, im Haus, da zog es immer. Scheiß Osten. Die Fenster undicht und feuchte Stellen überall. In der Stube lag die Frau und hat sich nicht bewegt. Ich hab ihr erzählt, was mit den Tieren ist, aber sie hat nichts gesagt.
Oh Mann.
Und jetzt mit den ganzen Meldungen. Also, da blickt doch keiner durch. Gasmasken? Aber warum denn? Die müßten uns doch etwas zahlen, wegen der toten Tiere, aber keiner läßt sich blicken. Ich glaub, wir können hier verrecken. Das ganze Dorf, das merkt keine Sau.
Hm, genau.
Aber ich hab auch keine Idee.
Wo wir noch DDR waren, da war auch nicht alles Gold. Aber verhungert ist da keiner. Jetzt können wir verrecken. Nutella hin oder her. Ich hab keine Ahnung, was ich tun soll. So keine Ahnung. Wenigstens hat es noch Bier.
Ja, prost!

In der Kneipe hängt eine Dunstdecke, gewoben aus alten, ungepflegten Männer-, Tier- und Biergerüchen. Ich bin so

zufrieden, Leben um mich zu wissen, und sei es gescheitertes, daß ich ein wenig einnicke. Stunden später macht die Kneipe zu, die Trinker torkeln heim, in ihre zugigen Häuser, in denen ihre Toten liegen, und ich stehe auf der Straße, auf der die Nacht gekommen ist. Ein Mann rempelt mich an, ehe ich unwirsch reagieren kann – was ich sowieso nicht kann, selbst bei bestem emanzipatorischen Willen, ich bin einfach zu müde –, sehe ich, daß der Mann rempelt, weil er nichts sieht. Der Mann scheint eine Blutdusche genommen zu haben. Ein paar Meter weiter bricht er zusammen.
Ich verdränge ihn und die anderen Toten zusammen mit meinem vorherigen Leben direkt auf den inneren Schrottplatz. Was soll ich damit? Ich beobachte den Himmel, suche ihn nach schwarzen Löchern ab, Sterne gibt es schon lange nicht mehr. Merkwürdig, daß es nun auch in Europa Erdbeben gibt. Daß die Menschen es in großer Eile geschafft haben, die Luft, das Wasser, den Wald und die Tiere zu versauen, leuchtet ein – aber das Innere der Erde? Was haben sie damit angestellt?

O-Ton Bombe Kicher.

Zur selben Zeit kriechen in Indien Leute aus kleinen Plastikplanenverschlägen und tauchen in der Gülle der Großstadtkloaken nach Flaschen, die sie zu Geld machen können, oder verteidigen ein paar Millionen Menschen ihre Werte, die heißen, Frauen beschneiden und zu verschleiern, Dieben die Hände abzuhacken, an Seuchen zu sterben, nicht lesen oder schreiben zu können und an einen Gott zu glauben, der sie im Paradies für all das Elend entschädigen wird. Vielleicht. Wenn er Lust hat.
Immer wieder suchen die armen Intellektuellen in den westlichen Ländern nach ihrer Schuld. Und vergessen, daß viele Sachen zu Recht aussterben. Die Menschenfres-

serei in Samoa oder die Folter bei den Indianern, die Ausrottung von Tierarten durch die neuseeländischen Ureinwohner – all das vergessen sie gerne, die masochistischen Intellektuellen, während sie sich verträumt nach Ursprünglichkeit sehnen, des Nachts, wenn sie mit Potenzproblemen in ihren Doppelbetten liegen.
Als ich gerade meinen Gasthof betreten will, wo die Ölsardinen warten, fällt mir ein Mann an einem PKW auf. Er arbeitet an der Tür des Fahrzeugs, und selbst mir ist klar, daß er gerade ein Auto aufzubrechen versucht.
Der Mann sieht sich um. Er sieht mich ihn ansehen.

33 Es wird eine Spritztour unternommen, und wir lernen einen netten Mann kennen. Unsere Geschichte bewegt sich auf eine völlig neue, emotionale Ebene zu.

Nach ungefähr einer Stunde Fahrt habe ich begriffen, daß der Mann neben mir taubstumm ist oder nicht reden will oder so.
Ich habe keine Ahnung, welcher Art genau seine Behinderung ist. Vielleicht hat er ein Schweigegelübde abgelegt, nachdem er all das Leid auf der Welt gesehen hat.
(Ich glaub, ich lege jetzt ein Schweigegelübde ab, nachdem ich all das Leid auf der Welt gesehen habe. Nein, Mann, tu das nicht. Die Kinder, was sollen die Kinder denken.)
Schweigen für den Frieden quasi. Die weltweiten Friedensdemonstrationen fallen mir ein. Reife Damen in Birkenstockschuhen mit Peacezeichen auf der Stirn, dieser AUFMARSCH vor Selbstgerechtigkeit bebender Menschen, die geeint scheinen durch einen plötzlich klar definierten Feind: die USA. »Krieg ist Mord« steht auf ihren Schildchen. Mord dagegen ist kein Krieg. Was die Idee vom Krieg gegen Mörder völlig wirr werden läßt. Aber so sind sie. Alle wirr außer mir, und ich bin so unbedingt erleichtert darüber, daß etwas passiert, ich aus dem Dorf der toten Tiere weggeschafft werde, daß ich selbst mit einem militanten Friedensaktivisten im Auto sitzen und verreisen würde.
Mit einem Nicken hat der Mann mir klargemacht, daß ich mit ihm fahren kann. Vermutlich habe ich ihn gefragt, ob er den Ort verläßt, das Land, die Welt, und er hat meine Fragen nicht abschlägig beschieden. Dann saß ich neben ihm, meine Tasche zwischen meinen Füßen, und atmete wieder ruhig. Weg nur, irgendwohin, wo vielleicht die Sonne scheint und es keine Gasmasken gibt. Weiter zu

denken vermag ich nicht. Ich habe den Eindruck, ich bin schon gestorben, und die Hölle heißt: jeden Tag im Gasthof aufwachen, Ölsardinen essen, die Dorfstraße beobachten. Warten, daß vielleicht ein Huhn kommt, ein Atompilz oder ein besseres Fernsehprogramm.
Ich erinnere mich, daß ich einmal auf einem Flughafen oder woanders einen Guru getroffen habe. Er war die Inkarnation Oshos oder Jesus, ich habe es vergessen, er trug weiße Kleider und einen Bart und berichtete von seiner Erleuchtung. Die hatte in einer Hängematte stattgefunden. Auf einmal war ihm etwas klargeworden, was, habe ich leider vergessen, war gerade im Bad. Der Typ erzählte mir, daß er Guru war mit einer 600 Mann starken Armee, die ihm Geld gab, weil er ein Erlebnis gehabt hatte, das jeder Pubertierende hat. Wie oft hat es mich schon heimgesucht, für Momente war mir alles klar. Ich wußte, warum ich da war, warum ich gehen mußte, und wie ich die Zeit dazwischen ohne größere Depressionen hinter mich bringen könnte. Ich habe das nur nie für eine Erleuchtung gehalten, sondern für Zuckungen einer natürlichen Intelligenz, eines Wissens, das wahrscheinlich alle haben, das aber überlagert ist von Bosheit und normalem Menschenmist. Ich ließ mich von dem jungen Mann in weißen Kleidern, der ungefähr 29 war, eine Stunde lang bereden, aber ich hatte jeden Satz schon besser bei Bhagwan gelesen, und Ghandi hatte eine überzeugendere Ausstrahlung gehabt. Ich hätte Guru werden können, wäre ich nicht zu träge gewesen. Jeder wiederholt seine Fehler ein Leben lang. Völlig klar, daß sich nichts wirklich weiterentwickelt, denn in jedem spiegelt sich die Welt, die ihre Geschichte wiederholt bis zur Verblödung.
Der PKW, in dem wir sitzen, gehört einem Menschen, der mit kleinen Aufklebern wild gegen verschiedene Dinge protestiert. Gegen Atomkraft, Krieg und Nike. Dies und eine alte Bravo auf dem Rücksitz lassen den Schluß zu,

daß sein Besitzer entweder 17 sein muß oder 43. Für Politik, Geschichte, Zusammenhänge und Menschenrechte beginnt sich einer in der Regel erst zu interessieren, wenn er seine Sterblichkeit begriffen hat. Also mit über 40. Vorher kokettiert man vielleicht gerne damit, zu demonstrieren, Flugblätter zu drucken oder Mitglied von irgendwas zu sein, aber das dient nur der eignen Spiegelung, der Bestätigung, das Zentrum der Welt zu sein.

34 Wir erfahren mehr über den stillen Mann. Die Menschen im Dorf waren sehr sehr krank. Nachts Autofahren ist wie in einer Streichholzschachtel voller Watte liegen.

Der Mann ist 30 oder 40, die Sorte intelligent schauender Hund, deren Namen ich vergessen habe. Die halblangen Haare fliehen ihm ein wenig, das T-Shirt spannt, er ist nicht groß, etwas rundlich und hat eine freundliche Ausstrahlung. So sähe in einem norwegischen Film ein schwedischer Fischkutterkapitän aus. Etwas sehr Sicheres geht von ihm aus. Er scheint genau zu wissen, wohin er fährt in der Nacht, und es wirkt selbstverständlich, daß ich neben ihm sitze. Nach einer oder zwei Stunden Fahrt hält er am Straßenrand und kramt im Handschuhfach nach einem Notizbuch. Während er schreibt, gibt er mir einige Computerausdrucke zu lesen.

Infohaufen

Die Symptome des hämorrhagischen Fiebers beginnen vier bis sechzehn Tage nach der Infektion. Die Betroffenen entwickeln Fieber, Schüttelfrost, Kopfschmerzen, Muskelschmerzen und verlieren jeglichen Appetit. Im weiteren Krankheitsverlauf treten Erbrechen, Durchfall, Magenkrämpfe und starke Brustschmerzen auf. Es kommt zu starken Gerinnungsstörungen, die Patienten beginnen überall zu bluten: im Magen-Darm-Trakt, unter der Haut und gegebenenfalls aus den Einstichstellen von Spritzen. Am fünften bis siebten Krankheitstag tritt ein maserartiger Hautausschlag auf, der aber nur auf heller Haut gut sichtbar ist. Neurologische Symptome mit Lähmungen und Psychosen sind häufig. Der Tod tritt meist um den neunten Krankheitstag auf.

Ebola ist also das Problem des kleinen thüringischen Dorfes. Ich starre ein bißchen vor mich hin und habe Angst. Merkwürdige Tiere machen Geräusche in der Nacht. Der Mann scheint zu spüren, wie es mir geht. Er faßt mich vorsichtig am Arm und gibt mir sein Notizbuch.

O-Ton der stille Mann Wie ich heiße, ist egal, ich kann meinen Namen ohnehin nicht sagen. Nenn mich irgendwie. Ich kann dich schlecht hören, und mit dem Reden klappt es gar nicht. Ich komme aus Rostock. Da gibt es irgendeine Seuche. Es herrscht ein ziemliches Chaos, viele Tote, keine Krankenhausbetten, Ausgangssperre. Ich bin auf meiner Fahrt durch den gesamten Osten gekommen, es sieht nirgends gut aus. Wenn wir sterben müssen, möchte ich vorher gerne einige Orte sehen, die ich nicht kenne. Schöne Orte mit schönen Namen.

Der Mann sieht mich ruhig an, und ich nicke. Schöne Menschen mit aufregenden Berufen, füge ich an. Das scheint er zu verstehen. Er fährt wieder los. Ich sage zur Probe noch etwas, aber das hört er nicht mehr. er, der unbedingt einen runden Namen haben muß, Raffael, Bommel oder Knust.
Es ist angenehm, nicht reden zu müssen, weil man nicht reden kann. Ich schalte den Kassettenrecorder im Auto an, der Fahrzeughalter, dessen PKW wir bewegen, hat einen infernalischen Geschmack. Manowar, Slayer, Hüsker Dü, was man halt als echter Mann gerne hört, so wild und frei die Musik, da kann ich ich sein, und dann headbangen, in die Kneipe, Rhöntropfen trinken und sich prügeln mit Peter, der ist bei der Freiwilligen Feuerwehr, die Angebersau.
Ich stelle das Gerät sehr laut, doch Knust hört immer noch nichts. Ich döse und denke an Orte, die ich gern noch einmal sehen würde. In der warmen Autoblase rausche ich

durch mein Leben und erinnere mich nur an schöne Momente (Erinnerungsschönungseinrichtung), sehe mich an einem warmen Steintisch im Tessin, an einem Hotelfenster in Rom, auf einer Parkbank in Paris sehr früh am Morgen, nachdem ich einem Schauspieler auf der Straße eine Handentspannung geschenkt habe und mir wahnsinnig verdorben und französisch vorgekommen bin. Ich hatte damals einen Walkman dabei und hörte, auf endlos geschaltet, Sister von den Psychedelic Furs. Vielleicht hieß das Lied auch anders oder die Band, ich kann mir solche Sachen nie merken. Ich sehe mich in Amsterdam auf einem Flohmarkt, und verdammt, warum ist es mir nie gelungen, in den betreffenden Situationen glücklich zu sein. Das gelingt mir jetzt, Jahre danach, in einem geklauten Auto auf der Fahrt durch eine Welt, die sich auflöst. Ich will diese Orte noch einmal sehen und es diesmal geschickter machen. Ich will zurückspulen, Sonne sehen und Wasser riechen, all die verschlafenen Jahre, die Unzufriedenheit und das Nichtwahrnehmen von guten Momenten, da ich immer in der Erwartung von besseren gewesen bin. Ich habe viele Möglichkeiten verpaßt, zufrieden zu sein.

Weinen kann ich schon seit Jahren nicht mehr gut. Wenn man alleine lebt, gewöhnt man sich das Weinen ab, denn es tröstet einen niemand.

Wir halten wieder. Der Mann schaut mich freundlich an, und es ist mir nicht peinlich. Ich schreibe auf seinen Zettel: Ich habe alles falsch gemacht. Er schreibt zurück: Mach es doch jetzt richtig.

Interessanter Gedanke. Der Mann lächelt nicht. Er quatscht keinen Stuß. Er erinnert mich an meine erste Liebe. Als ich neun war, las ich von ihm. Ein schweigender Seemann auf der Suche nach irgendeinem Hammerhai, den er erlegen wollte.

35 Wunderbares Amsterdam. Was mit Königin Beatrix passierte und die erste große Enttäuschung.

Im Halbschlaf merke ich, daß wir einige Polizeisperren umfahren, es immer noch dunkel ist und daß wir nach Holland gelangen.

Es wird hell draußen, und wir schwimmen im Meer. Die Straße, die wir befahren, besteht aus Asphaltinselchen zwischen großen Pfützen. Felder mit Kühen, die bis zu den Hüften im Wasser waten, Boote, die zwischen den Kühen herumgurken, kleine, langweilig freundliche Häuser, alle ohne Gardinen, weil wir in Holland sind und da nur tolerante Lehrer wohnen ohne Gardinen, die nackt herumlaufen, um ihren Kindern einen entspannten Umgang mit ihrem Körper beizubringen.

Wir stellen den Wagen auf dem Dach eines Parkhauses ab. Vor dem Ausgang sind kleine Boote vertäut, in die die Menschen vom Parkdeck gleiten wie Aale mit T-Shirts und Mützen. Motoren tuckern, keine Sonne erhellt die Stadt, die sich in Venedig verwandelt hat, nur ohne schön. Es gibt keine Straßen mehr, die Kanäle sind bis zur ersten Etage der Häuser angestiegen. Ein fast unerträglicher Geruch liegt über der Stadt, selbst ich harter Hund binde mir mein Hemd vor das Gesicht, um es zu schützen vor der Verwesung, die sonst in alle Öffnungen kröche. Auf dem Wasser treibt Gerümpel, Sofas mit merkwürdigen Dreiecken, Hunde, Ratten, hie und da meine ich einen Menschen zu erkennen, doch das schreibe ich meiner Sehschwäche zu. Der Blick meines Begleiters ist schwer vor Enttäuschung. Er ist noch nie in Amsterdam gewesen. Ich beschreibe ihm mit einigen Gesten, was sich in der Stadt geändert hat, wodurch auch immer, und sein Blick wird noch trauriger. Er dachte vielleicht, daß es außerhalb Deutschlands noch etwas anderes gibt als Zerstörung und Untergang. Auch mir

will mutlos werden, doch gebe ich dem Gefühl nicht nach. Ich muß den stummen Mann trösten, das scheint mir wichtiger, als einer Hoffnungslosigkeit nachzugeben.
Was heißt das, wenn es wirklich nirgendwo einen sicheren Platz mehr gibt? Ich habe früher gedacht, daß allein die Menschen in der westlichen Welt zu dumm sind, um ein Leben in Würde zu führen. Inzwischen bin ich mir sicher, daß es keine Frage des Geburtsortes ist. Das Unglück der Einsamkeit wohnt überall. Möglicherweise gibt es in einer großen Sippe in Papua-Neuguinea ein wenig mehr Spaß, denn Familienverbände, das haben Forscher herausgefunden, geben dem Menschen Halt und Freude. Dafür sterben sie dort mit 35, die Frauen müssen sich von einem Deppen mit durchbohrter Unterlippe begatten lassen, und wehe, man braucht eine vernünftige Wurzelresektion.
Wir befestigen das Boot vor einem Café, das vom Erdgeschoß in den zweiten Stock verlegt worden ist, und setzen uns an den Tisch zu einem erschütternd verwahrlosten Herrn. Wegen der Stars habe ich meinen Verfall realisiert, denke ich unzusammenhängend. Auf einmal sind sie, die immer so alterslos gewesen sind wie ich – Madonna, Michael Jackson, Sven Väth und Nina Hagen – alte Säcke. Ich begreife, daß wir alle zu einer Altersgruppe gehören, und zwar zu der, die nicht mehr viel zu sagen hat. Ich verstehe Ben Affleck nicht, Avril Lavigne und Radiohead. Ich verstehe die Musik nicht mehr, meine, daß sie nur aus Zitaten besteht. Hier eine schlechte Metallica-Kopie, da Sisters Of Mercy in weichgespült. Ich begreife, daß neue Menschen ihre eigenen Stars wollen, sie finden meine Helden ALT. Ich habe doch auch nicht die Beatles hören wollen, die Stones oder fucking Elvis.
Der Hippie also hat nicht verstanden, daß es an der Zeit ist, sich einen leichten Trench zuzulegen und einen Brian-Ferry-Haarschnitt. Unter anderen Umständen könnte er attraktiv sein oder auch nur weniger lächerlich, einfach ist

das, wenn sich die Menschen ihrer Wirkung bewußt sind. So aber sitzt da ein peinlicher Zausel mit einem Kopftuch, einem Ohrring, Lederhosen und einem Gesicht, das deutlich von einem fünfzigsten Geburtstag flüstert. Er raucht ununterbrochen dicke Grastüten und schaut mich verhangen an.

O-Ton alter Zausel Es begann letzte Woche. Sie haben den Königspalast gestürmt. Die Königin nackt durch die Straßen getrieben und aufgehängt. Danach explodierte es. Ich weiß nicht, wie so etwas entsteht. Einer fängt an, und die Folgenden lassen raus, was Aggressives in ihnen ist. Endlich dürfen sie, weil sie sich anonym glauben, Sau sein. Die Ausländer wurden durch die Straßen gehetzt, ihre Läden in Brand gesteckt, sehr viele aufgehängt. Dabei war nicht klar, wer das Attentat auf das Königshaus zu verantworten hatte. Manche mutmaßen, daß es schwule Anhänger des toten Pim Fortuyn gewesen sein könnten. Schwule mögen Königin Beatrix nicht, sie hat zu wenig Glamour. Zu wenig Taille, zu wenig Pailletten. Egal, das wird man nicht mehr herausfinden, wer sie umgebracht hat. Die Holländer sind jedenfalls durchgedreht, der Haß hat sich so lange gestaut, der Haß des Menschen auf Reviereindringlinge, auf fremde Hautfarben, Gerichte, Gerüche und Geräusche. Seit Jahren müssen wir tolerant sein, weil der Fremdenverkehrsverein sich das so ausgedacht hat. Aber Menschen sind nicht tolerant. Und dann sprengte wer die Deiche, die ganze Geschichte wurde geflutet. Es geschah in der Nacht, Dutzende ertranken in ihren Wohnungen wie die Ratten. Eine Armee hat es ja nicht, die die Toten wegräumen könnte, und so treiben sie dahin, die Seuchen sind da, die leeren Häuser werden geplündert, das ist die Apokalypse.

Der Hippie verstummt, er scheint uns nicht mehr wahrzunehmen. Uns? Habe ich das wirklich gedacht? Ich habe noch nie UNS gedacht. Mit irgendwem.
Wir verlassen das Café und schwimmen noch ein wenig durch die Stadt. Ich habe Amsterdam schon mal gesehen, vor zehn Jahren ungefähr. Es war Sommer, und mir ging alles auf den Geist. Die Sonne zu hell, das Wasser zu laut, das Hotelbett zu weich, das Essen schmeckte nicht, und mein Begleiter war der Falsche. Jetzt würde ich es besser machen. Versprochen.
Dem Mann und mir ist klar, daß es hier eindeutig nicht besser ist als daheim. Wir beginnen, das Parkhaus mit unserem Wagen zu suchen. Der Mann wird sehr nervös, ich habe das Gefühl, daß er gerne weinen würde, vermutlich hat er in den letzten Wochen nie geweint. Ich sehe den runden Knust an und habe ein großes Mitgefühl mit ihm. Es läßt mich starr werden, vor Schreck, dieses Mitgefühl, das ich noch nie jemandem, geschweige mir, entgegengebracht habe. Mein Impuls ist, den Mann, der mir seit kurzer Zeit so nah scheint wie noch nie ein Mensch, in den Arm zu nehmen. Aber ich habe noch nie jemanden in den Arm genommen, und dann ist der Moment auch schon wieder vorbei. Mir fällt ein, daß es keine Freundschaft in einer Liebe geben kann. Paare, die 20 Jahre miteinander teilen, sich den Schweiß gewischt haben, wenn sie krank waren, die nebeneinander eingeschlafen waren, können über Nacht zu schweigenden Feinden werden. Sich fremd und verletzend. Keine Ahnung, wieso ich darauf komme, gerade.
Wir finden das Auto natürlich nicht. Knust bricht ein anderes auf. Wir verlassen die nasse Stadt, das feuchte Land in Richtung Norden.

36 Eine Bootsfahrt steht an, dabei wird eine Hand gehalten. Der Heldin ist sonderbar.

Der liebe Norden. Der kleine Strickmützenträger unter den Ländergruppen der Welt. Vernünftige Regierungen, so hohe Steuern, daß alle mittelgenug zum Leben haben, viele Frauen in wichtigen Ämtern, Natur haufenweise, nur – die Menschen saufen und sind depressiv. Da fällt einem dann auch nichts mehr ein.
Keine Polizeisperren und also vermutlich keine Seuchen. Keine Sonne, nix zu sehen. Du schöne Welt. Du Bäche und Quellen, du deutscher Forst und Schäferhund, mein liebster Freund, dem vertrau ich so, mit dem streife ich über die Auen, trinke Weißbier und denke: Oh, du treuer Freund, wie ich mit dir über die Auen streife, die Vögel und all das, und wer nicht gerne lebt, soll doch sterben.
Sogar die Fähre nach Finnland verkehrt noch, wir fahren mit unserem neuen Auto in das Boot, das man vermutlich Schiff nennt. Wir haben uns eine gemeinsame Kabine genommen, keine Frage, daß wir mit einer auskommen werden.
Natürlich ist schon wieder Nacht, wie die letzten 20 Jahre. Häßlich, so eine Kabine, mit einem kleinen, trüben Bullauge und einer karierten Tagesdecke auf einem zerkratzten, angeschraubten Tisch unter dem Bullauge, das sich nicht öffnen läßt, damit das Meer sich nicht auf den Tisch stürzt und ihn abmurkst, die alte Tischsau. Später stehen wir auf einem Teil des Schiffes, der sicher einen Namen hat, und beobachten, wie sich die Welt, die vielleicht auch einen Namen hat, entfernt. Heißt die Welt überall WELT? Oder nennen die Menschen in Lappenranta sie nicht WELT, sondern Dings, in ihrer Sprache? Das sind Gedanken, an denen mein Hirn scheitert und ich mir wünsche, ich hätte in 16 Fächern promoviert, statt in verrauchten

Bars gelangweilt herumzustehen und auf Wunder zu warten, die ich nicht erkannt hätte, weil es zu dunkel war. Der Regen und der Wind sind ein wenig mühsam im Auge, es wird feucht davon, wie das Land, das immer kleiner wird, eine glibbrige Geschichte.

Ich erinnere mich an den schönsten Traum meines Lebens: Sex mit Schweineohren, Ringelschwänzen und 15 puertoricanischen Drogendealern. Davor aber, noch in der DDR, träumte mir vom Auswandern nach Amerika, von einem Schiff oder Boot, auf dessen Deck – das war das Wort – ich stand, und der Himmel und das Meer hatten dieselbe Farbe. Sonnig. Das Ufer Amerikas war mit weißen Felsen bestanden, das Boot drehte eine Ehrenrunde um die Freiheitsstaue. Ja, das ging in meinem Traum. Das Gefühl vom Mut und der Unbeschwertheit dieses Traums habe ich im Leben nie getroffen. Aber daran denke ich in diesem Moment im Regen in der Nacht. Und daß vielleicht alles ein wenig spät kommt, denke ich. Ich bin nicht mehr rein.

Wir essen dann irgendeine Geschichte im Bordrestaurant, ein riesiger Raum mit langen Plastiktischen, hellen Neonröhren an der Decke und vielen freundlichen Autisten hinter Tellern voller Fleischbergen. Dann gehen wir in unsere Suite. Das Boot schaukelt wie ein ordentliches Schiff, schwere Kolben – oder mit was auch immer so ein Bootsschiff angetrieben wird – machen beruhigenden Lärm. Gefährlich wird es auf dem Meer vermutlich erst, wenn man nichts mehr hört – oder hört man Wasser, das in den Rumpf eindringt? Hat man die Dummheit gespürt wie einen Orkan, als sie mit blanken Gesichtern in die Redaktionen der Zeitungen und Fernsehsender eingezogen ist, um sich gegriffen hat wie das Meer, alles erstickt, was sich bewegt?

Merkwürdig an dieser Nacht ist allein, daß ich, wie ich bei einem kleinen Erwachen merke, die Hand des stummen

Mannes halte und es mir nicht unangenehm ist, sondern, im Gegenteil, ich meine Hand noch ein wenig sicherer in seine schiebe. Ich sehe dem stummen Mann beim Schlafen zu, und ein Gefühl ist da, das ich nicht kenne. Vielleicht habe ich zum ersten Mal in meinem Leben jemanden gern, jemanden, der nicht brillant oder geistreich ist, cool, reich, Rockstar oder irgendwelches Zeug. Ich habe ihn gern, wie er liegt und ruhig schläft, seinen Bauch einen Meter über meinem in die Luft gebaut.
Ich schlafe wieder ein, und mit dem letzten Atemzug, der mich von der Ohnmacht trennt, fühle ich eine große Freude, neben jemandem einzuschlafen, der vermutlich noch da ist, wenn ich erwache.
Ich erwache dann durch einen Schreck. Etwas sticht mich, macht das Herz rasen. Es ist, wie mir erst nach Sekundenstunden klar wird, Helligkeit.

37 Finnland, Finnland, Finnland. Ein paar Stunden ungetrübter Freude, wir lernen die Moskau-Bar und einen Hausmeister kennen.

Der Himmel sieht aus wie durch ein Fischaugenobjektiv geschaut – er folgt der Rundung der Welt wie das Meer, so daß man staunen will, daß es nicht ausläuft, das Zeug. Ins Wasser sind Sachen eingebracht, Schären, ja ich würde das Schären nennen, die kleinen Landzungen, die ins Meer greifen wie weiße Hände, helle Häuser, die freundlich verschlossen wirken, und eine Bärenstatue. Die ersten Bilder von Helsinki. Wir fahren von Bord, parken den Wagen, hoffentlich stiehlt ihn keiner, und warten einige Minuten, bevor wir aussteigen. Die Sonne scheint.
DIE SONNE SCHEINT.
Und hört nicht mehr auf damit. Nach Monaten, in denen es grau war, in verschiedenen Schattierungen, und feucht, auch immer kalt, merke ich, wozu die Sonne erfunden wurde. Mir wird fahrig. Einer Therapeutin, 55, getrennt lebend, würde dazu sicherlich einiges einfallen.

O-TON THERAPEUTIN Sehen Sie, da brechen jetzt Ihre Barrieren auf, innere Widerstände, ich habe dazu auch ein Tanztheaterstück choreographiert, da wird das Aufbrechen alter Muster ertanzt, nackt, und am Ende steht eine Anklage gegen den Krieg, quasi ein stummer Schrei, Tänzer in Schwarz treten an die Rampe und brechen zusammen, über ihre Leiber schreitet ein Kind in Weiß.

Ein Instinkt wacht auf, schlurft ins Bad, putzt sich die Zähne, fährt in die Zirbeldrüse und schüttet Strottoskope aus, die den Wunsch freisetzen, Bewegung zu erhalten, zu rennen über Blumenwiesen, mit Lämmern zu spielen und in Buchsbaumhecken nach kleinen Vögeln zu suchen. Wir

sitzen ein wenig unbeholfen, weil wir nicht mehr wissen, was man mit Lebenslust anstellt und wo wir Buchsbaumhecken finden sollen.
Während der ersten Schritte auf dem gepflasterten Marktplatz verunsichert uns die Abwesenheit von Angst. Keiner beobachtet uns, wartet, ob wir husten oder zusammenbrechen. Keine Blaulichtwagen, Wassermassen, Gasmasken. Russen verkaufen Tschapkas, freundliche Finnen schlechten Kaffee. Wir hocken vor einem Zelt und trinken Kaffee, auf dem Meer fahren riesige Boote, das Licht tut nicht weh in den Augen. Das liegt an dem hohen Goldanteil, der ihm beigemischt ist. Möwen, groß wie Traktoren, beobachten uns ohne Feindseligkeit. Einige Schritte weiter lümmelt eine alte Markthalle. Jahrhundertwende und so weiter, darin hat es zwei Gänge kleiner Stände, die Bärenwurst und Elchfleisch verkaufen, Sushi und heißen Tee. Wir fressen uns durch die Halle und schauen hochgewachsene, klargeputzte Finnen an, weit entfernt der Welt, die sich so schnell ihrem Ende entgegenbewegt. Ich kann mir vorstellen, daß sich Menschen nach einem Marathonlauf fühlen wie wir. Ungläubig staunend, erschöpft und auf eine eigenartige Weise zufrieden.

An Bord habe ich im Radio gehört, daß sich Nordkorea mit China verbündet hat, die zweite Atombombe in Japan niedergegangen ist und ein Atomangriff auf die USA bevorsteht. Vielleicht ist er unterdessen bereits erfolgt. Europa demonstriert dagegen, sofern noch am Leben, wie immer, auch wenn es mittlerweile egal ist, wogegen es demonstriert, stets von allem betroffen, sich immer im Zentrum fühlend und moralisch überlegen. Das alte, verschimmelte Europa, das seine eigene Geschichte so gerne vergißt und erstaunlich leergefegt scheint von allem, das etwas Vernünftiges zu sagen hat. Statt dessen entrüstete Intellektuelle, die erstaunlich ahnungslos vor sich hin mümmeln.

Seit Jahren singen Stars gegen irgendwas: Hera Lind und Peter Maffay, Nena und Sky Dumont.
Ich muß die nicht singen hören, denn ich bin in Finnland, esse Sushi und trinke Jasmintee, ich ziehe meine Jacke aus, meine Hose, zeige allen mein Glied, und es gefällt mir, einen Menschen neben mir zu wissen, nicht allein, und doch in Ruhe. Wer hat uns bloß erzählt, daß unser Leben eine sichere Einrichtung wäre? In einem warmen Haus mit warmen Freunden, warmen Tieren, und immer genug zu essen, bis wir sterben? Seit ich begriffen habe, daß ich nirgends in Sicherheit bin, geht es mir nicht gut, aber besser als vorher. Es entspannt, um nichts mehr Angst haben zu müssen, und sei es auch nur eine häßliche Zweiraumwohnung in einer unattraktiven Wohnlage. Ich muß nicht mehr arbeiten, um die kleine Bruchbude am Leben zu erhalten, keine Sorge mehr, ob ich entlassen werde, keine Lebenszeit, die ich im Bett verbringe, weil widerwilliges Leben so müde macht. Noch ein Bier bitte.
Es ist ein Tag mit echten Tageszeiten – ich habe seit langem den Übergang von Morgenlicht zu Mittagshelligkeit nicht gesehen. Wir laufen durch die Stadt, sie ist wunderlich. Die Gebäude eine Mischung aus sozialistischem Realismus, Stalinbauten und Jugendstilpalästen, ernste Häuser, herbe Kästen mit altem Holz und kyrillischem Schmuck, Häuser, die, hätten sie dazu Lust, sagen würden, ich schließe nicht schnell Freundschaften, aber wenn, halten sie ein Leben lang. Es gibt Zwiebelturmkirchen, Fichten, Birken, Sandstein und altes Holz, viele Cafés, Restaurants, Kneipen und Bars, gut beheizt sind sie alle, gut besucht auch, und in den Lokalen, die, könnten sie reden, sagen würden, ich bin in den führenden Designblättern der Welt zu Hause, sitzen völlig normale Hausfrauen und Kassiererinnen, aber vielleicht sieht der urbane Trendsetter hier bloß so aus, mittelalt mit gleichgültigen Haaren und Kleidern.

Die Finnen scheinen begriffen zu haben, daß ihre Sprache etwas seltsam ist, darum hat jeder zehn weitere gelernt. Sie lesen viel, das ist mal klar, es hat eine hohe Dichte an Buchläden, Bibliotheken und Cafés mit Büchern. Am meisten verwundert, daß es keine Angeber zu geben scheint. Alle wirken so sauber, mit kräftigen Knochen, gesunden Haaren, freundlichen Seelen und roten Händen, sie tragen dicke Mützen und unattraktive Parkas, lange Mäntel und klumpige Stiefel. Ist er älter, der Finne, verlieren sich seine Umrisse, wird er eins mit den grauen, imposanten Häusern seiner Stadt, nur mehr erkennbar durch ein leicht deprimiertes, freundliches Hundegesicht mit roten Wangen. Das Elchessen ist nicht ohne, doch bei dem eiskalten Dauerwind sagt man gerne ja zu einigen warmen Kilo Fleischmantel. Die Luft so sauber wie frisch gebadet, egal, daß sie kalt ist, egal, daß sie nach Schnee riecht.
Was hört man? Fragt der Mann auf einem Zettel. Ich schreibe: Wind. Dann denke ich, daß er vielleicht vergessen hat, wie der klingt, und ergänze: sehr sauber und silbern, ab und zu eine Möwe, als würden kleine Metallbrokken vom Himmel fallen, die Sprache der Menschen, als ob man aus einer Badewanne steigt, und die Wanne steht im Wald im Schnee. Unterdessen sind wir am schwedischen Theater vorbei auf der fetten Männerheimstraße, die vermutlich anders heißt, zum Busbahnhof gekommen und sitzen in dem dazugehörigen 30er-Jahre-Café, das vermutlich aus den 20er oder 50er Jahren stammt. Die Spuren vieler Generationen Busreisender haben sich in helles Holz und dunkle Tischplatten gestreichelt.
Erzähl was von dir, habe ich den Mann gebeten. Ich glaube nicht, daß Geheimnisse Menschen weiterbringen oder sie spannender machen, selbst wenn eines glaubt, alles über ein anderes zu wissen, weiß doch keiner etwas. Während der Mann schreibt, sehe ich aus dem Fenster Menschen beim Leben zu. Nach einer halben Stunde gibt

mir der Mann einige Blätter, seine Geschichte zu betrachten.

O-TON STUMMER MANN Ich habe mal besser gehört. Sprechen konnte ich noch nie gut. Dann gab es eine merkwürdige Entzündung und es war Ruhe. Früher fand ich es immer furchtbar, daß ich nichts Besonderes war. Ich dachte an Menschen, die ein wirklich interessantes Problem hatten. Die aufstanden und dachten, sie seien Jesus. Wie fühlt man sich da wohl, so als Jesus, in einer Eineinhalb-Zimmer-Wohnung in Rostock? Ich konnte nichts Spezielles, und es dauerte lange, bis ich verstand, daß man mit Spezialkenntnissen ebenso stirbt wie ohne, und es nur für einen selbst etwas bedeutet. Ich fand das zu unerheblich. Immerhin war ich taubstumm, obwohl man damit nicht viel Eindruck schindet. Ich habe als Zimmermann gearbeitet, als Schreiner und als Tischler. Das konnte ich einigermaßen, wenn ich mich anstrengte. Ich hatte eine Wohnung mit Blick auf eine Ausbeulung des Meeres, aber das Meer lag mir gar nicht so, denn es war die Ostsee, und die konnte ich kaum ernst nehmen. Ich hatte nie den Wunsch, in den Westen zu gehen, aber dann kam der Westen zu mir. So ging das mit vielen Sachen. Mit dem Kapitalismus kamen erst mal Kioske, Illustrierte und Beate Uhse. Einen Monat war ich wie wahnsinnig am Wichsen zu Pornofilmen, das kannten wir ja nicht. Was die Wende wirklich brachte, waren Liter von Ostmännersperma, das vor Beate-Uhse-Kassetten auf den Fußboden verplempert wurde. Man hätte damit viele blonde, blasse, mittelmäßige Menschen herstellen können. Leute mit glatten Lebensläufen werden gerne und bevorzugt eingestellt, weil sie als schwache und uninteressante Charaktere leicht zu lenken sind, habe ich mal gelesen. Die Häuser wurden angemalt. Innen blieb alles wie gehabt. Mit Anfang 30 hörte ich nichts mehr. Einerseits war ich recht froh, denn Menschen machen einen wahnsinnigen Krach. Baumärkte schossen aus der Erde, jeder bohrte, dübelte und sägte, als ob es was ändern würde. ICH HASSE HEIMWERKER. Andererseits macht es einsam, wenn es so still ist. Ehe ich verstanden habe, worum es gehen könnte, war mein halbes Leben vorbei, mit arbeiten und schlafen – mit Bücher lesen und in Restaurants gehen, Kino schauen und Ausstellungen bekommt man es zügig weg, das Leben. Bis dreißig dauert es ewig, aber dann beschleunigt es sich, daß man Angst bekommt herunterzufallen, aus dem Fenster zu fallen, aber hoppla. Wäre ich ein anderer, ich würde mich mit mir langweilen, und meistens tu ich das auch. Vor den EREIGNISSEN hatte ich gerne: auf dem Bett liegen, wenn es draußen warm ist und das Fenster offen, sehr früh am Morgen, Kaffee trinken und noch Zeit haben und die Vögel draußen. Mir manchmal etwas zu essen nach Hause bestellen, mich reich fühlen dabei und das dann auf dem Bett essen, Fernsehen schauen und Moped fahren. Früher rauchte ich wirklich gerne, glaube ich. In den letzten Wochen habe ich das vergessen. Ich denke unterdes, keiner raucht gerne, oder wenn, dann mit der Begeisterung, mit der Leute sich auch Heroin spritzen. Verliebt war ich früher auch. Gerne und oft. Bis es mir klar wurde, das System, und es mich mehr und mehr anzustrengen begann, Gefühle für einen fremden Menschen zu entwickeln. Aber eine Zeitlang gab es nichts Schöneres, als verliebt zu sein, am Fenster zu stehen und zu rauchen. Alt wird man, wenn man sich nicht mehr an jedes Silvester erinnern kann, wenn man nicht mehr weiß, wann man das letzte Mal getanzt hat, oder wenn man der Älteste ist, der tanzt. Wenn ich zur Arbeit ging, fiel mir auf, wieviel Müll Menschen anhäufen. Sie bauen Bretterverschläge, stellen ausrangierte Wohnmobile in ihre Gärten, kleben Häuserwände zu, hängen ihre Buden voll mit Plakaten, Decken und Zeug, und denken nicht daran, daß irgendwer nach ihrem Tod den Scheiß entsorgen muß. Als dann Rostock von der Seuche aufgesucht wurde, als sich die Anschläge mehrten, mein Betrieb geschlossen wurde und meine wenigen Bekannten gestorben waren, fuhr ich los. Ich spürte nichts außer Angst. Es war so gefroren und weit weg von mir. Jedes Gefühl. Ich dachte nur, weg, dachte, ich muß noch irgend etwas sehen. Wenn ich sterbe, dann doch nicht in der Wohnung, in der ich die letzten 14 Jahre verbracht hatte.

Ich lese und werde traurig. Warum habe ich mich nie für andere interessiert? Vermutlich ging es Millionen wie mir, und ich habe sie nicht wahrgenommen, weil ich glaubte, allein zu sein, in meinem Gefühl der Verlassenheit, in einer Welt, die zu transparent war, als daß ich mir hätte einreden können, sie sei übersichtlich. Aber sie wäre kleiner geworden, hätte ich mich eher als ein Teil von ihr begriffen, mich nicht, in Überschätzung meiner selbst, für eine Verstoßene gehalten. Jeder hat die gleichen Ängste, die gleichen Träume, soviel gibt es nicht davon, soviel unterschiedliche Arten Kummer oder Glück.
Vor dem Café ist es dunkel geworden. Feierabendheimkehrer besteigen in freundlicher Langsamkeit die Busse, sie haben Elchfleisch und Bärentatzen in ihren Jutetüten, und Wodka, das werden sie jetzt ihren finnischen Kindern füttern. Es beginnt zu schneien, unsere Schritte verschwinden, die Geräusche der Stadt kaum mehr vorhanden, eine stille Königin. Wir laufen, uns ein Hotel zu suchen, und treffen auf Aki Kaurismäkis Moskau-Bar. Bei seinen Filmen hätte es mir schon auffallen müssen, daß die Menschen alle so verloren sind und von einem kleinen Glück träumen, alle nichts Besonderes oder sehr Besonderes, falls man Menschen mag. Ist ja nur Film, habe ich vermutlich gedacht.
In der Bar lehnt ein Mann am Tresen und trinkt still Wodka. Ich habe geglaubt, daß Finnen immer singen, wenn sie

trinken. Wir stellen uns neben den Mann und starren wie er auf den Boden. Die Füße vieler Einsamer haben dort eine dicke Schicht Dunkles werden lassen. Der Finne sieht so sehr nach einem Finnen aus, daß es fast albern ist. Er hat ein etwas schiefgezogenes, mit dünnen, blonden Haaren bewachsenes Kinderköpfchen, weiches Fleisch am Körper und fast wimpernlose, freundliche Augen. Ehe das Fett sich in seinem Gesicht einen guten Platz gesucht hat, waren da bestimmt hohe Wangenknochen, und die runden Augen schaffen es, etwas schräg im Gesicht zu stehen. Nach einer halben Stunde beginnt er zu reden, den Blick immer noch an den Boden geklebt.

»Wißt ihr schon, wo ihr übernachten werdet? Ihr könnt mit zu mir kommen, wir trinken noch was, und ihr erzählt mir, wie es da aussieht, wo ihr herkommt.«

Ohne weiter darüber zu sprechen, verlassen wir mit dem Mann und einer Flasche Alkohol die Bar. Wir gehen durch die Stadt, die unterdes weiß ist, die Laternen gelb und die Geräusche alle verschwunden, gehen zurück zum Busbahnhof, besteigen ein Fahrzeug, das nach wenigen Minuten kommt, und fahren ungefähr 20 Minuten an glitzernden Dingen vorbei, die das Meer bei Nacht sein könnten, Ölraffinerien oder McDonald's-Drive-ins mit Lichterketten, und enden an einem Ort, der mit Sorgfalt in einen Kiefernwald geworfen ist. Flache, hellerleuchtete Bungalows, elegante Linien, edles Holz, beschützt von den schönsten aller Bäume. Der Finne erklärt uns die Anlage.

»Das ist Tapiola, das wurde in den 50ern gebaut, damals kamen 400.000 Flüchtlinge aus Karelien, die mußten irgendwohin, und so wurde eine neue, bessere Stadt entwickelt, in der die Menschen und die Natur glücklich zusammenleben können. Alvar Alto hat den Campus gebaut. Na, und so weiter.«

Der Finne bewohnt einen der Bungalows, die innen genauso freundlich und geschmackvoll sind wie außen. Eine

Stilstudie aus den 50er Jahren. Linoleum am Boden, Holzschiebewände, wenige, schlichte Eschenmöbel, die möglicherweise auch aus anderem Holz bestehen. Der Finne zeigt uns ein Zimmer mit einem Doppelbett, in dem wir schlafen können, schaltet den Fernseher an, stellt Gläser auf den Tisch und erzählt, daß seine Frau gegangen sei. Nach Holland. Er möchte wissen, ob wir aus Holland kämen. Wir verneinen schnell. Unser Gastgeber trinkt den Alkohol wie unsereins Tee, der Fernseher läuft ohne Ton, er zeigt Momentaufnahmen oder Fälschungen aus Holland, Deutschland, Frankreich und Japan, und überall sieht es gleich aus, sehen die Toten gleich aus, Überschwemmungen und Explosionen, endlich ist die Welt überall wie überall. Der Finne sieht zu Boden und beginnt zu reden.

O-TON FINNE Ich bin jetzt Hausmeister, seit ich meinen Job bei Nokia verloren habe. Es wird nicht mehr soviel telefoniert momentan. Vielleicht, weil es weniger Menschen gibt seit einigen Wochen, und die sich über Wasser halten müssen. Dabei ist so ein Telefon störend. Hausmeister ist auch nicht verkehrt. Ich habe meine Ruhe, und am Wochenende fahre ich in mein Landhaus. Da trinke ich und sehe die Natur an. Ich gebe euch die Adresse, ehe ich umfalle. Ihr könnt immer kommen, die Tür ist offen. Keiner schließt hier Türen ab. Und ihr seht nett aus.

Der Finne setzt nochmals die Flasche an, trinkt sie leer und fällt um. Wir legen uns im Schlafzimmer aufs Bett. Als ich die Welt verlasse, hat der runde Mann seinen Arm unter meinen Kopf geschoben. Durch das leicht geöffnete Fenster kommt frische Luft und keine Geräusche.

38 Auf zur Insel. Da sind merkwürdige Menschen, die gute Zeit scheint vorbei. Oder fängt jetzt etwas Neues an?

Als wir aufwachen, ist der Finne bereits gegangen. Er hat uns einen Zettel hinterlegt mit der Wegbeschreibung zu seinem Wochenendhaus und dem Hinweis auf eine Insel vor der Stadt, auf der es eine Kolonie von Flüchtlingen geben soll.

O-TON FINNE Ich nehme den Acht-Uhr-Bus, jeden Morgen. Fahre mit ihm in die Stadt, am Meer vorbei. Ich bin gerne Finne, denke ich dann immer und find den Satz so schön blöd. Ich habe selten einen Kater vom Trinken. Beim Trinken kommt es auf das WIE an. Nie etwas durcheinander, keine Mixgetränke, klarer Wodka muß es sein oder ausschließlich Bier. Ist mir nach einem leichten Rausch, trinke ich Bier. Ich stehe in einer Bar nach der Arbeit und trinke, bis mir warm wird und ich nicht mehr nachdenken mag. Dann gehe ich heim. Ich liebe mein Haus. Es sind Bäume darum und der nächste Nachbar kaum zu sehen. Ich bin Hausmeister, das heißt, ich ziehe im Heizungskeller eines großen, ehrwürdigen Verwaltungsgebäudes, das aussieht, wie ich mir die Akropolis vorstelle, einen blauen Kittel an. Dann schlendere ich über die linoleumbespannten Flure und repariere hie und da eine Kleinigkeit. Ich pfeife dabei oder höre Radio und bin recht ausgefüllt von dem, was ich gerade tue. Abends verlasse ich das Gebäude, das mir inzwischen ist wie ein lieber Patient, dessen Arzt ich bin. Ich rede auch mit dem Gebäude. Dann gehe ich trinken, daheim esse ich was, schaue noch ein wenig Fernsehen. Wenn ich nicht zu betrunken bin, lese ich. Am Wochenende fahre ich in mein Haus aufs Land. Da gibt es keine Nachbarn auf eine halbe Stunde, nur das Meer und den Wald. Ich kann dort sitzen und die Natur ansehen. Ich muß weder spazierengehen noch jagen. Die Natur will gar nicht, daß man was mit ihr macht. Die ist einfach nur da. Wie ich. Es macht schon einen Unterschied, daß meine Frau weggegangen ist. Ich mochte sie sehr gerne, es war schön, mit ihr auf der Veranda zu sitzen. Aber sie hatte große Pläne, sie wollte noch was sehen und erreichen. Für mein Gefühl habe ich alles erreicht, was geht. Einen Job, der nicht nervt und mich ernährt, zwei Häuser in den schönsten Gegenden. Ich bin nicht interessiert daran, die Welt zu sehen. Ich kann sie mir anschauen, die Welt, doch ich kann sie weder verändern noch benutzen. Und nur zum Sehen muß ich nicht so weit reisen.

Ich koche uns Kaffee, dann sitzen wir im Sonnenlicht, das durch das Fenster fällt, das fast die ganze Wand einnimmt. Wir gehen durch den komplett geräuschfreien, weißen Ort, der zum Schönsten gehört, was ich an Orten bisher gesehen habe. Ein leiser Frieden, Bildung und guter Geschmack haben ihn geformt. Ein künstlicher See, viele Birken und Bungalows. Doch das ist nicht für uns.
Wir haben entschieden, zu der Flüchtlingsinsel zu fahren. Das Boot legt am Marktplatz ab. Ich habe schlechte Laune. Für einen Tag hatte ich vergessen, daß wir ernste Probleme haben. Wir müssen einen Ort finden und uns irgendwie einrichten mit dem, was es auf der Welt noch gibt. Unseren Plan, schöne Plätze zu suchen, haben wir nach den neusten Nachrichten verworfen. Es gibt die Orte nicht mehr, die wir meinen, und wir können nicht einfach im Haus des Finnen bleiben, seinen Kaffee wegtrinken und abends in seinem Bett schlafen, mit einem weichen Arm unter dem Kopf.
Also mit der Fähre auf die Insel. Aus dem Nebel, den es nicht gibt, taucht die Toteninsel auf. Die heißt Suomen-

linna, Freunde nennen sie Linni, sie war früher eine Festungsanlage. Sieht in Ordnung aus, auf den ersten Blick, wenn man Inseln mag. Wir gehen an Land und laufen einmal um das Ding herum. Das ist in einer Stunde erledigt. Auf der Insel stehen einige alte Holzhäuser, ein kleiner Supermarkt und weiße Baracken, die wie Kasernen wirken und wohl auch Kasernen gewesen sind. Am Ufer liegen lecke Holzboote, steigt man in die ein, auf der Flucht, ist die Kacke am Dampfen. Ein Wehr, Schwäne, Kopfsteinpflaster, eine Kirche, noch mehr Birken, Menschen nicht. Die perfekte Kulisse für einen Tarkowsky-Film. Ein wenig gespenstisch und schön. Schön schon. Wenn man ausgestopfte Dinge mag, die kurz davor stehen, sich zu bewegen, um Leute zu schlachten. Irgendwas ist komisch an diesem Ort, und mir nicht klar, was es ist. Der Gedanke, daß ich hier den Rest meines Lebens verbringen soll, machte mich mindestens ratlos.
Das Gesicht meines schweigenden Freundes wirkt neutral. Ich habe in den Tagen unserer gemeinsamen Reise eine Art stilles Einverständnis mit ihm erreicht. Ich weiß nicht zu sagen, wie genau es funktioniert, aber vermutlich würde man sich mit vielen Leuten so still verständigen können, wenn man sich Zeit und Ruhe gestatten würde. Man muß mehr spüren, wenn man nicht reden kann, und fast scheint mir Reden eine Geste der Hilflosigkeit, die eher Verwirrung schafft – nicht einmal der Redner selber weiß, wieviele Kontrollinstanzen das Gesagte durchlaufen hat, ehe es den Mund passieren darf. Ich glaube zu spüren, was in dem Mann vorgeht, was ihn erheitert oder ihm angst macht, inzwischen sehe ich meist dieselben Dinge wie er, wir laufen im gleichen Schrittmaß, bin ich alleine, scheint es seltsam leer auf der Seite meines Körpers, an der er sich sonst befindet. Ich bin definitiv entfernt davon, in den Mann verliebt zu sein. Verliebt sein ist für mich zwingend mit Leiden verbunden. Meine Scheu vor Kör-

perlichkeit ist einzig eine Frage der Gewohnheit, merke ich, mein einsames Leben nur die Abwesenheit von wem, der es teilen will.
Mit dem Nachmittagsschiff kommen die Bewohner der Insel. Ein paar hundert – oder weniger – Männer, Frauen und Kinder. Die Laternen gehen an, der Supermarkt belebt sich, in den Häusern wird Licht. Wir stehen vor dem Supermarkt und warten auf einen guten Moment, um Kontakt zu anderen aufzunehmen. Die Leute, die aus dem Laden kommen, wirken wie eine Mischung aus Zuschauern einer Theaterpremiere, Brecht in einer Fassung von Robert Wilson, den Besuchern eines Stadtteilfestes und in die Jahre gekommenen Steiner-Schülern. Alle so naturbelassen. Heiter ist die Stimmung nicht, aber sollten hier wirklich vornehmlich Flüchtlinge wohnen, gibt es wohl auch nicht viel zu lachen. Vielleicht haben sie ihre Couchgarnituren und Ehefrauen in Wassern und Seuchen verloren. Endlich spreche ich einen älteren Mann an –
warum fällt es mir nur so schwer, Fremde anzusprechen oder an Dorffesten ausgelassen zu tanzen, ich weiß doch, daß es allen egal ist und ich morgen tot bin –,
einen mit innerlichen Lederflicken an den Ärmeln, und frage ihn, ob wir, Flüchtlinge aus Deutschland, hier irgendwo unterkommen können. Der Mann nickt unfreundlich und hält uns an, ihm zu folgen. Schweigend laufen wir über die halbe Insel zu den weißen Baracken. Einige Kinder spielen seltsam lustlos vor den Türen der dreistöckigen Unterkünfte. Der Mann weist uns an, zu warten, und verschwindet in einen Eingang. Nach einiger Zeit kommt eine dicke Frau mit wirrem, farblosem Haar und einem zu großen Norwegerpullover über roten Leggins zu uns. Die Frau hat ein glänzendes Gesicht und feiste rote Hände. Sie ist mir nicht sonderlich sympathisch. Gleich wischt sie sich die Hände an dem Pullover ab, denke ich. Die Frau wischt sich die Hände an ihrem Pullover ab.

»Ich bin Hildelore, die Ansprechpartnerin im Haus C. Habt ihr ein Gesundheitszeugnis? Nicht? Also nicht. Na, das brauchen wir aber. Ihr versteht, daß ich euch so lange nicht die Hand geben kann. Dann kommt ihr erst mal in den Quarantäneraum und werdet untersucht.«
Die Frau kommt aus Österreich und gibt uns, im Vergleich zu ihrer patenten Sauberkeit, das Gefühl, etwas sehr Unappetitliches zu sein. Der Quarantäneraum ist ein kleines Zimmer, in dem einige Etagenbetten stehen. Wir fühlen uns klamm. Setzen uns nebeneinander auf ein Bett und haben keine Lust, uns auf längeres Bleiben einzurichten. Aber vielleicht ist das nur am Anfang so, muß man sich erst mal umstellen, entspannen, warm werden. Vielleicht lebt hier eine utopische, friedliche Vielvölkergemeinschaft zusammen, die freundliche Tiere züchtet und schöne Lieder singt.
Eine oder zwei Stunden später, nach denen wir völlig durchgefroren sind, kommt ein kleiner Mann in einem schmutzigen weißen Kittel zu uns. Warum denke ich an Experimente?
Der Mann befragt mich auf englisch nach den Ländern, die wir bereist haben, nimmt uns Blut ab, horcht, klopft und sagt, daß er uns morgen Bescheid gibt. Dann verschwindet er eilig und sprayt sich noch im Gehen mit Sagrotan ab. Hat der kleine Mann, der wirkt wie eine Raucherlunge, auf dieser Insel wirklich die Möglichkeit, unser Blut auf Ebola, Pocken, Pest, HIV und Terrorismus zu untersuchen? Wir legen uns auf die feucht wirkenden Betten, die feucht sind. Das Zimmer wird, nachdem die Neonbeleuchtung ausgeschaltet ist, auch nicht erfreulicher. Das ist das erste Mal, daß ich mir wünsche, der Mann könnte reden. Um mir Märchen zu erzählen, vor dem Einschlafen, das sehr lange auf sich warten läßt, weil es von Unruhe ferngehalten wird.
Wenn ich nicht sterben will, gibt es keinen Ort für mich,

keiner, der mir einfällt, zum Hingehen, ich beherrsche keine Fremdsprachen und habe keine Spezialkenntnisse. So bleibt wirklich nur diese Quarantäneinsel. Mit Pech noch 40 Jahre in Langeweile, der stumme Mann, der sich hier vielleicht sehr wohl fühlt, der sich in die Blockwartin verliebt und mit ihr blonde, taubstumme Kinder zeugt, während ich alleine an der Pier sitze, das An- und Ablegen der Fähre die einzige Bewegung, an der ich teilhabe. Und noch etwas macht mich nervös: Ich kann die freundliche, behaarte Brust des Mannes nicht vergessen, die ich eben bei der Untersuchung zum ersten Mal gesehen habe.

39 Ein neuer Tag mit Hildelore. Noch mehr komische Leute, die Stimmung wird dadurch nicht besser.

Während der Tag versucht, durch das winzige Fenster mit uns Kontakt aufzunehmen, werden wir von Hildegard oder Hannelore oder wie sie heißen mag geweckt. Sie steht in der Tür wie eine Außerirdische von einem Planeten, auf dem nur zwei Meter große Gefängniswärterinnen wohnen, die in ihrer Freizeit Kesselpauke spielen. Wir sind gesund und dürfen in den Gruppenraum kommen, da sollen wir die anderen kennenlernen und eingewiesen werden.

Gelähmt vor Angst steige ich in meine Kleider. Die anderen kennenlernen, etwas Furchtbareres kann man mir nicht androhen. Schon immer habe ich Gruppen gehaßt – und sie mich. Wir deliquieren durch das Haus C, ein langer Flur mit Steinboden, von dem diverse Türen abgehen, neben einer hängt ein Veranstaltungsbrett. Gemeinsames Beten für den Frieden: 14 Uhr. Plakate drucken im AG-Raum, Hausversammlung, Internetraumbenutzung, Küchendienst, tägliche Abfahrt zur Demonstration in Helsinki – eine Reihe wirklich attraktiver Freizeitaktivitäten, an denen ich, wenn irgend möglich, nie teilhaben möchte. Wir betreten den Gruppenraum. Eine Durchreiche zur Küche, lange Tische und Stühle, ungefähr hundert Menschen blicken von den Tellern vor ihnen auf, wie Kühe von einem Trog. Wir setzen uns an das Kopfende eines Tisches. An den Wänden des Raumes Plakate: der ehemalige US-Präsident Bush in Cowboykleidung wird anal von Bin Laden genommen. Boykottiert Coca Cola. Globalisierung ist Mord an ungeborenem Leben. Kein Krieg für Öl. Israel = Faschistenstaat. Palästina Rules. Panzerkreuzer Potjemkin. Hair.

Hildelore läßt sich die Gelegenheit für eine kleine Ansprache nicht nehmen.

O-TON HILDELORE Ihr habt den langen Weg hierher geschafft und sucht bei uns eine neue Heimat, Sicherheit, vielleicht eine Perspektive. Wir sind eine Gemeinschaft, von der ein Impuls für eine zukünftige Welt ausgehen wird. Wir leben hier in absoluter Demokratie. Keiner macht dem anderen Vorschriften, auch den Kindern nicht.
(Ein kleiner Junge pinkelt aus dem Fenster.)
Aber wir haben Regeln, denen sich alle unterordnen. Manche haben in der Stadt eine Beschäftigung gefunden, viele arbeiten hier in den Gewächshäusern oder der Tofu- und Milchproduktion. Jeder trägt bei, was er kann, auch die Kinder haben Pflichten.
(Ein anderer kleiner Junge beschmiert ein kleines Mädchen mit Marmelade, das Mädchen schreit, einige Erwachsene lächeln.)
Wir leben auch sexuell frei, es gibt keine Besitzansprüche. Viele von uns engagieren sich aktiv gegen die USA und Israel, überhaupt gegen alle imperialistischen Kriegstreiber wie Japan, England und einige mehr. Wir haben da einen Konsens. Ihr bekommt einen Platz zugewiesen und Arbeit, falls ihr selber keine Ideen habt. Über Spül- und Reinigungsarbeiten informiert ihr euch am Schwarzen Brett. Wir benutzen kein Plastik, tragen keine Markenkleidung, kauen kein Kaugummi und benutzen keine Waren aus den USA. Ihr seid kein Paar, oder?
(Kopfschütteln, eingeschüchtert.)
Fein, fein, dann wirst du bei Lena und Beatrix schlafen, und du wohnst bei Klaus und Peter. So, dann räumen wir den Tisch ab und beginnen den Tag.

Die Frau klatscht in die Hände, ihr Doppelkinn klatscht mit. Solche Frauen wollen immer nur das Beste. Und dann enden sie auf dem elektrischen Stuhl, nachdem sie 80 Omas im Altersheim von ihren Leiden erlöst haben. Neben mir taucht eine kleine dunkelhaarige Frau auf: Lena, meine Zimmerkameradin, tritt an, um mich abzuführen. Mein stiller Freund hat eine große Verzweiflung in den Augen, als ich mich widerstrebend mit der Frau entferne. Den langen Gang, die Treppe hoch, überall zieht es und riecht feucht, ein neuer Gang, eine Tür. Ich habe den unbedingten Impuls, mich fallenzulassen. Ein winziges, dunkles Zimmer mit einem Armeespind und zwei Doppelstockbetten. Lena zeigt mir den Waschraum und mein Fach im Spind. Sie quatscht ununterbrochen.

Lena kommt aus der Schweiz. Dort ist außer einer seltsamen Grippe und diversen Bombenanschlägen, die zu Lawinen, Erdrutschen und Dammbrüchen geführt haben, nicht viel los. Von den knapp sieben Millionen Einwohnern lebt immerhin noch mehr als die Hälfte. Finde ich viel. Diese Hälfte, so Lena, haust seit Wochen in den Bunkern, mit denen das gesamte Land unterkellert ist. Das findet Lena nicht so schick, denn sie ist Künstlerin. Was bist du, frage ich verunsichert. Künstlerin, sagt die 25jährige. Tatsache, sie meint es ernst. Schnell lade ich mein Bolzenschußgerät nach. Ich dichte und male, sagt Lena. Ist klar, sage ich.

Lena redet mit mir, weil kein Mann da ist, soviel steht fest. Sie gehört zu den Frauen, die nur mit Männern verkehren und ihr eigenes Geschlecht einzig als Konkurrenz erleben. Die ödeste Sorte, immer im Wettbewerb, nicht erkennend, daß es einfacher ist, einen Mann ins Bett zu bekommen, als ein korrektes Omelett herzustellen. Aber was soll man mit den Männern machen im Bett? Sie keuchen, schmatzen, ruckeln und machen sich im Anschluß aus dem Staub, beschämt ob ihrer Triebhaftigkeit. Wozu soll das gut sein? Ich habe Sex nie verstanden. Immer wieder haben Philosophen und Wissenschaftler erklärt, daß Geschlechtsverkehr die Urkraft der Welt ist, daß sich alles darum dreht, und immer sind es Männer, die diese These aufstellen. Ganze Bibliotheken füllen ältere Herren mit schwülstigen, als Literatur getarnten Wichsphantasien. Mann sein ist bestimmt kein ungebrochenes Vergnügen. Ich will mich von keinem Fremden anfassen lassen, ich hasse unbekannter Leute Körperflüssigkeit, und nichts langweilt mich mehr als ein Mann, der in mir seinem Trieb nachkommt.

Während ich ein wenig abschweife, plappert Lena unentwegt weiter – die Angehörigen ihrer Altersgruppe waren in jedem Jahrhundert blöd. ES FÄLLT NUR MEHR AUF HEUTE. Denn nun dürfen sie reden, ohne Backpfeifen zu ernten, die jungen Menschen, wichtig, öffentlich, in einflußreichen Positionen, weil wir es ihnen in unserem Jugendwahn gestatten. Also berauschen sie sich an ihrem eigenen Geplapper und werden dabei immer lauter. Zu anderen Zeiten war die Jugend einfach still, haßte die Älteren und fühlte sich ihnen überlegen – aber hielt die Klappe, weil sie nichts zu sagen hatte.

UNTER 30 SOLLTE ÖFFENTLICHES REDEVERBOT HERRSCHEN.

Lena ist Friedensaktivistin und findet die Insel ganz toll, so mit der Natur und allem. Das einzige, was sie wirklich hart ankommt, ist, daß sie ihre Prada-Sachen nicht tragen darf. Sie sagt: Ich habe schon fast alle Männer hier ausprobiert, aber so richtig was Festes war noch nicht dabei. Ich bin oft verliebt, weil ich ein ziemlich intensiver Mensch bin. Mit Bea versteh ich mich nicht so gut. Na, du wirst sie ja kennenlernen.

Gerade in dem Moment, da ich aus dem Fenster fallen will vor Langeweile, betritt die dritte Schlaf- und Lebenskameradin das Zimmer. Sie ist Ende 90 oder sieht jedenfalls so aus, ihr Gesicht ist spitz und faltig, sie hat einen engen Mund und aufgerissene Augen in der Art, wie man auf Fotos posiert, damit man unschuldig und kindlich wirkt. Bea ist blondiert, leider wachsen die dunklen Dinger stark nach, sie hat ein absolut bescheuertes Fernsehgesicht, und ehe ich weiterdenken kann, sagt sie: Ich bin Bea, vielleicht kennst du mich aus dem Fernsehen, ich habe eine Talkshow moderiert, aber mit Niveau, und hatte gerade eine Politshow bekommen, ehe alles, ähm, sagen wir, schwierig wurde.

Bea fläzt sich auf das Bett über mir. Ihre stark abgenutzten Unnützer-Stiefel (beige) baumeln vor meiner Nase. Lena, das Schweizer Lochkäseteil, sitzt im unteren Bett mir gegenüber. Für einen Moment glaube ich, es nicht ertragen zu können, die Luft, die die beiden in ihrem Körper hatten, einatmen zu müssen. Lena leitet die Friedensgruppe: Ich leite hier die Friedensgruppe. Ich finde es total wichtig, Widerstand zu zeigen. Ich habe das alles organisiert. Du kannst gerne mitmachen. Bea lernt Finnisch in der Stadt, vom Goethe-Institut gefördert, und will irgendwas beim Fernsehen machen.

Die Friedens-AG trifft sich im Nebenhaus. Da geh ich hin. Da will ich dabei sein. An die 30 Leute bemalen Bettlaken, basteln an Flugblättern und aktualisieren ihre Website. Sie diskutieren über die Lage, ich höre Deutsch, Französisch und Italienisch, ich sehe Öko, Birkenstock, Palästinatuch, Filz. Die üblichen Verdächtigen. Lena schreibt die Texte, weil sie Dichterin ist: SAG NEIN ZUR GEWALT! Haß erzeugt Haß. NATO und USA raus aus Nordkorea. Stoppt den Waffengang im Iran. Freiheit für Palästina. Stoppt die imperialistischen Invasoren. WIR ALLE SIND MENSCHEN.

Nachdem die Gruppe geredet hat und Plakate und Flugblätter gebastelt, geht es am frühen Nachmittag mit der Fähre aufs Festland, um den Frieden in die Welt zu tragen. Egal, ob ein Finne deutsche Flugblätter lesen kann oder nicht, es geht um die Symbolik des Widerstands. Klärt mich Lena auf. Blödheit ist also auch mit Explosionen und

Überschwemmungen nicht auszurotten. Lena würde eine Burka trefflich zu Gesicht stehen.
Ich fand Leute, die ihre Frauen zuhängen, schon immer suspekt, doch es hatte so ausgesehen, als ob sich auch der gemeine Araber dem Fortschritt nicht ewig würde verschließen können. Frauen hatten das Studieren begonnen, sie konnten sich in einigen Ländern sogar von ihren idiotischen Männern trennen. Doch das alles ist jetzt wieder vorbei. Im Schulterschluß gegen die Invasion der westlichen Welt ist die Macht der Männer zurückgekehrt. Mit dem Glauben an Götzen, der Anbetung von Gezeiten, der Dämonisierung der Kunst, dem Verbot von Musik, Cafés, Restaurants, enger Kleidung, Spirituosen, Kino und Baden, der Diskriminierung alleinstehender, alleinlebender Frauen, die sich ihre Männer selber wählen. Ein letztes Aufbäumen der Vergangenheit. Globalisierungsgegner mit drolligen Bärten.
Guten Tag, ich bin Rudolph, ich habe mich im Irak an ein Wasserkraftwerk gekettet, unterbricht ein unglaublich gelber, häßicher Mann meine Stille. Sexualität ist die Urkraft der Welt, denke ich, und mir wird klar, daß viele dieser unansehnlichen Friedensaktivisten sich nicht so aufspielen würden, angekettet mit Lichterketten, wenn sie ab und zu mal ficken würden. Oder was lesen. Oder am besten beides zusammen. Wir fahren zu unserer Mission, neben den alten Ökozauseln ein Rudel kleiner Lenas, Mädchen mit bauchfreien Pullovern bei minus vier Grad, Schlagjeans und femininen, aber irgendwie witzigen Vidal-Sassoon-Frisuren, und Jungens mit Britpop-Haaren, wie doof, wenn die blondierten Strähnen rauswachsen, in verschlissenen Armani-Mänteln. Es gibt ihnen vermutlich ein gutes Gefühl, einer politisch korrekten Gruppe anzugehören und nicht arbeiten zu müssen. Sie rollen Sowjetfahnen zusammen (Warum? Keine Ahnung!) und nehmen Flugblätter, aus dem tragbaren CD-Player plärrt Manu Chao.

So besteigen wir die Fähre nach Helsinki. Manchmal ist es schwierig, Menschen nicht zu hassen, sieht man zu deutlich an unfreundlichen Tagen ihre Hautunreinheiten, ahnt, was in ihren Ohren und Nasen los ist, sieht durch ihre Augen in ihr kleines Hirn, das keinerlei Bewußtsein für die eigene Bedeutungslosigkeit entwickelt hat, ahnt ihre Vorurteile. Wünscht sich eine Waffe.

O-Ton Lena Ich hab es gerne schnell und gleichzeitig. Und berühmt, das wollte ich immer werden. Ich bin nicht so dumm zu glauben, daß man das mit so einer Show schafft, Popstar, Superstar, Big Brother, das ist nicht, was ich meine. Zu kurzlebig, zuwenig Substanz. Uninteressant. Jetzt bin ich etwas über Mitte 20 und habe die erste Krise. Quarterlife-Krise nennt man das. Ich glaube, daß es wichtig ist, jung zu sein und in der Zeit zu leben. Ich bin ein Kind der Zeit. Es macht mich wahnsinnig, daß keiner mehr anruft, keiner mehr SMS schickt. Daß keiner hier mich kennt. Da, wo ich herkam, war ich wer. Ich merke erst jetzt, daß mir das ziemlich abgeht. Daß ich hier erst erklären muß, wer ich bin. Ich rede gern von unserer Generation, ich meine damit aber eigentlich Menschen wie mich. Die Journalisten sind, beim Fernsehen, beim Radio, oder Künstler. Künstler kenn ich aber außer mir kaum. Wir lesen dieselben Bücher, wir lesen Hornby und A. L. Kennedy, wir hören dieselbe Musik, Radiohead, wenn wir traurig sind, und Goldfrapp, wenn wir chillen. Wir finden fast alle 70er-Jahre-Sachen gut und Raumschiff Enterprise, wir wollen feste Beziehungen, aber haben keine, weil das mühsam ist und schnell langweilig, unsere Beziehungen laufen zeitgleich auf verschiedenen Ebenen mit verschiedenen Menschen, die kann man dann prüfen und sich für das Beste entscheiden. Man kann überall das Beste haben, wenn man sich anstrengt und nicht zu lange wartet. Ich weiß auch, daß in meinem Alter oder darunter fast jeder berühmt werden will, daß jeder morgens spät erwacht, seine Mails checkt und verabredet ist, Termine hat, einen Job macht und die richtigen Sachen trägt, die richtigen Leute kennt, die richtige Einstellung hat. Hey, das war doch schon immer so, daß man dazugehören wollte, daß man sich sonst alleine fühlt in der Welt. Ich arbeite, seit ich 20 bin. Ich meine, klar war ich magersüchtig und bulimisch und habe Drogen genommen, also Jugend habe ich reichlich gehabt. Politisch sind wir sicher, meine Generation, wir sind gegen Globalisierung, Krieg und alte Säcke, feministisch sind wir aber eher so aus uns heraus, und Männer hasse ich nicht. O. K., das ist meine Meinung, meine Gefühle unterscheiden sich von meiner Meinung. Aber die Gefühle bekommt auch keiner mit. Alle sagen, daß ich keine Probleme habe, weil ich in einem kleinen, reichen Land aufgewachsen bin. Was für ein Müll. Ich bin in einem Ort geboren, wo es 40.000 Einwohner gibt. Das ist zu groß, als daß man jeden kennt, und zu klein, als daß man etwas verstecken kann. Wir wohnten in einer Wohnung, von der ich heute weiß, daß sie der super endsechzigern Spießermist war. Ich bin Ende der Siebziger geboren. Eine Zeit, in der in dem Land, aus dem ich komme, alles braun oder orange und aus Plastik war. Es war eng. Aber das wußte ich nicht. Ich spürte das nur. Ende der Achtziger war ich noch nicht mal in der Pubertät. Die Frauen hatten Dauerwellen, sie trugen Leggings in Pink und schwarze Jacken mit Schulterpolster, man hörte Duran Duran und Yello, all der schlechte Geschmack, die Jagd nach Geld und Broker waren das Größte, das kannst du ja erst später analysieren. In dem Moment, da es deine Zeit ist, stehst du mittendrin. Prinzessin Stephanie sang, die fanden wir doof mit ihren breiten Schultern, aber ein Tattoo hätte ich auch gern gehabt. In den Neunzigern war ich ein wenig mehr erwachsen. Die waren nichts, die Jahre vor der Jahrtausendwende, in der alle warteten. Es war eine Lähmung in der Luft. Ich konnte alles: nach Frankreich fahren oder nach Spanien, und konnte doch nichts, weil ich kein Geld hatte und nur jung war. Die Jungs standen auf mich, das war wie die einzige Aufregung. Immer waren da Jungs, und ich wurde magersüchtig, weil mein Arsch zu breit war, dann war ich schlank und schön und hatte ein Durcheinander, es kam vor, daß ich an einem Abend hintereinander drei Jungs besuchte, mit ihnen schlief und ihnen das Herz brach. Danach ging ich heim, ich war von zu Hause ausgezogen und machte eine Lehre, ich war stark und verrucht. Um mich herum war ein träges Klima. Es gab keinen, den etwas interessierte außer Party machen, Tanzen und Drogen nehmen, auch für mich war das die einzige Aufregung. Was hätte ich wollen sollen in einer Zeit, wo man scheinbar alles haben konnte ohne Mühe. Und alle wollten gut aussehen, mehr und mehr kam es darauf an, schlank zu sein und jung und schön. Manchmal war ich traurig, dann dichtete ich und malte. Die Traurigkeit ging nur kurz weg, wenn ich zu Partys ging oder mit Männern war. Manchmal saß ich mit Bekannten in Cafés oder Bars, wir machten die immer gleichen Witze, und es war kalt, ich wollte gerne weinen und wußte nicht warum. Leute, die waren wie ich, machten Karriere. Ich war jung und schön, ich war KÜNSTLERIN. Ich habe inzwischen mit mehr als 400 Männern geschlafen. Der älteste war 62. Aber der war berühmt. Sie um den Finger zu wickeln und sie leiden zu sehen, ist mein Lebensinhalt geworden. Ich habe, wenn man so will, auch Karriere gemacht. Ich kann jeden haben. Und wenn ich mit einem im Bett liege, mich winde und bewege, wenn ich die perfekte Liebhaberin bin, geht es mir für ein paar Sekunden gut.

Ich fühle mich in der GRUPPE unangenehm an frühere Zeiten erinnert. Kinderferienlager. Der Schulterschluß der Starken, Konsensfähigen. Ich war immer in der Verlierer-

gruppe. Wir waren die Tiere, die in der Wildnis vermutlich schnell sterben würden. Ein dicker, cholerischer Junge, der sich oft auf den Boden warf und spuckte, ein kleines Mädchen mit Brille, das so unscheinbar war, daß es immer umgerannt wurde, und ich, die ich zu lang, zu dünn und zu unattraktiv war. Nicht, daß sie uns gepeinigt hätten, geschlagen, angespuckt. Wir waren einfach nicht vorhanden. Immer schien die Sonne bei solchen Ausflügen, und immer lachten die anderen, während wir schweigend und weit voneinander entfernt mitlatschten, immer verstummten die Gespräche, wenn einer von uns sich einer Gruppe näherte, wurde das Lachen hinter unserem Rücken laut, wenn wir uns beschämt entfernten, und nie, nie regnete es. Seltsamerweise schlossen wir, die Leprösen, uns nicht zusammen, denn jeder hielt sich für etwas Besseres und wollte sich nicht mit einem Loser abgeben.
Noch schlimmer wurde es, als die Geschlechtsreife einsetzte. Jugendherbergsübernachtungen, abends Disco. Hiroshima wurde gespielt, Love Hurts und We Will Rock You, ich saß in einer Ecke und spürte eine Aufregung, von der ich kein Teil war. Wissen Eltern eigentlich, welche Hölle komischen Kindern die Schulzeit ist? Wie sie gebrochen werden fürs Leben durch Lehrer, die Spaß daran haben, Kinder zu demütigen, zu erniedrigen, einfach weil auch Lehrer Menschen sind mit Zu- und Abneigungen, weil sie manche Kinder hassen und mitunter sich selber. Warum vergißt man, daß Schule die Hölle ist? Die Gesellschaft spiegelt sich in der Schule, und vielleicht denken die Eltern, später ist auch kein Zuckerschlecken. Die Gesellschaft besteht aus uniformen Dummköpfen, die ihre Kraft aus der Masse ziehen, die über alles trampeln, was ihnen anders erscheint als das, was sie aus ihren konformen Elternhäusern kennen. So sterben sie nie aus, die Nachschreier und linken Demonstranten, die verwarzten Studenten und besserwisserischen Schalterangestellten,

die Hitlerwähler und Berlusconi-Fans, die »DIE DA OBEN«-Brüller und Krebspatienten, die Bürger.
Ich schäme mich in diesem absonderlichen Block. Umgeben von der Stille und Reinheit der Stadt, komme ich mir vor wie ein Fettfleck auf dem weißen Revers eines Abendsmokings am Leib eines britischen Konsuls in der südafrikanischen Abendsonne. Wir stellen uns auf den Marktplatz, Lena brüllt Parolen durch ein Megaphon. Die muß ich nicht wiedergeben, es sind immer die gleichen, selbstgefälliger Schwachsinn. Die Finnen, ein eher leises Volk, schauen peinlich berührt an uns vorbei. Bekommen sie ein Flugblatt aufgenötigt, so stecken sie es höflich ein, um es vermutlich ordentlich im nächsten Papierkorb zu entsorgen. Es ist so absurd, hier am Hafen von Helsinki gegen irgend etwas zu demonstrieren, von dem keiner weiß, was es ist und wo es sich aufhält, daß ich ganz schwer werde vor Ratlosigkeit.
Doch die Gruppe scheint bei aller Selbstgerechtigkeit wahrzunehmen, daß sie wenig Gehör findet, und beginnt darum das Schreien: Nieder mit den Imperialisten, hoch die internationale Solidarität. Ich bin geneigt anzunehmen, daß keiner weiß, was er da eigentlich vor sich hin brüllt. Nach einer Stunde bewegt sich der Trupp weiter in die Esplanade, den Einkaufs-Prachtboulevard der Stadt. Ich habe große Sehnsucht. Nach einem Café. Nach einem Zuhause. Nach meinem stillen Freund.

40 Merkwürdige Gruppendynamik. Was ist mit dem stillen Mann? Unsere Heldin haßt Inseln.

Zwei Wochen kräht jeden Morgen um sieben der lustige Weckhahn von Beatrix. Dem folgt ihre hohe, auf Kleinmädchen gefistete Stimme, auf auf, ein neuer Tag lacht. Ich überlege immer wieder aufs neue, ob ich aus dem Fenster springen oder mein Bündel nehmen und gehen soll. Fast scheint es, als hätte ich die Energie, die es benötigt, sich gegen die Trägheit der Wiederholungen aufzulehnen, verbraucht. Jeden Morgen stehe ich auf und schlurfe über den kalten Steinboden in den Waschraum, in dem die Frauen unglaublich weiblich herumtollen. Furchtbares sehe ich, Schamhaare, die über Oberschenkel wuchern, verfärbte Frisuren wie von einem betrunkenen Hundetrimmer gebaut, Warzen mit Stoppeln. Finanzielle Not und die ferne Heimat machen niemanden schöner. Frauen, die besseren Menschen? Sie stinken wie Männer und sind abstoßend wie Männer, Menschen eben, mit allem, was an Widerlichem dazugehört. Zu ertragen wird die Frau erst nach Gebrauch von Kosmetik und vernünftigem Textil, das das Elend verhüllt.
Unzusammenhängende Gedanken am Morgen, aber was soll man denken, mit so einem verwitterten Gesicht im Gesicht. Auch an mir stelle ich eine zunehmende Verwahrlosung fest, bedingt durch das lustlose Lagerleben, den täglichen Tofu-Hirsequatsch und die Kälte. Ich sehe wie eine ältere Frau aus, das ist selbst für mich erkennbar. Andere habe ich in den vergangenen Jahren, in denen ich die neue Stufe des Verfalls erklommen habe, vermutlich nie täuschen können durch unangemessen jugendliche Kleidung und Make-up. Doch mir selber war es einigermaßen gelungen, nur ab und an habe ich die Realität wie durch ein Zeitfenster wahrgenommen. Jetzt stimmt alles fein

überein, außen und innen. Ich weiß noch nicht, wie ich das finde. Es ist, wie mit einem Fremden in Kontakt zu treten. Ist, wie jemanden kennenzulernen, von dem man weiß, daß er nicht mehr lange leben wird. Was macht man damit, mit diesem Wissen, das der Verfall mit sich bringt, dieser Einsicht in die Albernheit jeder Bewegung?

Im Anschluß an die Morgentoilette beginnt ein sinnloser Tag, umgeben von Menschen, die mir nichts bedeuten, von Kälte und Schneematsch. Den stummen Freund sehe ich kaum. Er arbeitet als Zimmermann in der Stadt. Manchmal blicken wir uns an, bei Tisch, und im stillen Einverständnis treffen wir uns nach dem Essen, sitzen am Bootsanleger nebeneinander und warten, daß es wieder wird wie früher, falls man das bei unserer jungen Geschichte sagen kann. Es wird nicht mehr so. Wir entfernen uns voneinander, er müde und ich traurig. Ich habe zu wenig Erfahrung in zwischenmenschlichen Dingen, als daß ich der Entfremdung Einhalt gebieten könnte. Bereits am zweiten Tag habe ich meinen Austritt aus der Friedens-AG angemeldet. Die Kolleginnen und Kollegen Kämpfer wurden aggressiv. Als Gipfel der Beleidigung schleuderte mir Lena ein Gedicht entgegen: »Wir lassen uns treiben, wie Treibholz, im Takt der Uhr, die wir erfunden haben und es nicht erwarten können, daß sie aufhört zu schlagen, nachdem wir getanzt haben und geweint darum, daß die Musik für uns nicht hörbar war.«
Oder so.
Ich arbeite in den Gewächshäusern der Gemeinschaft, grabe mich durch die schwere Erde und vernichte alles, was grün ist und so Unruhe in die beruhigende Ausstrahlung des satten braunen Erdreichs bringt. Ich atme den feinen Geruch feuchten Bodens und verstecke mich hinter Blumentöpfen, sowie sich ein Mitbewohner nähert. Schwierig sind die Mahlzeiten. Nichts ist unangenehmer,

als mit unerwünschten Menschen Nahrung einnehmen zu müssen. Immer starre ich in ihre malmenden Gesichter, verfolge den Weg des Nahrungsbreis durch die unsympathischen Leiber, werde zu Kot mit ihm. Jeden Donnerstag gibt es eine Ansprache. Vermutlich braucht jede Gruppe einen Anführer, und meist sind es nicht die Gescheitesten, sondern die mit dem besseren Stoffwechsel.
Maik. Ein Name wie ein Parteiprogramm. Die Partei unbedingt mit gelber Fahne. Früher ist Maik Finanzcoach gewesen. Seine Seminare hat er in Mallorca abgehalten, der Trauminsel des Mittelstands, in mittelmäßigen Hotels mit mittelmäßigen Messingwasserhähnen und einer schilfgedeckten Poolbar. Er redet die Zuhörer schwindlig und weckt die letzten Endorphine in ihnen, eine kurzfristige Erinnerung an die Pubertät, da man in guten Momenten glaubte, daß ALLES möglich sei. Maik schafft die Illusion von Jugend durch eine aufgeregte Atmosphäre, den Tanz am Lagerfeuer und eine Schulsituation. Aber das ist Vergangenheit, Mallorca ist komplett verstrahlt. Maik ist eine Männermaschine aus Muskeln und Samensträngen, aus weichendem, kurzgeraspeltem Haar und scharfen Magenfalten. Seine Kleidung immer tipptopp in Schuß, sein Gesicht sanft gebräunt. Vermutlich hat er genug Geld beiseite geschafft, um sich in Helsinki gute Trikotagen und Selbstbräunungscreme leisten zu können. Maik spricht jeden Donnerstagabend zur Gemeinschaft. Die fünfte oder hundertste Rede, die ich miterlebe, soll eine grundlegende Neuerung nach sich ziehen.

O-TON MAIK Wir brauchen eine neue Gesellschaft. Eine weltweite Gemeinschaft der Parallelwelten. Religion, Hautfarbe, Musikgeschmack, Kleidungsstil, Hobbys, Berufe, Länder – es gibt keine Trennung mehr. Jedes kleine Universum existiert friedlich neben dem anderen. Wir werden Vorbild für eine neue, bessere Welt sein. Unsere

Insel hier ist Synonym für die Welt. Wir kommen aus verschiedenen Ländern, sind Männer und Frauen, Banker und Bauern. Zusammenfinden werden sich die mit den größten Gemeinsamkeiten. Und sie werden die anderen Gruppen nicht behindern oder verachten, sondern als das nehmen, was sie sind: im Grunde gleich. Alle Menschen bestehen aus Wasser, Blut, DNS und sind sterblich. Alle haben ein Gehirn und Augen. Der Rest, das, was Menschen heute noch unterscheidet und zu Feinden macht, ist die Prägung durch ihr Umfeld und des Menschen eigene Todessehnsucht, die versucht, jeden, der anders ist als man selber, an der Fortpflanzung zu hindern. Aber wir erkennen dieses Problem. Und beseitigen es. Wir werden arbeiten, Kunst machen, Öffentlichkeitsarbeit, wir werden Dichter
(Lena wackelt aufgeregt auf ihrem Platz)
sein und Geistliche, Stars und Bauarbeiter. Unser Vorbild wird die Welt zum Innehalten bewegen. Ein langer Weg liegt vor uns. Wir stehen gegen eine Millionen Jahre alte Tradition, die alles, was anders ist, zu bekämpfen, zu verachten oder zu überhöhen sucht. Aber wir werden lernen, es einfach hinzunehmen. Vielleicht werden wir dieses Ziel nicht mehr erleben. Doch dann ist der Weg unser Ziel. Und der Weg beginnt jetzt.

Am nächsten Morgen wird der erste Schritt zur Bildung der Parallelwelten durchgeführt: Die Unterkünfte werden neu verteilt. In intensiven, weltoffenen Gesprächen werden Gruppen gebildet, die entweder in Häuserblocks, Zimmern oder Fluren zusammenleben sollen. An die Türen der einzelnen Gruppenmitglieder kommen bunte Symbole, damit alle klar zu unterscheiden sind. Es bildet sich ein Flur, auf dem Paare leben, manche mit Kindern, die traditionelle Werte bevorzugen. Sie leben monogam, gehen einer Arbeit nach, und abends gibt es Schnittchen.

In einigen Zimmern leben Juden, Christen, Buddhisten und Zeugen Jehovas (einer). Ein Block ist der unpolitischen Jugend vorbehalten, die in serieller Monogamie leben will und sich hauptsächlich der PR, der Friedens- und Werbetätigkeit widmen, die Stars werden will oder Künstler. In einigen Räumen leben Individualisten, die gemeinschaftsscheu sind und belesen, und die spezielle Musikstile schätzen. Es gibt ökologische Menschen, Veganer, Homosexuelle, ein Doppelzimmer beherbergt zwei Päderasten, eines drei Neonazis. Einige Leute haben sich nach ihrer Herkunft zusammengefunden, einige Globalisierungsgegner wohnen vis-à-vis von Ex-Terroristen und antisemitischen Palästina-Kämpfern. Ich teile ein Doppelzimmer im Individualistenblock mit Rudi, einer dicken Flasche. Der stumme Mann hat sich bei den alleinstehenden Männern, die vernünftigen Berufen nachgehen, einlogiert.

Eine neue Woche in einem neuen Umfeld beginnt, mit ihr das große Experiment Zukunft, und ich bin ein Teil davon. Außerdem bin ich inzwischen wieder so müde und gleichgültig wie damals, in meiner unattraktiven Stadt. Die Wirkung einer neuen Umgebung hat eine kurze Halbwertszeit. Nach spätestens vier Wochen sind die Gewohnheiten stärker als jeder neue Einfluß. Das träge, matte ICH hat gesiegt.

41 Weitere lustige Experimente im Lager. Rudi erzählt. Keine Neuigkeiten vom stummen Mann. Die Welt explodiert immer noch.

Mein neues Zimmer befindet sich in einem anderen Block, was egal ist, sie ähneln sich alle in ihrer unerfreulichen Ausstrahlung. Weiße, schmucklose Kästen, die nicht nur nach Linoleum riechen, daß das nicht weggeht, aus Häusern, der Geist derer, die darin gewohnt haben, früher. In den Kasernen riecht also alles nach Soldaten und Schweiß, die Angst des Gehorsams. Unerfreulich.
Mein neues Zimmer besitzt ein winziges Fenster mit Blick auf das Meer und zwei Einzelbetten, in der Mitte des acht Quadratmeter großen Raums haben wir einen Spind als Trennwand aufgestellt. Wir dürfen das, denn wir sind Individualisten, Außenseiter, die es in der neuen Gesellschaft nicht mehr gibt, weil alle Insider sind. Maik, unser Lagerleiter, dreht langsam durch. Ich kann nicht genau sagen, welche Absichten er hat, aber irgend etwas geht in ihm vor. Ihm fehlt ganz klar alles, was einen visionären Führer wie Hussein, Lenin, Castro oder Hitler ausgemacht haben mag. Es ist aber einigermaßen interessant, Maik und sein größenwahnsinniges Programm zu beobachten. Das erlebt man nicht täglich, so eine Führergeburt. Mein Zimmergenosse Rudi ist ein älterer Holländer mit leichter Stirnglatze und einem dünnen Zopf, der Lederhosen und Biker-Stiefel trägt und meist auf seinem Bett liegt, wo er über Kopfhörer Metallica, Pere Ubu und Henry Rollins hört.

O-Ton Rudi (hier Chüdih ausgesprochen) Zu mir kann ich so gut wie nichts sagen. Ich komme aus Rotterdam, ich war dort Hausbesetzer und Coffeeshop-Betreiber. Ich weiß, das klingt nach Klischee, aber hey, schau mich mal an. Ich habe rausgefunden, daß es sich am einfachsten leben läßt, wenn du die Klischees, die Leute mit dir verbinden wollen, erfüllst. Sie werden fast glücklich, wenn sie dich sehen, es ist ihnen, als wärst du ein alter Bekannter. Sie nerven nicht mit aufdringlichen Fragen, denn sie wissen bereits alles über dich, und ich habe meine Ruhe, kann Comics lesen und Musik hören. Rotterdam gibt's nicht mehr. Was soll sein.

Untertags arbeitet Rudi im Supermarkt, er trägt dort Ware hin und her. Die Produkte im Supermarkt sehen komplett wie bereits gegessen aus. Blutige Fleischlappen in Zellophansäcken, das Gemüse kommt aus eigenem Anbau und sieht auch so aus, vergilbte Tamponschachteln und Kernseifenbrocken, alles Abfallware aus Helsinki, die die Gemeinschaft gegen Geld oder Arbeitseinheitenscheine abgibt. Ich rede kaum mit Rudi. Rudi stinkt nicht und raucht nicht. Das leise Ploppen seiner Bierdosen wird mir ein heimeliges Geräusch.
Die Tage vergehen in kühler Eintönigkeit, mit Aufwachen am Morgen, weil Weiterschlafen langweilig wäre, Rudi legt Queens of the Stone Age auf, dann Bad, waschen, umgeben von jungen Mädchen mit Pferdeschwänzen und Kurzhaaraktivfrisuren oder Frauen meines Alters mit Cellulite und Schwangerschaftsstreifen. Frühstück im Haus C. Kein Kaffee. Tee und Marmelade auf Brot aus Dinkel. Die Gemeinschaft hat sehr schnell die Wandlung von Friedensdeppen zu Ökoarschlöchern vollzogen, vermutlich, weil es Ökofritzen in jeder Gemeinschaft gibt und sie so penetrant sind, daß sich alle fügen, bloß um ihre Ruhe zu haben – du, könntest du bitte deinen Müll trennen, du, könntest du bitte Menstruationsschwämme benutzen, das ist unverantwortlich mit Tampons – ich meine, darüber möchte nun wirklich keiner vor dem Frühstück reden müssen.

Im Anschluß lege ich mich ins Gewächshaus. Zum Wohin-soll-ich-gehen-Denken. An Europa denken, das es kaum mehr gibt. An Amerika, das sich im Krieg befindet. Oder an Asien, Vietnam vielleicht. Wo mich keiner verstehen würde. Und müßte. Wo ich am Strand unter einer letzten Morphiumgabe leise zusammensinken könnte, »Ich verstehe das Universum« murmelnd, und dann tot sein. Bald kämen fremdländische Tiere und äßen mich, der Himmel wäre voller Sterne, die Tiere würden sterben, die Sterne herunterfallen, ich äße von ihnen.
»Macht keine Dummheiten, während ich tot bin.« Sagte Herr Herzl. Alle, die ich in meinem Leben kannte, hatten vielleicht Ideen, aber sie glaubten an nichts mehr außer an Marketing. Wo beginnt Betrug an einer Idee? Bei Nike-Turnschuhen, oder wenn wir wegsehen, da Mütter sich mit Kinderwagen in Busse quälen, wenn wir denken, hättest eben nicht ficken müssen, wenn du das Echo nicht verträgst? Vor dem Untergang gab es zu viele vermeintliche Möglichkeiten, zu viele scheinbare Informationen und zu viel Konkurrenz, um treu zu sein. Wenn überhaupt konnte man sich Moral nur noch im engsten Familienkreis erlauben. Alles andere war käuflich geworden. Abba war auf einmal gute Musik, scheißorangene Plastikmöbel waren witzig, Coelho ein Literat, und Frauen bekamen ihr erstes Kind mit 45, weil sie vorher zu jung waren. Wie die Zeit raste, weil sich keiner mehr auskannte, es so schwer war, sich einer Szene zugehörig zu fühlen, weil es Tausende gab und sich alle ähnelten, alle Mittelstand, Mittelmaß waren, irgendwie in Ordnung. Die einzige mögliche Abgrenzung bedeutete, alle, die älter oder jünger waren, borniert oder oberflächlich zu finden, vergessend, daß man selber ähnlich war oder ähnlich werden würde. Keiner kam mehr nach, mit den Informationen nicht und den Kriegen, dem Dafür oder Dagegen, der Geschichte und den Sprachen, die man lernen müßte, den Filmen und

Büchern und Bildern und Moden und Marken und Werbung und Fernsehen und Theater und der Welt. So daß viele wie ich einfach erstarrten. Apathisch die Zeit an sich vorbeirasen ließen.

Und nun erwachen, da es die Zeit nicht mehr gibt und die Welt nicht, so wie wir sie erlebt haben in den letzten zehn Jahren, die vielleicht 20 waren, so schnell vorbei. Alles bricht auseinander, das hat nicht mit den Twin Towers begonnen, sondern mit dem Beginn der Menschheit, es hat gegärt, gebrodelt, und nun lösen sich alte, nie sicher gewesene Werte auf, so daß keiner weiß, wie man eine Position beziehen soll. Also einigen sich viele auf den kleinsten gemeinsamen Nenner, WIR WOLLEN FRIEDEN, was nur sagt: Wir wollen unser altes Leben wieder. Mit klaren Feinden und Freunden, mit gerne Blockbuster sehen und ohne Angst unser Leben vertun, weil wir uns dafür entschieden haben, und Liebeskummer sei der größte Schmerz, den wir kennen.

DAS FÜHRT DOCH ALLES ZU NICHTS.

Die Mittagsfütterung lasse ich ausfallen, ich mache besser ein Nickerchen, so müde bin ich, seit wir hier gelandet sind. Manchmal sehe ich den stummen Mann von weitem, und es tut mir weh, ein kurzes Aussetzen der Atmung, eine tiefe Traurigkeit. Ich gehe nie zu ihm. Er kann ja zu mir kommen.

Nach dem Abendessen liege ich im Zimmer und höre Rudis Musik leise durch seine Kopfhörer. Manchmal besichtige ich, wie die Parallelwelten leben. Der Plan geht bereits in der dritten Woche hervorragend auf. Jede kleine Gemeinschaft bleibt unter sich und redet schlecht über die anderen. Die beiden Päderasten studieren im Internet Kindersexseiten und regen sich über die Homosexuellen auf, die sie für verkappte Päderasten halten. Die Schwulen intrigieren gegen die Lesben, weil die so laut die schreckliche Musik von Alanis Morissette hören. Sie versperren die Waschräume und verstopfen die Toiletten mit Handtüchern. Die Singlefrauen beginnen Affären mit den monogam lebenden Familienvätern, und die Kinder beschießen sich mit Holzgewehren. Abends sitzen alle zusammen am Tisch und reichen sich freundlich die Butter.

42 Maik wird Guru. Alle haben merkwürdige Sachen an. Die Insel ist überfüllt. Nackte ficken zu Delphinmusik.

Einige Monate bin ich bereits auf der Insel. Ich habe das Aussehen aller Insassen angenommen: naturbelassen. Im Parallelweltenexperiment hat sich Erstaunliches getan. Ohne großes Geräusch ist Maik zu einem Guru aufgestiegen. Er kleidet sich in weiße Gewänder und bewohnt ein eigenes Haus. Alle sind esoterisch geworden oder tun zumindest so. Die Militärkleidung ist Batikgewändern gewichen, überall riecht es nach Räucherstäbchen, die Haare wachsen und verfilzen, die Friedens-AG ist verschwunden.

Es regnet, seit es nicht mehr schneit. Das Paradies sieht anders aus, sagen die, die es bereits gesehen haben. Arschlöcher wissen von 64 Jungfrauen zu berichten. Was soll ich mit Jungfrauen?

Der Regen steht wie meterlange Bleistifte in den Himmel. Der Himmel ist das Meer, langhaarige Männer schweben über das finnische Kopfsteinpflaster, die Frauen in ihren bunten Kleidern schweben auch, immer haben sie ein Lächeln auf ihren porösen Lippen, immer einen schräggehaltenen Kopf, der darum bettelt, abgeschlagen zu werden. Daß es nach Weihrauch riecht im ganzen Ort und das Stöhnen der Hunde von Techno übertönt wird, ist nicht so befremdlich wie das Bild, das auf allen Nachttischen steht: ein Mann, weiß gekleidet, mit Bart und langem Haar. Maik. Irgendwann ist er erleuchtet worden. Bei Vollmond, glaube ich, auf dem Meer, und auf einmal war er frei von Egoismus, erfüllt von Leere und Liebe, und sprach zu uns davon, in seinen Donnerstagsreden. Die Insel ist nun ein Buddha-Feld, ein spiritueller Platz mit Wohn- und Meditationshäusern, eine neue Welt. Das Parallelweltenexperi-

ment ist an den Menschen gescheitert, nun einigen wir uns auf den nächsten kleinsten gemeinsamen Nenner, die Esoterik. Den Glauben an die Urkraft und so einen Scheiß.
Wir, inzwischen 500, sind die Samen der Maik-Familie, die in Schlamm und Dreck bestehen müssen, um denen, die nachfolgen, ein Paradies zu bauen. Jeden Tag kommen ehemalige Sanyassins und Frauen mit Zöpfchen von der Fähre. Es wird unangenehm eng. Unser kleines Zimmer bewohnen wir inzwischen zu viert. Das weiße Haupthaus hinter der Regenwand ist das Buddha-Headquarter. Der Beginn der neuen Weltordnung sieht aus wie eine Hippie-Kommune in den Sechzigern. Die Neuen haben abenteuerlich bescheuerte Namen. Pratibha (Dhyan Pratibha = Meditations-Genie) steht in der Küche, sie bäckt Fladen oder Handgranaten und sieht aus wie die späte Blondie.
Pratibha hat früher in München gelebt und sich als Minderjährige in der Musikszene herumgetrieben, ist dann nach Australien gegangen, wo sie Schmuck gebastelt hat, und irgendwann in Poona gelandet. Poona wurde von den schweren Attentaten in der letzten Zeit komplett plattgemacht, und so ist sie auf Umwegen nach Suomenlinna gekommen und sagt nun, als sie Maik zum ersten Mal reden gehört habe, sei sie wie elektrisiert gewesen. Sie will nur noch mit ihm sein und von ihm lernen. Noch niemand, weder Familie noch Freunde, sind ihr so nahe gewesen wie er. Schade, eigentlich.
Ich stromere weiter durch unser Lager, in dem es jetzt uninteressante neue Menschen zu besichtigen gibt. Eine Rasse, die mir zuvor nicht begegnet ist. Keine schlichten Katastrophenflüchtlinge, sondern katastrophenflüchtige Sinnsucher. Auch unsere Gebäude haben sich zügig verändert. Poster von Shiva, Buddhastatuen, künstliche Lotosblumen und bunte Tücher überall. Die Schilder von einst sind durch neue ersetzt: Bitte das Geld für den neuen Monat nicht vergessen. Das ist Maiks Handtuch. Das Geschirr

bitte viermal spülen. Den Klodeckel schließen gibt ein gutes Feng Shui. An den Tafeln hängen neue Arbeitspläne. Vorbei die Zeit der Parallelwelten, wir sind jetzt eine Gemeinschaft. Jeder lehrt denen, die es wissen wollen, was er kann. Reiki und Massage, malen und die finnische Sprache, Yoga und Gurdijeff. Meditieren unter Pyramiden. Was man halt so macht in der inneren Welt.
Ein Boot hat die Gemeinschaft und zwei Jeeps. Mit den Neuankömmlingen strömt Geld ins Lager, Maik hat seit einem Monat einen Mindestpreis von 3.000 Dollar pro Person angesetzt. Dafür bekommt man ein Stück vom Paradies. Alle lächeln und umarmen sich bei jeder Gelegenheit. Beim Essen, streng vegetarisch, erklingt Meditationsmusik. Die neue Lebensgemeinschaft wirkt wie ein Pfadfinderlager, in dem Kinder Erwachsene spielen.
Um acht Uhr morgens ist Satsang, die Unterweisung durch den Meister, die Leute liegen auf Matratzen. Maik beantwortet Fragen aus der Gemeinde. Ein Mädchen sagt, ich bin so glücklich, daß ich bei dir sein darf, ich habe den Mut, vorzutreten und zu reden, weil hier so eine Woge der Liebe ist, die mich hält. Der Meister sagt Jau. Er erzählt, daß jeder ist, was zwischen den Gedanken nicht stattfindet. Da muß man erst mal drauf kommen. Den leeren Raum finden und ihn ausweiten, denn das bist du. Die Menschen am Boden, fötal zusammengerollt, gebettet vom Regen und der Stimme des Vaters.
Von immer abenteuerlicheren Orten treffen Leute mit der Fünf-Uhr-Fähre ein. Asti kommt aus Neuseeland, weil es da so anstrengend ist, gegen den Strom zu schwimmen. Nebenbei ist Australien im Kriegszustand, gegen wen oder warum, habe ich vergessen, und Neuseeland auch irgendwie betroffen, habe vergessen, wie genau, war grad im Bad. Asti will Land roden, Bäume fällen und mit sehnigen Händen an Schiffsmotoren schrauben, nebenher ein wenig meditieren und die Mädchen. Ja, die Mädchen. Wie

bei den meisten spirituellen Geschichten sind wir unterdes zu zwei Dritteln Frauen. Und alle wollen Sex. Denn der führt zur Erleuchtung. Sagt Maik, der täglich eine andere Maus durchnudelt.
Die blonde Aboli, eine neue Zimmergenossin, hat früher in Paris gelebt und studiert, in Deutschland als Technojournalistin gearbeitet, und als ihr Vater starb und sie sein Geld erbte, ließ sie alles hinter sich und machte sich auf die Suche nach einem anderen Leben. Hier glaubt sie es gefunden zu haben. Wie Amerika entdecken ist das. Sie hat von der finnischen Insel in Goa gehört, als dort der Milzbrand wütete. Solche Dinge sprechen sich schnell herum in der kleinen spirituellen Welt. Als sie von Maik erfuhr, war eigentlich alles klar gewesen. Mit ihm will ich gehen, spürte sie direkt. Eine Mischung von Bewunderung und vielleicht Verliebtsein war es. Aboli hat noch eine Weile gewartet, sie habe vier Tage mit sich gerungen, aber irgendwann war das überwunden. Nun ist sie hier und freut sich auf das neue Leben. Jeden Freitag veranstaltet sie einen Goa-Club, bei dem gebatikte Menschen auf dem Kopfsteinpflaster vor den Kasernengebäuden im Regen tanzen, bis sie völlig leer sind, bis sie sie selbst sind. Mindfuck sagen die Leute hier zum Denken. Nur Gefühl wollen sie sein, egal, ob Maik nun wirklich erleuchtet ist oder nicht.
Die Geschichten der Neuen ähneln sich, und auch, was sie aus der alten Welt berichten. Es klingt unwirklich, doch es gibt Europa kaum noch. Jeden Tag mehr Tote, neue Unruhen, Demonstrationen. Es existieren, wie es scheint, nur noch wenige Orte, in denen nichts detoniert, wo es keine Seuchen oder Verstrahlung gibt. Vergessen wir die Welt, die gerade in einer letzten Rauchsäule aufgeht. Hier ist alles in Ordnung. Es regnet jeden Tag, das ist der finnische Frühling, und alle warten. Daß die Erleuchtung nun endlich begönne oder irgendwas. Sie wollen im Schlamm tan-

zen, sie wollen Regeln. Wie sie das Geschirr abwaschen und wo sie rauchen dürfen. Kind bleiben und spielen, ihren Impulsen folgen, die höchste Stufe des Egoismus.
Nachmittags ist Nackt-Satsang in einem Aufenthaltsraum, das Neonlicht ist freundlicherweise ausgeschaltet, dafür ein paar Kerzen und wirklich miese Meditationsmusik. Gregorianische Gesänge gegen Delphine. Die Delphine sind klar im Vorteil. Im Kreis nackte Westeuropäer auf Decken. Da wissen wir, wie das rauskommt: kleine Glieder, bleiche Beine, schwere Brüste. Wie albern, das Mensch nackt. Am unansehnlichsten die Knie und die Füße. Wie wenige Menschen haben sympathische, niedliche Füße. Sie tanzen, und ihre Genitalien wackeln, hie und da sinken die ersten Pärchen zu Boden und umarmen sich, hektisch darauf achtend, daß ihr Gefingere nicht sexuell, sondern spirituell wirkt. Die ersten Glieder werden eingeführt. Geht es eigentlich bei allen Sekten nur ums schlichte, legitimierte Ficken? Schmatzen, patschen, schlieren, schnaufen.

43 Wir erfahren, was mit künstlichen Hüftgelenken passiert. Der stumme Mann baut Scheiße.

Ein komplett sinnloser Morgen, der Regen steht in den Himmel, die Sonne nicht zu sehen, die Glieder steif von Feuchtigkeit, Hüftgelenkluxation, die Angestellten des Krematoriums würden das künstliche Gelenk von Hand aus der Asche fummeln müssen. Alles wie früher, alles bekannt, neu allein der schwierige Geruch von Räucherwerk. Es ist zu früh, ich bin noch woanders. Ich könnte mir jetzt stundenlang meinen Traum erzählen. Laß das aber. Ich habe keine Träume. Ich wasche mich nicht, die Nackten am Morgen kann ich wirklich nicht ertragen in Momenten zu deutlicher Ungeschütztheit. Ich gehe direkt zu meinem Gewächshaus, um dort noch ein wenig zu schlafen. Als ich in den Nebel des Morgens trete, stolpert ein Mensch an mir vorbei. Über das Kopfsteinpflaster schlittert Lena, ohne mich zu bemerken. Wohin schlittert das kleine Dummstück früh um sechs? Ich folge ihr und sehe sie in einen Hauseingang tauchen. Wie von Gott gelenkt folge ich ihr in den Flur, ich öffne leise einige Türen, sehe heitere Sanyassins in ihre Gewänder schlüpfen, ihre Tibeter machen oder meditieren, bis ich in einem Zimmer Lena wiederfinde. Sie ist nackt, im Bett, auf einem Mann, den ich dann auch sehe.
Mein stummer Mann.
Ich stehe da so, die beiden sehen mich an, wie in diesen blöden Filmfilmen, Hauptrolle Jan Josef Liefers, der Mann erschrocken, Lena triumphierend. Mir fällt ein, wie ich als Kind meine Mutter mit einem Nackten überrascht habe. Sie sind zusammengezuckt, und ich glaubte, sie hätten sich am Heizstrahler verbrannt.
Sex regiert die Welt, denke ich. Dann drehe ich mich um, gehe in mein Zimmer, packe meinen Rucksack und

schaffe es gerade noch auf die Frühfähre nach Helsinki. Dort stehe ich an Deck des Bootes, das Meer spritzt durch das Geländer, und der Himmel stürzt auf mich. Ich könnte in diesem Moment nicht sagen, was mich so schockiert hat. Vielleicht war es die Reinheit meines Gefährten, die verloren scheint. Vielleicht empfinde ich es als Verrat, daß mein einziger Freund sich von so einer offensichtlichen Person berühren läßt. Vielleicht ist auch nur ein unklarer Traum gestorben. War ja nur ein Traum.
Auf dem Marktplatz angekommen, reißt das Dunkel auf, der Regen regnet nun wohl in eine andere Richtung, nach oben, und die Sonne stürzt durch die Wolkenspalten. Es wird Frühling. Innerhalb von Minuten verschwinden Wolken und Kälte, der Abgang ist auf der großen Himmelsfläche akkurat zu beobachten, es finden Kämpfe statt, Wolkenhaufen stürzen aufeinander los, Wind tobt darum, der Himmel wird lila und golden, dann wieder schwarz, aber schließlich hat das Licht gewonnen. Wie im richtigen Leben. Die Guten gewinnen immer.
Am Boden vertreiben die Menschen die kalte Jahreszeit so schnell, daß ich noch nicht einmal meinen Kaffee austrinken kann, den ich mir in einem Zelt auf dem Markt geholt habe. Vermutlich ist der Finne sehr flott dabei, wenn das Wetter umschlägt, weiß er doch, daß er wegen des langen Winters jede Sekunde Sonne nutzen muß. Die Leute scheinen sich die Pelze vom Leib zu reißen und die Tschapkas auf den Boden zu schleudern, innerhalb kurzer Zeit ist die Stadt voller Menschen, die auf der Straße stehen und Kaffee trinken, rauchen und in freundlicher Art mit sich sind, schweigend.
Ich atme zum ersten Mal seit Wochen, sehe wieder etwas, die Welt, die in einer perfekten Rundung am Horizont wegtaucht, bemerke, daß ich Arme und Beine habe, sonst aber nicht wirklich vorhanden bin. Ich erinnere mich an dieses Gefühl, das ich einmal gehabt habe in meinem Le-

ben. Damals, als ich von der DDR in den Westen ausgereist bin. Als ich den Grenzübergang hinter mir hatte und am Bahnhof Zoo stand, mit einem Rucksack. Es gab mich nicht mehr, ohne die Umgebung, aus der ich kam, ohne die Rituale und Gewohnheiten. Es gab mich nicht mehr ohne meine Möbel und Bücher. Eine Idee hatte ich nicht, und ich war mir noch nie Halt gewesen. So fühle ich mich, in der Sonne, vor einem Café in Helsinki.

Mir fällt etwas ein. Großartig, wäre ich in einem Film, hätte ich jenen Moment bereits Monate zuvor angelegt. Der Finne aus der Moskau-Bar, die Adresse seines Ferienhauses. Ich suche in meinem Rucksack und finde die Wegbeschreibung tatsächlich in meinem alten Telefonbuch. Das Anwesen des Mannes befindet sich auf den Ålands. Eine kleine Inselgruppe im Westen des Landes, sagt mit erstaunlich verzücktem Ausdruck die Dame an der Bar des Cafés, die ich frage, wo die sich aufhalten.

44 Willkommen auf den Ålands. Birken und Holzhäuser. Vielleicht wird jetzt alles gut.

Mit dem Zug und einer Fähre fahre ich nach Mariehamm, der einzigen Stadt auf den Ålands. Ein eifriger Finne klärt mich während der gesamten Seefahrt über dieses kleine Wunder auf. Der Mann ist schwer besoffen, aber hält sich erstaunlich. Ein Paradies, lallt er leise, ein Paradies. Keine Ängste, keine Sorgen. Nur Wodka, Mücken und Natur.

Infohaufen

Die Ålands sind eine Art Freistaat mit einem der höchsten Pro-Kopf-Einkommen in Europa und der geringsten Arbeitslosigkeit. Der Reichtum kommt aus der Fährflotte und dem Fischfang, außerdem ist das Gebiet eine Freihandelszone. Die Inselgruppe ist sehr dünn besiedelt, es gibt weder Armee noch Wehrdienst. Die Ålands haben die meisten Sonnenstunden Finnlands.

Das alles klingt nach dem perfekten Ort für die letzte Ruhe. Ich bin froh, daß ich den Finnen wie ein interessantes Radioprogramm im Ohr habe. Er übertönt ein unangenehmes Rauschen in mir, als ob irgendwas am Kochen ist, auf einer überhitzten Herdplatte.

Mariehamm hat den Beinamen Stadt der hundert Linden und erinnert mich an Brighton, wo ich auch noch nie war. In gesunden kleinen Holzhäusern wohnen kleine Läden und Cafés, kleine Restaurants, viele kleine Bäume (1.009) und kleine Tiere, aber die sieht man nicht. Eine Metropole mit 11.000 Einwohnern. Die kleinen Inseln des Freistaats sind teils mit kleinen Brücken verbunden, über die kleine

Mopeds fahren. Auch da sitzen kleine Tiere drauf. Ich kaufe mir einen kleinen Plan und mache mich mit ihm und meinen kleinen Füßen auf den Weg, um Kökar zu finden. Dort muß das Haus des Finnen sein, falls es nicht Anschläge oder Erdbeben gegeben hat.
Noch eine kleine Fähre und ich bin angekommen. Kökar macht sofort einen freundlichen, unspektakulären Eindruck. Nichts ist höher als ein paar Meter, ein leiser Wind weht, die Sonne scheint. Im Hafenbecken schaukeln gepflegte Boote. Ich habe nicht das Gefühl, nach Hause zu kommen. Es ist eher wie ein Abendbesuch bei netten Fremden. Die Insel ist äußerst übersichtlich, die Häuser stehen weit voneinander entfernt im Dünengras, es gibt weder Zäune noch Mauern, keine Warnung-vor-dem-Hunde-Schilder, kaum Straßen und keine Autos. Wohin sollen die auch fahren, gerade beschleunigt würden sie sofort im Meer versinken. So wie die Starfighter der Schweizer Armee, die sich nie richtig ausfliegen dürfen, weil sie sonst sofort im Ausland sind und von französischen Bauern mit Schrotgewehren abgeschossen werden.
Da der Finne einen Hang zur patenten Ausschilderung hat, finde ich es schnell: ein großes, zweistöckiges Holzhaus mit einer Veranda und einem Garten, in dem Bäume, Kartoffeln, Salat wachsen, und Zeug, das ich nicht kenne, vielleicht sind es Rouladen. Auf der Rückseite Dünen, vorne Meer. Ein Haus, das man auf den Schoß nehmen möchte. Es ist wie angekündigt unverschlossen, innen hell und angenehm spärlich eingerichtet. Kleine Staubpartikel hüpfen im Sonnenlicht, wie in amerikanischen Filmen, die in den Südstaaten spielen, da tanzen auch pausenlos Staubpartikel und sehen aus wie Blattgold, und dann kommt der Bedienstete in Livree und sagt, Memsahib, soll ich das wegkehren? Und Memsahib sagt, Onkel Tom, laß das, das muß bleiben, es ist romantisch und sieht aus, als ob es nach Kuchen röche. Onkel Tom wird dann gehängt,

vom Ku-Klux-Klan, aber bald kommt Michael Moore und läßt die Jackson-Familie singen.

Das Haus ist holzverkleidet, die Wände weiß gestrichen, die alten Holzmöbel sind ebenfalls weiß. Ein kleiner Ofen in jedem Raum und Holz hinter der Hütte. Ein Raum ist bis unter die Decke mit Bücherregalen gefüllt, finnische und englische Bücher, mehr als ich in diesem Leben lesen kann. In der Küche gibt es Dosen, H-Milch, Kartoffeln und sogar Kaffee. Draußen scheint immer noch die Sonne. Ich koche mir eine Tütensuppe und einen Kaffee und gehe hinaus, das Meer zu begrüßen. Dann richte ich mich in einem Zimmer ein. Ich habe, trotz leiser Trauer, deren Ursprung mir nicht klar ist, ein feines Gefühl, dessen Ursprung mir auch nicht klar ist.

45 Kökar. Endstation. Es gibt Kaffee und Ruhe. Wir erfahren, wie heile Welt geht.

Es ist ein Jahrhundertschlaf gewesen, aus dem man nicht erwachen möchte. So einer, aus dem man ab und an ganz leise auftaucht und denkt: was für ein vortrefflicher Schlaf. In der Nacht hat das Meer Geräusche gemacht, der Wind hat dazu in einer perfekten Tonlage die Begleitung gegeben.

Der Morgen ist so eingerichtet, daß die Sonne in einem dermaßen perfekten Winkel das Zimmer betritt, daß man unweigerlich an schwule Inneneinrichter denken muß. Sie fällt auf die weiße Bettwäsche und die Wände, ohne zu grell zu sein oder gar die Augen zu belästigen.

Ich steige die Holztreppe in die Küche hinab, so muß es im Himmel sein. Die Holzstufen und das Parkett in genau der richtigen Temperatur unter den Füßen, warm und weich, ohne Splittergefahr. Die Küche duftet nach Meer, vor den Sprossenfenstern wächst Zeug, das zart nach Vanille riecht. Ich mache mir einen Kaffee und trinke ihn im Bett. Im Badezimmer ein großes Fenster mit Meerblick, man kann in der Badewanne liegen und dabei schauen, was auf dem Meer so los ist. Viel geht nicht. Ein kleines Boot fährt an der Insel vorbei. Das Badezimmer riecht eigenartig vertraut nach einem reinlichen Mann. Vielleicht hatte ich mal einen Onkel, der so roch. Nach Rasierschaum und altmodischem Eau de Toilette.

Die Insel macht mir keine Angst. Bin ich sonst alleine an fremden Orten gewesen, habe ich oft eine unerklärbare Furcht gehabt, das Hotelzimmer zu verlassen. Es ist mir eine solche Überwindung gewesen, etwas zu erforschen und wenn möglich gar genießen zu müssen, daß ich meist auf dem Zimmer geblieben bin. Doch die Insel ist einfach eine Fortsetzung des Hauses. Es gibt nichts Häßliches, aber auch nichts, von dem man halb ohnmächtig würde vor pittoreskem Erstaunen. Keine beeindruckenden Wasserfälle, Inka-Tempel oder Schluchtenzeug, bei dem man nicht weiß, vor lauter Schönheit, wie man sich korrekt verhält. Holzhäuser eben. Und grüne Dinge. Eine große rote Kirche auf roten Klippen, blauer Himmel, charakterstarkes Gras, ein kleiner Ort. Alles ist in einer selbstverständlichen, unspektakulären Art einfach da. In so einer Umgebung fällt es leicht, selber nicht wahnsinnig beeindrukkend zu sein. Man muß sich nicht verbiegen, um der Umgebung gerecht zu werden.

350 Leute leben auf der Insel, erzählt der Mann, der den einzigen Kiosk betreibt, in fast akzentfreiem Deutsch.

Die Inselbewohner, fährt der Mann fort, pflanzen ihre Sachen an und haben ein paar Aktien bei einer Fährlinie, mit dem Gewinn kaufen sie sich Zigaretten, Schnaps und Orangen. Nette Leute, Sie werden sehen, sagt er, hier ist nicht viel los. Die Leute sitzen meist im Restaurant oder dem einzigen Café und warten auf ausländische Segler, über die sie lästern können, dann gehen sie heim, trinken Schnaps und lesen.

Ich kaufe Milch und eine Dosensuppe, danach tigere ich weiter. Nach zwei Stunden habe ich alles gesehen. Einige Eingeborene treffe ich auf meinem Rundgang, sie hacken in ihren Gärten herum und grüßen freundlich, aber unaufdringlich. Ihre Art hat etwas von einem, der beim Spazierengehen auf einer Lichtung ein Reh erblickt, das einen Schönheitstanz aufführt. Interessant ist, daß es auf dem gesamten Inselchen weder Fernsehen noch Radio oder Zeitungen gibt. Ich werde mich irgendwann mal erkundigen, warum.

Morgen werde ich meine Fähigkeiten im Gartenbau überprüfen, das Haus wischen und beim Kiosk ein paar Finnisch-Lehrbücher bestellen. Das scheint mir ein fast überfrachteter Tagesplan. Ich liege im Bett, das Fenster ist trotz der kühlen Luft weit geöffnet, und habe ein sehr merkwürdiges Gefühl.

46 Ein paar Monate sind vergangen. Die Heldin hat sich eingelebt, und nun gibt es: eine Überraschung!

Ich kann nicht sagen, wie lange ich schon in dem Holzhaus lebe. Es ist Sommer gewesen, ich habe im Meer gebadet, und ein paarmal bin ich mit einem Nachbarn fischen gewesen. Nun wird die Luft kühler, der Spätherbst hat begonnen. Glaube ich. Ich nehme die Zeit anders wahr. Sie ist egal. Ich wache mit der Sonne auf, frühstücke im Bett und plane den Tag. Ich bestelle den Garten, ernte Dinge und koche sie. Ich mache das Haus sauber, repariere, lerne Malern, Klempnern, Dachdecken. Ich lese sehr viel und lerne Finnisch. Einmal am Tag mache ich einen Spaziergang um die Insel, trinke einen Kaffee und rede mit Nachbarn. In meinem Rucksack habe ich in der Wäsche die Waffe der dicken Frau gefunden. Ich habe sie in eine Schachtel gelegt.
Manchmal fahre ich in die Hauptstadt, das ist mir wie ein Festtag. Ich schenke mir ein Essen in einem Restaurant, oder ein totes Huhn. Der freundliche Hausbesitzer kommt fast jedes Wochenende. Wir spazieren gemeinsam um die Insel und trinken abends Wodka, bis er umfällt und ich ihn zudecke. Er hat mir angeboten, für immer in seinem Haus zu bleiben.

O-TON DER FINNE Dem Haus tut es gut, wenn jemand drin wohnt. Die Frau hält es instand und bestellt den Garten. Aber das Erstaunlichste ist: Sie stört mich nicht, wenn ich am Wochenende komme. Ich kann sehr gut mit ihr schweigen und trinken. Außerdem braucht kein Mensch zwei Häuser für sich alleine.

Am meisten überrascht bin ich von den Menschen, die auf der Insel leben. Sie sind unbeschadet. Sie helfen einander ohne Erwartungen. Sie sind nicht neugierig und lassen sich auf eine warme Art in Ruhe. Manche leben als Paar, andere alleine. Es scheint, als besäßen alle gleich viel und wären damit zufrieden. Interessant auch, daß es keine Langeweile gibt, obwohl oder weil kaum Ablenkung existiert. Vielleicht nenne ich sie auch nur nicht mehr so. Vielleicht heißt die Langeweile hier einfach RUHE, und das macht sie sofort sympathischer.
Ich merke erst jetzt, was für mich das Leben in einer Stadt gewesen ist. Zu viele Menschen da, und zu laut, als daß ich hätte herausfinden können, wie ich eigentlich war, zu sehr damit beschäftigt, zu sein wie andere, immer nach Erlösung aus dem Leiden suchend, das entsteht, wenn man sich von sich entfernt hat. Ich habe Menschen gesucht, die sind, wie ich von mir dachte zu sein, daß ich durch sie fühlen könnte. Doch das gelang nie. So habe ich die Disharmonie betäubt, mit Kino, Fernsehen, Weggehen und Einkaufen, und war unzufrieden gewesen, sobald es eine Sekunde still war. Erst in der Zeit mit mir allein bin ich in eine Übereinstimmung mit meinen Veranlagungen, meinem Temperament gekommen. Ich muß nichts mehr sein, es gibt auch nichts, was ich an mir erforschen will. Es besteht keinerlei Notwendigkeit. Ich bin wie ein gut gestimmtes Instrument. Jeder Tag setzt sich aus Dutzenden von Höhepunkten zusammen, und fast jeder ist mir Aufregung. Zu sehen, wie das Zeug im Garten wächst, es ernten, einzukochen, mein Spaziergang, der Kaffee, die Beobachtung des Meeres. Ein Feuerwerk nach dem anderen.
Eines Abends klopft es an der Tür. Das ist nicht erschrekkend, immer wieder kommt ein Nachbar, leiht sich etwas, bittet mich, ihm beim Tragen von Dingen oder dem Kalben einer Kuh zu helfen, oder will sehen, ob ich ein wenig mit ihm trinken und schweigen möchte. Nie geht ein

Druck von so einem Besuch aus, nie habe ich das Gefühl, mich hinter Ausreden verstecken zu müssen oder zu tun, als sei ich nicht da. Habe ich keine Lust auf Gesellschaft, sage ich das. Keiner fühlt sich zurückgewiesen, denn alle kennen die Freuden des Alleinseins. Also öffne ich die Tür.

Er hat sich nicht verändert. Rund und schwer, die Haare unbeholfen geschnitten, steht da der stumme Mann. Einzig seine Hände habe ich nie so unruhig erlebt. Wir sehen uns lange an und sind nervös. Ich weiß nicht, was er hier will, wie er den Weg gefunden hat, was ich tun soll. Für Sekunden habe ich sogar Angst, daß mein angenehmes Leben durch sein Eintreffen durcheinandergerät. Wir setzen uns auf die Treppe vor dem Haus. Ich denke, das habe ich mir immer gewünscht. Daß mal jemand so etwas macht, wie ich es nur aus Filmen kenne. Mich überrascht, einfach vor der Tür steht, Blumen in mein Zimmer regnen läßt oder so einen Kitsch. Das passiert im Leben eigentlich nie. Weil alle Angst haben, sich zu blamieren, oder sich nicht sicher sind, zu faul oder gleichgültig. Weil alle austauschbar sind.

Wir sitzen schweigend und schauen auf das Meer, das alle paar Sekunden vom Licht des Leuchtturms versilbert wird. Irgendwann haben sich die Dinge in uns, die keinen Namen haben, aneinander gewöhnt. Wir werden ruhiger. Etwas ist wieder im Takt.

47 Die Heldin bildet ein Paar. Die Sonne geht nicht auf, und kein Wunder geschieht.

Ich habe nie gefragt, wie der stumme Mann den Weg zu mir gefunden hat oder warum. Ein paar Tage weiß ich nicht, ob ich morgens weiter im Bett frühstücken kann, und ob ich eine Stunde in der Badewanne liegen darf, ohne unhöflich zu wirken, doch dann tue ich das, was jeder vernünftige Mensch machen sollte, ich verhalte mich so, daß es mir wohl ist. Von diesem Moment an lösen sich die leichten Spannungen auf, von da an leben wir zusammen. Manchmal kommt der Mann mit seinem Kaffee morgens in mein Bett, mitunter begleitet er mich auf meinen Spaziergängen, manchmal schreibt er mir seine Gedanken auf einen Zettel oder zeigt mir Stellen in Büchern, die ihm bedeutsam erschienen. Ab und zu fassen wir uns an und streicheln uns, oder er trägt mich zum Meer, um mich ganz vorsichtig ins Wasser zu lassen. Er beginnt das Haus zu reparieren, und bald kommen die ersten Nachbarn, denen er bei Zimmerarbeiten hilft. Ich mache weiter den Garten, das Gemüse, das Essen und lese. Lesen genügt als Lebensinhalt, merke ich. Und jemanden haben, mit dem man das teilt, das Leben. Die Katastrophen erreichen Finnland auch in der nächsten Zeit nicht. Das Land ist wirtschaftlich, kulturell und politisch wohl zu uninteressant für den Rest der Welt. Das ist das Geheimnis, zu uninteressant sein, als daß irgendwer Erwartungen in einen setzt.

Es geschieht kein Wunder. Der stumme Mann beginnt nicht zu reden, wir verlieben uns nicht und beißen uns keine Hautstücke ab in wilder Leidenschaft. Aber wir sind zufriedener, als wir es alleine gewesen wären. Die Anwesenheit eines angenehmen Menschen beruhigt mich auf eine Art, die ich noch nie erfahren habe.

Wenn wir im Bett liegen, abends, und das Meer hören, mein Kopf auf seinem Arm, habe ich manchmal fast das Gefühl, als hätte ich es gelöst. Das große Rätsel.

48 Ende gut.

Und sie leben weiter, bis an ihr Ende. Und zwar gut.

Paperbacks bei Kiepenheuer & Witsch

KiWi

Sibylle Berg
Das Unerfreuliche zuerst
Herrengeschichten

KiWi 637
Originalausgabe

Aus dem Inhalt: Der Mann als solcher, einsam, gescheitert, tot. Dann: Der Mann, wie er raucht, weil er weiß, dass er stirbt. Der Mann, der ficken will. Ficken Ficken Ficken. Der Mann, der Sehnsucht hat, aber das wird nichts. Außerdem: Der Mann im Ausland, in Hongkong, Lanzarote, Bangkok. Der Mann und die Frau, mal schon tot, mal muss er das selbst erledigen. Der Mann und die Liebe, ein Desaster. Ein Witz? Ist das ein Witz? Ist das alles vielleicht ein Witz? Nein, das ist Literatur, das sind große Gefühle, Wahrheit, ernst gemeint bis auf die Knochen. Aber deshalb muss man es selber lesen. Sie werden verstehen, warum wir hier nichts nacherzählen. Danke!